收获

五年集
(2018—2022)

中篇小说卷 《收获》编辑部 主编

荒原上
鲛在水中央

索南才让　孙　频 等 著

人民文学出版社
PEOPLE'S LITERATURE PUBLISHING HOUSE

图书在版编目(CIP)数据

荒原上;鲛在水中央/索南才让等著;《收获》
编辑部主编.—北京:人民文学出版社,2023
(《收获》五年集:2018—2022)
ISBN 978-7-02-017670-0

Ⅰ.①荒… ②鲛… Ⅱ.①索… ②收… Ⅲ.①中篇小
说-小说集-中国-当代 Ⅳ.①I247.5

中国版本图书馆 CIP 数据核字(2022)第 239594 号

总 策 划	黄育海 程永新
责任编辑	朱卫净 邓安庆
装帧设计	汪佳诗

出版发行	人民文学出版社
社 址	北京市朝内大街 166 号
邮政编码	100705
印 刷	凸版艺彩(东莞)印刷有限公司
经 销	全国新华书店等
字 数	334 千字
开 本	720 毫米×1000 毫米 1/16
印 张	23.25
版 次	2023 年 1 月北京第 1 版
印 次	2023 年 1 月第 1 次印刷
书 号	ISBN 978-7-02-017670-0
定 价	148.00 元

如有印装质量问题,请与本社图书销售中心调换。电话:010-65233595

| 编者的话 |

五年前,大型文学刊物《收获》创刊六十周年之际,我们编纂出版了共计二十九卷(册)的纪念文存,收入自一九五七年《收获》创刊号至二〇一七年各期发表的不同体裁的优秀作品,其作者凡一百八十余人。自"五四"以来不同时期走上文学道路的几代作家,藉以纪念文存集中亮相,与读者一起走入琳琅多彩的文学长廊,留下了一个甲子的辉煌记忆。

如今,《收获》已走过六十五个年头。最近五年间,《收获》继续收获中国文学硕果,赓续前六十年的创造,老树新花更赋风流,于是有了这套《收获》五年集。

现在这套文集遴选范围是《收获》二〇一八年至二〇二二年发表的作品,按创作体裁编为四卷(册),即散文一卷、短篇小说一卷、中篇小说两卷。这次的编目中没有安排长篇小说,这一点需要特别加以说明。先前作为纪念六十周年的文存,集中收存各体创作之菁萃,旨在完整呈示《收获》自创刊以来的整个历程,亦有积累文学史料之功;其中长篇小说超过三分之一卷帙,亦体现了这份刊物的原生状态,因为长篇体裁一向是《收获》之优长。这次编目思路的改变,不是由于长篇缺少佳作或其他原因,而是《收获》近年发表的长篇佳作皆有单行本行世,且发行甚广,不像早先六十年间有些作品如今已难寻觅。为节省篇幅和出版资源,长篇体裁在此付诸阙如,是根据现实情况而变通的考虑。

这新的五年,文学园地自是一番崭新景象。继往开来的《收获》同仁始终铭记刊物创始人巴金和靳以先生的旨意,着眼于青年和未来。巴老说过,"《收获》是向青年作家开放的,已经发表过一些青年作家的作品,还要发表青年作家的处女作。"前辈的远见卓识给这份刊物注入了历久弥新的生命力,亦预示文学事业可持续发展的光明前景。从现在这套文集选目来看，作者代际变化相当明显，作品的艺术视野和表现手法都有相应的开拓。

在有作品入选的五十六位作者中，王安忆、叶兆言、南帆、余华、毕飞宇等五零、六零后作家为数不多，可喜的是这些文坛常青树依然活跃此间，给我们带来"庾信文章老更成"的欣喜，而与此同时，再度收获的园地又见"递相祖述复先谁"的繁花硕果。七零后作家徐则臣、赵松、哲贵、李修文、曹寇、雷默等人，无疑已成文坛中坚，而更年轻作家亦纷纷进入读者视野。收入这套文集的林晓哲、周嘉宁、白琳、索南才让、董夏青青、班宇等一班八零后翘楚，早已为广大读者所关注。还有迅速崛起的夏麦、叶昕昀、渡澜那些九零后作家，更是能够让人相信明日的灿烂。

面对才俊辈出的新气象新局面，作为编辑者和出版人，我们充分意识到这项工作的意义。编纂这套文集，是为文学事业和全民阅读助力，是记录一种创造史。同时，我们怀有一种心愿，希冀日后成为读者眼中的名山事业。

当然，任何选本也许都会有遗珠之憾，取舍之间自是交织着喜悦与惋惜，文学的价值标准可能永远是见仁见智，一切还是留给读者去判断。

最后，还是要说一句：感谢读者。无论是《收获》杂志，还是眼前这套文集，归根结底以读者为存在。

《收获》杂志编辑部
上海九久读书人文化实业有限公司
人民文学出版社
二〇二二年十一月十七日

| 目 录 |

周嘉宁	基本美	1
余秀华	且在人间	42
尹学芸	望湖楼	98
孙　频	鲛在水中央	151
张　楚	过香河	220
索南才让	荒原上	261
蒋　韵	我们的娜塔莎	321

基本美

周嘉宁

致远得知洲的消息时，离洲过世已过去了一段时间。傍晚，致远与单位的年轻人打完一场篮球，接着他们兴致勃勃要去烧烤摊喝一顿。致远推辞说要工作，像往常一样继续待在办公室里。过去的几年里，他待在夜晚的办公室，要说都在做什么，可能只是制造了一些空白的从属物。这所国营单位陈旧到了肃穆，玻璃柜，文件，春联，水房里的锅炉，在白天象征着迟滞的权力，夜晚却唤起稳定和深邃的气氛。

"以前住的地方有社区游泳池，夏天暴晒，蹚过消毒水池子往泳池走，漂白水味道很重，地砖烫到不行，踮脚踩在上面一路跳过去，却可以感觉到宇宙中有些是永恒。"洲曾经有一首歌关于旧社区里的游泳池。

便是这种类似的永恒。

每天，致远在深夜的单位游荡，穿过走廊，仿佛漫步在废弃的舱体，听到近似宽慰的衰老心跳。这是被幸免或者幸存下来的宁谧。然而幸免或者幸存，如今这两者边界模糊，也很难确切描述。然后他坐回办公室的隔间，重新打开那条隐匿在信息流中的布告。

据说是洲的家人用他的社交账号发布的，修辞手法严肃过时，没有透露出私人痕迹和他过世的原因，仿佛在与这位家庭成员赌气。配合着洲的头像，一只反戴棒球帽的表情诧异的狮子，有种讥讽和伤感的效果。致远曾经从洲偶尔的描述中推测，他出身于香港一个普通的知识分子家庭。父亲早年是作家，年轻时得过重要的文学奖，但出于愤世嫉俗的性格早早便抛弃了写作。中年时做过很多意想不到的事情，家里破产过一次，把家人搞得团团转。现在借款办了一所培训学校，洲的妈妈和姐姐帮着一起料理学校的事情。只有洲没有参与家庭的事业，性格也没有得到遗传，父亲暴躁无常，洲从青年时代起便很懂得自律的好处。

致远迅速浏览下面的评论，过滤掉大量谩骂。如今的年轻人习惯使用简陋的讥讽和粗糙的重复来发泄情绪。暴戾，野蛮，简直令人恐惧。致远非常肯定他们从没听过洲早期的歌，要不然就是他们根本不曾有过年轻的心。也有更多哀悼和猜测。再链接到其他篇幅不一的回忆，来自他的朋友、同事和跟随他多年的歌迷。这样拼凑出笼统的信息。

洲没有死在香港——不是唱过，"死也要死在我美丽的香港"吗——而是在柏林。虽然是异国他乡，却是一个从字面意义上来说缺乏想象力的地方。结果媒体的报道也千篇一律的乏味和恶意，仿佛暗示着故意隐藏的真相。毒品。抑郁症。桃色新闻。财产和版权纠纷。

不是这样的！即便人们借口说他人的内心世界是幽深到不可被探知的黑暗，致远也清晰地知道，不是这样的！一想到自己曾经是这个行业链条的一部分，即便是一颗从未被拧紧的螺帽，他也感觉自己不能被原谅。连同对无能为力、不遂心愿的维护和辩解都不能被原谅。

二〇〇三年，致远来到北京参加单位培训，是他第一次离开中部小城。清晨从长途车站出来，在单位安排的招待所放下东西以后，就按照约定从上地坐了两个小时公交车来到香山附近的摇滚音乐学校，和高中同学见面。秋天，车上挤满去参加音乐节的年轻人，车窗全部开着，气氛出奇热烈。那天是音乐节的第三天，人群有种狂欢接近尾声的疲惫和伤感。他自己也很累，却没有能够在说好的时间找到同学，看到食堂的师傅在门口卖六块钱一份的盒饭，便买了一份捧在手里往里面走——惊呆了，小小的广场上大概有一万个年轻人。

  致远待在人群的外围，但是风很大，把舞台上的声音也吹得东倒西歪，他不自觉地往人群里走。中间被突然疯狂起来的人撞倒了一次，又很快被拉起来。人们都很友善，烟递来递去，递到他这里，他没有抽，又继续递了下去。远远地有人把成箱成箱的啤酒运进来，阵势仿佛在运送洪水时的救灾物资。女孩们都很好看，发着光，怎么会有那么多好看的女孩。世界真好啊——致远几乎已经产生这样的想法，倒不是说以前没有过，然而那种飘浮般的强烈开心确实是头一遭，空气里的荷尔蒙都是致幻剂。

  洲的乐队出场时夜幕刚刚降临，灯却还没有亮起来。这支香港乐队第一次演出，只是作为暖场，没有人听说过他们，所有人都在等待后台最后登场的乐队。疲惫的年轻人暂时安静下来，坐在泥地上，养精蓄锐。说实话，如今致远根本想不起第一次看到洲演出时的具体情景。他表现得羞怯谨慎，声音都被贝斯掩盖，走调严重，唱的是粤语，没人听得懂。但是他有种冷静的自信，即便被漠视，也确定自己在做正确的事情，并且理应得到尊重——致远回想时才意识到，很少有人能够在那么年轻的时候就拥有这种品质。洲从当时便决定了自己人生的基调，包括发型和穿着，他只穿牛仔裤、网球鞋、深色的T恤或者衬衫、连帽运动衫和一件跟随他多年的飞行员夹克。后来在北京的雪天，他也只穿这件夹克，像个精神抖擞的士兵。到了事业的巅峰阶段，他更加严苛地遵循自己的规则，只在一次颁奖礼上穿了西装。

  洲和乐队的演出刚刚结束，正往舞台下面走，舞台上所有的顶灯都亮了起来，夜晚真正的主角登场，小广场沸腾。致远被人群裹挟着站起来，拥到这里，拥到那里。灯光太强烈了，接着是声浪和荷尔蒙的袭击，人们往舞台上挤，后面的人托着前面的人的屁股。致远突然浑身冒冷汗，快要昏倒。他后悔没有在洲演出的时候离开，现在则无法挪动，只好求救问旁边的人讨水喝,他们递给他一瓶燕京,温的,他咕咚咕咚地喝完了。这是他记忆中第一次喝酒。

"谢谢啊!"他不得不扯着嗓子喊。

"这是共产主义!"那边的一个男孩也扯着嗓子喊。

"啊?"他也不知道自己听清楚没有。

演出持续到深夜,周围没有居民区,旁边是高速公路的入口、加油站、工厂。这里是一座荒岛乐园。散场以后致远才意识到他没有办法回到市区。高中同学说他和电影学院的几个朋友租了香山近郊的农民房子,很多人都这样做,连住三天。但是他的手机早就没电了,没有办法找到他们。他要去厕所,厕所全部堵住了,情况很糟,他和其他男孩一起站在外面撒尿。然后又回到广场,人群渐渐散开的广场变成了垃圾场,他尿完又渴得不行,在垃圾里找到一个几乎没有动过的矿泉水瓶子,还是满的,打开喝了起来。突然有工作人员跑过来说可以去大厅睡觉,于是致远又跟着其他人往舞台后面走,来到背面的储藏室和排练室。已经有很多人席地而坐。他找了一个合适的位置坐下来,然后侧身把头枕在双肩包上,听周围的人讲话。他们在谈论音乐、学校、西方世界、马克思主义。

致远睡着了一会儿,又冻醒。环顾四周,周围像一个不可思议的梦。他看到自己非常喜欢的吉他手在不远处和其他人聊天,旁边的男孩打着呼,手里握着《灿烂涅槃》。但是北京的秋天凉得太快,外面刮着大风。他只穿着短裤和衬衫,冷,而且饿得不行,不得不离开这里。

外面,工作人员已经完成了清扫,他穿过一堆堆黑色的垃圾袋,像走在陌生的黑色小丘间。

致远走了很远的路,穿过一整片荒地、一段铁轨,找到通宵营业的网吧,里面很臭,但是暖和,而且有食物。他吃了泡面和鸡蛋。在打游戏的间歇,不断刷新论坛页面,阅读各种人写的音乐节流水账。摇滚,爱,和平。感动。相约下一个未来的年。

接近清晨的时候,他看到洲的 ID,打开以后,是一份明快的清单,认真地给主办方提意见,列举了音乐节有待改进的地方,都来自他的亲身经历或者观察。比如说应该多安排流动厕所,帐篷区域增设一些过滤水龙头,场地里禁止玻璃瓶装的啤酒,晚上和早晨都设置往返市区的摆渡巴士,安排一些站点,可以适当收费。等等。最后一条他写的是:"希望明年场地上空可以飞一个飞艇!"

哈哈哈哈。致远笑着,却从心里感觉到随之而来的强烈热情。这份清单礼貌得恰到好处,能体会到执笔人的一些不满和委屈,却一点不生气,有种少见的开朗劲头。字里行间因为饱满的自信和认真而闪闪发光。从白天到夜晚,致远感觉到飘浮的自由,美好和振奋的一切即将发生,但同时他又感到疑虑,他和小广场上的年轻人是一样的吗?他们所渴望的未来是同一个未来吗?他信任他们所创造的那个未来吗?他是否也会参与其中?但是洲写下的这份清单里却有种清晰确凿的东西,是自由的主动性——好想和他成为朋友啊!

致远想起大学里思政课本上的一句话:"青年在改造客观世界的过程中,也改造了自己。"致远把这句写在站内信里发给了洲,打字的时候同样相信着,此刻自己的热诚,对方也一定可以感觉得到。一分钟以后致远便收到回应,洲在信件里面表达了第一次与内地年轻人交谈的振奋,并且询问了内地到底有多大。虽然无法回忆起更为具体的内容,致远却记得繁体字所带来的陌生感,以及开头第一行写着:"朋友,你好!"

接下来的一年,致远依然居住在小城,在一所中等规模的国营书店负责音像产品的宣传。实体唱片行业正在急剧缩水,所以致远的工作成为了衰亡的见证。然而他并没有感觉自己的年轻正被无意义所消耗磨损。相反,他穿过办公楼过道,推开通往仓库的门,想象自己正走在一段寂静的实体化的历史中。同龄的朋友或者同事都积极地生活着,像迁徙中的鱼群,涌向某片庞大而不明确的流域。致远却不为所动。他不清楚自己要做什么,或者成为什么,又似乎相当清楚,在每天重复到被质疑和瞧不起的生活中搭建着什么坚固的东西。

意外的事情有两件。第一件是和洲成为了某种意义上的朋友。他们在论坛里交换过几次站内信之后,这种情况竟然出人意料地持续了下去。

两个人喜欢差不多的乐队，却没有像平常的歌迷一样交换心得，大概双方都觉得音乐观念是比感情观念更私人的东西。倒是定期交流着最近在玩的游戏。psp 刚刚在香港发售的时候，洲凌晨就去排队了。之后致远也买到了一台二手的 ps2。两个人都喜欢平井一夫，约定有朝一日去索尼发布会的现场。

"如果乐队做得好的话，或许可以去日本的音乐节，这样终有一日平井一夫会邀请我去演出吧。不知道为什么总觉得他会喜欢我的音乐哎。哈哈哈。"这样的愿望，之后被洲写成一首歌。

确实不是什么不可能的事情。音乐节之后不久，洲在香港发行了第一张唱片，封面上是一个穿着毛衣坐在书桌前认真吃鸡蛋的女生，名叫艾瑞卡。很多没有听过歌的人以为这是来自香港的女生乐团。连洲自己都没有想到，这张唱片很快在内地的一片有限范围内红了起来。可能是因为本地青年的原创精神普遍野心勃勃，营造出表面颓丧，实际积极和紧张的氛围，却猝不及防地在洲的音乐里遭遇一个暑假，每个人都踮脚走在晒到发烫的游泳池边的地砖上，消毒水，冷饮，穿泳衣的女生，感觉到宇宙中的永恒。大部分人都听不懂粤语，却能立刻被洲近乎严肃的轻盈打动。

致远工作的书店也进了一些唱片，为数不多。起初他把它们摆在显眼的位置，希望它们卖得好些，过了一段时间有顾客特意来买，致远又把唱片挪到了不容易被发现的地方，希望它们不要突然被那么多人知道。现在回想起来，这么多年里，虽然不知道平井一夫是否听到过洲的音乐，洲却去日本参加过富士音乐节，也曾经在红磡体育馆演出和领奖，穿了正儿八经的西装。

谩骂自此没有停过。洲的弱点在于音乐做得过分简陋，没有唱功可言。和大部分从大学里开始做乐团的人一样，一旦发行专辑，不专业性就被无穷放大。对此洲也没有反驳，认真地接受了下来，却丝毫没有在这方面表现出任何上进心。当时在北京的音乐节上同台演出过的乐队都看不起他，认为他既没有对音乐的尊重，也没有对世界的愤怒和担当。然而致远的想法却和他们截然相反。这张唱片撼动了他，将他固有的一些标准击碎。虽然洲唱的也是中文，写的也是中文，却始终像是在使用另外一种语言，描述另外一个世界。不排他，不污浊，不愤怒，不傲慢，有着青年身上少见的对外界的参与感，以及置身其中的热烈的同情心。

这样的人为什么会想和自己成为朋友——当时的致远常常怀有这样的疑虑。

洲的唱片发行以后，搬到南丫岛居住，只有排练的时候才和乐队的朋友见面。他在站内信里描述最近家里楼下新开的披萨店。去参加的漫画家见面会。游戏攻略。据说快要发行的新游戏。详细介绍西红柿罗勒烤鸡腿的做法，并且附上了一张配着米饭的照片。猫的近况。演出旅行中的见闻，和乐队成员去东北滑雪，结果滑雪场里的雪靴都是湿着捂干的，臭得不行。

好想去洲所在的那个香港啊。不是电影里面的，也不是 TVB 连续剧里面的。好想和洲一起去吃一次吉野家的双拼饭。南丫岛是一个岛吗？能看得到海吗？对于从未坐过地铁的致远来说，这是想象之外的青年生活，却又非常重要。

致远的站内信则更抒情一些。他故意避开日常生活的部分，说起自己久未谋面的爸。爸起初是常年驻扎在深山里的科研人员，山里有座火力发电站，早年的信件中，爸描述过深夜山里爆破的场景，山是最深的绿，天是最墨的蓝，坐在控制室里，看着外面一朵一朵爆破的烟雾，是在与宇宙最深处的秘密交谈，又或者是感知最深沉的召唤。他也描述内地的生活，并非都是他所经历，他找到有趣的新闻，年轻人的小说，加上他自己大胆的评论，大段大段地发送出去。在这种描述中，内地变成一个浪漫的词语，是一片未知的庞大的新世界。

这样做不是为了确定洲的友谊，致远只是更喜欢站内信里的自我。寂静，酷。像一个旧世界的诗人，或者内地尽头的一部分。而他很清楚他本人不是这样的，他希望这些东西能够通过文字返回投射到自己身上。

第二件意外的事情更加重大。致远妈终于结束了实质已经不存在的婚姻。她没有和家里其他人商量，坐长途车与致远爸会合，办理了离婚手续。然而她的前半辈子并没有不幸，相反，她性格天真热烈，也因此而始终得到善意，各种人以不同的方式爱她，帮助她。原本致远以为她在了结了这桩事情之后会回到家里，和照顾他们家里很多年的叔叔搬到一起，或者结婚也不是没有可能，尽管致远自己并不希望当下母子俩稳固的结构被破坏，但他已经做好了这样的思想准备，也愿意接纳家庭的第三位成员。却无论如何也没有想到，妈没有回家，而是带着为数不多的积蓄，和两个小姐妹去了西南部的小城市做传销。自此以后，与除了致远外的整个大家族切断了联系。

这件事情带给致远意想不到的剧烈震荡，不是因为钱或者信任的问题，虽然亲人们都认为妈陷入了骗局，致远却并不担心这个。她和同龄人不一样，他也是，他俩却都以自己的方式平凡地生活。而她突然破坏了与世界之间的隔断，让他觉得人生好似一场永无止尽的抉择和愚蠢的难以避免的力争上游。而且他没有办法救她。她对他也同样无能为力。

"要不就趁此机会来北京吧！"洲在听说他的遭遇以后这样说。紧接着又发来两张照片。一张照片是他在南丫岛上的家，一间朴素的小屋子，拉着窗帘的缘故，依然无法判断外面是否是海。另外一张政府要拆除服务多年的天星码头时，市民上街游行的照片。洲和朋友们在一起，坐在天桥上，背后是防暴警察。那一年天星码头还是如期拆除，搬至中环。之后不久，洲来到北京。

"之前几次来北京都觉得这里的气氛让人震撼，讲不定是可以伸展的地方。而且也是因为你的缘故，可以看看你所说的这片土地。"

"哎，别这么想。我始终在说的内地风景大概也是虚构，别让你失望了。"

"不要紧。至少北京有种庞大的美。作为渺小的族群，想要看一看。你不这样想吗？"

"我和你不一样哎。渺小的我在北京讲不定活不下去。"

"有什么不一样。你比我更讨厌世界吗？"

不不不，不讨厌世界，为什么会给洲留下了讨厌世界的印象。致远想。这个世界再污糟也没有讨厌，相反觉得四处都是有趣的地方，甚至觉得为了维护这个世界的可爱之处，无论如何都要努力才行。只是讨厌自己罢了。不知道该把这样一个毫无用处的自己置身于什么样的地方才是对的。

说这些话的时候两个人正在游戏里一起找灯塔，翻过山头时看到一片粗粝的海滩，低像素的灯塔在远处闪着光。即便是在游戏里，也觉得美好。然后洲打出一行字——"朋友，今天就到此为止吧。这座灯塔呢，我们明天再来解决。现在把盾牌放下，让我们站在山顶吹吹风。"

二〇〇五年，致远在北京找到一个工作，在一间普通的音像社，一切都顺利得惊人，没有遇见任何阻碍。其实在此之前洲提议过几次工作机会，尽其所能地鼓励致远，其中有一份工作是在他俩最爱的游戏网站，几乎是理想中的理想了！致远却始终无法克服一种退缩的情绪——"那里的门槛很高，工作人员表面看起来都是宅在家里的废柴，其实文理皆通。"——也很难说最终说服他的是什么，可能只是这间平凡的音像社正好出现在他脆弱的某一瞬间。

致远到北京之后不久，洲从香港排练回来，两个人讲好在三里屯见面。这是致远第一次去三里屯。初来乍到的那段时间里，他快速熟悉了各种地铁路线，去鼓楼看了一次演出。对他来说，庞大的城市生活并不复杂，不过是对电影、小说以及歌词的复刻。他即将去的新公司在三里屯的背面，却是一片普通的居民小区。他先去那里熟悉了一下环境，找到一间居民小馆吃了水饺喝了汽水，然后绕过嘈杂的酒吧街。每间酒吧靠窗都摆着五颜六色的水烟，涌出污浊的音乐。然而他穿着干净的牛仔裤和球鞋，双肩包里还带着给洲的礼物，一顶棒球帽，感觉既振奋又紧张，是来到北京以后最好的一天。

到了约定的地点，站在路口等了一会儿，不一会儿洲便出现了，穿着深蓝色T恤，戴着眼镜，有点害羞地低着头。他比致远印象中矮小一些，有种因为户外运动而造成的好看的黝黑，行动矫健，果断。和杂志照片看起来差不多，但很不好认，大概也很少会在马路上被认出来。没有感觉他是一个主唱或者明星，却像大学里面聪明并且体育好的高年级同学。致远心里涌动着对友谊的强烈渴望，也因此而敏感地察觉到，比起字面的交流来，洲本人有种复杂的坚决和严肃。

两个人认真地握了手，接着却彼此都不知道如何破冰，洲说刚刚在旁边的碟片店里碰到了几个朋友，所以现在大家都在一起喝酒，希望致远不要介意。"都是非常友善的人。"他完全知道致远的心思，立刻补充了这句话，试图打消致远的担心。所以尽管致远并没有做好要交其他朋友的打算，此刻也没了办法。

他跟在洲身后，经过几间墨西哥小饭馆和粉红色发廊，拐进一条脏兮兮的小巷。小巷是一间酒吧的后街，外面支着一些小桌子，挤得满满的。很多外国人站着，握着啤酒瓶。夏夜的空气干净好闻。洲很快把致远领到一张小桌前，四五个人围坐着，跟前堆了花生和啤酒，黑漆漆的。洲拖了把凳子过来让他坐下来，并没有互相介绍，但在座的其他人给他一种感觉，仿佛他始终置身其中。

洲坐在致远旁边解释说，有个朋友住的地方因为违章搭建可能会被拆除，所以大家正在替她想办法。并且提议致远试一下这里全北京也可能是全世界最便宜的金汤力。

遇见麻烦的女孩叫小马，在纽约待了很多年，但是她看起来年纪很小，既不像是在美国出生，出国念大学的话年龄上也有点讲不过去，不知道是哪里人，也不清楚为什么来到北京。致远很快注意到这里的人都难以归类。他们交叉使用英语和普通话，好像这是同一种语言，因为彼此很熟悉的关系，有时候用对方的家乡话打岔。除了小马外，还是有美国人，一个白族男孩，一个东北口音的女孩。他们都住在故宫以北，最远不超过东直门的一个正方形区域内。因为再往外，就是不断繁殖的规模小区和商圈。这里是旧城与当代世界的交界处。

小马继续讲，洲则断断续续为致远补充。

先是美国人老冯租下了大杂院里的一间，老冯是位厨师，正在筹备自己的馆子。小马看到他的屋顶有片空地，便和房东商量说能不能在那里搭建一个小小的蒙古包，绝不会占用很大面积，厕所与老冯合用。她可以付一点钱。房东爽快地答应了，还热心肠地帮忙一起做了屋顶的修整工作。旁边正好挨着一棵香椿树，所以刚刚过去的春天吃了不少香椿炒蛋、香椿豆腐、凉拌香椿。

蒙古包是从呼和浩特联系了厂家运过来的，真的草原蒙古包，不是钢筋铁皮搭起来的冒牌货。里面用木架做成网状支撑，围毛毡，再覆盖结实保暖的外皮。顶上有个天窗。门往东南方向开，既是避寒，又是吉利。工厂专门派了工人从呼和浩特过来安装。照理里面可以放火炉，小马放了取暖器，设置了无线网络，即便是暴风雪的天气也能安然度过。

"怪我不该把媒体的朋友带过来玩。最近城管和记者在胡同里到处找蒙古包，也很为难。"

"但是北京城中心出现一个蒙古包怎么样都会成为奇观的。"

"反正她自己也得意扬扬地拍了下雪天在蒙古包里烤橘子的照片，放在博客上。"

"冬天烤橘子可真香啊。"

"可不是嘛！"

"警察是怎么讲的？"

"来了几拨，没有为难我，对蒙古包也都很好奇，里里外外问了好些问题。但是蒙古包小小的，确实没有妨碍到其他人，之前隔壁邻居担心我每天爬上爬下可以看到他们家的院子，我在屋顶装了一个栅栏，这样互相都看不见。警察倒是好心提醒我当心小偷和歹徒。不过违章是肯定的，到底要怎么做他们也很为难，肯定从来没有遇见过这样的情况。怎么说呢，我真是给警察添了不少麻烦吧。"

"我刚到北京的时候在大杂院里租一间小屋子，带独立厕所，虽然是茅坑，但可以冲水，七百块，老家的朋友还觉得贵得不可思议。现在这样的也得一千多吧。"

"再早几年，我有朋友在香山脚下租了一个农民大院，只要三百块。"

"我们也可以搬去香山哎。小马可以把蒙古包安在香山脚下。"

"长城脚下也可以。"

"如果拆掉的话，我不会再把它留在城里了。我最近常常在想，讲不定它就应该待在属于它的地方。草原啊森林啊。原始，peace。但是我又不能跟着它走，归根到底，我还是在借用城市带来的微小的轻松。"说到这里，她取出一张小相片递给致远，给这位新朋友看一下蒙古包的模样。

小小的，用绳子绑得结结实实，顶上盖着一层白雪，旁边屋顶同样盖着白雪的瓦片，一棵柿子树，一棵香椿树。

"可能应该像游牧民族那样干脆些。"致远不知道为什么自己脱口而出了这样的话。明明想说些别的。冬天自己家里的老人也会烤橘子。还有他这几天傍晚总是看到在头顶无序乱飞的乌鸦。

"欸？"小马疑虑地看着他，像是在思索游牧民族的处事方式是否能用干脆来形容。她长得像古典油画里面的小男孩，蓬松的头发扎成一大把，穿着男生的衬衫，看起来不太好打交道的模样，一开口却天真和诚实得叫人吃惊。其他人也是。好像从来没有遇见过挫折，也没有受过任何形式的威胁，因此外部环境再严苛都没有愁容。

洲没有喝酒，也没有抽烟，专心地喝着可乐。整个晚上他没有怎么说话，却轻松自在，似乎天然是中心，给人一种只要他在，谈话便能得以继续的感觉。用他们的话来说，很 peace。而致远则不知不觉地要了第三杯金汤力，并不是喜欢酒，但紧张消退了，他反而感觉清醒。在他们的谈话间，他在这一个星期里复刻的经验全部作废，以及之前所有字面理解中的城市、青年、革命、创造、意义、自由。他被全新的东西震动。意识到这是自己第一次在酒吧喝酒，也意识到这里有一种他不曾拥有的天真。

此时外面的大街上起了骚动，人群开始往一个方向拥，但是挤在小马路上喝酒的人似乎浑然不知，流动着一种天塌了也没有关系的人为欢乐。一会儿陆陆续续传来消息说马路两头拉起了警戒线，那段时间是治理时期，警察经常在三里屯检查违禁品和经营许可。小桌边的人不为所动，反而因为暂时谁也无法离开，而心安理得地继续交谈。

但是警察进来以后拉掉了音乐。致远之前并没有意识到这里播放着噪音般的音乐，瞬间的寂静显得非常古怪。后来致远回想起来，如果不是因为古怪的寂静，暴戾的意识可能不会醒来。两三个警察挨桌检查身份证，有些例行的疲倦和冷漠，但没有粗鲁失当之处。先是老冯和洲没有带护照，然后小马没有带身份证，其实他们都住在附近，解释一下回去拿也很正常。但是洲却突然站起来，把手腕朝上并拢起来，向站在他跟前的警察伸过去。

"我没有身份证。怎么样，你们抓我回去吗？"洲既像是失控，又像是突然站在舞台上表演了一个开场。他的愤怒很冷静，仿佛是计划或者排练之后，是一种漠然的练习。

"抓我们回去啊。走吧。"老冯跟上。

那是位中年警察，致远看着他露出吃惊和疑惑的表情，继而转为厌恶的愤怒。微妙的转换让致远的情绪也涌了上来。但是在场所有人在那个瞬间都没法决定接下来要怎么办，静止着，仿佛都指望依靠对方的反应做出下一步的判断。致远的身份证已经揣在了口袋里，当他得知要检查以后便自然地从钱包里把身份证拿了出来，但现在他为自己的下意识的举动感觉羞愧，仿佛出卖朋友。

接着那个瞬间过去了，紧随着的是混乱的争执。两个年轻的警察在大吼，洲语速飞快地讲粤语，老冯激动地来来回回走。致远做了很坏的打算，但其实也没有坏到哪里去，可能会罚款，或者去拘留所过夜，如果和他们在一起便没有什么可担心的，他甚至有点期待。身处这个小小的结实的群体让他产生奇妙的安全感。这时候对面的小马走到警察面前大声说："为什么要这样，大家都是人啊。我们也是人啊。"中年警察吃惊地看着她，然后小马哭了，巨大的泪珠涌出来，小孩般的脸皱在一起。致远的心被震动，是什么情感那么强烈，他感觉到，却无法理解，有点委屈，简直也要哭起来。

"你在说什么啊，我们也是人啊。"中年警察突然泄气了。这句话说出来以后不知怎么的产生了一种滑稽的效果，出现了一个新的寂静的瞬间，然后气氛松弛下来，两位年轻警察继续检查，旁边的人也都重新变得配合温顺。和洲相熟的酒吧老板把他拉到旁边说话，其他人都坐下来等待警戒的结束。感觉甚至有些温柔，直到对面的酒吧重新放起了音乐，警察离开了，这件事情作为一个插曲而终结，周围和外面的一切缓慢有序地恢复了机能。大家却静默地坐在桌子旁边，仿佛在继续等待什么郑重时刻的到来。

"想起来一件事情。"致远略带着迟疑说起来。

"一九九七年香港回归之前,我在老家念高中二年级,住宿生。学校接到省里面的任务要为七月一日的庆典做准备,派我们年级所有住宿生参加庆典的排练。从三月初到六月底,每天下午在省体育场排练两个小时。因为学校偏远,路上来回需要花费三个多小时,所以下午几乎没有办法上课。所谓的排练其实就是队形转换,但是要求绝对整齐,专门派了部队的教官来训练我们。起初很开心啊,不用上课,每天还能领到饮料和面包。后来天热起来,每天却都在重复同样的动作,非常枯燥。我们在庆典上的表演是通过变换队形和手里面举着的彩色纸板,排列出不同的字母和图案,地上画了各种标识,我们要反复记住,在规定的时间走到规定的地方,直到变成身体记忆,没有误差。

"正式演出的那天,学校里面的考试还没有结束,但我们不用参加考试,还领到了新的白衬衫、西装裤。早晨四点半在操场集合,坐大巴去了新建成的大体育场。尽管之前的一个星期都在这里最后彩排,但是那天的一切却崭新到离奇,像一个建立在虚构上的平行世界。我们在准备区域等了两个小时,等到上场时,锣鼓声和音乐带来奇妙的真实感,能够感觉到有庞大到不能描述的东西或者事件正在发生,我们则过分渺小,方阵中的微粒。然而要细想的话,这个瞬间已经结束了。

"回程的大巴上没人说话,所有人都又累又伤心。而且得知噩耗说接下来的暑假都要用来补课。有一位老师坐在我前面,她转过头来说,以后的人生还会遇见更多这样的时刻,但不再会有一个集体和你一起经历。类似于这样的话。但这到底是一个什么样的时刻呢,恐怕连她自己也不清楚。

"我们直到高中毕业时才看到了当时的录像。在礼堂里播放的,很热闹。镜头扫过我们所处的那个方阵,住宿生就开始起哄和鼓掌。这是我们第一次明白当时自己在做什么,那些彩色纸板和走位连成的是什么图案。在俯瞰的镜头里,只有我们自己知道自己在那里。那天的礼堂里有种复杂的情绪。因为高二荒废的整个学期,不少人高考失败。但也很难把高考失败就归结为这一个原因,至少我们当时谁都没有真的这样想。

相反，就认为这是命运嘛，就应该这样接受下来。我们通过嘻嘻哈哈的方式打消着彼此的疑虑。我接下来也要去很糟的大学。也不是沮丧，而是这样荒谬的伤感。"

小桌边的人陷入更郑重和古怪的寂静，但音乐响着，致远看看洲，洲先是注视着他，然后扭头看往其他地方。致远在那个瞬间能够解释洲身上不合时宜的坚决和严肃，他的音乐里面不为人知的愤怒和迷惘。但是那个瞬间也很快就过去了，他不得不闭上了嘴。

之后大家纷纷告别，致远和洲一同往东四十条方向的地铁站走。现在peace的感觉又回来了，但是变得复杂和不稳定。他们经过一个竖立着雕塑的小广场，是一只奇怪的狼，两个人绕着转了一圈，然后终于找到一个便利店买了两瓶水。可能是因为那只狼，致远感觉到令人心安的虚构感重新降临，他们仿佛行走于电子游戏中的北京地图。

"我感觉自己说了不少蠢话。"

"你说得不蠢。这会是一个很难忘记的夜晚。"

"其实我想问你一个问题。刚刚警察并没有对我们做什么，为什么你会那样？"

"我也不知道。但是对我来说这可能是一种时刻都准备着的情绪，虽然不确定，却在心里练习过太多次。好像是把在香港时的失望转变成了其他什么。所以一有行动的机会，就想实践。像条件反射一样，往往是判断错误的。不过简单说起来，大概就是乐队主唱人格上身，扮演星斗市民。"

"什么市民？"

"粤语里面的讲法。就是像星斗一样平凡的你我他。"

经过街心花园的时候，洲跳上单杠玩了一会儿，致远也跳上去翻了几个跟头。

"你是不是体育生？"

"田径队的。但是后来没有在比赛里得过什么值得一提的名次。考试也没有得过优惠。不过我小的时候一直希望自己以后成为足球运动员。"

"我们竟然从没聊过足球。我虽然是曼联的球迷，最喜欢的球星却是梅西。"

"我不是真正的球迷啊。但中学时期正好是全国足球联赛最火的时候，我看得最多的也不过电视转播的省队比赛而已。不过有一个很喜欢的运动员，踢前锋的位置，八分之一俄罗斯血统，球风又直接又细腻，还不到二十岁。我们为香港回归的庆典排练的场地，正好也是省队训练的场地。所以最大的福利就是每天排练完，等待大巴接我们回去的半个小时里，可以坐在看台上看省队训练。那个球员真的和其他人都不一样，即便是枯燥的基础训练，对我们来说，也好像是在观看他的个人表演。因为自己的体育不错，所以暗暗希望以后可以成为这样的人。那些傍晚也真是好得不得了。排练的时候流了很多汗，但是临近夏天的风介于暖和和清凉之间，非常舒服。喝汽水，吃面包。既不感觉荒谬，也没有忧虑。所以留下这样的记忆，也算是值得？"

"你对值得的期待实在太低。我不礼貌地问一句，你们为什么不抗议？一个学期的排练对你们的人生造成了毁坏。没有人去投诉吗？"

"当时没有人会这样想吧。即便是现在想起来，我也觉得没有区别。高考成绩好一点，或许会是不一样的人生，也或许没有。但不管怎么说，我都觉得没有什么两样，都是要接受的命运。"

"怎么会没有两样呢？那是通往自由的基本路径。"

"是吗？那对我来说大概是比较浅显的自由。而且那是很珍贵的年纪，也是很珍贵的时代。没有人制造怨念。我想你大概不会明白。"

这样他们沉默了一会儿，彼此赌着气，埋头拼命走了一段路。

"我在慢慢明白。怨念是很讨厌的东西。十年前的香港可能还不是这样。电影里也没有不得志的老警察、反社会的杀手、忧心忡忡的新移民。而现在每个人都被固定在自己的位置上，扮演自己的角色。赌彩的好运好像再也不会来临了。没有人尊重彼此的愿望。没有办法描述哎。写了一点在歌里，大概还会继续写一点。但是所有以为自己明白了的时刻都是稍纵即逝的。真是一点也没有办法啊。只好等待着下一个这样的时刻继续降临。"

"刚刚在那条街上。音乐突然被拉掉的时候，对我来说也是这样的时刻啊。"

这样等他们走到地铁站的时候，已经连路灯都熄灭了。洲不死心地跳上台阶往关闭的铁栅栏里面张望，糟糕了！他懊恼起来，因为知道致远借住在高中同学家里，非常远。致远却松了口气，说实在的，他无法想象倒两班地铁回到通州。高中同学在通州的一个科技园区上班，虽然性格慷慨友善，对待具体生活的态度却一团糟。床和写字桌紧紧挨着，有性能极好的台式电脑、键盘和鼠标。他在这两平米见方的区域内生活，听音乐，打游戏，工作。现在这两平米旁边的窄道里安置了一张睡袋给致远，是他想象中逃生时的备用。睡袋很潮，也是这间垃圾房的一部分。总之下个星期一定要找好房子了。致远暗暗下了决心——"不如去洗澡吧？"

"洗澡？"

"澡堂。北京没有吗？通宵的公共浴室。"

"好像路过。但我一直以为是流浪汉会去的地方。不过去一下也无妨。"

结果在东四十条附近果然很容易就找到了澡堂，挨着一间水果铺和一间台球房。外面看起来很破，致远不免有些担心里面的情况。走过一段露天走廊，里面却整洁明亮，一派八十年代国营单位的气氛。两个人领了手牌、毛巾和一块肥皂，致远带着洲找到柜子，放好衣服，光脚泡进池子。水温比想象中凉，致远觉得正好，刚刚的酒让他胃里不舒服。很多年以后他才回想起来，在三里屯喝的那种十块钱的金汤力用的一定都是假酒，而在当时他只觉得自己果然不胜酒力。

有很长一段时间，两个人浸在水里，偶尔发出舒服的叹息，谁都没有再讲话。

"唉，你觉得我有没有秃顶。"洲转过头来，认真地问。

"我看看。"致远也认真地打量起他来。

"我爸和我叔叔都是秃顶，可以说父系的男性亲属都是秃头。早晚都要发生的。但还是很担心现在就已经发生了。"

"这样说好像是有一点。"

"唉，糟了糟了。真的假的？"

"嗯，发际线这里。"

"完了完了。哪里有秃顶的乐队主唱。"

"罗大佑！啊，我想起来，你有点像九十年代初期的罗大佑。那时候罗大佑大概三十多岁，但是发际线已经很靠后了。"

"哈哈哈，你不要乱讲。我比罗大佑帅很多啊！"

"但是真的很像。我看过一九九一年一次赈灾演出的录像，罗大佑戴着茶色墨镜，一边唱《皇后大道东》，一边四肢不协调地扭来扭去。非常忘我，真是出乎意料的迷人。很像你在你的一个MV里跳的舞啊。你和一个女孩在巴士里，女孩坐着，你就一直在旁边跳舞。"

"我很喜欢一九九一年的那张专辑啦，最后一首歌是《东方之珠》。念书的时候，我爸领着我们全家去看他在香港的演唱会，是我们家里难得的合家欢时刻。不得不说，罗大佑对我来说是真正的大明星，是最后的大时代里野心勃勃的没落英雄。但是跳舞嘛，所有不会跳舞又自说自话的人跳起来都是这样的——艾瑞卡，那个坐着的女孩，就是封面上吃鸡蛋的女孩，认为魔性的舞步也是男孩的性感。"

"很多人问艾瑞卡是不是你女朋友。"

"啊，我以为我告诉过你。我喜欢男人。"

"欸？"致远噗地笑出声来，又疑惑地发出一个叹词，而洲略带吃惊地看着致远，以为他没有听明白，接下来认真解释说，"我喜欢男人。我和男人谈恋爱。这样。"

致远尴尬地收回笑容，一时也不知道视线该停留在哪里，只好不自觉地退回到池子角落里，假装闭起眼睛来享受热腾腾的蒸汽。听到洲若无其事地缩在水里，发出舒服的叹息。过了一会儿他被一块毛巾砸中，听到洲气呼呼地说："我说你这家伙，不用躲得那么远，我有男朋友的。那可是比你自由很多的男孩！"致远大笑着把毛巾扔回去。然后两个人都不再吱声，缩在水里，一起发出舒服的叹息。

便是在这个时刻吧，致远感觉到确凿的友谊。不是站内信，不是虚构，他们成为了确确实实的朋友。即便他也立刻清楚这份友谊存在着明确的边界和他不愿再去探讨的地带。之后洲和致远告别。致远则在浴室里租了张躺椅，头顶的窗式空调响个不停，其他夜宿的客人发出起伏的呼声，他却沉沉睡到清晨。从浴室出来，小风清凉，精神抖擞，感觉从此被好运笼罩。

这个夜晚被洲写成两首歌，收入在第二张专辑里面。致远很喜欢有关澡堂的那首，歌词说的是和朋友漫步在北京的夜晚谈论什么是更为高级的自由，之后又在公共澡堂里对朋友出柜，朋友吓坏了——"但是朋友啊，还请和我一起在有限的自由里冒险。"——现在唱起来，致远也要红了眼眶。第二张专辑的发行距离当时已经五年。接下来洲迎来最红的一段时间。去日本音乐节，在红磡体育馆演出都是那之后的事情。而关于这个夜晚，致远当时怀有一种热烈的期待，这样的夜晚会反复出现，但其实并没有。

一方面是因为致远没有能够在故宫以北的正方形区域内租到房子，最终在东五环外找到了合适的室友和住所。这里因为不通地铁，房租很便宜，地理意义上却区别于洲所属的那个群体，被以板块为界限划入了新的人群。这个庞大的小区里住着的几乎都是贫穷、却对美好生活破釜沉舟的年轻人。起初周围很荒凉，出门以后只有一条笔直的道路。后来这条路上开出很多烧烤店、拉面馆、沙县小吃店。都是只有年轻的身体才能承受的食物。渐渐地，这里形成一种排斥家庭或者任何固定形态的气氛，搬家的货车进进出出，一幅进行中的新世纪图景。

然而工作比预料中好很多。致远当时负责一个风格未被定义的小乐队，三个来自重庆的男孩。致远从音像社一堆被遗弃的小样里发现了他们，被音乐里春游般的轻松和玩世不恭的坏浪漫打动。在致远的说服下，尚存理想主义决心的老板同意投入有限资金，做一些无害的尝试。接下来致远帮助他们策划第一张唱片，并且带他们去内地城市演出，参加名不见经传的各类音乐节。他们一起坐火车，住卫生情况糟糕的连锁旅馆，却都怀有磨砺自我的决意和快乐。这是致远谈论音乐最密集的一段时间。起初是听他们交谈，之后他也参与进去。他不得不承认自己从交谈中获得了快乐，并且感觉自己在认真地活着，思考，创造。

另外一方面，致远和小马发展了一段外省青年之间的爱情。从三里屯告别之后的一星期，小马给致远打了电话，她告诉致远说那天他回忆起回归庆典的事情带给她一些震动，而她也有一些疑惑想和他聊聊。但是在与洲交换过有关自由的看法之后，致远变得有些小心，不想再谈这件事情。不过他很高兴小马能打来电话。他们聊了一会儿那天晚上见到的朋友们，还有蒙古包的情况。之后每天他们都会打电话聊一会儿。小马出生在南方沿海小城市，小时候因为聪明过人被当成天才学生培养，跳了几级以后作为交换学生去了英国。感觉水土不服，于是自说自话地退学，去了美国。但是她的叙述每次都有些不一样，她会增添或者删除一些细节，致远如果产生疑惑，她却又都能给出合理的解释。其实致远不在乎她是否杜撰了一部分人生，也有可能她对于构成平常生活的重要部分真的不在乎。致远喜欢和她讲电话，主要是听她讲。他没有什么可作为交换的经历，当他们有些害羞地谈到恋爱史的时候，他产生一个模糊的念头，小马大概会成为他的初恋。

之后小马的蒙古包拆了。但是找到了好的买家，现在可能正如愿以偿地在远方的森林里、瀑布边。拆的那天致远去帮忙，他以为会遇见洲，但是只遇见了老冯和再次从呼和浩特赶过来的工人。那天晚上致远和小马在胡同的小饭馆里第一次面对面正经聊天。小马坐在对面喝啤酒，笑嘻嘻的非常专心，给致远留下了比之后在蒙古包废墟上的亲吻更强烈的印象。

小马先在老冯家住了一段时间，作为回报在他的馆子里打杂。尽管她在日常生活中的需求非常微弱，几乎没有消耗，但当时老冯交往了新的女友，她不得不重新找房子。致远帮了不少忙，并且在她需要支付房租的时候借给她一个月的工资。他几乎没有多余的钱，却不由得一再帮助小马，结果给自己造成不小的困扰。而小马并没有觉得这有什么问题。生存让她烦恼，但她从未真正忧虑。因此她觉得致远给她钱，帮她交房租好像并没有什么不对，欣然接受着。而且她确实不像其他女孩一样在物质上有任何花费。她常年穿着朋友剩下来的衣服，一些男孩的夹克和连帽衫，骑一辆朋友母亲淘汰下来的自行车。为了方便和她一起出行，致远也买了一辆自行车。

然而房子又让她不愉快。她离开了大杂院，与另外一个女孩住在团结湖的老式居民小区里，享受着空调和二十四小时热水带来的便利和舒适，因为小区是政府机构的家属楼，冬天的暖气甚至足到必须要开窗。当代同质化的生活使得她陷入近乎罪恶感的焦虑，脸上的痘痘也随之爆炸。

致远把这些事情都作为小马人格的一部分接受下来了，而且有时候确实认为她的反抗是有道理的。她的个子很小，比平常人更加脆弱，也更容易陷入时代的流沙。但令他感觉委屈的是，小马抗拒性行为。在他们恋爱的一年中，虽然进行了所有边缘行为，小马却始终拒绝最后一步。

"你想要睡的不是我，是和我有关的历史、环境、人群，是一个幻觉。就好像这样你可以更了解我，但其实不是的。"小马常常语无伦次地解释。

"扯淡。我想睡的当然就是你。确确定定。"

为什么她不能确定！小马解释说她很讨厌自己的身体，没有把握能够使用好自己的身体。她需要更多的自我认知和确定。这给致远带来的痛苦暂时超越了一切，整个冬天与欲望和孤独的斗争是覆灭性的。然后熬到春天，感觉可以透口气，却遭遇沙尘暴大爆发。小马的痘痘变得非常严重，对好几种药物产生抗药性以后，又试验了放血和针灸的治疗。但是中医诊所的拥挤和缓慢令人绝望。致远去找她，但是她不开门。致远打电话给她，她接了，她说她觉得致远睡了其他人。

致远确实在睡其他人。有一天晚上他做了四次，清晨的那一次感觉只是身体盲目地抽搐而已。起初他认为自己可以解释这件事情，后来觉得没有必要。而且他必须承认，他确实得到了身体上的安慰和非常短暂的轻盈和愉快。并且他意识到小马对他来说绝对不是幻觉，相反，他才是小马意识中一部分的投射。或者更糟糕的是，他连同故宫以北正方形区域外的世界，正是小马强烈排斥的。这样一想，他变得更加伤心。

尽管致远很想找洲倾诉与小马之间的问题，却担心他们之间会发生类似上次那样关于自由的争论。然而这两件事情之间又有什么联系呢，他也没有想清楚。这样时间久了，致远便把这件事情当作秘密，反倒和洲也感觉疏远。

春天还没有结束小马就决定离开北京。致远很长一段时间没有单独见到她，但还是和其他人一起为她送行。她的东西少得令人吃惊，大部分东西都留给老冯，却把自行车留给了致远。大家爽气地说着惜别的话，开玩笑，还真的为什么事情大笑起来。最后他们打算像同志一样潇洒地握手告别，小马却突然抱住他的脖子开始亲吻。于是小马哭，他也哭，边上的人都不吱声。

"傻子，我为什么要两辆自行车啊！"致远这样说着。这永远是他人生中最伤心的一天。之后他把自己的自行车卖了，留下了小马的自行车。

奇怪的是，小马一离开，天气就慢慢好起来，沙尘暴结束了，迎来的是一个干燥凉爽的夏天。

音像社按照计划开始筹办露天音乐节，地点在郊外一座废置了几年的游乐场。致远与老板一起去巡视了几次场地，大部分的游乐设施已经拆除，留下遍地荒草，一面镜子般的湖和漫天飞的白色野鸟，正适合建造一个小小的乌托邦。他们在不同的时间过来，观察天色和光线的变化，最终选择了一小片林中空地。老板热情描述着秋天到来时的场景，他想象白色的帐篷，周围可以搭建高高的看台。致远趁着他兴致高昂的时候建议说安排往返巴士，搭建流动厕所，如果有帐篷区域的话记得增设过滤水龙头，在空中放一个飞艇，以及希望能够邀请洲的乐队参加。老板虽然并不喜欢洲的音乐，称之为温情的伤感，却爽快地答应下来，并且提出邀请更多港台的中文小乐队，他想要陌生化的浪漫和叛逆——这是他理解中的年轻人。然而每次的巡视都有一个不愉快的结尾，他们傍晚离开那个宇宙间最浪漫的荒地，接近进城高速时开始堵车，老板的脾气也随之一落千丈。他变得焦躁，泄气，骂骂咧咧，同时又说一些以"你们年轻人"为起始的观点，仿佛自己置身事外，对未来撒手不管。这让致远觉得他像是完全经不起挫折或者容易放弃。总之他不是一个称职的老板。他喜形于色，怀有落后于时代的理想主义，却又以笨拙本能的努力想要搭上时代的顺风车。然而致远很喜欢他，容忍着他，遏制自己不时对他流露的同情。大概因为他身上有种滑稽的不平衡，和摧毁性的自我质疑，或许是他的同龄人正在丧失的。

没有想到洲断然拒绝了音乐节的邀约——"抱歉真的不能参加。那天是游戏发售日。我本来还想找你一起去电子商城排队。"——态度礼貌坚决，然而搬出这样的理由真让人摸不准他心里是怎么想的，想推进或者反驳也不知从何说起，反而让致远为自己急切想要证明一些意义的态度感觉惭愧。但不管怎么说，想看到洲的演出是真实的热忱的愿望，那将是对某种虚构的印证。于是他撇开音乐节的事情，提议周末一起去荒废的游乐场玩一玩。

两个人约在地铁站见面，坐到终点站，再换乘小巴。路途遥远却并不乏味，甚至见到了难得一见的乡村场景，路过水库边成片的向日葵。

"这也是北京吗？"

"嗯，不赖吧。"

美好的夏日傍晚，游乐场里湖水清澈，水位很高，野鸭子和鹭鸶出没。致远顺势向洲描述即将在这里发生的一切，而洲惊讶于他竟然记得多年前自己发在论坛里的音乐节建议。他们喝完了可乐，洲脱了T恤跳进湖里，致远也跟了过去。湖水出人意料地暖和，干干净净。他们漂浮在水面上，闭着眼睛，小鱼偶尔咬到他们的脚。之后他们爬上岸，在石头和树叶上蹭干净脚上的泥巴，往游乐场的深处走去。在致远从未到达过的地方，他们发现了一处沙地足球场。

"看来不得不再来一次了！"洲拍拍致远的肩膀。

"可能不止一次。"

"九月我从香港带乐队过来，但是有一个要求，音乐节开始前我们在这里踢一场足球比赛。"

"嘿嘿。"

接下来的整个夏天致远都在为音乐节忙碌，往返于公司和工地。洲则带着足球比赛的郑重允诺回到香港和乐队排练。他们每天交换各自的情况，互相提供建议和帮助，是联络最为密集的一段时间。洲凌晨回到家里发来现场排练的小样，致远也坚持着用缓慢的网速断断续续下载，戴着耳机听。感觉好棒！粤语在粗糙的音质下完全听不清楚，却像是跟随着洲穿过了一座座虚构的楼宇和城市。

然而八月底等来的是坏消息，音像社被集团吞并，突然到不容争辩和质疑。得知消息的时候致远正在准备第二天工程队入场，被紧急叫停时还以为是一个误会。接下来两天老板和高层闭门会议，其他人则手足无措，一场台风以后，夏天猝不及防地提前结束。

没有人被辞退，也没有人加薪。音乐节将按照原定日期举行，但是场地转移到市区时髦的小剧场，有专业人士接手。包括洲的乐队和致远负责的重庆乐队在内的六支乐队没有通过最后的演出审查。老板交代致远给他们发礼貌且有分寸的道歉信，告知这场意料之外的变局。没有合同，没有赔偿。致远以为在这样的震荡下所有人都会消沉，但其实只有他自己。老板在安排完过渡期的工作以后立刻休了长假，这是致远到音像社以来第一次见到他休假。就好像他终于决定撒手不管了，也可能他获得了致远所不能理解的平衡。财富和被局限的自由使得他非但不沮丧，还表现出轻快的振奋，令致远不由得思索，如果他正在参与的是一种进程，如果他也是进程的一部分，那么通往的究竟是哪里。

之后的一个星期没有人来上班，只有致远试图坚持住某种恒定，每天在寻常的时间过来，坐在自己的位置上处理所有邮件，他一再拖延发给洲的邮件，但其实每天都写一点，又每天都停顿下来。他写了目前碰到的情况，他的歉意，迷惘，疲惫。写到后半截他感觉自己回到过去，如同坐在网吧里通宵的夜晚。于是他放松下来，又想起来把自己和小马之间的问题从头到尾写了一遍。有些瞬间他感觉自己和其他人的未来浮现在跟前，他便也写下来，然后他再想到小马，小马会变成什么样的人，真是一点头绪都没有。他像是从来没有理解过她，也可能从来没有理解过洲。写完邮件，他离开办公室的大院，像发着一场高烧，只能回家大睡一觉。

醒来的时候天色是透明的暗，一时无法分辨是傍晚还是清晨，但时间肯定已经过去了一天，致远没有收到洲的任何回复。接下来的一天，两天，整个星期过去了，都没有来自洲的消息。但是洲确实收到了邮件，因为他停止了排练，博客上只有他在大浪湾学冲浪的照片和记录。

九月的第一个星期六，原定的音乐节前夜，洲终于更新了一条博客。是一张简单好看的演出海报，白色细马赛克的背景上绿色LED感觉的繁体字，写着时间和地点，以及一句话——我所理解的内地。紧接着致远也收到了消息："朋友，明天东单公园相见欢。"

欸？原来已经回到北京了。第二天傍晚致远从小剧场的排练现场提前撤退，一路上既担心错过时间，又怀着紧张和复杂的心绪。希望路途更遥远，他只是在路上，永远抵达不了目的地。这样出乎意料的，却在公园门口就遇见了洲，他背着吉他，正站在小卖部旁边喝可乐。

"好久不见！"洲远远看到他，简直乐不可支地打起招呼。

"好久不见。你是在开玩笑吗？"

"本来是认真想在这里演唱几首歌，刚刚打开吉他，就遇见公园管理员。我虽然讲礼貌，却也很难缠，所以管理员又找来几位城管。"

"看你现在这副样子，应该是没有逞能一个人扮演星斗市民。"

"因为我已经接受了被驱赶的命运。哈哈。"

两个人不仅没有主动提起不愉快的事情，还小心翼翼地避免着措辞，共同维护着什么对彼此来说重要的东西，却又被某种愉快到荒唐的气氛感染。也可能是因为隔了一个夏天没有见，心情像暑假归来的伙伴，互相打量着，有点不好意思地发现彼此都晒得很黑，也长了体重，哈哈大笑一通之后便感觉自己多出些成年人的郑重。虽然演出泡汤，也打算高高兴兴地去吃顿饺子。

"你知道这个公园怎么回事吗？"走到半途洲突然又笑成一团。

"怎么了？"

"北京的朋友告诉我说那里是同志公园，反正说了一些惊世骇俗的事情。我回香港的时候和朋友去海心公园听老伯们唱歌，想起来就和他们说了一点公园的事情，他们打赌我不敢去那里唱歌。那我肯定得试试看。

所以还特意做了浪漫的海报。当然我确实向来很浪漫的。"

"遇见好看男孩了吗？"

"好看的男孩女孩统统没有。就是一个平平静静的小公园！锻炼，下棋，唱京剧。我还跑到小山上转了一圈，大家三三两两站着，也没有人来和我搭讪。反正就是自己把自己搞得疑神疑鬼。"

"怪没劲的啊。讲不定刚碰到治理。"

"后来管理员过来驱赶我之前，有个大伯问我要不要一起去劲松那里唱卡拉 OK，他说他们还有十来个人，大家 AA，一个人三十块钱。"

"什么样的大伯？"

"普普通通的大伯。"

"你有没有看过王小波。这么好奇不如去看看《东宫西宫》。"

"讲的什么？"

"我也不知道，我没看过。"

"我以为你们都喜欢王小波。"

"不好说。讲不定你会喜欢，我也想知道你的看法。毕竟是在不一样的语境下。"

"语境哪里不一样了。繁体字也是一种语境吗？"

他们正穿过吵闹的王府井，往美术馆的方向走。气氛中出现非常短暂的严肃和皱褶，只要不使劲，不触碰，过一会儿便会自动抚平，被新的事物或者心情替代。但是致远的心却在这个停顿间涌起懊恼和悔恨的情绪，他不得不突兀地说："我真的感觉非常抱歉。"

"是挺可惜。天气真好，本来我们应该在踢球的。"

"踢球随时都可以。你别岔开话题。"

"要凑齐人，要有合适的时间和场地，哪里容易。反倒是你，为什么觉得音乐节那么重要。做成了一次，没有做成一次，又有什么区别。你总在说的什么破釜沉舟的决心，要说我有什么不理解你的地方，可能不理解的就是你的决心。为什么我们要煞有介事地谈论着正经事，以为是成人的一部分，以为在搭建着什么了不起的世界，其实……"

"其实什么？"

"嘘嘘嘘。王菲。"

"哎！你这样没法和你认真讲话。"

"真的是王菲啊。"

致远转过头去。喔，真的是王菲啊！两个人顿时都一动不动。她穿着牛仔裤和格子衬衫，独自从一扇门里走出来，迈着很大的步子，不躲闪，不遮掩，堂堂正正地穿过稀落的人群，轻盈地迅速消失在暗下去的马路上。真美啊，为什么会有这么美的人。像梦一样破坏了短暂的现实，在空气中惊扰起一层奇妙的涟漪。

"天哪。"

"是啊。"

"好正啊。"

然后他们回过神来，却忘记了或者不愿意再接上刚刚没有说完的话，饥肠辘辘，天色未晚，而最喜欢的饺子店已经出现在跟前。

第二天音乐节还是如期举办，结束之后音像社立刻解除了好几份乐队合同，其中也包括洲负责的重庆小乐队，他们共同策划的第一张唱片在失望涣散的情绪下宣告失败和终止，以最好的形态停留在了想象与观念中。主唱小A成为了致远第一个离开北京的朋友，洲正好请了假，和他一起回到重庆想要透透气。

他们过去的排练房在一幢山坡上的破楼里，楼顶上开着一间火锅店。晚上致远和新认识的朋友在那里吃火锅，破天荒地喝了不少酒，一直到将近天亮。绕城轻轨在视线可及的楼宇间穿梭，还有坡上高高低低的LED广告牌，非常魔幻。原本这些场景都会出现在唱片里，火锅，四川话，穿过长江的缆车。谈起这些，大家都沉默。接着小A说到洲："以前第一个乐队叫小绿洲，是因为很喜欢洲的缘故。但是不好意思承认，所以有人问起就只解释说自己是绿洲乐队的粉丝。虽然一边是香港，一边是重庆，却觉得他在音乐里构造了什么没有边界的地址，让我们都可以容身其中。真可惜，原本以为终于要认识他了。"

这是重要的。这是内地这个词语新的定义。这是被洲忽视的意义。致远在回程的火车上反复想着小A的话，回去就要告诉洲啊，一回去就要告诉洲！他怀着这样愉快的决心看着窗外大片的山地，感觉自己正在穿越不可叙述的庞大。然而等他回到北京时，洲已经去了伦敦，在跟随一名著名DJ学习了半年之后，搬回了香港。他用这种委婉的方式和这里的朋友不告而别。公园里失败的演出和关于王小波的讨论也被洲写成了歌，而致远始终在想，当时他们应该把要讲的话都讲完。

二〇〇九年，致远来到香港出差。事先查好路线，在机场买了一张八达通卡，坐机场快线到中环，再转地铁到达铜锣湾的酒店。路上经过一段隧道，突然看见闪闪发光的大海，是致远人生中第一次看到海，车厢非常安静，冷气很足，仿佛贴着海平面滑行，然后看到山，浓重的绿色植物，山上又有各种房子，也有耸立着的高楼，空气透亮，被阳光照着同样闪闪发光。真美啊，这就是香港了！

那段时间音像社代理了几位选秀明星，获得集团不计成本的资金支持，可以说是赶上了一个小小的浪头，因此用起钱来非常大方，塑造着新产业的形象，出差预定的酒店也在铜锣湾很好的位置。一面的窗户对着城市，办公楼和商场，干净明亮，灰青色的路面刷着黄色的繁体字标识；一面的窗户对着山坡，能望见豪宅的游泳池、远处的高尔夫球场、再远处一点点的海、海边的大片绿地，以及云层底下的高楼。致远在窗前站了很久，注视着天空投下的阴影在地面移动。

他花了一些时间适应外面的闷热和潮湿，很快学会熟练地坐荃湾线往返于港岛和九龙两地。地铁站空空的，街道错综复杂，上坡下坡，很多陌生的树木和花。客户是位长了他将近二十岁的中年人，一头整洁的齐耳长发，戴着金属框的眼镜。但是他礼貌、谦逊、精神，对内地的年轻人和音乐市场很好奇，问了很多问题。他带致远在茶室喝了早茶，经过重庆大厦的时候特意指给他看，路上出现很多印度人，既忙碌，又自在。其实那部电影并没有给致远留下什么深刻的印象，但他也礼貌地将之作为某种刻板的印象而接受了下来。之后他们一起去黄大仙烧了香，致远觉得很奇怪，但是他依然认真地许了愿望，并在告别之前约定了第二天的会议时间。

致远完成工作以后才给洲发了邮件。自从洲离开北京以后他们极少联络，但是洲在博客和脸书里更新着恒定的内容。普通而美味的食物。游戏和体育比赛评论。海面的风景。日常与不日常的所见所闻。作为旁观者也在这样的恒定中被消解了时代的思虑和不安。这样即便很久没有见，却觉得始终参与着他的生活。洲很快回复，说好第二天早晨见面，一起去海边玩，一会儿又发来一封邮件要他带好泳裤和防晒霜。

　　致远的双肩包里塞着毛巾和拖鞋，在约定的商场等洲。洲突然从人群中出现，也背着双肩包，穿着网球鞋和短裤，直冲着致远张开双臂说，欢迎来香港。致远有点吃惊，尽管洲看起来和在北京时一样，穿着同样的T恤，却能感觉到有什么地方发生了明显的变化。直观地说起来，他的身上那种不可描述的模糊性消失了。但是惊诧的情绪很快被强烈得多的快乐取代。

　　太久不见了啊！两个人重重地拍拍彼此的肩膀。

　　尽管是工作日的早晨，却完全没有堵车，道路井然有序。小巴司机开得飞快，下坡时也完全不减速，致远不得不紧紧地握住把手。洲却很镇定，他坐在前面，抱着双肩包，不时和司机用粤语交谈，大致是在说新闻里面刚刚公布的某项政策。而他们所用的粤语又仿佛和洲唱片里用到的粤语不同。有点聒噪，又有种厌倦的气氛。致远意识到，洲变成了一个清晰的香港青年，以后或许也会变成客户这样整洁礼貌的中年人。但是致远不清楚是因为北京有能力模糊一些定义和边界，还是因为香港过分锐利和确凿。多半和地域并没有关系。致远没有再往下想，反正这种感觉很快被窗外美好的风景冲淡了。

　　他们在码头下车搭船。船上有几个自己带着冲浪板和装备的年轻人。船也开得飞快，一个个的浪打上来，有经验的乘客都打起了伞。这样，感觉穿过了山穿过了海，等到他们脱光上衣跳进海里时却还不到中午。

　　是一个非常可爱的小岛，几乎都是本地青年。沙滩上石子很多，零落地搭着帐篷。一群拿着冲浪板的初学者从俱乐部里走出来，欢呼雀跃着奔向大海。致远不禁也想加入他们。洲也换好了冲浪服，从熟识的租赁店拿了两块冲浪板，简单地教了致远一些基本动作，两个人便各自在海里等浪来。致远连吃了数个浪以后找到一些窍门，短暂地站起来一瞬，被一个浪打到了海底，挣扎着浮起来以后又迎头扑来另外一个浪。底下的礁石非常粗糙，致远觉得自己一定已经划伤了小腿，而且海水的温度比想象中低很多，这样他只好拖着冲浪板回到沙滩上，从小摊买了维他豆奶和鱼蛋，坐在躺椅上等洲。有人在旁边石头砌起来的炭炉上烤整条的鱿鱼，锅子里则煮着小螃蟹，香气扑鼻，令人一时搞不清自己在哪里。有时候他远远地看到洲，早晨的阳光把浪上的人都晒成金色。

等致远睡了一觉醒来，洲已经回来了，插着耳机在喝可乐。

"今天的浪不好，又短又急。"

"是吗？再长一点我可能就死了。"

"不过你来的时间正好。前几天挂八号风球，断水断电。风眼经过的时候，我只好收拾了一个包，带着水，躲到了车库里。人类真是脆弱到没劲。"

"你住在这里？"

"我现在住在红磡。透过好几栋楼的间隙能看到维多利亚港和对面的港岛。"

"哇。"

"很破的楼啦。背面对着方方正正的殡仪馆。"

"这样没事吗？我小时候看过很多香港恐怖片，真的很可怕。"

"你好傻，香港恐怖片都很弱智。"

致远哈哈笑着，又去买了两瓶维他奶，递给洲一瓶。

"维他奶真好喝啊。"他发出满足的叹息。

"我还比较想念北京的瓷罐酸奶。早知道你要来应该叫你带来。"

"这里真美，我可以一直待在这里。"

"不会啦。你不会这样想的。相信我。四季如夏让人产生永远年轻的幻觉，但我们都会厌倦的，你和我一样，根本不是会相信幻觉的人。"

"冬天也这么热吗？"

"差不多啦，有一点点变化。"

"那你怎么摆脱幻觉？"

"我出生在这里啊。一整年的海风还是可以感觉到盐度和黏度的不同。"

洲这样说着,致远不由自主地使劲呼吸了一会儿,也想感受风的质地。然后两个人都饿了,归还了冲浪板,找到公用的水龙头冲去了皮肤和头发里面的盐,到附近的排档一人吃了一大碗牛肉粉和一杯连杯子都是冷冻过的咸柠汽水,便搭上了回程的船。洲坐在船舷上提议晚上如果没有安排的话,可以见几个朋友,带他去有趣的地方。致远自然答应了,问他具体要去哪里,他又笑笑不吱声,而且似乎忘记了致远不习惯陌生人,或者是认为致远已经将之视为理所当然。风浪依然很大,船晃得非常厉害,但是致远也感觉到疲惫的坦然。

回到九龙以后,他们坐在吉野家里等洲的朋友过来。致远要了双拼饭和烤青花鱼。

"你怎么还吃得下?"

"我想试试看这里的吉野家和北京的有没有区别。"

"幼稚。"

"我们现在算是言归于好了。"

"你在说什么?"

"离开北京的时候不告而别也算是在赌气吧。"

"那天我们从饺子店出来,我就和你握手告别。我们不会凭白无故地握手。"

"你那会儿就想好要走了。不还是在赌气吗?"

"就算当时为了这样那样的事情懊恼,也不是赌气。我非常喜欢北京的,杂乱和生机勃勃的劲头,规则没有闭合,各种形态的年轻人都能找到停留的缝隙。我也像是再历了一次青春期。我这样说不是恋旧,确实黄金时代的香港是另外一番模样,机会俯拾皆是,人们自然也没有想到如果不去维护,一切都有消失的那一天。现在才发现成长时期中珍贵的东西都在失去,而且会消失得无影无踪,不仅仅是天星码头这样的实体。奇怪的是我在北京才有了这样觉醒的审视,既看到了美好的东西,又看到了丧失的过程。所以迫不及待地想要回来做些什么,保存些什么,也没错吧。"

"唔。"

"唉，你为什么要逼我讲这些煽情话。你觉得这里的双拼饭怎么样？"

"极好啦。"

致远继续埋头吃饭，洲的手机开始不断震动，他进出了几次打电话、发消息，显出一种少见的焦虑和郑重。致远因为提起这样的话题而感觉悔恨，逼迫朋友做出辩解，本身就是一种破坏。

八点的时候，洲的朋友开来一辆又小又干净的铃木北斗星，等到致远钻进去才发现里面超负荷装载。司机和前座的年轻男人，后面原本已经坐着一对情侣，再加上致远和洲，以及地上和后备箱不大的空隙里堆着一箱箱的饮用水、饼干和泡面之类的盒装食物、应急灯和便携音箱装备。

他们用粤语和致远打招呼，致远也用简单的粤语回答。他一落座便立刻感觉到车厢里有种奇怪的肃穆气氛。大家也热忱地交谈，却与白天的小巴司机不同，他们语速飞快，语调坚决，仿佛一桩事件或一个小小时代接近尾声时那样，流露出愈发激烈也愈发厌倦的神态。洲虽然很少说话，身体却绷紧和前倾，是非常陌生的肢体语言。致远几乎听不懂他们在说什么。然而不是陌生的语言，而是其他什么。冷冷的、紧张的东西，将他隔绝在这一边。他们却是那里完整的紧凑的小小世界，用语言的屏障强调着彼此间坚固的情谊。致远没有听清楚他们的名字，而且他们有着相似的精神面貌，极其礼貌、明亮和年轻，同时怀着具有破坏性的固执和天真，使得致远一时很难将他们清晰地区分成个体。

小车行驶在一些窄窄的街道间，然后开上一截高架，能够看到两侧紧紧挨着的旧楼，外墙年久开裂，像是终年被雨水浇灌。车窗开着，冷气也开到了最大，致远感觉他正随着新朋友们来到城市的背面。在片刻安静的间隙，他的目光先与洲交会，洲的眼睛闪着湿润的热烈的光。然后是身边沉默的女生，她像一头小小的鹿，眼睛也和鹿一样平静温柔。致远被作为外来者的天然戒备心所折磨，却又迫切想要知道，他们要去哪里，他们要做什么。他甚至不由自主地被愈发严肃和躁动的情绪感染，想要怀着捍卫和骄傲的心情成为他们群体中的一员。

　　小车最终停在了一片不起眼的街心公园旁边。大家利落地自两边下车后，齐心从车里往外搬东西。致远注意到公园外面拉着松散的警戒线，几个警察在聊天，又有几个从对面饭馆里拿着盒饭走出来，一派友善松散的气氛。然后有几个新面孔的年轻人加入进来，大家打着招呼，点头问好，接过水和食物往公园里面走，致远和洲搭手拖着一箱音响设备和电线跟在他们身后。

　　一小段黑暗的小径之后是一片奇异的景象。

　　公园小小的草坪上支满野营帐篷，映着路灯、应急灯、手电筒和一点点蜡烛的光。年轻人以各自的帐篷为中心有序地渗透在所有缝隙间。大家在聊天、看书、睡觉、交谈、写作业。每个人都待在自己的位置上，互不打扰地做自己的事情。看起来既不像是静坐，也不像是狂欢。地上拖着电源，有人支着电饭煲煮饭和面条。四周围拢着树木，被湿热的风吹得哗哗响。没有荷尔蒙的气息流动，却有种脱离日常的恍惚和美，是近未来小说里热爱描述的寂静场景。所有人都仿佛已经在这里住了很久，或者向来就住在这里，并且创造出一套只有在这里才能运行的规则。有人持续地搬运水和食物进来，没有组织者，却自然形成秩序，有不同的种类和路线。流动厕所门口排着整齐的队伍，大家都是一副不用担心时间的样子。不时有骑摩托的外卖员送来披萨和炸鸡，人群里便爆发出小小一阵欢呼，外卖员仿佛也受到了极大的鼓舞，真诚热情地对他们说加油啊。致远抬着箱子跟随着洲从帐篷之间穿过，不相识的人也抬头朝他们致意，或者拍拍他们的肩膀，都是亮晶晶的眼睛。

　　这使得致远想到北京的第一个夜晚，音乐节上的帐篷和排练房里彻夜无休的人。但是不一样，北京的风干燥凉爽，携带着灰尘的气味，令人想象在遥远的某处，有人正在空旷的野地里焚烧整个夏天落下的枯叶和荒草。而这里的风来自四面八方的大海，无序，陌生，带着大自然的决意。致远的内心受到了无以名状的冲击，以至于无法发问，也无法开口与洲交谈。

然后洲在一个帐篷前面停下来，他们把东西放下。里面的人正在一盏小小的应急灯下面打扑克牌，旁边放着啤酒和三明治。他们看到洲，纷纷探出头来，开心地打招呼，和洲互相拍着肩膀，然后洲说带了一个朋友来帮忙，他们便也拍拍致远的肩膀，用粤语和他打招呼。致远有点感激洲没有介绍他是谁，这样他短暂地认为自己也是这个群体的一部分，他被邀请钻进帐篷里，新的朋友递给他啤酒。帐篷里非常挤，味道也不太愉快，有人伸手打开天窗，然后他们收起扑克，打开电脑，严肃地商量起重要的事情。致远试图跟上他们的语速和节奏，思绪却一再被牵扯到他处，他在想上一次主动置身于集体中是什么时候，或者是否真实存在过。

他们都是附近一个现场演出俱乐部的管理者、乐队成员、常客或者歌迷。俱乐部原本改建自废旧厂区中的一间仓库，当时香港的制造业转移到了内地城市，很多工业区处于闲置状态。这间俱乐部虽然不是最出名的，却始终庇护刚刚出道的本地小乐队。之后附近的工业区被开发商收购，俱乐部所在地正在规划之中，租约在不知情的情况下被废除了。虽然也有保留俱乐部的可能性，但是租金的上涨难以承受。年轻人一方面希望开发商能够怀有一颗保护本土文化的心，另外一方面也希望政府能够给予政策上的支持。请愿活动已经持续了一段时间，从最初占领的整条马路收缩到街心公园的小小范围，大部分人在失望沮丧中离开，剩下的人大多是乐队和俱乐部的相关人士，或者坚定的浪漫分子。然而临近尾声时人们的心声也自然有了分化。部分人希望温和地结束，认为最重要的是表达立场。另外部分人则寻求确凿可行的出路，不愿意将整件事情浪漫化。剩下的人无法决定，游移在中间。然而身处任何一个部分的人都是快乐的，抱有改变世界的愿望，相信自己有选择的权利，并且能够付诸行动。

令致远感觉意外的是，洲选择站在浪漫的反面。他提出明确和实际的要求，那是比天空中的飞艇更为具体的东西。然而为什么要意外，这曾经是他们友谊的开始，只是之后这份友谊走向了虚构的纵深，几乎遗弃了与现实世界的连接。直到洲在这个夜晚打破了结界。

这时候洲用粤语对致远说了一句什么。他回过神来没有听清。

洲又用普通话讲："你会不会开车？"

清清楚楚，是虚构的终结。

致远能清晰地感觉到周围的空气中有一个微妙的停顿，而更令人几乎感觉羞愧的是，他不得不用普通话回答："我不会开车。"他不属于他们，而且他什么都做不了。于是等到他再次坐回小车，他已经在洲明确的提示下，成为了这片小小的公园区域里，唯一的旁观青年。

换了洲开车，致远坐在副驾驶位上，车里只剩下他们两个人。谁都没有讲话，车厢里留存着战斗时热烈的心慌和忧伤的兴奋，却都和致远失去了关系。小车穿行在上坡下坡的单行道间，很多很多的植物在深深的夜晚散发着好闻的香气。然而这里不是低像素的游戏世界，他们也不是并肩在荒原上的哥俩。致远很清楚，如果不是伙伴，那便是对立面。边界没有办法被模糊，而旁观是可耻的。旁观者向来从属于庞大的被反对的部分。但是在他内心的某一部分，既委屈又愤怒，他在责怪洲。他认为洲破坏了友情的协定，放纵出一片茫茫的灰色区域。

洲把车停在一片工厂区域的路边，距离公园的直线距离并不远。然后他熄了火，告诉致远说不要离开，在车里等他回来。之后致远回想起来时才意识到，洲在当时或许是打算独自去做一些比天上的飞艇更重大也更切实的事情。他应该问问洲的计划，是否需要帮忙，他应该选择始终站在洲的这一边。但是他没有，他近乎赌气地保持着沉默。

于是洲拍拍他的肩膀，依然是郑重其事的。之后消失在破落的楼宇间。

这是最漫长的夜晚。致远独自坐在车里，不知道洲的去向，会发生什么，他是否回来。隔开几条马路，能听见从公园里传来的轻轻的音乐声和笑声，也或许是幻觉。他从仪表盘下面的储物盒里找到洲的唱片，于是转动钥匙打开了引擎，把唱片塞进CD槽口。熟悉的歌，几乎每首他都可以跟着哼，他从这里学会最初的几句粤语。但是直到现在他才略微能理解一点点置身其中的同情与失望。而今天也是永恒，现在他平静下来，湿热的风吹过来，毛孔稍稍收紧，他的皮肤和头发里还有白日大海的味道。到底哪种快乐是悬浮或者幻觉，他也非常疑虑。只是这种或者那种快乐都是脆弱的。而他和洲不一样的是，在此之前，他从未有过对于快乐终将被毁灭的接受，以及反复的练习。

马路对面缓慢地走过来一小队警察，他们停下来，对讲机发出断断续续的电流声和指示声。然后其中一个朝小车走过来。致远摇下车窗，思索着应该和他说什么，他并没有发慌，却有一种荒谬的愿望，想和他交谈，问他一些问题。但是当警察停下来的时候，耳边传来更为清晰的歌声，不是CD卡槽里面的哼唱，而是真实的存在。有一辆小皮卡从他们旁边经过，缓慢地往公园的方向行驶，车顶安着一对小小的喇叭，一个平凡的年轻女孩站在那里，对着麦克风唱动听的粤语歌。音箱很差，声音迅速在湿热的空气中散开，不知道她在唱的是什么，是从没有听过的歌。但是过分动人。大家都静止不动，像是在楼宇间等待飞船经过。过了好一会儿，警察回过神来，敲敲车窗说："同学，记得早点回家啦。"

致远搭第二天早晨的飞机回到北京。他在机场的便利店买了几份早报。昨晚的香港平平静静，没有任何不好的事情发生。

二〇一一年，致远妈来到北京做胃部切除手术，之后终于回到县城继续化疗。她没有住在自己家里，而是和母亲住在一起，经常吵架，并不太开心。但是直到致远离开北京之前，她都住在那里。尽管她的人生遭遇重创，爱过她的人全部离散，她却没有失去天真的热忱，依然激烈地反抗家人，善良多情，在一切地方担当不合时宜的角色。惹人讨厌，也令人同情。她并不需要致远，她反复在电话里对致远说算命的说她还会活着，并且有一段不错的婚姻，但是她也不怕死，可以死去就死去好了。总之她不需要致远回来，甚至表示有点烦恼，但是致远回来了，她也不得不接受。而且致远使她摆脱了母亲那里亲情的羁绊。接下来，他俩恢复了一部分旧的日常，但谁都不急着应对现实，后来生活非常自然地铺开，也没有出现什么大的问题。致远回到国营书店上班，在办公室里重新获得一个职位。他回来以后，过了几年，单位才又招聘了一些毫无才干的年轻人。

离开北京不是被动的选择，也不是厌倦或者失望，和雾霾更是没有一丁点关系。这是深思熟虑后的主动，但是致远可以对别人解释说他是被动的，他需要回县城去照顾家人，得知消息的人不知道该不该流露出同情，如何安慰才恰到好处，便不会质疑或者劝阻他的决定。

　　搬家的时候他尽可能地扔东西，看到自行车的时候又涌起一点伤感，这么多年过去，这辆车风雨里来去一直没有被偷掉，之后不骑了也放在房间里，成为理所当然的存在。但是轮胎都坏了，无法修补，不得不放弃。他想象自己将展开一段更为严肃的人生，甚至卖掉了游戏机。离开北京的前夜，致远和约好来取游戏机的男孩在家里附近的操场见面，两个人坐在操场边喝着水，交流了游戏经验。致远顺手把带着的滑板也送给了他，并且教他在水泥地上玩了一会儿。男孩跌了一跤，两个人都哈哈大笑。男孩问他为什么要卖东西，他说他要离开北京了。男孩也不是北京人，但是他耸耸肩，站起来拍拍裤子上的灰，大概年纪小小的时候，觉得来来去去都不是什么了不起的事情。

　　洲在此之前已经出了第二张唱片，名字叫《基本美》。封面上是一张拍摄于十年前的黑白照片，团体合影，便是致远在三里屯第一次见到洲的那个晚上。谁拍的照片，致远完全不记得，他自己却在照片正中间，手肘撑在小桌上，认真地听旁边的洲讲话。照片里面还有小马，老冯，其他年轻人。每个人姿态都不一样，提供着很多故事线，之后确实都朝着不同的地方走去。不可避免的事情也都会如期发生，比如说洲真的开始秃头。

　　唱片里收录了十首歌，大多和北京相关，或者确切地说和致远相关。有关香港的歌只有他们坐在吉野家里等朋友时的那场对话——这里的吉野家味道到底和北京有没有两样。洲也好，致远也好，都没有说清楚。洲的歌又踩破了界限，变成了叙事，却也没有诗性，几乎就是他自己的博客。给业内人士一种他是在恶意玩笑的不良印象。导致刚刚发行的时候，致远在北京的那些旧同事，都有些愤怒，认为他要不是极度傲慢，要不就是极度狡猾，对音乐性的无视更加不可原谅。而且他们纷纷认为那根本不是北京的青年生活，真实的生活更复杂和动人，而洲所概括的只是肤浅的伤感。

当时致远已经和洲中断了联络。因为没有任何具体的事情发生，所以也不记得是从什么时候开始不再联系。在香港告别以后，两个人都有意识地想为友谊去做点什么，结果仿佛站在山头，面对低像素的海滩和灯塔，再也没有办法放下盾牌，坐下来吹吹风。他们就此也成为两条故事线上的人。然而致远在听到这张唱片时所感觉到的疑虑是独一无二的——洲复述的生活真的是他们经历的生活？那些对话被省略和更改之后表达的是原来的情境吗？他们之间是层层叠叠的误解，还是日常与虚构的河流？以及他自己，为什么有种难以描述，并且想要回避的愧疚？

批评和谩骂的劲头过去以后，这张唱片缓慢地红了起来。歌名被引用于各种杂志，代表着稍稍偏离日常的时髦和叛逆。歌词有种轻松的颓废，符合年轻人的自我映射。另外，那些低成本低像素的 MV 真的太棒了。像是最容易得到的幻觉或者美景，怀着无限的嘲弄和无限的浪漫。给人一种我也可以这样，这就是我的生活，或者接下来我一定要这样生活下去的感觉。

之后如前面所说，洲拿到几个了不起的奖项，又去了很厉害的地方演出。骂他的人纷纷沉默，却疑虑着究竟什么是时代精神，不过这种珍贵的自我审视消逝得也很快。紧接着腐坏的媒体闻风开始挖掘负面新闻，很快洲和男友在岛上冲浪时的照片被拍了下来。但其实照片非常可爱，洲变得比致远印象中更加健康，他和男友并没有什么亲密的举动，两个人穿着普通的 T 恤和短裤，站在小摊旁边轻松地喝着可乐，像放暑假出来的同学。这样的照片带来和报道的期望完全相反的效果，歌迷们也很想要学冲浪，或者在下沉的世界里拥有一段度假般的关系。

洲的博客在那段时间里关闭了。不是出于主观上的选择，而是整个博客平台在新一轮浪潮的冲击下被替代。所以继论坛之后，博客也消亡了，仿佛一场物理性的删除。大家抱怨挣扎了一会儿，便也高兴地去往了下一个时代。在洲使用的那个博客网站彻底关闭之前，致远用了两个晚上把洲在过去几年里写过的东西重新整理成文档，然而大部分的照片已经因为失效而无法保存。在他重新翻阅那些博客时，他吃惊地意识到洲在北京时的情绪是多么复杂，那些以沮丧为底色的快乐和平静，或者挣扎和呼喊，只有在时间过去很久以后才会露出痕迹。而致远自己在发泄着伤心和难过时，却有过一段真正的快乐，但快乐建立在无知和模糊上，也令人不愿意再提起。他同时也惊异于原来他们对于各种问题的看法是多么地不同，却被更动人的情感所驱使，一边忽视，一边构建。

有的时候致远认为洲所希望的那个未来和他一点关系也没有，他不想在那个未来里。有的时候他又认为自己正和洲一起迈向困境重重的自由。就是这样，一半是反对，一半却一致，中间掺杂着很多疑虑、沮丧和短暂的开心。他对生活的看法也好，对世界的想法也好，差不多也是这样，以后总归也会带着这样的心情继续活着。

致远妈在之后一年的年底去世。奇怪的是，她去世以后，那些爱她的人又都回来了，抛却怨念和彼此间的成见，非常自然地各自承担起她的一部分身后事，表现得仗义和热忱，使得一切都有序运转。而致远只是被督促着，完成自己的基本义务，再继续进行下一桩。等到追悼会的当天，大雪，致远爸终于搭上一班小巴。他们两个人反倒成为现场的局外人，甚至连悲恸都无需明确表达。所有人真切的哭声，百合花和冬青叶的香味，铅桶里焚烧的锡箔，完全已经变成老人的爸。奇妙啊！人生中真正重大的事情反倒像是超现实的梦。

晚上等到众人散去，致远去旅馆里见爸。他们泡了两杯茶，坐在床边，也不感觉拘谨，像两个关系疏远又互相尊重的成年人那样聊了一会儿。桌上摆着一叠稿纸，致远爸说他正在写作。

"地质学的研究吗？"

"不是的，我在写一个小说。"

咳。什么小说。爆破的烟雾啊，宇宙的秘密啊，致远一点也不想知道。

离开旅馆的时候雪完全停了，天空很暗，地上的积雪是黑的，路上偶尔出现的人穿着巨大的棉袄，缓慢挪动。致远想起和洲、小马、老冯一起开车从北京去天津玩。也是这样雪后的天气。道路中间的雪都被清除了，但是结冰，不得不把车开得很慢。那是老冯用来拉货的第一辆车，破破烂烂，取暖坏了，大家开心地挤在一起。本来想着要去天津听相声，结果也没有听，不知道玩了些什么，都忘光了。而途中的聊天和风景，却因为被洲写成了歌而得以被永远记住。现在致远就哼着这首歌，行走在黑暗的冰天雪地中，沿途有一些小旅馆，亮着破旧的霓虹灯。一片美学的荒原。无以描述的悲痛从四面八方涌来，他眼前发黑，不得不停下哼唱，在心里大哭一场。

人生的别离理应不是这样，但他又能怎么做呢，不还是如此，假装是一段游戏的存档，高高的山头，两个郑重的、挥手告别的朋友。

二〇一七年，哦不对。醒醒吧。这里已经是二〇一八年的世界。得知洲的最后消息的夜晚，致远登陆了遗弃很久的游戏。游戏在几年前便不再接受新用户注册，也停止了地图的更新，但依然有人在做日常维护。想象孤单的服务器在那位程序员家里兢兢业业地运作，仿佛末日之后幸存着的场景。从某种意义上来说，这里是致远和洲最后见面的地方。当他们不再联络以后，偶尔依然会在地图上相遇，稍稍走上一段。很多ID已经永久退场，成为灰色，有时候只有他们俩，在这一边的世界里一个地图接一个地图地往下走，仿佛在另外一个星球进行一场没有头绪的冒险，给那个从一开始就不存在的精神世界抹上物质性的一笔。直到洲的ID也变成永恒的灰色，致远则从那时起，便被困在庞大的蚌类生物身体里寻找宝藏。没有头绪，也不得脱身。周围的湖泊和山崖都已寻遍，起初还能碰到零星的人，如今只剩下被机器控制的精灵在固定之所游荡，得不到任何线索。致远穿过一片丰茂的牧场，洲的马群还在那里安静地徘徊和进食。翻过跟前的山便是沙滩和灯塔的所在地，但是他停在瀑布下，那里住着高个子精灵。

"你好。好久不见。"
"夏天结束了。"
"最近见过我的朋友吗？"
"朋友啊朋友，彼此亲切，一旦离别也绝不惋惜。"

"还有其他人在吗？"

"年轻的勇者，不如去世界频道求助。"精灵和致远一起抬头，低像素的雨水——HELP。

（原刊于《收获》2018年第1期）

且在人间

余秀华

1

风刮在脸上，如纤细的鞭子，弄得她面部神经愈加紧张。她伸出手去，想捉住这些鞭子，显然，不可能。北面的天阴沉沉，很重，一场雪正在往这里汇聚。为了避一避风，她偶尔背过来，倒退着走。但是这样几乎无法迈动步子，她的身体摇晃得厉害，随时要摔倒的样子，当然她是看不到自己的样子的，如果别人看，就感觉她要摔倒呢。

不过现在这条路上没有别人，就只她和他。他在她的前面一百米的样子，如果不是为了等她，他早就走得不见影儿了。即使他很耐心地走走停停，她还是跟不上他。他就在前面喊：周玉，你快点！她应着他的呼唤急走了几步就气喘吁吁了。风割得她睁不开眼睛，为了保持身体平衡而晃动在外面的手被风割到骨头里了。

这是一条两米宽的泥土路，路两边是常见的树木：白杨，构树，柳树，木子树，还有一截地方有竹子，没有经过修剪的枝条伸到路中间来。现在它们已经落完了叶子，枝条也冷飕飕的，一副爱折断不折断的模样。只有一辆乡村巴士从南边的一个村子里开上来，沿路带上去城里办事买东西的人。

但是他们现在不在巴士经过的时间点上，所以就要走过这条路去上面的一个路口，等从石牌来的车把他们带到荆门。荆门是湖北中部正在发展起来的一个城市，许多外地的打工者也拥了进来，他就是其中的一个。

他催了几次，周玉就不乐意了，连开始往前赶两步的样子都没有了，索性慢吞吞地往前挪。其实她就算心里积极也不过就是这个样子，她实在走不动了。她很想喊一句：你就不能来搀我一把啊？她努力动了动嘴，但是她实在喊不出来。

他也实在不耐烦了，快步走了起来，一会儿就走到了上面的路口，在小卖部里面躲风，等她走到了一起上车。反正车还要等很久，他就不着急了，他就等她慢慢走上来。

周玉上气不接下气地走到，车也刚刚来，他的脸色突然好了，督促她：快，上去！

她在前面找了一个位置，他到后面去了。天冷，赶集的人不多，没有空调的客车里也是冷飕飕的，但是比外面好多了。

2

腊月二十三，吴东兴从荆门回来了，拎着一个蛇皮袋子一拱一拱地走进了家门。他进门的时候，周玉吓了一跳，仔细一看是吴东兴，心里一咯噔，仿佛后门的阳光刹那矮下去了一截。她已经很久没有想起这个人了，但是儿子欢欢喜喜地叫着：爸爸。吴东兴也欢欢喜喜地答应了一声，他们就没有话了，好像完成了一个仪式。

刚刚波动了一下的空气即刻就沉寂了下来，如同一个鱼缸里突然多了一条鱼。小鱼没有地盘之争，固然就没有什么恶意。周玉的父母忙碌着过年的事情，她想帮忙，却插不上手。而许多事情她又做不了，她就愧疚地清闲着。她的房门朝南，中午的阳光明晃晃地照到了她的房间里，她就坐在这样的阳光里看书。她看书比吃饭仔细，吃饭她是狼吞虎咽的，而看书她是一个字一个字地抠的。

但是吴东兴回家，让她一下子烦躁了起来，仿佛自己的领域被一个人入侵了。结婚十年了，她怎么努力也没有排除这样的感觉。后来她觉得自己是做不到了，索性放弃了这样的努力。她用了十年时间终于弄清楚和她结婚的这个人将是她永远的陌生人。这个发现让她感到凄凉，但是更多的是放松，当然她说不清楚为什么会放松。

他们没有说话，吴东兴也没有看她一眼。她爸爸高兴地说：你回来了就好，我们到前面堰塘里挖几节藕起来。两个男人一起出了门。她妈妈问她：吴东兴打工回来，没有给钱你？周玉说：你看他什么时候给过我钱呢？她妈妈说：这倒是！你找他要啊。

周玉就不说话了，她最害怕的就是这样的时候。她觉得她应该找他要钱，最起码给孩子的学费。但是她实在无法开口，她不知道怎么找一个陌生人要钱。

她的心一下子就烦乱了，书上的字也扭曲了起来。

吃过晚饭，周玉从柜子里抱了一床被子扔到床上：那是吴东兴的。结婚的第二天他们就分被窝了，她实在是别扭啊：和一个陌生人睡在一个被窝里，他的气息侵犯着她。而他，也嫌弃她的颤抖，她的辗转反侧。后来，她知道自己是因为紧张，她不知道为什么和这个男人在一起她就会紧张。而吴东兴从来不知道她是紧张产生的颤抖。

吴东兴喝了酒。她嘀咕了一句：少喝一点。吴东兴白了她一眼。她妈妈在一边说：东兴也是辛苦了，他喝就让他喝吧！吴东兴把白眼收了回去，又倒满了一杯。周玉快速地扒完了碗里的饭，逃到了房间里。她越来越紧张，几乎要跳起来。一想到晚上要和这个男人睡在一起，就感到头发正一根根竖了起来。

果然，吴东兴正在高声说话，说他一个月工资多少，他怎么怎么辛苦。爸爸忍不住问了一句：你的钱呢？吴东兴说：老板没有结账呦。每年他都会这样说，每年的老板都不会结账。周玉想他怎么不换一个理由呢。而她的父母似乎很满意他这个理由：没结账啊，他能有什么办法呢？但是周玉不相信这个理由。

周玉把儿子安顿好了，儿子是一个很乖巧的孩子，安安静静的没有多一点的话。周玉觉得一桩婚姻，像她这样的，基本就是为了孩子维持着。婚姻造就了三个不幸的人，周玉这样想着。她对儿子说：如果我和你爸爸吵架也没关系啊，和你没关系，你还是开开心心玩你的。儿子点点头：我知道！周玉还胳肢了一下儿子：真知道吗？儿子就皱起了眉头说：妈妈你好烦。周玉就喜欢看她儿子皱眉的样子，还想逗他一下，但是儿子拉被子蒙住了自己的脸。周玉感觉儿子是开心的，就放心地拉上了他的房门。

3

周玉回到自己的房间里，吴东兴的声音一波接一波地扫了过来。她心惊肉跳的：她知道他又喝多了，而几乎他就没有不喝多的时候。记得结婚不到一个月的时候，他在亲戚家也是这样喝的，那时候周玉还担心他，劝了一句：走亲戚啊，少喝一点。

但是吴东兴冷冷地看着她，觉得她多管闲事。那意思就是虽然我们结了婚，但是轮不到你管我。周玉被他冷冷的眼神寒到了，但是这个不到黄河心不死的女人还补了一句：喝吐了多不好。周玉记得她是在卫生间里跟他说这话的，其时他已经喝多了，在卫生间用手指挖了喉咙，把酒吐出来准备回去再喝。

吴东兴没有再说话，从亲戚家夺门而出，跑了。新婚宴尔，周玉担心吴东兴跑了自己回家没有办法跟父母交代，就在后面追他。他其实跑得不快，他故意等她追他。周玉心里急，摔倒了两次。下过雨的路面都是泥巴，她的裤子上全是泥巴。吴东兴在前面气哼哼地说：跑啊，怎么不跑了？

周玉真的不跑了。她愣愣地站在那里，雨落在她身上。十九岁的女孩不知道为什么结婚，她也不知道为什么追他。周玉的心是从那一刻开始凉的，但是十九岁的女孩不知道自己的心凉了，也不知道谁错了，她只是感到恐惧，她明白婚姻是多么不牢靠。

现在，十年后的婚姻里，她老是想起这件事，想起一个在风雨里追赶她丈夫的残疾女人。现在她一点也没有把他追回来的欣慰，有的只是对自己的嫌弃：她为什么要留住一个这样的人呢？她说不清楚，如果说仅仅是因为自己太年轻，这个理由让她自己都无法信服。现在她后悔把这个人追回来，仿佛是为了造成他们之间更大的裂隙。

周玉坐在椅子上。为了不让身体颤抖得更厉害，她俯下身体，气喘吁吁。她的颤抖让她自己都感到厌烦了，但是她咬紧牙齿，不让眼泪流下来。她觉得没有比在吴东兴面前流泪更可耻的事情了。

周玉在房间里无所适从，打开了收音机。每天的这个时候，收音机里有一档音乐节目叫：黄昏的歌吟。她喜欢这个节目的名字，也喜欢这个节目的主持人阿卡。阿卡的声音是一种粗糙的磁性，有一种不完美的任性。当然有时候阿卡在节目里啰嗦得让她讨厌，但是他挑选的音乐总是她喜欢的。音乐在房间里轻轻回旋，她的紧张似乎好了一点，胃部的痉挛也一点点松开了。

房门在一段音乐的中间被撞开了，周玉的心突突跳起来，仿佛马上就要上绞刑架了，但是她不动声色，装作若无其事的样子。她这个时候分明是和自己对抗：她不露怯，但是她又对这样的骄傲嗤之以鼻。她知道这样会把一个婚姻往深渊里推，但是她又想把它推进深渊，仿佛推着一个棺材。

吴东兴懵懵懂懂听见了音乐，粗粝的声音叫道：日子过得很滋润啊！周玉的心仿佛一根随时断裂的弦，但她还是若无其事的样子。吴东兴把收音机关上了：莫吵了，老子要睡觉。轻轻悠悠的音乐中断了，房间里刹那间迎来了巨大的寂静，凭空而降的。吴东兴脱了外衣，把自己的被子裹在了身上。周玉还闻得到他身上混凝土的味道，说：洗洗吧。

吴东兴说：洗啥？老子不洗也比你干净！

周玉打来了水，一个人洗了。吴东兴不耐烦地拉熄了本来就昏暗的灯，周玉又吓了一跳。但是门口的月光从窗户外透了进来，周玉仿佛在深渊里抓住了一根藤萝。

吴东兴说：你明天跟我去荆门！

干吗？周玉问。周玉是愿意他多说话的，这比沉寂着好得多。吴东兴说：老板还差我五百块钱，你跟我去要！周玉问：你都要不回来，我怎么去帮你要？吴东兴说：你啰嗦什么？我打工辛辛苦苦拿不到工钱，让你去帮我要一下怎么了？周玉说：我怎么去要啊？吴东兴说：你去就是，去了我就有办法。

周玉洗好了。其实她就洗了一把脸，洗了一个脚。她从来不在吴东兴面前裸露身体洗澡，吴东兴因为这个事情还在她父母面前告了几状，说周玉没有把他们当夫妻看。周玉的母亲也说过周玉，但是她就是改变不了。吴东兴为这件事闹过，闹的结果就是她的母亲揪着她的头发把她揍了一顿，说她太不懂事了，没有一个做妻子的样子。打得周玉哇哇大哭，但是她还是不能在吴东兴面前脱下衣服。

周玉把洗脚水拿到门外倒了。回房间的时候，吴东兴的鼾声已经起来了。周玉认真地听，知道他不是装的，她就高兴起来：躲过了一劫。她轻手轻脚地上了床，用自己的被窝把自己紧紧地裹着，靠在床的这一边，不敢动，怕惊醒了吴东兴，也怕一动就掉到了床底下。

但是她睡不着。吴东兴的鼾声有呜咽之音，她知道这个从四川来的男人有多少委屈：作为一个上门女婿，而且是一个残疾女人的上门女婿，他最初只想找一个家安身。愿望达到以后，他发现这个女人根本是他无法把控的。她竟然对他没有感恩之情，她竟然忽视自己的残疾和他对抗，她竟然不尊重他……

想到这些，周玉的眼泪就噗噗往下落：她实在不明白为什么要为一个男人承担这么多。他和自己有什么关系呢？一张结婚证就把一个陌生人理直气壮地甩到了她的床上，这是一件多么不可思议的事情。

想了半夜，她睡不着。

吴东兴醒了，他的手伸进了她的被窝。周玉最担心的事情还是发生了。她所有的担心、害怕，在这一刻反而消失殆尽。她一骨碌坐起来，凛冽地说：你这个肮脏的男人，你敢动我一下，我就去死！

吴东兴一脚把她踹下了床：你现在就去死吧。

4

天终于亮了。周玉是披着被子坐在床头等天亮的。

吴东兴是个好人，她想，至少他感觉自己没有做亏心事，要不然他不会一脚把周玉踹下床以后很快就打起了呼噜。他觉得周玉应该承受这些：这个没有劳动能力的人，他没有对她拳脚相加已经是恩赐了。多少男人动不动就打老婆，他吴东兴就不干这样的事情，所以他对自己很满意。他不满意的只有周玉：他多久回来，她都是冷冰冰的样子，好像自己欠她的。

他觉得周玉是看不清楚自己的处境：一个残疾女人能够找到他这么健康的人结婚就是福气了，能够吃饱穿暖就是福气了，她有什么理由对他不满呢？刚刚结婚的时候，吴东兴幻想他会在这个家里得到他想要的东西，但是他的幻想破灭得太快了。幻想的破灭加深了他的不幸感：当初多么草率啊，就为了有一个落脚点，就和这个女人结了婚。

天亮，吴东兴就醒了，这是在工地养成的早起习惯。每当看到周玉还在床上，他就想一脚把她踹下去。他看到床那头蜷缩成一团的周玉：她的眼睛红通通的，她一夜没睡着。她看着他的眼神厌恶又恐惧，但是她恐惧又不屈服。用周玉的话说：我不会屈服于一个肮脏的男人！

这句话让吴东兴咬牙切齿。他不知道自己什么地方肮脏了。他觉得周玉是一个斤斤计较的女人，当时媒人介绍的时候，他怕自己的年纪太大了，就隐瞒了自己的年纪。结婚半年以后，他妹妹写信来露了马脚，吴东兴就索性承认了，并且还不以为然地说出自己刚刚从牢里出来，坐牢的原因是他一时糊涂强奸了一个女孩。难道这就是周玉说的肮脏？

每个人都是有缺陷的。有的缺陷是可以改的，他吴东兴现在就改了。但有些是改变不了的，比如周玉的身体，她永远也做不了一个正常人啊。她有什么理由对他不满意呢？她这是吹毛求疵。吴东兴每每想到这里就觉得格外委屈：一个人的错误总应该有人原谅，但是周玉从来没有原谅过他。

周玉实在不想跟他去荆门，她觉得吴东兴的工钱她怎么去要呢。但是吴东兴对她的父母说周玉去了有用，再怎么说工钱是应该帮忙要回来的啊。周玉只好跟着吴东兴来到了荆门。下了大巴，吴东兴叫了一个"麻木"，从文化宫蹦到了康复医院。

雪下了下来，细细的坚硬的，狠狠地钉了下来。康复医院后面的一栋楼刚刚竣工，脚手架还没有拆下来，密密麻麻的钢筋搭在一起，仿佛围住了一个监狱。楼下面围了一群人，男的女的都有，他们冷飕飕地缩着肩。他们来得早，一些人的嘴都冻乌了，几个女人的红棉袄标志出他们是活生生的人。

吴东兴过去和他们打招呼，周玉跟在后面。她也想和这些人打招呼，但是她不知道说什么。男人们给吴东兴发烟，问：吴哥有什么办法吗？吴东兴看着周玉，说：周玉，等会老板的车从这个门出来，你就拦上去。你是残疾人，他不敢压你！周玉问：如果压上来，怎么办？吴东兴不耐烦地说：你不这样，怎么要得到钱？

周玉的心一下子就炸了：五百块钱？你让我去撞车？不，我不干！周玉跌跌撞撞地出了人群。

5

吴东兴想把她拉回来，但是工友们拉住了他：算了，你老婆这么可怜，万一撞了怎么办？吴东兴说：反正是一个废人，不死就行！

周玉一步一滑地往前走，她努力不让自己滑倒，她的心仿佛装进了一盆火，雪打在身上也不冷了。她想哭，想嚎啕大哭，想扑在地上哭，想哭得晕死过去再不醒来。但是，她怎么使劲也哭不出来。她努力让自己的嘴巴发出声音，用了很久，发出来的是一阵笑声。她笑出来就忍不住了，不停地笑。路人看着她，说：大冷天的，真可怜。他们把她当成神经病了。周玉想：我为什么就不是神经病啊，我是个神经病就好了。

周玉不知道往哪里走。她不想回家，她从来没有感觉那就是自己的家，她没有家。她在荆门城漫无目的地走着，棉鞋进了水，她也感觉不到冷。她在路边大口大口地喘气，心里的石头压得她喘不过来气。

我为什么是残疾？她大喊了一声。雪下大了，街道上的人少了，没有人听见她在喊。为什么是残疾？为什么？她声嘶力竭地喊着，眼泪终于流了出来。她一声接一声地喊：我为什么是残疾？我为什么要结婚？我结婚是为什么为什么啊？

雪打进她的嘴里，打进她的喉咙。她看着稀稀落落的人，不知道还有谁怀着和她相似的悲苦？她往她的后半生看去，没有一点希望。死吧！这个声音一刹那涌进她心里，吓了她一跳。我就这样去死吗？她一下子陷进了思考，雪落在她苍白的脸上。

这时候一辆车在她面前停下了，一个男人开了门，问：去钟祥吗？她呆呆地回答：去！于是她上了车。

6

在车上坐了一会儿，她感觉到热乎了。刚才多冷啊，但是她也没有感觉到。去钟祥干吗呢？她想。她糊里糊涂地上了车，但是她去钟祥干吗呢？她弟弟在钟祥，但是她不想去。这时候去了，弟弟该有多少疑问。而且她也不想让弟弟知道她的一些事情，没有必要让亲人跟着她一起受苦。她从来不会在别人面前说这些，她知道他们是无法理解的。

阿卡，阿卡！这个名字突然就跳到了她的脑海里。她还从来没有见过他呢。但是她给他写过信，打过电话。周玉听他们电台的节目两年了，但是她从来没有认识阿卡的愿望。有一次她打电话到电台找一个女孩子，女孩子不在，是阿卡接的电话。阿卡不知道周玉是残疾人，说她的声音很特别。周玉想：如果你知道一个残疾人发出这样的声音，看你还说特别不？那一次，也是第一次他们通电话，聊了很长时间，聊得很投机。周玉问他要手机号码，他很痛快地给她了。

有了这个电话，他们的交流多了起来。当然也没有经常打。偶尔，周玉几乎是调皮地，试探一个主持人会不会接电话，阿卡都接了。周玉知道自己有多脆弱，她比任何人都明白自己的脆弱。她也知道自己的生活有多寒冷，这样寒冷的生活让她成了一个危险的人。当阿卡的声音从电话里传到她耳朵里的时候，如同有薰风吹到了她的身上，一根细细的电话线仿佛把她的日子撕开了一个缝隙。

那一次，吴东兴回来了，带来了他的一个朋友，晚上喝酒。周玉没有进堂屋，在厨房里扒了几口饭。她知道他们一喝就会喝醉，喝醉了就会有滔滔不绝的话。周玉是一个寡言的人，她不知道在他们面前应该说什么，吃了饭就去了自己的房间。因为有朋友在，周玉觉得吴东兴不会发酒疯，她就不紧张。她回到房间里看书。

过了一会儿，吴东兴喊：周玉，周玉！周玉听见了，不想理他。吴东兴来到房间，说：去给我朋友敬一杯酒。周玉说：我不去，我这手也敬不了酒！吴东兴一巴掌打在她脸上：妈的，有什么用，一杯酒也敬不了，我真是瞎了眼睛找到你！

周玉跳了起来：你现在可以离婚，马上滚，滚出我的家！她拿起一把水果刀朝吴东兴刺过去：我警告你吴东兴，你想打我，没门！我不是别的女人会逆来顺受！你再打我一次，我一定杀了你！

周玉穷凶极恶地，拼命往吴东兴身上砍。她想着这生不如死的日子，怎么能容忍一个男人打她？周玉拼命的样子吓着了吴东兴，他跑了出去。

周玉放声大哭，好像自己已经是一个杀人犯。恐惧和害怕一下子又回到了自己身上。她的父母已经对他们两个人的关系失望了，知道他们的女儿是不听劝的。她妈妈无比怅然地说：打吧，打死一个就安静了。周玉大叫：你是想我死，不是他！她妈妈叫了起来：我是想你死，他还能挣钱给孩子读书，你呢？

周玉心碎了，但是她找不到那把水果刀了，她妈把它拿走了。这一刀，她想捅自己的心脏。

吴东兴黑着脸回来了，他和她父母吵架，因为父母这一次没有骂周玉。周玉走出了家门，在一块油菜地里哭。她没想到妈妈会那样说话，她哭得没有力气了，摸到了手机：弟弟新给的一个旧手机。她想打一个电话，她知道这个电话不会带给她什么，但是她想在这个时候听听一个人的声音，谁的声音都好。

想了很久，她拨了记忆中阿卡的电话。阿卡没有存她的号码，问她是谁。她有些失望，但还是说了她是周玉。本来就想听听他的声音，但阿卡发现她情绪不对，柔柔地问了一句：你怎么了？

周玉怎么经得起这样温柔的问候？她又一下子哭了起来，哭泣里断断续续讲了发生的事情。阿卡义愤填膺地说：还等什么？离婚！坚决离婚！周玉一下子止住了哭泣，她被如此铿锵有力的声音惊呆了，好像阿卡觉得她离婚以后一定会有一个好的去处一样。周玉虽然觉得离婚暂时是一件不可能的事情，但是阿卡坚定的语气给了她鼓励。

7

客车已经到了汉江大桥上，桥对面就是钟祥城了。周玉来过这个城市，但是她没有关心过广播大楼在哪里。有人告诉她一过桥就到了。她突然紧张起来。她都不知道为什么来找阿卡，他会见她吗？但是她也没有别的地方去啊，过了桥头她就下了车。十一层的广播大楼比周围的建筑高一点，周玉一层一层数上去，阿卡在哪一层呢？

雪现在没有先前那么又尖又硬了，它现在是大片大片的，真正成了鹅毛一般。周玉在广播大楼门前不停地徘徊，她摇摇晃晃的如一片大一点的雪花，她感觉不到自己的重量。她又一次给阿卡电话：阿卡，我来了。我想见你，可以吗？

阿卡下楼接她。这个风尘仆仆的女人就这样站到了他的面前。她颤颤巍巍地跟着他进了广播大楼的大门,跟着他进了电梯。她紧张得心快要跳出来了,她不敢抬头看他。周玉有一点晕,阿卡说:第一次坐电梯会这样的。周玉好想抓住他的手,但是她不敢,她担心他一下子甩掉她的手。

他们在阿卡的办公室坐下了。办公室虽然隔起来了,但是是用玻璃隔着的,阿卡把其他的人赶出了办公室,不过他们的一举一动人们还是看得清清楚楚。阿卡说:我知道你对我的感情,我会珍惜的。周玉的脸上有了一层红晕,幸福就这样出其不意地到来了。他们一直聊到天黑,阿卡在这中间几次说:这里的环境不好,我们换一个地方吧。

周玉不知道阿卡话里的意思。她说:挺好的呀,我们说话他们又听不见。阿卡尴尬地笑笑,天黑的时候,阿卡接到一个电话就走了,没有给周玉作任何安排。

周玉再一次回到街上,漫无目的地走。但是现在她的心里没有酸楚了,她心里是满满的幸福。阿卡仿佛是一个礼物,在这漫天飞雪里降到她面前。她突然觉得生命是如此美好,夜里的事物都在明媚地闪光。

我会珍惜你的,我会珍惜你的!阿卡的声音一遍遍在她的耳边响起,真是世界上最好听的声音!她一边跑就一边笑了起来。

8

周玉在钟祥的街上走到了半夜,雪最后把街道都铺白了。

她感觉不到冷。她的冷在荆门,现在在钟祥,阿卡的一句话就驱除了她的冷。但是到了后半夜,冷还是慢慢渗进了她的身体,她心里的热已经无法抵御外面的寒冷了。她找到一个小旅馆,老板娘看她可怜兮兮的,也没多收她的钱就让她住下了。

周玉这时候觉得饿了。她突然觉得倦怠,这个时候也没有地方去找吃的了。周玉躺在床上,一张硬木床,房间里没有空调,被窝里是冷的。她想好好睡一觉,但是她怎么也睡不着,身体越来越冷。她起来把衣服重新穿上了,裹着被子坐在床上。灯光昏黄,如同梦境。

阿卡，阿卡啊！周玉默默念着这个名字。她的喜悦已经消失了一半。这个感性的女人如果一直没有道理地感性下去，生活在自欺欺人里未必不是一种幸福。但是她知道自己的处境，一种隐藏的忧虑这个时候慢慢蹦了出来，如一根毛线，最后牵出了一个偌大的毛线团。

阿卡，阿卡啊！她轻轻呼唤着这个名字。她多希望这个时候他还在身边，但是她知道这是不可能的事情。她知道她永远也无法开口让阿卡一个人陪她。她是多么自卑啊，她觉得阿卡对她说的话已经超出了她想要的范围。他给她的已经足够多了，如果她再多要一点，她就觉得自己太贪心了。

阿卡，阿卡啊！她曾经多么努力在以往和他的交往里不对他产生爱，不对他动感情，她几乎是苛刻自己这样做了。她知道自己是一个容易动感情的人，她对容易动感情的自己有一份警惕。她愿意有这样的一个朋友，不愿意爱上他。她知道自己不配，不配去爱，也不配得到爱。但是这一刻，她知道自己爱上他了。

爱！她又轻轻地念出了这样一个字，这个字吓了她一跳。仿佛远在天边的事情此刻被她握住了一个指头。她仔细地看了又看，怀疑它的真实性：它怎么可能降临在我这样一个被命运抛弃的残疾人身上呢？

周玉的眼泪涌了出来。她一下子想到阿卡的出现是命运的安排：在她绝望到想死的时候，他延缓了她死亡的时间。可是阿卡，我怎么办呢？她自己问自己。

第二天，周玉没回家，她对自己的家已经没有了丝毫的眷念。但是同时她又那么清楚：她是不可能不回去的。她得承受侮辱去吃饭，去保证自己身体的存在。尽管她对自己的身体满是失望，她恨它，恨这个限制了她灵魂的躯体。她常常感觉它不是她的，她讨厌它。她一直在努力和它和谐共存，但是这是多么困难的一件事情。

周玉跟老板说要在这里住几天。老板是个厚道的人，早上给了她治疗感冒的药，对她说：人都有落难的时候，一定要坚强！

周玉听到老板说"坚强"时就笑了起来，她始终觉得这个词是书面用语。

9

　　周玉在旅馆里待了半天。老板给药让她吃,她才相信自己是真的发烧了。她买了一包方便面泡着吃,出了一身汗。老板又给她加了一床被子,她就迷迷糊糊睡了。迷迷糊糊中看见吴东兴黑着一张脸,到处找她。她大气不敢出。她在这样的紧张里醒了一次,接着又睡了。这一次她看见她儿子,小小的委屈的脸,她心里一疼,又醒了。

　　想起儿子,她就疼,全身都疼,最后集中到胃疼。发烧还能让她迷迷糊糊地睡,但是胃疼把她的睡眠吵醒了。两种疾病交织在一起,周玉感觉到什么东西正从身体里脱离出去。她想抓住它,但是怎么也抓不住。她很着急,叫了一声就醒了过来。

　　下午,她发烧好些了,到街上吃了一碗面,眼前的事物慢慢清楚了起来:没有雪了,淡淡的阳光照下来,街上的人好像都是梦境里的,他们的面孔都是模糊的。周玉觉得自己也是在梦境里,她总是感觉不到自己的真实,此刻这样的感觉更加强烈。人生就是一场梦境,可是她居然有这样的疼痛。

　　她在街上溜达。她不知道自己有多狼狈,许多人好奇地看着她,如同看着一个不明来历的生物。她的羞耻之心如同这阳光一样越来越明艳了。经过一夜和半天的病痛,如同重新睁开眼看这个世界:繁华的街头,匆匆的行人,他们应该都是有归属的,唯独她,没有。没有就没有吧,她轻轻地叹气,感觉到命运在她身上留下了深刻的痕迹。

　　一个摩的在她身边停下,问她去哪里。她说哪里也不去。她真不知道去哪里啊,她现在不想回家。还有几天就过年了,她很想儿子。有时候她觉得儿子是一个牵绊,如果没有儿子,这婚姻也许早结束了。但是她从来没有为此而怨恨过儿子,她觉得对不起儿子,她甚至没有办法给儿子一个幸福的假象。想到这里,她的眼泪扑簌簌往地上掉。

　　不知是怎么走到这里的:她又到了广播大楼的楼下。她不知道怎么就到了这里,她从来不记得路,何况在不是那么熟悉的城市里。她痴痴地望着广播大楼,那些蓝色的玻璃冷幽幽的光。她想着阿卡这个时候也许在这个楼里呢，但是她再不敢去找他，也没有了给他打一个电话的勇气。她的手机早没有电了，她不知道她的父母是不是找过她，她不知道父母是不是为她着急。

可是他们从来没有为她想过。他们说为了她的儿子，为了一个家的完整，再苦的果子也得吞下去。可是实在太苦了，他们不知道有多苦啊。周玉在楼下一直站到天黑。一阵风穿过了她的棉袄，接着更大的风吹了过来，街上的垃圾打着转。她昨天弄湿的棉鞋现在还是湿的，实在太冷了，她不停地跺着脚。

一个人从广播大楼出来。周玉激动了起来，看上去像是阿卡。他笔挺的身材，昂首走路的样子已经印在了她的脑子里。她激动得双腿打颤，随时就要摔倒。她躲到了一棵大树的后面。其实她多么希望他看见她，可是她又害怕自己看见他。她恍恍然。她没有办法控制自己的情绪，一下子蹲到了地上。

那个人走近了，真的是阿卡，真的是他呀。周玉感到头晕目眩，她好像站在一个深渊的边上，而她想掉又掉不下去。但是阿卡没有一点点的迟疑，他就那样走过去了。他完全不知道周玉躲在一棵树下就这样看着他，他完全感觉不到她的一丝气息。周玉盯着他越来越远的背影，眼泪落在了湿漉漉的棉鞋上。

周玉在那棵树下站了很久，她希望阿卡能够返回来。她怀着一个渺茫的希望，她多希望阿卡能够返回来，如果他回来，她一定走到他面前。无论她多么卑微多么丑陋，无论她和他有多大的差距，她一定要站到他面前去。她不想对他说什么，她就想看看他。昨天在办公室，她觉得她没有好好地看过他，她好想认认真真地看看他。

夜落了下来，从模糊到清楚地落了下来。风把亮起来的灯光刮起来，如同一缕缕撕散的线团。周玉痴痴地对着阿卡走过去的方向，但是他再没有来。周玉的心又裂了一次，她捂着一颗裂开的心一步一步往那个小旅馆的方向蹭。

10

第二天,周玉在小旅馆的床上起不来。旅馆的老板担心她死在他家里,只好又给她买了一些药和一些吃的。她清醒一点的时候想到快过年了,想到儿子就泪如雨下。她得回去,无论如何,她得回去。她不能就这样死了,不能!虽然她不知道为什么还要活着,但是她知道她不能就这样死了。

老板帮她找了一个摩的,把她送到了长途汽车站。老板说:无论什么事情,活着总是好的,人如果不在了就什么都没有了。周玉谢谢老板对她的照顾,因为老板,她对自己也多了一份信心:这人间还是有温暖的存在。这温暖虽然是共有的,但是也包含了她的存在。她感觉到微弱的希望如火苗一样在她的心里晃动着。

汽车从广播大楼门前经过,楼层蓝色的玻璃如忧伤一样竖立在那里。她想在心里和阿卡说几句话,但是不知道说什么。说再见不好,说下次见也不好。阿卡,新年快乐!她终于找到了这样一句话。

回到家,她妈妈责备了她一句:这几天你去哪了?她说不出来自己去了哪里。儿子过来看着她笑:妈妈,你终于回来了。儿子很少这样表达自己的感情。周玉高兴地逗他:你想妈妈了?儿子撇嘴。周玉只想在床上躺着,她已经筋疲力尽。儿子跑到外面去喊:奶奶,奶奶,我妈病了。

活该!这么冷的天,几天不回来,不知道在外面干啥呢?周玉听见了也不吭声,她只想窝在被窝里,只要身体暖和一点,其他的都不重要了。但是又听见妈妈说:我去找医生,给这死丫头看看,磨死人了!这句话周玉也听见了,她几乎在被窝里笑了起来。妈妈平时对她苛刻,关键时刻还是心疼她的。

吴东兴在院子里叨叨:就会装,就会装!钱没给老子要回来,还几天不落屋,不知道在外面干什么勾当呢。周玉也笑了,心想:我还真干什么勾当了。儿子过来摸她的头:妈妈烧得厉害,妈妈你不要紧吧。周玉甜蜜地对儿子说:妈妈没事,你晚上和妈妈睡吧。儿子说:好!

11

春节一晃就过去了。春节期间,周玉给阿卡打了一个电话,祝他春节快乐。阿卡淡淡地回了一句:谢谢你,你也春节快乐。然后是一阵沉默,沉默过后,就挂了电话。周玉的心就有一些冷,但是她安慰自己:这大过年的,没准人家正在什么场合,不方便接电话呢。但是听阿卡那边那么安静,应该不是在什么场合。难道和他的爱人在一起?她的心里七上八下的,越想越乱。于是又想到阿卡说的话:我会珍惜你的,我会给你希望的!他给我的会是什么希望呢?

毕竟是自己的亲生父母,周玉病了,他们也心疼。吴东兴再嘀咕什么,他们也压一压他。毕竟是上门女婿,吴东兴也不敢兴风作浪。但是家里来了客人,他一定会喝醉的。周玉的堂哥结婚,一家人都去了。晚上家里有事情,他们都回来。但是吴东兴还在喝酒,他们就没有等他。堂哥的家离他们的家不过半里路,周玉爸爸说一个大男人还担心他不会回家吗?

但是吴东兴是哭着回家的。他呜呜咽咽地哭着说岳父母没有把他当儿子看,这么黑的天都不去接他。周玉的心一下子炸了:这个哭泣着的男人,他什么时候在天黑的时候去接过自己一次?想起一些下雨的晚上,她战战兢兢地走过那条泥巴路,他什么时候怜悯过她一次?如果她摔倒了,他就说她没用!

他居然喝酒回来晚了就这般哭泣着埋怨父母没有去接他?他是怎样的心态呀?周玉看着呜呜咽咽的男人,真想一脚把他踢出去。一想到和这样的男人要过一辈子,她就悲从中来。

吴东兴一边哭一边抱怨:你们就没把我当儿子看,你们只把我当你们家的奴隶使了,我来你们家是当奴隶的吗?他这句话反反复复唠叨着,终于把周玉的爸爸唠叨烦了:没有人拿你当奴隶!如果你觉得自己是奴隶,你现在就走,我们绝不会拦你!

吴东兴吼了起来:你们想赶我走,没门!我要走,也是要代价的!还有周玉,钱不给我要,出去这些天,你们管教出来的好姑娘!她妈妈也火了：我们管教出来的姑娘怎么了？她也是你老婆，你自己管不了自己的老婆，倒说我们不是！周玉在心里喝彩：老妈终于为自己说了一回话！

吴东兴吼了起来：好，我自己的老婆，我现在就管教她！他拎起一把椅子朝周玉冲了过来。周玉爸爸一脚踹翻了他：你试试看？周玉哪里错了？你想打她，你试试看！

被踹翻在地的吴东兴一动不动了。儿子很担心，上去拉了他一把。吴东兴吼了一声：你滚开，你是姓周的儿子又不是我姓吴的！周玉把儿子拉了过来：你爸爸喝多了，等他醒酒就好了。

周玉和儿子一起洗了上床睡。儿子说：爸爸会冻死呢。周玉说：放心，他一会儿醒了酒就起来了。儿子提心吊胆地眯了一会儿，就睡着了。这个可怜的在争吵声里长大的孩子，周玉不知道他心里有多委屈。周玉也觉得自己特别委屈，但是她又找不到委屈的理由：一个四肢健全的男人就这样用他的四肢健全把一个女人压得无法透气。周玉突然想起小时候一个巫师说她前世杀过人，她现在感觉真有这个可能。她现在攥紧拳头就想朝院子里那个哭泣的男人砸去！但是她一动不动，她让那难听的呜咽折磨自己。

如果不是命运，周玉想：这个男人心里有多苦呢？他一定是想到自己的苦了才这样哭泣。他十六岁的时候就在外面打工，流浪，和许多山区的孩子一样。他在外面没有人关心，他那么多兄弟姐妹，父母的关心总是迟迟轮不到他。他多么希望父母关心，但是他们很少。所以回家了，他总是和他的父母吵架。他脆弱又懦弱，他希望别人能够给他帮助，但是他从来不知道怎么样去对别人好。

后来，他喜欢了一个女孩子。那时候他已经二十七岁了，在外面流浪了十年。比他大一岁的哥哥都成家了，他还是孤身一人。他在工地上遇到了一个同样孤苦伶仃的女孩子。她不漂亮，有的只是山里人的老实和淳朴。吴东兴觉得应该和一个人结婚了，应该有自己的后代叫自己爸爸了。他对姑娘发起了追求，姑娘也半推半就地答应了。

后来，姑娘看上了他的一个同乡，对吴东兴就冷漠了。吴东兴一天夜里把他的同乡灌醉了，然后就把姑娘睡了。没想到同乡在公安局有人，把吴东兴告了。吴东兴为此蹲了三年监狱。三年的监狱，他的父母一次也没有去看过他。他的心就冷了：人世间没有心疼他的人。他的父母都不心疼他，还有谁？

可是我怎么可能心疼你。周玉悲伤地想：你隐瞒了你的年纪，隐瞒了你的经历，更要命的是你结婚只是为了有一个落脚的地方。你看中了残疾的我，你觉得我的残疾能够抵消你身上的诟病。你这么不尊重我，不尊重婚姻，你让我怎么心疼你？你健全的身体赢得了所有人的同情，他们觉得你和我结婚你吃亏了，你更加觉得自己吃亏了。

周玉哀伤地想着这些。她实在想不清楚吴东兴到底想要什么。他想要周玉的尊重，但是他一开始就放弃了对婚姻的尊重。他没有想到的是作为一个残疾人的周玉，居然没有把他放在眼里。他希望找到一个逆来顺受的女人，但是命运又一次和他开了一个玩笑。他觉得自己太不幸了，娶残疾女人本身就够不幸的了，但是周玉的倔强，她的轻蔑，又加深了他的不幸。

周玉这个时候对自己的残疾恨得牙齿痒痒：身体的残疾不是我的错，我为什么要无端承受这一开始就有计谋而没有一点情意的婚姻？她感觉到真正的痛苦不是残疾带来的生活的不方便，而是引起的这么多问题。他们两个人都被困在中间，如两条缺水的鱼，越挣扎，在沼泽里就越陷得深。

这时候她爸爸进了她的房间，说：你去把吴东兴劝起来。周玉说：我不！我没有下贱到这个分上。说出这句话的时候，她和她的父亲都吃了一惊："下贱"这个词语已经被用到了婚姻里，他们应该怎么救赎自己？爸爸说：他这样躺着怎么办？周玉说：让他去死！周玉咬牙切齿地喊出了这句话。吴东兴的呜咽一下子停止了。

吴东兴显然也被这句话惊到了，他这个时候感觉到周玉对他刻入骨头的厌恶。他现在就是死了，也不过是死了，没有人心疼他，没有人会为他的死感到难过。他对自己的怜悯一下子荡然无存：不，我不能让这个残疾的女人看笑话！他爬了起来，跑到房间里，伸出食指和中指，差一点就戳到她的鼻子上：你想我死，我告诉你，没门！你看看自己是什么东西，手不能拿，肩不能扛，还靠老子养活你！

周玉说：你什么时候养活我了？你连儿子都养不活！吴东兴尖利的声音在整个屋子里撞。周玉实在讨厌这声音，但是她无法阻止它的流窜。儿子被吵醒了，他烦躁地翻了个身，皱眉对吴东兴说：爸爸，别吵了，我要睡觉。但是吴东兴不听，继续吵，过了很久，周玉爸爸大吼一声：再吵你就给我滚！

吴东兴的声音小了下来，嘀咕了几句，到堂屋里拿了一瓶酒，咕咕地喝下去，到儿子的房间睡了。

周玉妈妈走进来说：你别惹他，好好过个年。

周玉说：我早晚得和他离了。

她妈妈说：你敢！

12

正月十五过完，吴东兴收拾行囊要出去打工，周玉感到心头一轻。有时候她挺感谢命运的安排，让吴东兴常年在外面打工，就过年回来这几天。她真的不敢想象如果他整天在家，这日子应该怎么过。吴东兴对她爸爸说：老头，给路费啊。周玉鄙夷地看着他，他回来不给家里钱，走的时候还要路费！

周玉爸爸默默从荷包里掏出钱给了他。周玉的心碎了，她大叫了起来：爸爸，你在做什么？周玉爸爸没有理她，把钱给了吴东兴。吴东兴挑衅又得意地瞅了她一眼，对她爸爸说：爸，我走了，你在家保重身体啊！周玉爸爸微笑着。

吴东兴走了，他的心头也是轻松的。他看着冷冰冰的周玉，她的傲慢、无知，对他的厌弃，让他一次次感觉到和这个女人结婚是错误的。他是用早年的一个错误惩罚自己一辈子。当周玉一次次咆哮着说要离婚的时候，他不是没有想过这个问题，但是一想到周玉恨不能一脚把他踢出门的嘴脸，他觉得不能便宜了周玉。

周玉从来不给他打电话。偶尔他给她打，她也不接，最后把他拉进了黑名单。

真是个怪物！他狠狠地想。

到了荆门，吴东兴想起金虾路一个叫萍儿的洗头妹子。吴东兴曾经对周玉绘声绘色地说起过，说他怎么掐她的腿，怎么捏她的乳房。那时候周玉在看很厚的一本书，她似乎没有听吴东兴说话。吴东兴把她的书夺了下来，说：你听见没有，我和一个洗头妹干过了！周玉揉了揉眼睛：哦。

吴东兴把行李放到出租房就去找萍儿了。萍儿笑着说：这个春节养胖了啊！萍儿不是一个俏女人，皮肤黑黑的，但是吴东兴看了心情就好。萍儿说话口齿清晰，吴东兴就觉得心里亮堂堂的，周玉说话口齿不清，特别是吵架的时候。吴东兴一星期想到周玉的样子都觉得恶心，这死女人，不知道什么时候能死呢？

吴东兴兴高采烈地和萍儿打招呼。春节刚过，洗头店里还没有什么人，吴东兴的手就不安分起来。萍儿打开了他的手：大过节的，你老婆没喂饱你啊？吴东兴脸色就不好看了：提她做什么，晦气。

他们一边嬉闹着一边就挤到了店子后面的小屋里。

吴东兴一边在萍儿身上动作，一边狠狠地说：你说凭什么啊？我是她男人，我回家了，她还不让我碰。妈的，一个残疾女人，牛什么牛！

萍儿安慰他：算了，何必和一个残疾女人计较呢？

13

黄昏的歌吟。

节奏缓慢的音乐在屋子里流淌，也从打开的房门飘到院子里去。从她的房门望出去，门口的杨树枝头已经有了新叶，春天又一次进入到村子里。她的父母在院子里盘算着要下的棉籽，要买什么样的谷种。周玉就喜欢听他们说这些事情，她的希望就是依靠他们撑起来的。但是到了农忙的时候，她就焦虑不安，她对自己不能帮他们干农活耿耿于怀。这么多年，她都是从这样的焦虑里过来的。

阿卡的声音在歌曲的间歇里传了出来。她几乎是贪婪地捕捉他声音里的每一个细节，想找出一丝丝颤栗或者别的什么，她希望能够找到她带给阿卡的哪怕一丝一毫的影响。但是无论怎么努力，她都没有找出蛛丝马迹。周玉有隐隐的失望。她想通过电台短信平台给阿卡点一首歌。她把短信编好了，但是不敢发出去。

和阿卡见面回来，不过刚刚过了一个春节，但她却感觉像过了几个世纪。对阿卡的思念焚烧着她的心。她的烦躁和不安并没有随着阿卡的节目结束好一点。她关了收音机，黄昏增加了一层薄薄的蓝，她也被这样的蓝包裹在其中。她想：如果没有认识阿卡，如果没有对阿卡的希望和思念，这是多么美好的黄昏啊。

她明明白白地感觉到自己被自己吐出的丝上上下下地缠在了中间。其实没有任何人要她吐丝，没有任何人需要她自作多情，但是她犟不过自己的心。这样说，她还是觉得自欺欺人：她不过就是一个懦弱的女人，她不过就是被自己爱的幻影绑架了。是的，她一开始就知道这是一个幻影，她从来没有对它抱一丝希望，单就是毫无希望地爱着才让她抛开了其他，而心无旁骛。

晚饭的时候。她妈妈嘀咕了一句：你怎么回事啊？过年的伙食这么好，你还长瘦了。

晚上起风了，呜呜地从屋脊上刮过去，真有鬼哭狼嚎之声。那些树上刚刚长出来的芽苞不知道能不能经受得了这一场倒春寒呢？周玉好像听见了枝头碰撞枝条的声音，几片长得不结实的新叶无声无息地掉到了地上。

周玉在床上翻来覆去睡不着。她把电灯拉燃，找了本书，却看不下去。她拿出一个日记本，上面写了一些乱七八糟的文字，有时候一张纸上一个段落也没有，有时候是一句一句分行的文字。周玉没有事情的时候就这样涂涂画画，以此消磨大段时光。她写下一个字，涂了，再写，又涂了；阿卡的声音和身影在她的脑海里晃来晃去。她写：阿卡，阿卡，阿卡……她把这两个字写满了一页纸。写完了，胸口的气仿佛顺了一些，但是心头依旧有铁锥锥着她一样。

她又写下了两个字：活着。

这两个字看起来很好看，有一点活色生香的味道。她觉得这两个字真是美好呢：这两个字是把一个人放在人世里，证明一个人还被人间疼爱着，证明人间没有抛弃这个人。但是没有抛弃却不一定受到欢迎，周玉觉得她从来就是一个不受欢迎的人。她不知道怎样讨好一下这个高傲的人间，虽然现在她已经没有了讨好它的心了。

周玉长长地叹息，听见更大的风声从屋脊上划过，听见一些细枝被折断的声音。

周玉断断续续在《活着》下面写出了一些字：

> 不堪。累赘。孤独。绝望……我再无法有个清白的人生啦
> 哦，背叛，背叛。从开始到现在
> 没有人说：因为我，你要好好的
> 贞洁是多么可笑，多么讽刺，却还是让我一次次哭
> 但是一定有一根稻草一次次打捞起我一次次从我身体里掏出光亮，放在我眼前
> 让我安静的时候写诗
> 穷苦的时候流浪
> 让我对路过的人和灯持永恒之爱
> 让我总是在该掏出匕首的时候掏出花朵
> 让我在能够申辩的时候保持沉默
> 即便如此，这世界还是没有给我一个春天
> 即便如此，我今天还在，打算喝一点酒后
> 去风里转转

写出来这些以后，周玉觉得心里亮堂了一些。但是这亮堂转瞬即逝，

更深的黑暗涌了进来。周玉陷进了自怨自艾里。她一直在自怨自艾。吴东兴在家的时候，她的自怨自艾是一种恐惧，是一种对身份模糊的折磨，是一种对两个陌生人建立起来的关系的困惑。吴东兴走了，虽然这样的困惑还在，但是困惑成了困惑本身，它不会跳出来对她构成伤害。

活着，活着？人为什么活着呢？她的妈妈给她找了一个直观的理由：为了孩子而活着，为了孩子而迁就一切！周玉觉得这样的牺牲违背了生命的意义。如果说生命的意义仅仅在于传宗接代，那么这一代代没有理想的人存在于这个世界上的意义又是什么？她妈妈说：儿子将来有出息就是她生命的整个意义，但是她觉得这样不能构成生命本来的意义。她觉得每一个生命都应该是有意义的，每一个生命都不应该被浪费，特别是不该被一桩该死的婚姻浪费。

这样的想法如灯柱一样照着她的心房，几乎是拉着日子往前走的一条绳索。我一定要让我的生命具有意义，我儿子会在我生命的意义上获得更大的意义。周玉对这样的想法坚定不移。周围的一代代人就活在她妈妈对意义的这种注解里，他们从来没有完成对自己的生命意义的构建。周玉觉得很悲凉。但是他们根深蒂固的想法也支撑了他们在这个大地上活下去的勇气。

但是周玉却没有办法找到让自己的生命意义得到印证的一条途径。她如一只困兽，在空无一人的狂野里嘶吼，呐喊，结果却在泥沼里越陷越深。周玉的自我觉醒和她本身的处境让她陷进了比原来更大的绝望中。一个时代的觉醒远远比不上一个生命的觉醒残忍与可怕，在周玉这里，还有可悲。

周玉被这些想法纠缠得无法入睡。而且这些想法很自然地就被加到了阿卡的身上加以分析。周玉真是一个古怪的人，有时候她也为自己的这种古怪烦恼：她的感性会如潮水一样淹没她，也淹没其他人，但是很快，她的理性就站出来收拾残局。她有时候对自己的感性非常厌弃，厌弃了感性，反过来也厌弃理性。如果她只具备一种：或者感性，或者理性，她一定会快乐许多。但是不幸得很，她的感性和理性一样强烈地存在于她身上。

她爱阿卡。她第一次在心里想自己爱这个男人的时候就怀疑自己：见过一面的男人该怎么去爱呢？但是她又如此强烈地思念着他，这思念弄得她寝食难安。她多么希望看看他啊，就看看他，她不求别的，就想看看他。

14

　　几个夜晚过去了，周玉一直没有办法好好地睡一觉。她不喜欢自己这样的状态，但是又没有办法摆脱。她越是与这样的状态较劲，越是被它束缚。周玉筋疲力尽，拿自己没有办法。

　　黄昏的歌吟。她几乎是中毒一样守着这个时刻的到来。回来，她一狠心，就用自己积攒了好久的钱去买了一个录音机，还买回了许多空白磁带。她把"黄昏的歌吟"从一开始就录下来，到了录阿卡的声音的时候就特别小心，不让自己出个大气，怕也被录了上去。

　　夜晚了，周玉就把黄昏录的声音放出来听，翻来覆去地听。她希望在他的声音里找到不一样的一点，但是一直没有。有一次，周玉实在忍不住了，就给他们电台的短信平台发了一个短信，说给阿卡点一首歌。点什么歌，周玉没有说，让阿卡自己喜欢什么歌就放什么歌。阿卡在电台里感谢了"这位热心的听众"，然后放了一首《说唱脸谱》：那一天爷爷领着我去把京戏看，看见那舞台上面好多大花脸，红白黄绿蓝咧嘴又瞪眼……

　　周玉心情复杂地听着这首歌。这首歌的确是阿卡喜欢的，他的确是一个戏迷。周玉似乎看见阿卡在操作机前摇头晃脑地跟着一起唱。但是阿卡的情绪里没有一点起伏，他完全没有从这个电话号码里读出周玉的一点信息。周玉的心疼了起来，她日夜思念的一个人居然对她没有一点感觉，那阿卡曾经说过的话呢？

　　周玉忍不住了，她感觉到自己的心里沸腾着火焰，这火焰在她的怀疑和自卑里不停地向上翻腾。她的怀疑和自卑如同廉价的汽油不停地往上浇。她紧紧地握着手机，她不愿意给阿卡打电话，她每一次给他打电话都感觉提心吊胆，如同一个盗窃犯走在警察眼皮下的感觉。但是她的胸口是那么疼，仿佛下一刻就要撕裂和爆炸。不，我要给他打一个电话。

她手指颤抖着按出了那一串电话号码：嘟——嘟——嘟——电话响了五声，周玉就绝望了：阿卡不接她的电话。周玉更着急了，她的脸红彤彤的，又急又羞。突然觉得自己太鲁莽了，但是不鲁莽又能怎么办呢？第九声响了一半，周玉听见那边短暂的沉默，阿卡的"喂"吓了她一跳，把一个已经准备溺水的人拉回了岸上。周玉浑身湿漉漉的，一时气短，说不出话来。短暂的沉默，阿卡又说："喂——"还是拖出很长的招呼：谁啊，怎么不说话呢？不说话我就挂了啊。

不，周玉终于轻轻地哀求了起来：阿卡，是我，你别挂。

阿卡问：周玉？你好吗？你有事情吗？

阿卡问她有事吗？周玉就愣住了，她有什么事情呢？没有事情她给阿卡打什么电话呢？周玉的羞愧一下子涌了上来，如同一个做错事的孩子。

阿卡，周玉咧着嘴，不知道该说什么。她一直觉得心里有千言万语想对阿卡说，但是此刻她却什么也说不出来。阿卡，周玉又低低地叫了一声。她觉得能够叫着这个名字已经被幸福冲击了。

嗯？你有什么想说的，你就说吧，我听着呢。阿卡放缓了语气，他鼓励着周玉。周玉此刻也感觉到阿卡的鼓励和安慰，周玉还是不知道说什么好：阿卡，我给你点的歌……

阿卡说：我知道啊，谢谢你。你还有什么说的吗？周玉的脸红烫烫的：没有了，没有了，阿卡，我就想听听你的声音。阿卡沉默了一会儿说：你有时间就来钟祥玩吧。周玉的心一下子就热了，是的，是瞬间就热起来的：嗯，我知道，阿卡，你好好保重自己。阿卡说：再见，嗯，再见！

周玉不说话了，但是她的耳朵还贴着手机。她屏住呼吸，阿卡那边没有声音了，但是他没有挂断电话。等了好久，阿卡还是没有挂电话。周玉怯怯地、试探地唤了一声：阿卡？

嗯？阿卡居然回答了她，又把她吓了一跳，她的手一抖，电话就掉在地上了。她心疼地捡起来，慌乱地按下了挂断键。周玉长长地吐出了一口气，仿佛一个新生的人重新获得了生活的机会。她按住怦怦乱跳的心，又摸了摸发烫的脸庞，感觉自己还在这个世界上太幸运了。

　　周玉激动地在屋子里走来走去。她不知道命运是怎么安排的，怎么会给她如此的幸运？怎么会把阿卡这么优秀的人降临在她的生命里？难道是上天怜悯她，给了她一个美丽的安慰？走来走去的周玉被这样的幸福冲击得缓不过神来。

　　阿卡，阿卡啊。周玉默默地念叨着这个名字，她感觉眼睛里含了几吨的泪水，但是无法把它流出来。她一遍遍回忆着刚才的电话，回忆着阿卡说的每一句话、每一个字，甚至每一个叹息。她真后悔没有打开录音，把刚才的电话都录下来。

　　但是一遍遍回忆，周玉刚才的兴奋一点点减退了：阿卡的语气那么淡，虽然他尽力温柔着，是的，他是在使自己温柔，这温柔不是本来的，而是他刻意的。他为什么要刻意呢？他原本对她是没有温柔的。周玉慢慢感觉到他的语气是冷漠的，周玉越想越觉得心里不舒服，刚才被世界温柔接纳的假象这么快就如一个肥皂泡般破了。周玉身上被洒了一层湿漉漉的碱水的味道。

　　周玉的心从刚才的狂热里漏了出来，如一条被剥去了鳞的鱼，浑身疼，没有特别疼的地方，但是每一块地方都疼得让人难受。她慢慢地弯下腰去，顺着墙壁滑了下去。她的头也低下去了，越来越低，然后蜷缩成一团，如一块大的土坷垃。她想哭，但是她怎么也哭不出来。

　　这样待了很久，夜的寒气一点点从她的背部浸了进来，开始是一阵一阵的，慢慢就吞没了整个人，周玉冷得瑟瑟发抖。她慢慢地站了起来，慢慢地移到了床上，如一条濒临死亡的鱼慢慢移到了有水的地方。

15

　　阿卡：见字如面！

周玉终于想到可以给他写信的。她在一张信纸上写下了这个名字，仿佛心里又找到了一个换气口。她笑了起来：自己是多么善于给自己找到这些口啊。在她一次次的绝望里，她都没有失去找这些口的能力。她觉得上天在用这样的方式引诱她活下去呢。她羡慕那些生命里没有裂隙，活得理直气壮的人。而她，总是在捡生活中多余的一碗剩饭，活得多少有一些厚颜无耻。这样的厚颜无耻常常让周玉羞愧，但是羞愧得多了，羞愧也变成了厚颜无耻。周玉这样想的时候，总是想笑。

阿卡，见字如面！

你知道吗？现在夜已经深了，我不知道这样的深夜里还有没有和我一样醒着的人，有没有和我一样被思念折磨得心力交瘁却无法入睡的人。

阿卡，你一定是睡着了吧，钟祥城的夜色和霓虹都不会进入你的梦乡。当然无法进入你的梦乡的还有我，我也从来就没有奢望过进入你的梦。对我而言，你就是神一样的尊贵和高傲，一个凡人怎么可以进入神的梦乡呢？

哈，我以为神奇的事情在你眼里也许根本不值一提，甚至给你带来了小小的困扰。当然你不会让这样的困扰成为困扰，你不会像热切的我一样对这样的相遇寄予希望和绝望。是的，希望和绝望。我猜你是无法理解我的心情的，当然就算理解了对于你我也是无益的。如果给你带来困扰，我会内疚的，这是因为我无端生发的一段情愫。

阿卡，我想你。我在想如果十年以前我没有结婚的时候遇见你，那会怎么样呢？我思来想去觉得那个时候不可以遇见你。少女的我一定会对你抱有巨大的希望，这希望弄不好就会成为巨大的漩涡把我们两个人都卷进去。所以，命运有它安排的深意，我们在这个时候遇见是最好的，你以天使的身份来把我挽留在这个人世里。

哦，阿卡，你也许觉得我多么可笑呢。一个残疾的农村女人居然爱上了和她差距那么大的一个人，但是怎么办呢？我隐隐约约感觉到毁灭在不远的前面等着我，但是我多么愿意就把自己交到这样的祭奠里。

让我怎么说呢，我今天给你打电话，我忐忑不安地给你打电话，我想听你的声音。阿卡，我能说什么呢，言语是无法把一个人的感情表达出来的，它甚至会误解一个人需要的感情表达。所以我几乎不能说话，我是一个笨嘴笨舌的人。

阿卡，我能够怎么办呢？你如同一束光照着了我，这光岂知是不是假象和虚影呢？哎呀，我是如此悲观，不然我能怎么办呢？真的，阿卡，我想再一次看见你，我能有什么希望呢，我的希望就是把和你见面的日子当成节日。

16

正月终于慢慢腾腾地过完了。他们这里有一句话：正半年，二梭梭。说正月是一年里过得最慢的一个月，可能刚刚经过漫长的昼短夜长的冬季，春天白天的时间多了一些，人就觉得格外慢了呢。正月也是一家人最幸福的一个月，因为没有农事的牵绊，终于有了一个比较长时间的休息期。

周玉给阿卡发出一封信后，心里反而平静了下来。她甚至没有希望阿卡给她一个回应。哪怕是好的回应，她也觉得不需要。她的心比任何时候都平静，这样的平静让她轻松，让她感觉到实实在在的快乐。

后门口的杨树叶已经有她儿子的一巴掌大了，鹅黄的、嫩生生的，仿佛饱含着最初解冻的一汪春水。它们在越来越柔软的风里轻轻悠悠地摇晃着，如同一些小小的少女。从这些嫩生生的树叶的缝隙里看过去，是蓝的天空。天空的颜色随着季节的变化而变化着，在四季分明的江汉平原上格外分明：冬天的天空是灰白的，有时候灰深一点有时候白深一点，但是没有透明的感觉。春天一到就不一样了：灰白就变成了瓦蓝，有时候蓝深一点，有时候浅一点，但是永远都是蓝色的。

家里的几只母鸡都开始想抱小鸡了：它们在一个窝里下蛋，也不去分这个蛋是谁下的那个蛋是谁下的，反正抱出来就是自己的。而且爸爸都是一个，就更没什么计较的了。它们有了抱小鸡的心，就没有心思和精力再去下蛋了。妈妈选了一只强壮的精力充沛的翅膀大的脚手轻盈的母鸡，当然它只有脚。

安顿好了母鸡，其他的鸡还继续在鸡窝上抱着。它们痴迷的样子好像被人灌了迷药一样。周玉的妈妈想以毒攻毒，她最讨厌以抱小鸡为借口而不再生蛋的母鸡了，而且那些脚重的母鸡一不小心就把鸡蛋踩破了。她妈妈鄙夷地说：就你这样还配抱鸡子？周玉的妈妈以毒攻毒的方法就是给那些不醒抱的母鸡灌酒，一勺子酒就叫它们晕一天。灌三四天以后，它们就会忘了抱小鸡的事情了。

周玉的妈妈让周玉帮忙按住母鸡，扯住它们的鸡冠，她妈妈再把酒灌进去，还说：你这做鸡的也有福了，你看看别的鸡还有酒喝吗？周玉这时候就会大笑。鸡喝酒以后马上就晕了，放在地上就倒了下去，只有胸部在激烈地起伏。周玉蹲在地上看着鸡，不停地笑，伸出手指去戳它，它也没有反应。

周玉想如果吴东兴也和鸡一样喝了酒立马就睡倒了，真是省事多了。唉，他还不如一只鸡呢。周玉一想到吴东兴就感觉心头被什么东西堵住了，她打了个冷战，一股风打着旋从大门口吹了进来。自从她放弃对阿卡的幻想后，她的内心获得了平静，但是人生从此更灰暗了，没有了一点亮色，没有了一丝改变的可能。周玉叹气。

周玉的妈妈把鸡灌醉后就出去到村子里打麻将去了。周玉实在无聊，把花生提出来剥米。每年春节过后，他们就剥花生米做种的。周玉的手不灵便，剥花生的夹子总是把她的手指磨破皮。周玉很不愿意做这些事情，但是不做又觉得心里歉疚得慌。

所以她剥得很慢。一粒一粒红色的花生米从她的指缝掉到筛子里，一个个圆滚滚的小身子，饱含着长成一棵棵花生苗子的欲望。每一年春节以后，他们都这样剥花生米，重新把它们点到地里，重新让它们绿成一年丰收的希望。

周玉有时候被这样的生活困扰着：日子就这样一天天一年年地重复下去，生命的意义是什么呢？人就在这样的重复里一年年老去，直到死去，他来到这个世界上到底是为了干什么呢？世界上有了太多平庸之人，上帝才有可能从这数不清的人之中选出一个出类拔萃之辈吗？周玉觉得自己不可能是那个出类拔萃之人，她肯定也是为了让上帝的选择增加难度的一个。这么一想，她就感觉羞愧。但是羞愧之余，她也觉得轻松：一些残次产品就不必担当社会的责任了，这也是上帝的公平和怜悯。

周玉剥着花生米，脑子就会有许多奇奇怪怪的想法，当然她自己不以为这些想法很奇怪。一个人的脑子不可能空着，周玉想。她这样乱七八糟想着，电话响了好几声，她才听见。掏出来一看，居然是阿卡。她的手抖了一下，心跳加快，想着阿卡给她打电话会不会骂她，骂她痴心妄想什么的。

周玉实在不想阿卡给她打电话。她的心已经平静下去了，她觉得再过一段时间，阿卡就会像风一样消失在她的生命里，那样也许她就不会再为他难过。有时候她觉得为阿卡难过是一件难以启齿的自作多情的事情，但是往往自作多情的事情总少不了人去做。周玉很讨厌自己的自作多情，但是她就是和讨厌自己的事情作斗争的一个人。

周玉乱七八糟地想这些事情，犹豫着，一直到电话铃声结束。周玉重新把手机放回口袋，仿佛重新把自己的心丢在了旷野。虽然她的心怦怦地几乎跳出了胸口，但是她感觉很舒服：她能够拒绝阿卡，能够抵挡自己的渴望和幻想，她对自己满意了起来。但是她的平静一下子消失了，这是她拒绝阿卡的代价。

过了两分钟，电话又响起来了：还是阿卡！周玉的心就软了，她的骄傲如同一个纸糊的幌子一下子碎得找不到原型。她按下小小的绿色的接听键，如同按下了一个只有她知道的地狱之门。此刻她的心已经跳到了她的身体外。她也没有力气管它了，想着它还在她的身体上就不和它计较了。

周玉！阿卡的声音很激动，周玉第一次听到他这么激动的声音，她的心就更软了一点。

嗯？周玉猫咪一样的声音。她总是小心翼翼，好像她和阿卡之间有一个个肥皂泡，一不小心就会碰碎它们。哪怕有时候是甜蜜的，她也格外小心，她知道甜蜜的肥皂泡更容易破碎。

周玉！阿卡颤抖的声音说：你的信我收到了，我很感动。我会珍惜你的，我会给你你想要的。

周玉的脸红了，她想了一会儿，说：阿卡，我不知道我想要什么。

阿卡愣了一会儿，说：过两天你来钟祥，你来钟祥。

周玉想都没想说：好。

17

过了两天，天格外晴朗，周玉决定在这样的日子里去找阿卡。想起上一次见到阿卡的大风大雪，她就心有余悸。而这样的日子即使找不到阿卡，她也觉得心里是愉快的。

大巴车往北开，仿佛开进春天的深处：路边杨树叶子已经长成了往年的大小，但是周玉不知道今年树上同一位置的叶子还是不是去年的那一片，如同她不知道今年的这一天还是不是去年的那一天。但是终于有了一些变化：去年的这一天，她不知道阿卡是谁，去年的这一天她不会单单去看一个男人，去年的这一天她不会有此刻销魂蚀骨的幸福。

没有人认识她，真好。巨大的幸福和巨大的悲伤一样都无法和别人分享，周玉的心里藏着一个深海一样的幸福。而大巴车每一次小小的颠簸，都能把她心里的幸福摇出一个小浪潮拍打到她脸上。她真想流泪啊。

但是大巴车在接近钟祥城的地方坏了，司机用尽了办法就是不能将熄灭了的火打燃，最后把人们赶下车，说反正进城不远了，各自打个车也就几块钱。

很快就有摩的围了过来，如同蚂蟥听见一点点水响就围了过来。一会儿人就都被载走了，剩了周玉一个。周玉的腼腆和不自信总是在这样的时候不合时宜地冒了出来，她一直因此觉得自己是一个没有生活能力的人。

但是现在没有办法了，她必须和一个人交流，让他把她送进钟祥城。她找到一个看起来比较忠厚老实的摩的，说：师傅，我就到大桥那头，你把我送过去。师傅把她上上下下打量了一番，问：你有钱吗？周玉说：我当然有钱。

师傅说：你把钱拿出来给我看看。

周玉已经很生气了，她觉得这是在侮辱她。他凭什么觉得她没有钱？她凭什么要拿钱给他看看？

周玉说：我有钱，但是我不给你看，你没有资格这样要求我。

周围的人就笑了起来：哟，一个残疾人还这么硬气哈。

周玉恶狠狠地看着他们。脏字已经在心里上蹿下跳了，但是她忍住了没有让它们跳出嘴巴。周玉往前走，她不想和他们纠缠。虽然她希望早一点见到阿卡，但是她不想为阿卡丢了自己的尊严。

走了一段路，一个年轻的摩的追了上来：走，我送你过去，又没有多远。

周玉感激地对他说：我不会少给你钱的。

年轻的摩的没说什么，当然也没有少收钱。周玉还是很感谢他，她需要的不是额外的同情和帮助，她仅仅需要在世俗条件下的一份公平。她觉得有公平才有尊严，低于或高于公平的东西就失去了尊严。

尊严？周玉想到这个词的时候总是很迷惑：她这样去找阿卡是不是有尊严？就是说尊严也是有区分的，那么爱情里的尊严与生活里的尊严哪一个更重要呢？而尊严是从什么地方产生的？是产生于自己内心的感觉还是人与人的关系里的一种新的关系和感觉？什么时候的尊严才是重要的和必须的？一种尊严破坏以后能不能产生新的甚至更好的尊严？

周玉觉得她是一个看重尊严的人，然而她的尊严总是被践踏得一塌糊涂。她有时候很生气，她想叫喊，而她的叫喊被别人看作没有修养。所以为了保持尊严，她只能在尊严被破坏的情况下保持沉默，这是多么讽刺。所以生活里好像没有道理，因为一个道理总是被另外一个道理击破。

18

周玉没有在这些问题里理出一点点头绪，摩的已经过了汉江。她的头发在摩托车下桥的时候落了下来。刚才的风把她的头发乱卷在一起，在她耳边呼呼响，她分不出心看看汉江上初春的样子，只感觉身体被金黄的夕阳包围着，而她在不停地追赶着自己的影子。当然一个人是追不到他的影子的，但是影子也不会把一个人引到阴暗的地方。

阿卡让周玉在楼下等她，周玉就放心地在楼下的椅子上坐着。她真是喜欢这样的时刻：她等的人一定会来，而且他正在来的路上。这个地方她来过，有几个人还认识她。但是她小心翼翼，担心一个闪失让阿卡看到了就不高兴。她低着头坐在那里，安静等着命运的一次安排，其实就是阿卡的一次安排。她隐隐约约感觉到它是什么，但是她无法明确，也不敢明确。

周玉偶尔忍不住低低地笑：她觉得自己像是一个灰姑娘马上要变成公主了。而这是多么不可思议的事情。阿卡，一个小城著名的主持人居然会给她这个机会？她想不明白的事情正在发生。她紧紧咬住嘴唇，弯腰伏在腿上，蜷缩着，仿佛正在经受命运的重创。

靠近楼梯那边，一个身影闪了出来。周玉没有看，但她知道是阿卡。她想抬头去看他，但是努力了几次，她无法抬起头来。她的羞涩如一块石头压在她头上，她的身体无缘无故就颤抖起来。她努力想甩出它，但是它颤抖得越来越厉害。周玉的心提到了嗓子眼了。

那个身影就在她面前停下了。她看到了他的脚尖：黑色的皮鞋很亮，周玉觉得自己的眼睛被晃了一下，几乎就睁不开了。那双皮鞋在她面前停留了很长时间，周玉就着急了：它怎么不动呢？他是在嘲笑自己吗？它怎么就不动了呢？难道他认不出自己了吗？周玉这么想着，嘴里就嘀咕了出来：难道你不认识我了吗？

你这么低着头，谁知道你是谁呢？这是阿卡的声音。阿卡的声音很轻，但是一下子止住了周玉的颤抖，她受惊似的猛一抬头：笑吟吟的阿卡啊！尽管周玉感觉他的笑容里有一点戏谑，但是不重要。

阿卡……周玉慢慢地站了起来，她的身体摇晃得厉害。她真是痛恨这个时刻身体的摇晃，她越想控制它，越是控制不了。她很沮丧。但是阿卡没有看出面前女人一丝的沮丧，他只看到她因为紧张或激动而涨红的脸，他只看到这个乡下女人含情脉脉又无比羞涩的眼神。是的，她不漂亮，他也说不清楚自己怎么就答应了一个乡村的残疾的女人爱他的愿望？这些问题他没有办法给出一个让他自己满意的答案。当他自己找不到答案的时候，他干脆不要答案。生活里，他一直是这么干的。他觉得这样很不错，人应该活得简单一些。他非常满意自己的这个生活态度。

他让周玉跟着他走，他可不想和上次一样在办公室和她聊天。虽然没有人听见他们说话，但是总归别扭。而这个傻女人竟然说：还好！但是他分明看到她眼里的渴望，那么浓郁的爱欲，她怎么会听不懂他隐藏的话语呢？但是后来一想，阿卡甚至觉得周玉的不解风情正是她的纯粹呢。

阿卡找了一个小饭馆，简简单单两个菜。周玉因为太紧张和忐忑而吃得心不在焉。她总是想盯着阿卡看，但是阿卡看她的时候，她的头就低下去了，好像被他的目光烫了一样。阿卡知道她在含情脉脉地看着他，她的深情让她的眼眸含满了泪水。阿卡有时候对她笑一下，想缓解一下她的紧张和她浓郁的情感。

周玉偶尔也对他笑一下，看得出她也想配合阿卡安安心心吃完这顿饭。但是无论她怎么努力，她的紧张都会很快回到她身上，像狗皮膏药一样。阿卡开始觉得她是因为浓郁的情感，但是这浓郁的感情持续的时间长了，他有一些疲倦。他看出来了：周玉是一个纯洁的可爱的女人，但同时她没有能力把握住自己的情感。阿卡这么想的时候，眼前仿佛就亮了一些。

吃了饭，阿卡说：我们去一个安静的地方吧。周玉这时候才笑了一下：嗯，我有话对你说呢。阿卡也笑了：你说出了见到我的第一句话。周玉羞涩而甜蜜地笑了。阿卡也笑了，周玉的可爱这个时候又在他的心里占了上风。

阿卡开了很远的车，从城北一直开到了城南。周玉在车后一句话也没有说。她心里有很多想说的话，但是它们到了嘴边来来回回又打了几个结，最后一个字也吐不出来了。阿卡有时候回过头对她笑一下，然后就在前面如同自说自话似的对她介绍这是什么街道啊，这是什么建筑啊。周玉在后面看着他的后脑勺，看着他浓密的头发如同一团布满陷阱的夜色。可是周玉甘心情愿地往下跳，而且如果跳下去了，她还不想起来。她感觉自己就站在这个陷阱的边上。

在城乡交界的地方，阿卡在一个小小的私人旅馆前面停下了。阿卡说：这个地方安静。周玉想，只要跟着你，在哪里我都愿意。

房间很简陋，阿卡到底有一些过意不去，他说：城里认识我的人太多了，这里，到底简单了一些。周玉的脸羞得更红了：好像是她领着阿卡来干见不得人的事情的。她深情地望着阿卡：对不起，阿卡……

阿卡拍拍她的脑袋：说什么呢？傻孩子！

一股电流瞬间穿过了周玉的全身。她想：一个男人拍一个女人的头应该是溺爱的吧。周玉的身体缩了一缩，她呆呆地站在那里，眼前的东西都模糊起来，还有一些扭曲。阿卡在靠近窗户的椅子上坐下，周玉和他隔着一张床靠在这边的墙壁上。她不知道应该怎么办？是走过去坐在阿卡对面的那张椅子上，还是坐在他对面的床上，她希望阿卡给她一个指示。她现在就如同迷失在大海上的孩子，她看不清方向，看不到对岸。

阿卡笑眯眯地看着她。周玉始终觉得阿卡的笑容有一点讥刺的味道，他在讥讽她异想天开吗？他在讥讽她想用一种落差很大的感情填充她的残疾带来的失衡吗？周玉这样一想，心里就有了细小而尖刻的悲伤。有时候她是多么聪明啊，她自己也看得到这样的聪明，而她的看见不过是加深了自己的悲伤。

但是现在，她不要加深这样的悲伤。悲伤的日子太多了，她现在要闭上心里的一双眼睛，她此刻需要的是掩耳盗铃。当然掩耳盗铃不是一件容易的事情，而且要盗得不动声色，好像自己真的聋了一样。

阿卡说：你过来，坐在这里。阿卡指的是他面前的床。周玉生平第一次进入这样的宾馆。她小时候跟着父母去北京治病住过，但那时候住的是许多人合住在一起的旅馆，有大床的宾馆她是第一次见到呢。

阿卡的指令如同一纸释书把紧紧捆绑着自己的周玉解救出来。她摇摇晃晃，举步维艰地走到了阿卡的面前，小心翼翼地只有半个屁股坐在床上。离阿卡这么近，周玉感到眩晕，阿卡嘴里的热气都能够扑到她的脸上。她的脸红扑扑的。

阿卡说：你不是说有许多话想对我说吗？现在可以说了，你想怎么说都可以，我听。阿卡还是笑眯眯的，他的语气仿佛对着一个小孩子。周玉还是觉得他的笑容里有隐隐约约的讽刺，但是她不想把自己的这个感觉说出来，她怕阿卡会不喜欢。

周玉的嘴动了几下，又闭上了。

阿卡拉着她的手，屁股一撅也坐到了床上，周玉的心也跟着他的屁股撅起来了。阿卡还是笑眯眯地看着她，周玉还是觉得阿卡的笑容里有讥讽。但是现在离这讥讽这么近，近得仿佛是一种赞美，周玉小小的不甘变成了更小的不甘。更小的不甘就可以忽略不计了。

19

周玉的脸红彤彤的，她觉得是阿卡嘴里的热气把她的脸弄得滚烫起来的。她的身体往后仰了仰，阿卡把她拉住了。周玉祈求他：阿卡……

你喜欢我，是不？阿卡小声地在她耳边问。

周玉赶紧点头，怕迟一秒就不能表达自己的真心。但是又觉得阿卡不应该问这一句：她喜欢他不是明明白白的事情吗？而且何止是喜欢！

你想我，是不？阿卡接着问。

周玉点头的时候眼睛里就有了隐隐的泪光。是啊，她是多么想他，不分日夜，阿卡的声音，他的身影总在她的脑海里摇晃。岂止是想念，周玉觉得她是深深地渴望着阿卡，渴望着如同这个时候的和他相偎相依。

阿卡几乎叹息一般的声音在她的耳边低回：我会满足你的！

周玉呆呆地盯着阿卡，她不知道阿卡说的满足她是怎样满足。当阿卡的手猝不及防地伸到她的下身的时候，她这才明白，阿卡说的满足她是这样满足她。

但是周玉一下子按住了他的手。她太紧张了，阿卡如此直接让她一下子适应不了。她不知道怎么做才是最好的。阿卡吃惊地望着她，心里想着这个时候了你还装什么呢。但是周玉不知道阿卡是怎么想的，这个时候除了本能，谁还会有心思和时间去装呢？当然这是后来周玉想到的，当时的周玉被宇宙间最大的幸福缴械着，她根本无法分身产生一点点多余的想法。

周玉按住了阿卡的手，她第一次被男人这么直接地抚摸不适应，也不知道怎样才是最好的回应。阿卡笑了，他从周玉不停的颤抖里知道这个女人是真的害羞和紧张。他又笑了起来：你这么含情脉脉又这么害羞？周玉觉得无法呼吸了。

阿卡把被周玉按住的手抽了出来，又轻轻握住了周玉的手，不停地抚摸着。慢慢地，周玉的身体松弛了下来，呼吸也顺畅了一些。阿卡又那样笑了一下，周玉就受不了了：阿卡，你不许嘲笑我！

这是周玉在这个宾馆里说的第一句话。阿卡愣了一下，还是那样地笑了。他刮了一下她的鼻子：傻瓜，我怎么会嘲笑你呢？阿卡暧昧的动作又一次冲昏了周玉。她可怜的怀疑被这样的暧昧冲跑了。

阿卡把她乱糟糟的头发往后捋了捋，对着她的眼睛说：周玉，不要这么敏感。其实，如果没有这个病，你还是很好看的一个女人呢。周玉噘起嘴巴问他：难道我现在不好看吗？问这句话的时候，周玉声音大了一些，有一点理直气壮的味道。

好看，当然好看。阿卡连忙回应着。虽然这时候阿卡没有笑，但是周玉觉得阿卡是把笑憋在了肚子里，还憋得很难受。想到这里，周玉反而笑了起来，她知道阿卡在哄她，但是她也愿意阿卡哄着她，她甚至冲阿卡做了一个鬼脸。阿卡也笑了起来，他这时候的笑才是真正的开心的笑。

阿卡亲吻了她的额头，又亲吻她的脸，最后他的嘴落在了她的唇上。周玉在他亲她的嘴的时候睁大眼睛，她想看看一个人亲吻另一个人的样子。但是她什么也看不清：太近了，一个人不可能看清楚另外一个人。周玉在胡思乱想了很久以后开始回应阿卡。但是她回应得那么笨拙，那么吃力。

这时候阿卡一把扯下了她的裤子。周玉一下子弹了起来，她突然想起吴东兴曾经的动作，她一下子就跳了起来：不！她大声叫了起来：不，阿卡，我不能，你走，你走！她用了全身的力气把阿卡推了下来。

阿卡的脸一下子黑了，他什么也没说，整理好衣服，走了。

20

点花生的时候，周玉病了，她妈妈说她正好可以偷偷懒。偷懒就偷懒吧，反正这一眼就看到了底的日子总是让她沮丧。母鸡抱出来的小鸡已经有拳头大了，在院子里欢欢喜喜地跑动着，叽叽喳喳地叫着，细小而干净的声音如同被屋子前面池塘里的水洗过一样。

周玉的身体被疾病折磨着，更多地是被自己身体里的欲望折磨着，所以她不停地发烧，一场烧退下去，一场又赶了上来。尽管这样，在发烧的缝隙间，她身体里的欲望就会如同潮水一样涌上来，让她不安和痛苦。

真是奇怪，她三十岁了，从来没有这么强烈的欲望。面对吴东兴的时候，她根本没有产生过欲望，所以她觉得女人应该也可以一个人欢欢喜喜地过一辈子。但是现在，她面对身体里翻天覆地的欲望几乎崩溃。

她一次一次回想和阿卡见面的点点滴滴，那么真实那么贴近肉身，仿佛更像一个梦。阿卡走的样子她也一直忘不了：他的脸拉了下来，也黑了下来。他生气了，周玉觉得很难过。她一遍遍想阿卡生气的原因，是因为她没有同意和阿卡做爱。

一想到"做爱"这两个字，周玉还是觉得是一件不可思议的事情：做爱，和阿卡？周玉还是不敢想象这件事，不敢想象阿卡脱了衣服的样子。她害怕，她对一个男人的肉体充满恐惧，一想到要跟男人赤身裸体地面对，她就受不了。

是的，她已经和吴东兴很多年没有做爱了，她已经不知道如何和一个男人的肉体面对了。但是她又多么希望把自己交给阿卡，把身体给他。尽管她的身体如此不完美，甚至不好看。但是除了把自己这样给他还能怎么办？

她在房间里跳来跳去，身上的火焰让她坐立不安。她一边骂着阿卡：阿卡，你这混蛋，你是怎么点燃我的？骂着骂着她就哭起来，如同被强奸的孩子。阿卡，对不起，对不起，我下次不这样了，我不能这样了。

周玉想：下一次，就是下一次一定不要那样对阿卡。她是那么爱他，她就应该和他做爱。他不是吴东兴，他不是吴东兴啊！下次无论阿卡在哪里，无论有多远，她都会去找他。为了让自己的心安静下来，她拿出自己的日记本，写下"穿过大半个中国去睡你"。写下这几个字她就笑了起来，这真是一种英雄主义呢。她自己笑了很久才写道：

其实，睡你和被你睡是差不多的
无非是两具肉体碰撞的力
无非是这力催开的花朵
无非是这花朵虚拟出的春天
让我们误以为生命被重新打开！

我是穿过枪林弹雨去睡你
我是把无数的黑夜摁进一个黎明去睡你
我是无数个我奔跑成一个我去睡你
当然我也会被一些蝴蝶带入歧途
把一些赞美当成春天
把一个和横店类似的村庄当成故乡

> 而它们
> 都是我去睡你必不可少的理由

　　写完看了一遍她又笑了。自己的一个意念被自己写成了这个样子，似乎也不完全是她想对阿卡说的话，不过是自己写给自己看罢了。但是她真正感觉到自己是可以不顾一切去爱阿卡的，不管多远，不管多少困难，无论在什么样的条件下，她都会去爱阿卡。她不知道自己的爱有多天真，但是如果没有这份爱，她又该怎么办呢？

　　她拿出手机。已经很久没有给阿卡打电话了，她无法解释那天的事情，她也不想解释。她不需要阿卡明白，但是她需要他原谅她。生病的虚脱让周玉没有像从前那样的颤抖了，但还是有莫名的紧张让她的心很空，如同悬崖上荡漾着一阵阵雾气。

　　电话响了，第五声的时候她的心就提了上来，一直到电话传来嘟嘟的声音。阿卡没有接电话。周玉如同被人打了一闷棍，恨不能倒在地上。但是她倒不了，她不想表演给自己看，她坚持着坐到了椅子上。

　　他为什么不接电话呢？他真的生气了吗？如果他不接电话，从此以后我就和他没有了联系。一想到这里，周玉就感觉害怕：她多么害怕阿卡就这样从她的生命里消失！仿佛刚刚摸到一缕黎明的光立刻又被无穷的黑暗笼罩了。她的身体又颤抖起来，上气不接下气。

　　但是不服气，于是又给阿卡打，阿卡还是没有接。打第三遍第五声的时候，阿卡挂了电话。阿卡挂了电话，他挂了她的电话，周玉一下子崩溃了：他是讨厌我了，他是不要我了啊！

　　是啊，我这个残疾的又不好看的女人，他凭什么喜欢我呢？他那么优秀，他怎么可能喜欢我呢？我这个痴心妄想的人啊！周玉想着就哭了出来，越哭越伤心，她明明知道这感情是无望的，但是她怎么才能够说服自己？

　　哭泣总有结束的时候，悲伤需要重新开始。晚饭没有吃，父母想她是病得厉害了，请村里的医生来给她打了一针。药物的作用下，她迷迷糊糊地睡了。梦里她在寻找阿卡，她找了很多地方，阿卡的影子总是影影绰绰地在她前面。她只是看到他的背影，怎么也看不到他的面部，周玉一直想走到他的前面去，但是就是没有办法。

醒来已经是后半夜了，周玉出了一身冷汗。在这么深的黑夜里，真的如同在地狱一样。周玉突然感到恐惧，第一次对死亡感觉到恐惧。这个夜晚的恐惧在以后的许多年里都烙在她的心里：感触实在太深了！

一个人一旦死亡，他在世界上留下的信息也会消失得干干净净，仿佛这个人从来没有来过这世界一样。亲人朋友可能短时间地记得你，但是记忆也会随着时间淡去，没有人有记住另外一个人的责任和恒心。那么人来到这个世界上是为了什么呢？像她妈妈和吴东兴说的那样为了繁衍下一代吗？但是所有的人都在繁衍下一代，这样的繁衍又有什么意义呢？而吴东兴和她结婚就是为了繁衍下一代，儿子的到来就是为了缓和两个陌生人的矛盾吗？

周玉觉得她是这个想法的牺牲品。就是说，她没有被当成人的形象被另外的人归属到自己的同类，而这样的抵御就是周玉也不会把藐视她的人看成人。一桩婚姻同时把几个人的品格往下拉，周玉感觉到了彻骨的寒冷。周玉觉得她无论从哪个角度，都应该把这个婚离了。她暗暗地想，如果现在死，父母问她有什么遗言，她就说：离婚！

但是这个村子里，几乎没有一个人站在她的角度，他们仅仅把人分为正常人和残疾人。从生产力的角度看，正常人肯定是有优势的。残疾人如果和一个正常人结婚，理所当然地需要牺牲自己的尊严和个性。

但是这样活着有什么意思呢？有时周玉希望自己是一个傻子，和对面的女孩一样，什么都不知道，也就什么都不会去想，更不会因为这些而感到痛苦了。但是命运多么幽默：它给了一个女人不能改变的残疾，又给了她如此的多愁善感。这些聚集在一个人的身上，不是深渊又是什么？

但是阿卡？阿卡难道就高过吴东兴吗？他的生命哪里高过他呢？思想？素质？对人生的理解？最根本的还是他的社会地位？而他的社会地位又是由什么构成的呢？体面的工作？丰厚的工资？阿卡具备的这些东西，难道会改变他对这个社会的看法和理解，会改变他对周玉的看法和理解吗？

许许多多的疑问排山倒海地向黑夜里的周玉压下来。她感到死亡的恐惧可以暂时不理，但是这些实实在在的问题应该怎么办？如果她把阿卡和吴东兴对一个残疾人的看法归结为一类，那是不是说明周玉本来就该死，本来就应该得到这样的待遇？

不！周玉的头疼了起来。残疾不是她的错。但是残疾是谁的错呢？在同等的条件下，人们不可能选择一个残疾人而不是正常人。也就是说她、周玉和他们，吴东兴和阿卡都没有错。那么怎么办呢？在所有人都没有错的时候，问题就好解决了：按照自己的想法生活。

但是她现在的想法是和吴东兴离婚，是和阿卡产生关系——这都是不可能的事情。就是说残疾本身就是自己的罪过，是你必须承担的东西。想到这里，周玉就恢复了一贯的绝望，她无论怎么想都无法给自己一个好的理由，让自己比较顺畅地在这个世界上活着。

阿卡！总是到最后，她情不自禁地想到这个男人。见到真实的阿卡以后，她觉得他甚至没有一般人的英俊潇洒，但是她就那样陷了下去，莫名其妙。阿卡，你不是说你懂我吗？你怎么能这样对我呢？

可是她也不知道阿卡懂她什么，或者她有什么需要阿卡懂的。

21

到了五月份，周玉的病就完全好了。她妈说：你这病挺好的，农忙的时候病，农闲的时候就好了。周玉不说话。她妈妈又说：吴东兴也没回来帮忙农活，也没交钱回来，你也不找他要。

周玉说：我要，他就给吗？

她妈妈说：这不都怪你吗？人家回来了，也没个好言好语，还不和别人一起睡。人家凭什么给你？

周玉说：我要他钱干吗？不都是给儿子吗？他连儿子都不养，你怎么不说他！

她妈妈说：我怎么说他？夫妻之间好多事情不都是床上解决了？你连这个本事都没有，你有什么用呢？

周玉被她妈妈一戳，心就疼了起来。她很想和她妈妈吵一架，但知道吵不过。周玉觉得自己的残疾如同他们手里的把柄，也是他们对付她最后的武器，周玉对这个武器是没有还手之力的。而且有的时候，她也会用这个武器对付她自己。比如她实在想阿卡的时候，她就会把它抽出来往自己的身上砍：你是残疾人，你这么丑，你怎么可以异想天开？

但是既然是砍在自己身上的武器，就意味着必然的反抗。周玉把自己砍得越重，反抗得就越激烈。这个总是和自己较劲的女人，总是被自己拧成一根绳子，拧成自己解不开的绳子才算赢过了自己。

周玉决定去看阿卡。她有疑问搞不清楚，她有爱需要给出去，她觉得有时候不知不觉爱就注定了一辈子的去向。但是她再不敢给阿卡打电话了，她忍受不了阿卡不接电话的那种悲伤。阿卡也不可能知道因为他一个不接的电话她就伤心得死去活来。

夏天的风吹过大巴车的窗户。周玉对这一次能不能见到阿卡心里没有一点把握，阿卡是不是嫌弃她了呢？不就是因为没有答应和阿卡做爱，他就嫌弃她了吗？但是她觉得不应该是这样，她是希望和阿卡做爱的啊。只要阿卡愿意，只要他再给她一次机会。

阿卡应该是因为我的身体才嫌弃我的。是的，一定是这样！虽然他说我感情纯洁，说我单纯，但是城里也不会少了这样的女孩子啊，他为什么会找我呢？哦，阿卡一定会说不是他找我的，而是我找他的。也的确如此啊，的确如此。

无论怎么想，周玉都感觉到沮丧。她的善良和才华为她打开了一扇门，而她的残疾却在后面迫不及待地又关上了。残疾！她咬牙切齿地恨它，它如同附加在她身上的另外一个人。她想把它扯下来，但是她这个时候却又找不到它。

周玉在广播大楼下面等阿卡。她也不确定阿卡是不是一定会出现，但是她又不敢去他的办公室找他。她总是被自己七七八八的念头搅得晕头转向。等了三个多小时吧，阿卡从门外进来了。周玉就杵在那里，阿卡一下子就看到她了。阿卡有一些吃惊又有一些责备的口气问她：你怎么来了？

我来看看你，阿卡。周玉虽然很紧张，她的身体颤抖着，但是她强迫自己说话。她一定要改变，上次说的话太少了。周玉可怜巴巴地看着阿卡，她如同一个溺水的孩子刚刚被拖到了岸上，百般委屈。

你不要这样含情脉脉地看着我！阿卡说。周玉想来酸楚：你也知道含情脉脉啊。阿卡又说：你现在看到我了，可以回去了吧？

阿卡一边说一边上楼。周玉跟着他。周玉问他：你为什么这样，你为什么这样，我哪里做得不对吗？

我要冷处理这件事！阿卡丢下这句话就跑上去了，周玉觉得没有必要跟上去了。

冷处理？周玉想着这几个字？我们什么时候热过吗？我们还来不及热，你就要冷处理？难道我是一件东西可以拿来处理的吗？周玉觉得自己的心在破碎，破碎成一块块玻璃，尖利地刺着她自己。

周玉不想在钟祥城过夜，她一定要回去。她一刻也不想在这个城市里待着，她不想在这破碎的地方收拾残局。她一步步走过钟祥大桥，一些人好奇地看着她，他们只看到了她的残疾，看不到她的破碎。

周玉走着就笑了起来：一个如此破碎而不堪的女人还在这个世界上走动，嫌弃她的人还是拿她没有一点办法啊。周玉突然觉得这样死皮赖脸地活着也是一种胜利，孔乙己式的胜利。从钟祥到她的村子有一百多里路啊，她不知道能不能走过去，但是她不想坐车，她就是要走回去。

一些好心的客车在她身边停下，他们有一些见过她的，但是她没有上车。她想如果能走回去就走回去，如果死在路上就死了算了。

就这么死了？因为一个男人的冷处理？周玉又笑了起来，她不想说阿卡错了，阿卡能有什么错呢？如果说阿卡错了，她周玉是不是错上加错？她凭什么用残疾挑战这个世界的良心？

夜黑得很快。周玉如同风里的一片破损的树叶在路上滑动。她很快就筋疲力尽了，腿上如同被绑上了沙袋。她为自己的冲动懊恼起来：这样惩罚自己有什么用呢？惩罚过后还是要活下去啊，她现在又不想结束自己。但是现在只能走了，最后一班大巴也回去了，也不可能遇见什么便车带她一程，这个时候在路上走，人们更多地是把她看成神经病吧。

一百多里的路啊，周玉知道有多远。但是她必须走回去，深夜里，路上已经没有了任何车辆，她真的如同把自己抛进了无边的黑暗里。没有任何人，没有任何指示安慰人和鼓励人，如果她这个时候放弃自己，也不会有任何人知道。如果她死了，过两天她的父母可能找到她的尸体，流泪的也不过是她的父母。

实在太累了，她就在路边坐一会儿。那些捡垃圾的人这个时候也不会出现了。如果遇见捡垃圾的，大概会把她看成同类，而且还会面临一分危险。想到这里，周玉警惕起来，她站起来，一步一步往前走。

22

第二天中午，她回家了。吴东兴居然也在家，周玉觉得很奇怪。吴东兴的脸很不好看，他问周玉：去哪里了？你这个婊子，是不是在外面偷人去了？周玉没有和他说话，她的腿还在身上，什么东西也没有缺。周玉感到自己胜利了，但是这样的胜利卡在她的喉咙，加深了她对自己的憎恨。

她妈妈也过来问：你昨天干吗去了？回来成了这副鬼相，一个女的也要知一些廉耻。

周玉说：知道廉耻有什么用呢？你们这些知道廉耻的人和我有什么区别吗？

她妈妈说：知道廉耻，别人才喜欢你。你总不能把自己弄成一个人见人厌的东西。

我无所谓了。周玉爬上床睡了。

她妈妈说：你不要廉耻，你儿子还要啊，你不为你自己也要为你儿子想啊。周玉问：我做了什么不要廉耻的事情呢？她妈妈说：你自己知道。

吴东兴说：你别睡，你跟我去荆门！

周玉说：无论什么事情，我再不会跟你去荆门。

你不去，让你爸爸跟我去。

他要去是他的事情。周玉说。

她爸爸就跟吴东兴走了。周玉问怎么回事情，她妈妈说：吴东兴说他的那个窝棚被人占了，打架打不过人家，就叫你爸爸去帮忙。周玉笑了起来：看看你的女婿多好，三岁的孩子也没有这样的。

她妈妈就叹气。

妈，我要和他离婚，不管你同不同意。

你翅膀硬了，谁管得着你！她妈妈鄙视而狠狠地说：你看看我们家族哪个有离婚的？他现在是不好，等年纪大了，还不得靠他照顾你啊！

妈，你觉得他会照顾我吗？

会，只要你对他好些。

周玉不说话了，她可怜她妈妈的自欺欺人：为了一个残疾的女儿，居然可以这样。

她妈问：难道你在外面真的有人了？

你的女儿会有人要吗？

妈妈就叹气。

23

爸爸回家了，什么也没有说。但是对周玉说了一句：如果你实在想离婚，我也不阻拦你了。但是你要想清楚，以后你可能一辈子再也找不到人结婚，你这个身体情况摆在这里。你也可能去要饭，我们现在帮忙你抚养你的儿子，但是当我们老了或者不在了你怎么办？

爸爸，这些问题我都想过，但是这婚姻对这些有帮助吗？爸，我的人生已经很不容易了，我不想这样亏欠我自己啊。

你想好了，就决定吧。

她妈妈冲了进来：你干什么呢，让你姑娘离婚？有你这样做大人的吗？周玉，我告诉你，我不允许！你看看你那样子，谁会要你呢？还以为自己是一朵花呢？人不人鬼不鬼的，还想离婚？！等我死了你再离吧。

周玉被她妈妈的话深深地伤害了，她没有想到自己的妈妈竟然这样说她，这样侮辱她。她怎么知道自己的残疾给妈妈带来了这么大的伤害？

她一下子哇哇大哭。

她妈妈又吼了一句：你还有脸哭？

周玉问：妈，如果我真的死了，你们是不是就少了一个负担？

她妈妈就不说话了，然后又说了一句：别瞎想，有你吃有你穿的，你只要改一改脾气把儿子养大了，不就好了。

24

死亡是有诱惑的，它也是伊甸园苹果树上的一个苹果。它一次次隐隐约约出现在周玉的心里，但是它还是很遥远的，周玉一直觉得死亡是一件非常遥远的事情，尽管它时不时从她的心里冒出来，但是她从没有想到自己会结束自己的生命。

但是这一次，它猝不及防地站到了她的面前，嘲笑她又勾引她。周玉第一次看清楚了它的面貌：它没有那么可怕，如同一个相处了多年的邻居，它甚至许诺了给她的好处：比如死后就从她的身上把她的残疾抽走。她觉得单单为了这一桩，她就值得放弃在人间的一切。她太希望看到没有残疾的自己是什么样子了！

如果抽走了我的残疾，周玉想：我就不会和吴东兴遇见了，我应该有另外的生活方式，就算遇见了和他结婚了，我也不会把婚姻拖到现在。如果没有残疾，我一定是好看的，我口齿清晰，阿卡也不会讨厌我了。

一想到阿卡，她的心就碎了。如果没有遇见他，自己现在会是什么样子呢？如果没有遇见他，我又怎么会知道这人间的爱情呢？但是有了爱情又怎么样呢？让绝望的人更绝望，让死亡比预期的早一步来到生命里。

周玉觉得生命到了这个时候也只能用死亡来解决了，而人早晚是要死的，留恋不过是增加了自己的痛苦。周玉觉得自己三十岁了，比起那些出车祸啊地震啊什么的死去的人好得多。那么多陨落的生命，她不过是迟到的一个。相比活着的人，她无非是早走了一步。这样一想，周玉觉得很轻松。

周玉默默地做着死亡之前的事情。

她开小店的时候还积攒了几千块钱，这个钱她是准备以后没有人管她了支撑一下。想想以后的日子，无非是凄风苦雨，周玉那么热爱生命，积攒着一分钱也不敢乱花，想给自己一点点保障。她把这两千块钱用一个信封装了，写上儿子的名字，她给儿子写信，这是她第一次给儿子写信：

儿子，如果你打开这封信，我已经不在了，请你原谅我，我的儿子！多么惭愧，我把你带到这个世界上，却没有给你一个好的生活，甚至没有给你一个平静的家，这都是妈妈欠你的。

儿子，妈妈没有办法陪你长一点的人生了，这也是我欠你的。但是我相信你，我的儿子，你一定会努力让自己过上好日子。大千世界，千姿百态的人生，你要选择一个最让自己快乐的，做什么不要紧，钱多钱少也不要紧。

相信我，我爱你。感谢你来到我的生命里，陪伴我快乐幸福的十年。没有你，就没有这个家，谢谢你给了我一个家。儿子，妈妈实在舍不得你，但是妈妈坚持不下去了……

写到这里，周玉写不下去了。想起儿子，想到即将和儿子永别，就有如万箭穿心。深深的亏欠和深深的舍不得让她心碎。她嚎啕大哭，她又一次对天喊问：为什么这样？为什么会是这样？

但是死亡仿佛是势在必行的事情了。她舍不得儿子，但是她又觉得自己在这个世界上是多余的，如果将来儿子大了嫌弃自己还不如现在就死呢。

她的爸爸妈妈没有看出她有什么不一样，甚至从她故意舒展的眉头里看到她慢慢好起来的心情。她妈妈后来又对她说了一句话：你忍忍，日子就好过了，没有人嫌弃你，都是你做人不乖巧。周玉呆呆地看着她：妈妈，下辈子你生一个乖巧的女儿吧，千万不要再生出我这样的女儿。

第二天，周玉在网上查找了起诉书的书写格式，就照那样的格式写了离婚起诉书。她知道如果这个婚不离，她死也不会安心的。她等不到开庭的日子，但是那时候离婚的形式已经成立。写好了以后，她对她爸爸妈妈说：如果将来我不在了，你们帮忙把我的婚离了吧。

她说这句话的时候嘻嘻哈哈的如同平常的开玩笑。她妈妈说：别整天神神叨叨地说些没油盐的话，孩子都这么大了，不看别的，一切朝孩子身上看。一提到孩子，周玉就痛彻心扉，她又说了一句：我的孩子，妈妈你帮忙照顾吧。

她妈妈吼了起来：我养了你三十年不是让你去死的！

周玉依旧嘻嘻哈哈的，她在她父母面前从来不流露自己的悲伤。她觉得这是一件可耻的事情。无论她妈妈怎么为吴东兴而揍她，也都不流露一丝一毫的悲伤。她妈妈说从来没有见过这么冷漠的人。

冷漠就冷漠吧，周玉想：这世界何曾要过她的热情，她的热情给谁不多余？

她爸爸比较懂她的心思，知道她可能下定决心赴死了。他说：周玉，我心疼了你三十年，为了吴东兴，你的确受了一些委屈，但是我们只是希望你老了有人照顾你啊。如果你觉得实在受不了，就去离婚，我们不拦着你了。

她妈妈的眼泪就掉了下来。

25

又过了几天。这几天里，周玉表现得欢欢喜喜，好像坏心情都过去了，她的爸爸妈妈也放松了对她的警惕。她妈妈表现出来的温柔是很少见的。她对这个残疾而又叛逆的女儿既爱又恨。她如果知道周玉写过一首诗，叫《来世不做你的女儿》，她一定更恨得牙痒：你这样的女儿，没有人希望有，她一定会这样说。唉，下辈子我们真的不要纠结在一起了。

周玉叹气。

这一天是一个晴好的日子，周玉一脸轻松地对她爸爸妈妈说出门去会会朋友。他们想着她出去透透气，心情就会好起来呢，叮咛了一些话就让她出门了。

阳光那么好，但它是别人的。一路上人们的笑那么灿烂，但它是别人的。一些挽着手走过的情侣，他们的爱情是他们的，周玉什么也没有。是的，她还有一个儿子，有父母，但是此刻她想到的不是他们。他们无法托住她的命运，她在他们的身边呼吸，但是她的命运他们看不到。他们自欺欺人地说她幸福，他们要她也一样自欺欺人地以为自己幸福，但是她清醒得让自己绝望了。

她到了镇上的法院，把离婚起诉书交了上去。法院的人似笑非笑地看着她：你这样还离婚吗？

她说：每个人都是有尊严的。

法院的人就笑了起来：尊严？你能够吃饱穿暖，不就是尊严吗？一个残疾人，离婚！

她说：如果你们法院不接受残疾人离婚的案子，我在上诉告你们法庭之前可以换一家法院。法院那个中年男人讪讪地笑了：怎么不受理？你放在这里吧，开庭的时间定了，我们会通知你的。

周玉看了他一眼，带着一点不屑，这一点不屑让她感觉很不错。她也可以对法院的人不屑一顾嘛。她没有问开庭的时间，她知道自己用不着等那一天。周玉在镇上的街道上走着，阳光刺着她的眼睛。阳光在我生命的最后一天里这样灿烂给我看。周玉喃喃自语。她觉得已经向世界做出了最好的告别。

周玉还是坐大巴车往钟祥赶。她最后的心愿是见阿卡。她平静而又忧伤，她不知道怎么才能找到他，这一次出来，她连手机都没带，她怕有人给她打电话。当然一般是不会有人给她电话的，总之，她没有带手机出来。

想到阿卡，她的绝望就越来越深。真好，周玉想：如果死亡非要给自己一个借口，这个借口似乎也过得去。

她在广播大楼门口下了车，抬头望包裹着整个楼层的蓝色玻璃，她的怯意无端地生了出来。她的心颤抖了一下，然后整个身体就颤抖了起来。她是来向阿卡告别的，最后的告别。无论他曾经多么嫌弃她，无论她曾经多么爱他，过了几天都不在了。

阿卡，你会想我吗？周玉突然哭了起来，她蹲在路边哭，根本不在意别人怎么看她：你们看吧，这个小丑一样在人间行走了三十年的女人从明天起就消失了，谁也找不到她了。一想到这里她见阿卡的欲望就更强烈了，这是她在人间唯一爱过的男人啊，这也是唯一教给她什么是爱情的男人。她想见一见他，无论发生什么情况，她都要见到他！

周玉知道这是最后一次和自己较劲了，这个死不悔改的女人到最后都在和自己较劲。她怯怯地往广播大楼里面走，但是走着就走不动了，她不知道怎么去面对他，而他和她究竟是什么关系呢？周玉退了出来，她想起上次阿卡冷冰冰的眼神，她觉得自己是多么多余。

周玉又来到了马路边，但是她回头看着广播大楼：不，一定要见到他！

周玉来到一个小烟酒店里，问：老板，什么酒的度数最高？老板给了她一瓶二锅头，说这个还不错。周玉拿了一瓶二百五十毫升的走出了店子，临出门的时候老板说了一句：姑娘，你确实挺好看的。周玉回眸一笑：谢谢，这是最好的礼物。又到旁边的超市买了一个鸡腿：这么火辣的酒她喝不下去，于是一边啃鸡腿一边把酒喝了。

酒一下肚，她就晕了，几乎没有一个过程。周玉赶快跑到马路这边来了，她担心再等一会儿她就过不了马路了。过了马路，眼前就模糊起来。周玉觉得她什么也不怕了，她胃里的热气顶着她走进了广播大楼，门卫还问了她一句：你找谁？她笑嘻嘻地说：我找阿卡，他欠我钱不还。门卫笑了笑放她进去了。

她晕晕乎乎地找到电梯，真好！现在电梯里没有人。她按了十一楼，电梯就动了，她听到电梯运行的声音。她喜欢这样的声音：温柔的，隐忍的。她从电梯光滑的铝面上看到她自己：红彤彤的脸，很正常的面部表情：是很好看啊！她对着自己笑了起来：你看看你，这么好看的姑娘，居然他们都嫌弃你！

电梯摇晃了一下，停下了。周玉摸出了电梯，眼前的东西已经模糊不清了，但是她看清楚了是电台办公室。平常还有人值班，今天却没有。周玉直接就进去了。

电台的几个年轻人都见过她，对她的到来很不满意，他们对她说：阿卡今天没来！

我要见阿卡！她粗声粗气地瞪着他们说。

阿卡今天真的没来！

我要见阿卡！

她反反复复只说一句话。阿卡真的不在办公室。她心里一酸，眼泪就掉了出来：我再也不会见到你了吗？阿卡，阿卡。她一边哭一边喊：阿卡，我爱你，阿卡，我爱你！她身体一软就跪在了地上。人都要死了，就去他妈的尊严！周玉这个时候有多么恶心自己只有她自己知道，但是她如果不这么恶心自己又怎么舍得去死。

26

隐隐约约中，听见有人打电话，他们是打给阿卡的。

阿卡对这样的闹剧深恶痛绝，他没想到会发生这样的事情：这个残疾女人！他咬牙切齿地说：她不是在爱我，她是在毁我！打110，报警！

几个年轻的主持人犹豫了一会儿，打110报警。周玉的心此刻已经死了：她的爱情需要110来解决了！她哭喊着：我这么爱你，你怎么找警察抓我，你怎么找警察抓我啊！周玉不想在这里等警察，她踉踉跄跄地窜出了电台办公室，摸索着坐电梯下楼。下来以后她突然笑了起来，一笑就停不下来了。

一边走一边笑。天黑了，没有人在意一个疯笑的女人，她一边笑一边喊：阿卡，我是爱你的，你让警察来抓我吧，你让警察来抓我吧！她一路往前窜。一会儿在路边，一会儿窜到路中间，她想就让车撞死吧，让车撞死她！

但是没有车撞她。它们停下来，让她晃悠过去，再从她的身边绕过去。她就这样一直晃晃悠悠到了莫愁湖。夜风很大，她听见浪拍打岸的声音，她听见风刮动树叶的声音，风也把她的头发吹了起来。她看着城里辉煌的灯火，想着城里的人叫警察把她赶了出来，她又笑了起来，笑得上气不接下气，笑得眼泪横飞。

她一步一步向湖心走去，水很冷，但是她没有任何感觉。城里的灯火照不到她小小的身体，照不到她越来越小的身体。风把世界吹得摇晃起来，也把她吹得摇晃起来。她的身体一晃倒在了水里。她本能地挣扎了两下，但是立刻感觉到这是多么愚蠢，于是她摊开手，沉了下去……

她的眼前现出了儿子的脸孔：哭泣的、欢笑的。出现了儿子刚刚从她的身体里出来，她第一眼看到他的样子。出现了儿子给她送饭的场景：戴着红色的帽子，一个小篮子提一盒饭，一歪一歪地给她送到店子上，那时候他才三岁。

她的眼前出现了她爸爸：上小学的时候，她还不会走路。下雪的时候爸爸背她上学，说如果她考不好就把她丢在雪地上。在高中的时候，她情绪不好淋了一次雨，爸爸知道后哭了一场。后来结婚了，她和吴东兴吵架，她爸爸一脚把她踢了出去。

现在，她的眼前一片红：那是五百二十只千纸鹤。因为没有别的颜色的纸，她就用过年写对联的纸给阿卡折了五百二十只千纸鹤。她的手慢，折了几个月。她没有办法了，她只有愚蠢地做这些事情。

千纸鹤一只只碎了，阿卡和他的朋友一起嘲笑这个不知天高地厚的女人，他们添油加醋把她当成笑话，传得这个城市妇孺皆知。那些人一次次辱骂她，骂她是神经病，在现实里，在网络上。

她拼命地闪躲。

27

醒过来的时候,她在医院重症室里,没有一个人,除了她。

还活着。她又一次绝望了。她一丝不挂地躺在病床上,她不知道有多少人看过她的身体,触摸过她的身体,甚至蹂躏过她的身体。而现在,她的身体回到了她这里。

她知道有一个人一直跟着她。医生不知道那个人是谁,反正把她从湖里捞了起来。周玉无言地看着被救活的自己,一想到又要重复以前的日子,就无比悲伤。阿卡不知道在怎样嘲笑我呢?

嘲笑就嘲笑吧,周玉想:我都已经死过了,难道还怕他嘲笑。

到了普通病房,她父母就来了,妈妈首先哭了一通,但是也不敢责怪她。

她爸爸说:快点把自己养好吧,法院打电话来了,过几天就开庭。

28

出院回到家的时候,收到一本国家级刊物,她的诗歌发表了。

妈妈非常高兴,她拿着这本杂志跑了出去:我的姑娘有本事了,我的姑娘有本事了。周玉也很高兴,她自己也没有想到会在这么大的刊物上发表东西。

她写了那么多诗歌,从来没有给别人看过,她仅仅只是喜欢它,觉得写一写心里舒畅一些,这次发表多么偶然,还是编辑自己从她的博客里找到的诗歌。

周玉回家以后,突然平静了。一想到自己那么决然地去死,就觉得人间的事都不是个事了。她甚至不害怕村里人的嘲笑,她笑眯眯地迎接他们的评论,迎接他们的热嘲冷讽。阿卡也不是个事了,一个男人如此绝情又如何值得留恋?残疾不是她的错,她觉得用残疾惩罚自己多么愚蠢。

她把日记烧了，电话号码也删除了。想着无论以后怎么样，她都要好好对自己，因为生命是自己的。

法院判离婚。

她拿到离婚证高兴地跳了起来，她知道自己重生了。

29

半年以后，她爸爸接到一个电话，说吴东兴住院了。她妈妈叹气：他一个人在这个地方，怎么办啊？

周玉想了想，说：妈妈，我去照顾他。

她妈妈说：既然如此，当初何必离婚呢？

周玉说：这个婚，无论什么时候，一定是要离的。我很快乐，妈妈，我很值得。

（原刊于《收获》2018年第2期）

望湖楼

尹学芸

1

还没出正月,已经连续下了三场雪。前边两次是小雪,勉强能没鞋底子。这场有点厚,能没鞋帮子。鞋底子和鞋帮子,是老伴对大雪小雪的评价标准。其实甭管大雪小雪,正月的雪就像离娘的孩儿,在地上停不了多久,太阳一出就化了。所以陶大年对老伴扫雪颇有微词:"你扫它干啥,多点湿气不好么?"他喜欢在雪上走,咕叽咕叽,像鞋窝里藏着一群耗子。不大个院落,让他踩得七零八落。"躲开躲开。"老伴用扫把杆敲他的腿,"都多大年纪了,还像个里格朗,老要张狂也得差不多。"老伴示意他抬起脚来,把脚底下的雪扫扫,陶大年不为所动。他对天发了下感慨:"啊。"陶大年的感慨也是古人的感慨。"瑞雪兆丰年啊!"陶大年双手插腰站在院子中间,响声大气。老伴让他小点声,隔墙有耳。陶大年横起眼睛刚要说什么,老伴赶紧摆手,下了免战牌，去了屋里。陶大年的话不是对老伴说的，而是对广阔天空说的。或者也不是对广阔天空说的，而是对宇宙万物说的。此刻的陶大年，胸腔里都是豪情。他经常豪情万丈，让老伴莫奈其何。因为声音太过洪亮高亢，一只喜鹊正在花墙上跳跶，吓了一跳，一脚踏空把一团雪蹬了下来。连续下的三场雪，陶大年每次都要说这句话。每次都说相同的话，这在陶大年并不是重复。只是老伴有些不堪忍受，隔着玻璃窗由着他发完瘾症，才端来不冷不热的茶让他洗嘴。陶大年喜欢用茶水洗嘴。茶要上好的新鲜龙井，温开水泡开，晾到八分钟左右才用。陶大年仰天"咕噜咕噜"的时候电话响了，陶大年伸出一只手指，示意自己去接。陶大年把一口茶水喷向雪堆，雪堆立时出现了无数飞溅样的黄色漩涡，像被浇了尿。陶大年把茶杯往老伴的怀里一塞，颠着步去屋里。老伴在他身后嚷："你慢点儿，怎么越老越没个稳当……喜鹊都笑话你了。"

　　喜鹊提着蓝色的塑料桶往外去倒垃圾，险些与陶大年撞上。她赶忙把桶往身前悠，把陶大年让了过去。喜鹊说："刘姨，我可没笑话陶叔。"

　　刘会英指点着说："没说你，我说墙上那只呢。"

　　喜鹊往花墙上看，那里有两个隔年的老丝瓜，像猫一样趴在雪堆里，只露出枯黄的脊背。那只喜鹊估计想啄食，啄了两下，却有点无可奈何。

　　"贺小三？前庄的？我们同过学？老师姓余，没错。学校外面有条沟，沟里能钓土螃蟹……我现在退下来了，也没职也没权了……你要请我吃饭？这不好吧……人由你操持。我叫？你嫂子她不去……既然是同学，那我也就不客气了……"

　　陶大年从卸任那天就变成了一个喜欢接电话的人，内心对电话的那种感受，恐怕连他自己都很难说清楚。在任时陶大年不喜欢听电话，许多事情都是他口授，秘书传达。或者秘书转述，他作指示。当然，上级领导除外。陶大年对电话的厌恶溢于言表，你如果因为鸡毛蒜皮的事用电话找他，事情办不成不说，十有八九还要招他一顿臭骂。

　　所以埧城的大小干部都知道这一点。陶大年办公室的门外经常排着长队。

　　陶大年放下电话，老伴随后也进来了。老伴是一个小个子女人，浑身上下筋筋巴巴的没有一块多余的肉。她挑着眼眉看陶大年，等着陶大年跟她解释。陶大年自打退休，就自觉把饭票交到了她手里。每天吃什么，都要走协商程序。陶大年说，有意思，小学同学还有叫贺小三的，怎么这么多年也没冒上来。老伴担心地说，不是仇人吧？看你退下来了，瞧热闹的。陶大年把头摇得像拨浪鼓，连连说不至于，哪有仇人还请吃饭的。再者说，我为官这么多年，好事做了无数，哪有什么仇人？他把电话扛到肩膀上，戴上老花镜，歪着脑袋翻电话本儿。这么古老的行为，也只属于陶大年。他不会汉语拼音，连个名字也不会存。电话本儿上的字有点小，陶大年高举过头顶皱着眉心一个字码一个字码地念，一个数字一个数字地摁。过去这种活可以依赖秘书，现在只能自力更生了。

老伴说："这么大的雪还出去吃？海参昨晚就泡上了。"

陶大年头也不抬地说："你们吃吧……雪挡不住人，一会儿就化了。"

老伴说："这雪能没鞋帮子，哪会说化就化。"

陶大年咂了一下嘴，说这都什么节气了，七九河开，八九雁来，九九无冰丝。

知道拦不下，老伴把杯子续上水，出去铲雪了。

陶大年找了一个姓江的，江春余；姓富的，富连春；姓左的，左三东；姓路的，路天齐。一个一个地数，凑够了八个人，这其中包括江春余和左三东的两个司机。这两个人虽然退下来了，但每逢外边有饭局，哪怕只有两站地，也要向单位要车。路天齐人还没办离退手续，却已经买了别克开回家。他曾积极鼓动陶大年买车，陶大年像年轻人那样骂了句："靠！我坐了一辈子车，老了老了给别人当司机？"

如果那个贺小三也带司机，正好一桌人。

陶大年是这么盘算的。他很少做东请别人，这回正好搂草犒劳兔子。

陶大年打了五六个电话，只用了很短的时间。他们年轻的时候几乎都同过战壕，现在也经常在一起混，打牌，喝酒，扯淡。基本不用说多余的话："中午有饭局，望湖楼。谁请你就别管了，总归有你酒喝。"这些人中就数富连春磨叽，总要问个底儿掉，末了还要说自己有什么什么事，能不能去暂时还定不下来。陶大年知道他的毛病，毫不客气地指出：

"定不下来你就别去了！刹集末庙的事（你也快到站了）。癞蛤蟆上案板，别太把自己当块肉！"陶大年的说话风格，纯粹是受了老伴的传染，他在职的时候不这样。富连春还想解释，陶大年提高声音说："你到底是去，还是不去？"那边的富连春"嘿嘿"了两声，赶忙说："去，去。有你陶老爷坐阵，我敢不去？"

陶大年半真半假说："以后你再嘚瑟，不带你玩了。"

富连春说："别呀，我这不是紧着说去么？"

陶大年最后一个电话打给尚小彬。老伴正在一锨一锨地往外铲雪。这些活她其实可以不干，有喜鹊呢。可老伴是个闲不住的人，而且就爱干体力活，她是劳动人民出身。陶大年往窗户外边瞄了一眼，看着老伴端着雪铲出去了，才摁电话号码。这个电话号码是烂熟于心的，所有人的电话号码，陶大年只记住了这一个。可摁时出现了差错，听筒里是全然陌生的一个女人的声音。陶大年急忙撂了电话，再想摁，老伴端着雪铲回来了，伸着脖子往屋里看了一眼。老伴的眼神儿还像年轻时那样凌厉，一扫一片，既有广度也有深度。明知道老伴不会听见和看见，陶大年还是有些心虚。他站起来装模作样喝了口水，"咕噜咕噜"咽下肚去，盯着老伴端着雪铲往外走，才重又摁通了尚小彬的电话。

尚小彬还没有起床，这个女人从年轻的时候就爱睡懒觉，她的好容颜都是睡出来的。听着她捂在被窝里暖嘟嘟的声音，陶大年平展展的那颗心起了点涟漪。人不年轻了，但涟漪还是有的，遇到风吹，就会泛起。陶大年温乎乎地说，半辈子没见面的小学同学请吃饭，不好意思不去。你去不去？尚小彬问，那人是干啥的？这话把陶大年闹愣了，他不知道那个贺小三是干啥的。人家没说，他也没问。一听贺小三的名字，尚小彬却来了精神，她说要都是你的那帮狐朋狗友我就不去了。既然有个新鲜人，我去。陶大年说，可我想不起他是谁了。尚小彬开心地叫："那就更好呀！连你都想不起来的人，一准新鲜！"

"听你的口气怎么像在说吃湖鲜？"陶大年狐疑。

尚小彬银铃似地笑。"管它湖鲜海鲜，好吃就成。起床！"

像给自己喊号一样，尚小彬鲤鱼打挺般地起了身，白花花的后背上像落了一层雪。陶大年痴痴望着窗外，这雪不是那雪，不由得叹息了一声。这里地势高，能看见钟鼓楼黢黑的瓦脊，诡异地透出一点世界原有的模样。老伴回到了院子里，先用平铲把雪拍瓷实，然后横着竖着切成豆腐块，躬着腰背铲起来往外端，忙得像一只老家雀。

陶大年心想，她也就干这些得心应手。

十点整，陶大年夹着水杯走出了家门。水杯里的枸杞、红枣、西洋参姹紫嫣红。

陶大年是这样打算的，定的是十一点半的饭局，这条路走过去用一个小时二十分钟，余下的十分钟，单独与贺小三攀谈攀谈。虽然不知道贺小三是干什么的，但有一点可以肯定，他不是常在自己眼前晃的人。若是常在自己眼前晃，自己不能对他毫无印象。既然毫无印象，就是生人。既然是生人，自己就要对他多些关心，哪怕这种关心只能落实到口头上。

谁让他出现得太晚呢！

当然，贺小三也许用不着关心。能在望湖楼请客的人，都是经济上打了翻身仗的。

可大款的日子也不好过，随便一个穿制服的都能管着他。所以那些大款愿意攀亲戚要地位，当个代表、委员啥的，目的就是能跟主要领导扯上关系，关键时刻领导说句话，也许就是身家性命。当然，他们更愿意请人吃饭，虽然大多是吃瞎饭。一到晚上你看各高档饭店，多是这种请吃瞎饭的人在操办。

走出家门之前，陶大年与老伴有几句对话。这几句对话，多少破坏了陶大年的好心境。老伴端着铁铲站在门口，像一尊黑脸门神。她似乎天生就是个不会笑的女人，尤其不会对陶大年笑。干巴巴的皮肤蒙在支楞起来的骨头上，眼角朝眉梢方向吊。她冷冷地看着陶大年，嘲讽说："你还是想逞能？"

陶大年皱起眉头说："你这是什么话？"

老伴说："望湖楼在城外头，远，这是一；二一个，雪天路滑，你不想摔个腿折胳膊烂吧？"

陶大年说："你就不会说句好听的？"

老伴固执地看着他。

陶大年提高声音说："你是不是盼着我摔趴下？"

老伴坚决地说："你不能坐那种蹦蹦车！"

陶大年有过两次坐蹦蹦车的经历，故意的。他想用这种行为告诉世界，我陶大年能屈能伸。其实这个世界上根本没人在意这些，是陶大年自己想多了。"我坐蹦蹦车咋了？老百姓能坐我就能坐。我想坐谁也拦不住。"

老伴喘着粗气说："你非要这么跟我拧着？"

陶大年说："别啰嗦，让我过去。"

老伴手里的雪铲"咣啷"扔到了地上，拧着身子去了屋里。

陶大年杯子往腋下一夹，错了一下步子，从铁铲上迈了过去。

2

陶大年踏着正月的第三场雪走出了家门。大雪断断续续，飘得特别不好意思。整个冬天都没怎么下雪，这都快正月底了，再下雪已经不合时宜了。陶大年在雪花里穿行，雪花都躲着他走。他嘴里大口扑出来的热气带着愤懑，能把空气烧灼。家外面是一条小马路，孤寒冷寂得不见人影鬼影。陶大年心里的烦躁涌了出来，脸上的皱纹都深了几许。

路天齐打来电话，说城市的主干道上没人洒盐水，路滑得要命。"天没亮雪就开始下，这两天气温低，路都轧铁了，不知道管交通的人是干什么吃的。"陶大年说："你才几天不管交通，没打下好基础你赖谁？"路天齐说："我不是这个意思，我是说雪天路滑，走路不安全，我去接你吧？"陶大年"啪"地就把手机关掉了。就像夹住了路天齐的嘴巴，过了好半天，陶大年的耳朵眼里还是路天齐"针儿针儿"的公鸭嗓。

走路不安全，坐车就安全？陶大年气愤地自己跟自己嘟囔。

陶大年从卸任那天起，就开始对小汽车深恶痛绝。这与他对手机的态度恰好相反。他坐了一辈子车，从绿色小吉普，到红色桑塔纳，到蓝鸟王，到黑广本，最后一辆是奥迪A6，越坐越觉得车跟人有浑然一体之感。所以离开了那辆车，说真的他有些丢魂。那辆车的车牌是0001，尚小彬说他丢魂不是因为车，而是车牌。也就是说，他放不下的不是车，是头面。世界这么大，敢这样根根露肉说他的只有尚小彬一个人。那时司机每天都要洗车，就像他身上的衣服一样，稍有灰尘他就不舒服。坐了一辈子车，他却不会开车。车改有消息的时候，很多领导干部像蚂蟥一样盯驾校，有人想送陶大年个驾驶本，被他拒绝了。如果没有车，要本子何用！那辆A6像帽子或椅子一样，有种专属感，除此之外，没有什么能入他的眼。陶大年的偏执性格，在对待车子的问题上，表现得淋漓尽致。退下来痛恨小汽车，在任时痛恨手机。再早，他还愤恨女人的高跟鞋和一步裙。敢在他面前穿高跟鞋和一步裙的也只有尚小彬一个人。那时尚小彬工作在外经贸委，管招商引资。陶大年给出的理由是，她要跟国际接轨。至于跟国内接轨的诸位女士，对不起，陶大年会训得你眼睛不出汗不罢休。陶大年有理由，说机关都是楼上楼下跑，楼梯有个地方成夹角，裙边一忽闪，楼下的目光如果成对角线，能把裙子里的内容看个满眼。"我这是为你们好！"陶大年在会上苦口婆心，像只好心肠的母鸡。说机关就应该是清一色，没有性别意识。你穿得花红柳绿给谁看？出了问题谁负责？那个时候陶大年的威严自不待说，盯谁一眼，谁能琢磨三天。陶大年也清楚，自己在位时，是一个最像"官"的人。所以他退下来，刻意要摆脱那时候的形象。比如，待人随和，见人先打招呼。谁请喝酒都去，去哪儿都靠两条腿，稍远的地方宁可坐蹦的等等。看着从那么窄小的车门钻出的那么庞大的身躯，谁心里都有笔小账。"你以为他是放低了身段？他是放不下身段。"左三东和陶大年年轻的时候当过正副手，最了解他。"越放不下就越端着。有人专门往上端，驴倒了架子不倒，烟酒一点不降档次。他倒好，连驴带架子一起不倒。"那辆车不止是把椅子，还是个颜面。既然丢了，他就刻意钻到尘埃里。

望湖楼坐落在水库南岸的山坡上。水库号称华北地区最大的人工湖，修建于上世纪五十年代，有上千亩水面。附近有一座乌鸦山，山上水草丰茂。早些年，一些市民自发地来这里遛早儿，把乌鸦山遛成了一座公园。开发时，发现了民间传说掌故，有一块大石头状若书桌，便就此修了凉亭，取名赵普读书台。没错，就是"半部《论语》治天下"的赵普，曾协助宋太祖赵匡胤"杯酒释兵权"。赵普祖籍埧城南门外，没事了就来乌鸦山上读书。

望湖楼就在公园的南面，后开一道角门，等于把公园纳入了自己的辖区。食客来早了，或肚子吃胀了，都可以攀爬到凉亭上，顺便沾点文人气儿。当然，这都是商家对外宣传的策略。望湖楼开张那天，成了整个城市最轰动的事。天上彩球飘飘，街上锣鼓喧天。舞龙舞狮的队伍占了好几条街。常在中央电视台露面的歌手来了好几位，他们的歌声把一座城市撩拨得好长时间平静不下来。不平静的还有一位女歌手，她在那场演唱会之后成了望湖楼的常客。表面上她是被这里的湖鲜所吸引，更深层的原因谁知道呢，大家都说她与张小帆打了牵连。

张小帆是望湖楼的老板，他除酒店之外还经营电子商务，并且涉足房地产。没有人知道张小帆有多少钱，就像没有人知道张小帆的名下有多少情人。

除了张小帆，任何人都休想在湖边盖酒店，而且是盖在一只鸟的鸟背上。乌鸦是传说中的一只神鸟，某个有史可查的年代闹粮荒，乌鸦往返上千次衔来种子，救了整座城市人的性命。当然，这些都活在人们的口口相传里。

陶大年找张小帆订了房间，点了应景的房间名：瑞雪。张小帆说，陶叔大驾光临，饭菜算我张罗，想吃什么您随便点，千万别替我省着。陶大年说，今天有人买单，你就替我张罗一下饭店拿手的，荤素搭配，标准中等偏下，我是退休的人了，凡事要低调。张小帆说，我明白。这么着陶叔，不管谁买单，我给打个八五折，餐后点心每人一份，这样就省了主食。商家的那种算计哪里骗得了陶大年，肉都烂在锅里。陶大年说，你甭送这送那，告诉前台总款打个八五折就行。张小帆赶忙说，我这就去告诉，您放心吧。张小帆自然知道陶大年的典故，小心地问："您怎么过来？要不，我去接您？"

陶大年马上有了情绪，大声说："用不着！"

不知道是不是下了三场雪的缘故，楼顶的烟道堵塞了。烟排不出去，屋里的土暖气就无论如何烧不热。一早起来，贺三革一个人跑到楼顶上去打扫烟囱。贺三革用的是土办法，毛头绳上拴一块砖头，顺着烟道续下去，在烟道壁上蹭来蹭去。续下去的红砖头，拽上来就变成了黑的。这样往复几次，一股黑烟蹿了出来——烟道通了。

楼房只有三层，在城西拐角的山环里，是当年老电线杆厂的产物，跟城市隔着几公里的青苗地。往楼顶上一站，视角和感觉就都出来了。脚下白雪皑皑，远处水天一色。湖水蓝汪汪的，倒映着雪山的影子。当然这是贺三革的想象。贺三革的眼神儿再好，也无法穿越城市的建筑之林，看那么远。贺三革还想到了那座望湖楼，像天上的宫殿一样可望而不可及。夏天贺三革去湖边垂钓，钓友们经常拿望湖楼凑趣："要是也能在里边撮一顿，出来当鱼食儿也值。""进去看看也好啊！听说里面端盘子的都不比电影明星差。"还有人将贺三革的军："老贺，请请我？"贺三革嘴上不说什么，心里却有点走样儿。他总幻想着有朝一日能理直气壮地走进去，一大把钞票拍过去，即使什么都不吃，就要一次那种感觉。

那种感觉，让坐在湖边的贺三革经常心不在焉。

贺三革从楼顶上下来，心里并不坦然。他用毛巾擦脸，却只把侧面给了妻子陈袖珍。"雪下得不小，这样的天气陶大年兴许有空儿。"贺三革用毛巾把脸整个蒙住了，突然使劲往下一抹。

陈袖珍积极怂恿，"你打电话试试。"

贺三革有点矛盾，"你当真不心疼钱？"其实他希望陈袖珍拦一下，他可以就坡下驴。

陈袖珍舞动着那只残手，痛快地说："该花就得花。我们得过人家的好处，滴水之恩当涌泉相报，这道理我懂。"

陈袖珍爱看闲书，窗台上摞着一尺高的书报杂志。她说话总透着文气。

贺三革这才磨磨蹭蹭地去找电话号码。请陶大年的想法，早就有，而且一直在嘴边挂着。可事到临头，还是有些忐忑。是请好，还是不请好，贺三革直到现在也有些犹疑。电话号码写在香烟盒上，一直压在电视底下。也不知人家换了号码没有。电话接通以后，贺三革心里很平静，他觉得，这不是一个能打通的电话。即使通了，对方也一定会说，你打错了……可陶大年的声音以光的速度出现，打乱了他的阵脚。本来是要报自己的名字贺三革，嘴里一结巴，贺三革就变成了贺小三。

当年陶大年就叫他贺小三，贺三革与贺三哥同音，陶大年不乐意这么叫，他说贺三革的名字是贪大辈儿。"你就叫贺小三吧。"陶大年少年时代就有影响力，连老师都这么叫他。

几十年过去了，贺三革还没爬出坑来。

贺三革和于少宝把自行车靠在了酒店的栅栏外边，一前一后走了进去。走在前面的是贺三革，穿一件蓝军呢的上衣，是早些年当兵的舅子送的，因为总压在柜底，横竖有许多褶皱。一条孩子穿剩下的牛仔裤，紧紧地包着两条瘦腿和尖屁股。他自己的裤子膝盖处隆着包，这使它们看上去没有一条顺眼的。妻子陈袖珍说，你就穿牛仔裤吧，显得精神。他们巴里巴外地试了好几件，最后穿成了这样。后面的于少宝则是家居时的打扮，一顶蓝布帽子，一件衬里是人造毛的防寒服，旧得已经看不出本来颜色了，脚下是一双大头鞋，踩在雪地上咯吱咯吱响。

望湖楼的院子是一步一蹬高的那种。甬路砌的是鹅卵石，路边三步一亭五步一院，像古时候富人家的私宅。甬路两边的花坛里都是叫不上名的植物，因为披着雪，倒像是开了大朵的雪花一般。

于少宝一进这个院子眼就不够使，他不时看一眼贺三革，琢磨他的心脏一准在"扑通扑通"乱跳。这地方吃人哩，于少宝合计。如果不是贺三革在前边带路，他恨不得扭回头去往外走。

"这不是咱这种人来的地界儿。"他嘴里嘟囔。

他们是一对老同事、老棋友。老电杆厂下马后，很多同事和邻居都搬走了。于少宝城里有房，可他不愿意搬。贺三革是无处可搬。他们都习惯了这里的天然和被城市遗忘。小区没有物业，周围都是农田，山脚下的坡地上可以栽葱种蒜，如果再勤快些，种些其他农作物也没人管。昨天下棋时偶然谈起陶大年，是于少宝先提起来的，说你的老同学下台了，也不知现在在干啥。过去他们也经常念叨，他们都爱看电视里的本地新闻，尤其爱看陶大年出镜。他们就像两个老粉丝，陶大年的言行举止都是他们的话题。贺三革还喜欢回忆少年时的陶大年，因为背不下书让老师打板子。贺三革家里穷，吃不齐三顿饭，陶大年把家里的发糕偷出来给贺三革当早点。有一次，贺三革在水边玩，站到了一块木板上。正赶上上游放水，"刷"的一下，连人带木板一起冲走了。岸上的陶大年一个健步跳下去，一把揪住了贺三革的脖领子，顺势一抢，就把他提拎到了岸上。

"三岁看老，这话一点不假。"贺三革经常感慨地说这句话。他的意思是，陶大年打小就比别人反应快，难怪后来能主宰一座城市。

请吃饭的事，贺三革也跟于少宝念叨了不止一次。开始于少宝还泼冷水，说你请那么大的官，请得动？去狗食馆肯定不中。贺三革说，要请就去望湖楼，一辈子不就请这一回么！说的时候是随便说的，说过以后却成了心病。贺三革是有这毛病的，他唯恐别人觉得他言而无信。于少宝却不当真，说就凭你那点收入，敢去望湖楼？

所以今天一早贺三革把电话打过来，说跟陶大年约好了，于少宝才慌了。贺三革说要请他去陪客，于少宝不想答应。两人口舌了半天，于少宝觉得贺三革也没什么能上台面的朋友，自己只能帮衬他。有了这样的想法他才心安理得地答应了。

他问贺三革怎么有陶大年的电话。贺三革说，当年陶大年当企经委主任的时候，他找过他帮忙，没想到这么多年电话号码一直没换。于少宝放下电话在屋里转了半天磨，转着转着，自己就转激动了。抽屉里有三千块钱，他趁老婆不注意，悄没声地装了起来。心想万一贺三革手里不宽裕，也好解燃眉之急。

朋友嘛。

牛气十足地往里走，是因为一个是另一个的参照和打气筒，否则就走不出那种精气神儿。两人住前后楼，贺三革是两室的，于少宝是小三室。房子是厂子红火时建的，那时城市的楼房还很少，城里的姑娘都愿意找电线杆厂的工人当家属。贺三革是班组长，于少宝是工会主席，算厂领导。只是厂子黄得早，工会主席早就不值钱了。那时可不得了，拖拉机、大卡车在厂门口排队，想买电线杆得走后门。北方就这么一个厂，工人进出厂门都腆胸叠肚。眼下，千人大厂早已像云雾一样消散了。于少宝显得张皇，两条腿有些夹赛子，不像贺三革那么笃定。其实贺三革很少有机会在饭店吃饭，参加过两个婚礼，都是在那种土不拉儿的饭庄。大盘子大碗，墙壁脏兮兮，厨房的油烟窜来窜去，熏得食客个个都像大眼贼。此刻他的步态就是迈给于少宝看的，他知道于少宝想些什么。他想，他兜里有钱，可不能像于少宝那样没底气，会让人笑话。他停下了脚步，朝后瞄了一眼。于少宝的样子让贺三革差点笑出声，那笑有画外音：又不是你请客，至于么？

贺三革自从想请客，就想像模像样地请，别的地方都不入眼，他只想去望湖楼。

偏巧，陶大年和他想到一块去了。陶大年说，大雪天望湖楼上看风景，也是个情致。

陶大年的情绪感染了贺三革，他这一路走都在跟于少宝说情致。"吃什么倒在其次，关健是坐会儿。"贺三革转述了陶大年的话。

可于少宝总犯嘀咕："听说那里的饭菜贵得邪乎……"

贺三革说："我们又不吃整桌……他带个司机，顶多咱三四个人，能吃几个菜？一盘菜打一百两百三百，你算算，能有几个钱？"贺三革扭过身子擤了把鼻涕。他感冒刚好，清鼻涕又被冷风招了出来。"都是屯里出来的，他陶大年肯往死里吃我？咱在望湖楼，主要还是消费环境。就像老陶说的，看看风景。陶大年虽然不当官了，咱也不能埋汰他。话又说回来，他要是还当着官，咱也得请得动他。"

于少宝点头。心里思忖，这话说得在理。就是不当官，自己怕是也请不动。

3

贺三革推开大堂的门,就意识到自己来早了。那些闺女小子们都在打扫卫生。抹地的,擦玻璃的,往来穿梭,却一点声音也没有。贺三革闯进大堂,也把两排大脚印子带了进去。于少宝见状,赶忙退回到了玻璃门外。

一个保安模样的人从外面赶了过来,说:"卖鸡蛋的,走后门!"

贺三革没有理会。大堂里的闺女小子们在干活儿,只有一个人游手好闲。那个人个子高,模样也好;头发梳得溜光,像顶着个油罐子一样;穿着深蓝色的制服,抄着手站在那里,两只眼睛滴溜转,真的就像电影明星。贺三革是奔着她去的。

保安从后面窜了上来,要揪贺三革的脖领子。

贺三革矜持地停住脚步,扭头看着他,凛然说:"你要干啥?"

保安不由得收了手,有些漏气地说:"卖鸡蛋走后门。"

贺三革的脑子转了转,板板眼眼说:"我卖过鸡蛋吗?我只卖过鱼呀!"那天从湖里钓上条十四五斤重的大鲤鱼,顾不上高兴,骑上车子就往这边跑。因为天气热,鱼到这里还是翻白眼了。可那些人硬说鱼是死鱼,说什么也要打个对折。

翻白眼的鱼,能说是死鱼吗?

当然,他们后来还是把鱼收下了,给了一百五十块钱。那些钓友说,他们这是故意找茬压价,鱼头剖开炖汤,鱼片醋熘或剁成肉馅氽丸子包饺子,怕是要翻几番。

贺三革是有点心疼。这样大的鱼钓上来不容易,险些把他拽进湖里。但嘴上说,一百五也不少了,钓鱼不就是个玩么。

贺三革心底慢慢放松,他有心跟保安开个玩笑。他抱起两条胳膊,歪着脑袋说:"你就看我像卖鸡蛋的?我就不兴到这里吃顿饭?"

保安张口结舌,但反应还算快:"哪有这么早吃饭的?"

旁边穿着光溜的小人儿走了过来,礼貌地鞠了一躬,甜甜地说:"先生好早。请问您是现在定还是提前有预约?"

贺三革说，我同学订了"瑞雪"，我提前来看场地。

小光溜说，您可能搞错了，"瑞雪"已经有人订了。

贺三革说，是不是陶大年？

小光溜赶紧退后一步，做出了"请"的姿势，边走边说，"瑞雪"在二楼，是陶老爷预订的，您跟他是一码事呀！贺三革愣了一下才反应过来，说一码事，是一码事。长长的回廊走到头，是别有洞天的一间大厅房，三面是窗，三面都环水。一眼能望到鸟儿的故乡去。脚下的地毯厚嘟嘟，蓝底上开着大朵的红花，艳丽得让人不敢落脚。小光溜挤到前边去，招呼贺三革进屋，贺三革才小心地踏上地毯，脚心却不敢踩实，脚背不自觉地躬了起来。

小光溜一本正经做介绍，小虎牙不时咬一下嘴唇，以防自己笑场。她看出来了贺三革的窘态。虽说打着陶老爷的旗号，谁知道他是干什么的。但职业素养要求她履行职责，她介绍这里的风景和望湖楼的特色，只是声音有些发飘。

大桌子带旋转，小光溜一摁电门，桌子缓缓启动，像知道有人围观，桌子走得有腔有调。贺三革情不自禁用手摸了摸，小光溜一闭电门，桌子"咯噔"停住了，吓了贺三革一跳。贺三革眼神有些虚，说我们人不多，没必要用这样大的桌子吧？

小光溜笑了下，她可知道怎么回答这类问题。"这个包房是供陶老爷专用的，别人消费再多也坐不到这里来。"

其实这是屁话，可贺三革听明白了。他理解小光溜的意思是说，陶大年如果来望湖楼就只能坐这里。这里隐蔽，正好是个死角。

贺三革只得对周围的环境表示满意，点头说："就这里吧。"

一个小小子拿把大铜壶过来上茶，脑袋上顶着个朝天辫。小小子也像画里的人物，唇红齿白。小光溜点头说，您慢慢用茶，有事情随时叫我。就要往外走，贺三革赶忙说，菜单呢？我先看看菜单。小光溜说，陶老爷都已经安排妥了，您需要添加什么请说话。就像大变活人，马上就有穿红衣裙的服务员走了进来，手里端着烫金菜谱。贺三革伸长脖子去看，小光溜说，你们大概八到十个人，按照陶老爷的口味，已经安排了十八道菜，按说菜量已经差不多了，再多点就浪费了。贺三革吃枪药似的炸了："哪有那么多人？我咋不知道？"小光溜如花笑脸马上枯萎了，她皱了一下眉头，说对不起，这都是陶老爷安排的，有事情您跟他说。她跟服务员一递眼神，两人迅速离开了。房间里就剩下了贺三革一个人，他呆呆地坐到一把椅子上。椅子真舒服，扶手、靠背，都雕花，都根据人的曲线设计了弧度。可十八个菜有些过分啊！他情不自禁摸了下兜，那里有厚厚的两千块人民币。说厚厚，是因为那钱卷成了卷，叠了三棱。宽打窄用，他这是留了余地的！他拿出手机给袖珍打电话，说这里的阔绰有点超乎想象，钱都花完了你可别心疼。袖珍果断地说，花。咱到那去就是为了消费去的，不要舍不得。贺三革这才心安了，咬了咬牙，自言自语说，袖珍说花咱就花，一辈子不就花这一回嘛！

贺三革刚跟袖珍通完话，于少宝就像贼一样钻了进来。于少宝躬着腰背，勾着头，人就像白菜叶子得了病虫害，卷曲得厉害。于少宝虚着声音说："你看没看菜谱，好家伙，一条水库鱼好几百，才这么大个儿！"他用手一比划，也就筷子长短。贺三革已经平静了，说咱来这里就是雀脑袋，让他随便弹。请陶老爷是大事，花多少都应该。原来是自己小家子气了。于少宝这才舒展了一下腰身，抖了抖肩膀，他都觉得拘得慌了。贺三革给于少宝倒了杯水，说尝尝人家的菊花茶，又香又甜。于少宝喝了一口，说这不就是放了冰糖么？贺三革说，咱喝茶就想不起放冰糖，那啥一点的馆子根本不舍得给你放冰糖。再说，你也喝不到这么好的菊花。那菊花的确金黄通透。于少宝却不理会，从南窗走到北窗，又从北窗走到东窗，窗外真是风景如画。还别说吃大餐，到这里看一看也是享受。于少宝总以为脚下有东西，用脚搓了搓，才发现是地毯太厚了。贺三革笑着说，今天开洋荤了吧？咱这一辈子，总得开一次，也不枉活一回。于少宝郑重点头，说我这是沾你的光……老贺，你坐这里真不心疼？贺三革拔了拔身板，说既来之则安之。于少宝说，就说你家袖珍有学问，连你都会整文明词了。

贺三革说："我刚跟袖珍通完电话，她让我别舍不得花钱。"

于少宝嘴里喷喷像在打竹板。"还就是袖珍开通,这要换成我家那口子,得跟我人脑袋打出狗脑袋。"

贺三革说:"袖珍就这样好,从不因为钱跟我干吵子。"

于少宝说:"要是手不残,袖珍该有个大前程。"

"还说啥呢?"贺三革摆出一副认命的表情,"要是手不残,那年袖珍就转正了,现在也有退休金了。"

他们说的是很多年前的事,袖珍在铸造厂看机器,因为故障丢了一只手,虽然进行了缝合,但那只手只是摆设。厂子以操作不当为由拒绝承担责任,贺三革给当时任企经委主任的陶大年打了个电话,按工伤等级做了一次性赔偿,给了两万多。那时的两万多,解决了大问题。

事后他想去看陶大年,表示点心意,被陶大年拒绝了。

当时袖珍正有孕在身,那是他们的第一个孩子,可惜没有保住。第二次怀孕袖珍已经是三十八岁高龄,他们原本已经对生育完全没了信心了,上天突然给他们送来了一个儿子。

他们也算命运多舛,但总算得到了应该得到的,也没啥不知足的。

4

江春余和左三东前后脚进来的。江春余憋了泡尿,到洗手间方便了。从洗手间出来,江春余要跟左三东握手,左三东故意把手别到身后,看着江春余的手说,你刚干完活,洗手了么?江春余手还是湿的,可嘴里说,不洗也比你手干净,装啥大尾巴鹰。两人这才把手搭在一起,彼此牵扯着往屋里走,贺三革和于少宝赶忙站起了身。左三东退出去看门楣上的标志,说没错,这里是"瑞雪"。江春余不管不顾,已经跟两人握上了手,连声说两位好,两位早。左三东疑惑,你们认识?江春余说,这不也刚认识嘛!把左三东气得笑,不认识瞧你这亲热劲,像是做了半辈子亲家。左三东上一眼下一眼打量这两个人,他刚从公安岗位上退下来,眼神多少带点职业病。说你们是老陶请来的客人?贺三革很惶惑,一时拿不准话该怎么接。关键时刻还是做过工会主席的于少宝沉着，指着贺三革说："他是陶老爷的小学同学，一村出来的。我是他的邻居，今天是来认识各位领导的。"左三东这才放松了，过来握手，随后给每人一支烟，是极品黄鹤楼。说进这屋来就都是兄弟，没有谁是领导，都甭客气。

贺三革跟于少宝对了下眼神，这话让他们很受用。

话没说完，路天齐进来了，搓着手骂路，说乌鸦山脚下的那个大下坡，路又陡，雪又滑，开车上来车轱辘直打出溜。"我话说晚了不值钱，那地方迟早得出事，不信你们就走着瞧。"贺三革说，那段路是有些不像话，路口没有红绿灯，路中间也没有隔离带，电动车三马车都横冲直撞。他钓鱼时经常走这条路，所以深有感触。路天齐却像没听见贺三革的话，仰着脸问："老陶怎么还没来？"路天齐拿出了手机，把电话拨了出去。"我们可都到了，你到哪儿了？"陶大年说走到乌鸦山下了，正好碰见尚小彬，她把车开得像蜗牛一样。"快搭车，再像蜗牛也比你的两条腿快。"说完，路天齐自己跟自己扮了个鬼脸。贺三革站了起来，说我到大堂门口去接。他和于少宝先后都出来了。于少宝说："我的后脊梁直冒汗，听这些人说话怎么像演电影似的。"

贺三革说："都不是一般的人。"

他晃了晃手里的烟，是那支极品黄鹤楼。

他们刚站到大堂门口，就见陶大年夹着水杯擦着一辆汽车走了过来。走路的人跟汽车司机聊天，这种景观不多见。汽车是个迷你款，但看着很高档。女司机戴着一条洋红围巾伸着脖子一路跟陶大年说着什么，陶大年目不斜视，却满脸是笑。贺三革赶紧走了过去，喊了一声老同学。陶大年一怔，没敢认。于少宝指挥女司机倒车，女司机说，你是跟谁过来的？于少宝没听明白。女司机又问，你是谁的司机？于少宝这回明白了，说自己不是司机，是贺三革的朋友。女司机问贺三革是干啥的，于少宝说，是我邻居，当年我们是从电线杆厂一起退下来的，我是工会主席，他是班组长。

尚小彬看了一眼贺三革，话里有话地又跟了一句："他请客？"

陶大年终于跟少年时的记忆对上了号，跟贺三革热烈握手，说我比你大三个月，当年就不愿意喊你"贺三哥"。他拉过来尚小彬说，这是我小学时的同学，几十年没见面了。贺三革解释说，当初家属手受伤，得了陶大年的照顾，后来想去看陶大年，可陶大年忙，一直没约上。陶大年满面春风，说那么小的事，我早忘了。贺三革介绍了于少宝，陶大年握手时，于少宝很拘谨，整个后背都塌了下去。四个人走进大厅，尚小彬让贺三革和于少宝先走，她拉住陶大年说话。小光溜站在几步远的地方，等着他们把话说完。尚小彬悄悄一指，"是这两人请客？"陶大年说："我不知道是贺三革，他一说贺小三，把我憆住了。"尚小彬说："你倒谁的饭都敢吃。"陶大年说："我怕啥，就是鸠山请我去赴宴，我也吃了再说。"尚小彬说："我看这俩人不像大款，也不像做实业的。你兜一桌子人来，是不是请冒了？"陶大年心里也有点犯嘀咕，但嘴里不服输："一顿饭的事，不用太多想。刚才你也听见了，人家是记着我的好呢。这年头，一顿饭不算回事。"尚小彬娇嗔地剜他一眼，说你是皇帝老子做惯了，都不知道请客的是谁，就敢来望湖楼，这地方的酒水多贵。说着，把车钥匙掏出来，用两根手指捏着，喊小星过来，说我的后备箱里红酒白酒各拿两瓶。小光溜原来叫小星，接过钥匙走了。陶大年有些感动，情不自禁拍了一下她的后背。不远处贺三革和于少宝都在往这边看，尚小彬赶忙闪了一下身子，说君子动口不动手，你这个样子成何体统。陶大年讪讪的，与尚小彬分开了些。

于少宝小声问："这人是他老伴？"

贺三革说："不像，家属哪会这么年轻。"

菜转眼就上了一桌子，只有富连春还没到。富连春又叫富磨叽，没有哪顿饭他不迟到。白酒红酒都倒满了杯，尚小彬要了一杯山药汁，白得像牛奶一样。陶大年坐在桌尖上，眉里眼里都是笑，说吃了那么多的饭局，今天是最高兴的。你们都认识一下我的老同学和他的朋友。贺三革和于少宝赶紧站了起来，朝大家鞠躬。大家一起摆手，让他俩坐。陶大年用小湿巾擦手，感慨说："我今天是几个没想到。一是我的老同学在我下台以后还能找我。第二个没想到，一打电话大家都能来，连尚主任都如此给面子，让我很感动。第三个没想到……富连春来晚了。磨叽人办不出亮堂事,喝酒都不守时间,这样的人我看以后可以直接开除了……"

陶大年扫着了富连春的影儿,才临时起意这样说的。富连春正好跨进门,边脱大衣边说,对不起对不起,单位临时有点事……陶大年说,你单位总有事,你是在含沙射影我们没单位吧?富连春给自己倒了满满一杯酒,说老领导就别挤兑我了,我先罚一杯行不?说着把酒杯端了起来。陶大年说,我就知道你找借口让自己先过瘾,尚主任的酒都名贵,哪能让你这么糟蹋……刚才都是玩笑,现在人都到齐了,老富你还没认识我的老同学呢,贺小……三革,还有那位朋友,你叫啥来着?于少宝递过双手来跟富连春握手,报了自己的姓名。富连春先动手夹了一筷子菜,说今天这酒可喝值了,一下子认识了这么多新朋友。

尚小彬嗤之以鼻,说还一下子,还这么多。老富你就是好人长嘴上。

富连春满嘴咀嚼着食物,忙里偷闲说,我今天饿坏了。

尚小彬说,你哪次没饿坏?

大家纷纷打趣,都支持尚小彬拿富连春开涮。陶大年对贺三革和于少宝解释说,富主任年龄最小,是唯一没离开工作岗位的小老弟。大家都是多年的好朋友。开个玩笑轻松一下,你们别过意。

贺三革和于少宝相互看了一眼,他们都很享受这种气氛。

陶大年摸了下酒杯,说下面由我的老同学贺三革发表祝酒词。贺三革一下呈半蹲状,往上蹿动两下,脸激动得通红,说我哪会说话,你说,你说。陶大年说,既然老同学让我主持,我就不客气了。大家一起举杯,谢谢东道主这么好的饭菜和尚主任这么好的酒——

都是浅浅一啜,贺三革却喝了一大口,呛得咳嗽起来。一时停不下来,贺三革只得捂着嘴来到了外面。于少宝跟了出来,帮他捶后背。贺三革说,你进去,张罗客人,不要管我。于少宝说,这样的场面咱连嘴都张不开,受罪啊!

除了陶大年和左三东,其他人酒量都不算好。江春余两口红酒下肚,连眼都红了。路天齐顾不上喝,滔滔不绝说路的事。城市规划几横几纵,有一条纵路总也打不通,一户人家养鸽子,说搬家了鸽子找不回来。他的鸽子又值钱，每一只都价值连城。转眼就一年多了，两丈长的路让钉子户牵着政府的鼻子走，这要是我在任，夜里带支别动队，早给他连窝端了。什么价值连城，先炖锅汤。尚小彬说现在跟过去不一样了，你那时候可以强拆，现在老百姓都有了依仗，强拆是要负法律责任的。路天齐激动地嚷："屁责任！城市建设就靠强拆，否则政府就会毫无作为！"

陶大年自己悠悠干了一杯酒，贺三革赶紧过来给他满上。陶大年说："不在其位不谋其政，我人退下来心就退下来，再不操那劳什子心。闲来无事，携三五好友，望湖楼上喝小酒，还有比这更舒坦的日子么？"他一挥手，一群鸥鸟突兀地从斜刺里飞了过来，在窗前打一晃，似乎是想进来，终归发现是徒劳，"呀呀"的叫声像是在抱怨。大家都情不自禁地扭头看。远处是雪山蓝天和白云，一池碧水冻成了深蓝色，白色的鸥鸟飞得自由自在。不远处有人在冰钓，正好是一男一女，女的穿了一件红外套。这个季节冰钓已经相当危险了，他们倒好像是被刻意安排的。陶大年站起身，大家也都纷纷离了座位，凑到窗前往远处观瞧。贺三革关于冰钓危险的话刚说半句，陶大年有些忘情，用朗诵的声调说："在天愿作比翼鸟……"江春余捅了一下尚小彬，"该你接……在地愿做连理枝。"尚小彬看了一眼贺三革，手里的半杯茶有节制地泼到了江春余的脑顶上，他是个矮胖子。"你是不是肉皮子紧了？"

江春余把脑袋往前伸："我是肉皮子发紧，姑奶奶给我拿拿龙。"

左三东说："老江你就是嘴贱，小彬给你拿龙也应该。"

富连春说："怎么拿？我去车里取把钳子。"

路天齐拿了纸巾给江春余擦脑顶，顺便撕了把江春余的耳朵："这耳朵真厚，跟猪耳朵相仿佛，切了够拌一盘。"

陶大年并不理会大家的调笑，首先归了位。贺三革偷偷看了眼尚小彬，人家没动气，坐下没事人儿一样。再看江春余，在跟富连春咬耳朵，明显说到了好笑处，白脸皱成了肉包子。他提着的心总算放下了。原来人家说归说，笑归笑，动口动手都不散交情。他实在有些闲得慌，跟于少宝碰了下杯，说我也敬你一杯。于少宝佯装生气："咱俩喝个啥！"

陶大年不愿冷淡贺三革，说："今天既然是同学聚会，我们就说说小时候的事情吧。三革，是你说还是我说？"

陶大年说的那些事，贺三革都不怎么记得。虽然陶大年总征询贺三革的意见，问他是不是这样，贺三革总是点头，可脸上的笑像云彩一样飘浮。陶大年讲的都是怎么捉弄老师的事。姓余的干巴老头，念书摇头晃脑，有一次天降大雨，老师从学校外面往教室跑，陶大年率领同学一起喊："宁可湿衣，不可乱步！"余老师一下收住了脚，连大步都不敢迈。这话是他平时教导学生的。关键时刻学生一起哄，他就手足无措了。一教室的孩子都笑翻了，像看西洋景一样。

怎样帮助贺三革，陶大年也忘了。但他记得家里的生活优渥，第一天上学骑高头大马，他坐马鞍上，比学校的门楼还高。他和贺三革是一个村，贺三革住前村，他住后街。后街都是老庄户人，家家都有些底子。夏天晾晒压箱货，十家有八家有毛皮，这是富庶的见证。前村都是外来人口，靠给人打工过活。"就像现在的公务员和下岗工人一样。"陶大年打了一个并不恰当的比喻，一桌人都情不自禁去看贺三革和于少宝。

两瓶白酒转眼就见底了。平常陶大年就四两半斤的量，今天差不多达标了。他让服务员照这样的蓝瓷瓶再来两个。尚小彬一听就急了，抢他的酒杯说，不喝了，不喝了。你今天喝不少了。陶大年把酒杯举得高高的，闪躲。陶大年也斜着眼睛说，我今天难得高兴，还想畅饮三杯。尚小彬说，一杯也不行，再喝你就多了。陶大年逞英豪，大声说，人生难得一回醉，多了又能如何？左三东很少说话，但酒比谁都喝得多，可他不张扬，甚至脸都不红。他坐尚小彬的下手，轻轻拽了下她的袖肘，说听老陶的吧，这么多日子了，也难得他今天有兴致。尚小彬这才作罢。小星又把两只蓝瓷瓶提拎了来，亲手给陶大年斟满了。陶大年自己干了一杯，说就照这样，每人都先干一杯。

酒喝到这个时候，就开始不讲理了。陶大年开口骂人，却是为春节前那次干部调整，他提起来的某个人被边缘化了，磨未卸，先杀驴。提起这样的事，场面一下就萧条冷落了，大家都开始心不在焉，各怀心腹事。就像繁花似锦的园子，兜头被浇了一场雪，那雪可没有半点诗意和热闹，就是个冻死人的冷。尚小彬招了一下手，让服务员撤下了酒具。

陶大年还想跟她撕捋，尚小彬一拍桌子，陶大年一下安静了。

散场的时候是下午两点半，望湖楼已经静悄悄了。陶大年两腿有些不听使唤，被人架着走到了院子里。他从没喝多过，今天是个意外。左三东开了尚小彬的副驾门，把他塞了进去。陶大年嘴里说，我不坐车我不坐车，但闭着眼睛，屁股没有动。小星跑过来送他的水杯，陶大年睡着了似的，毫无反应。尚小彬把杯子接过来，杵到了陶大年的怀里。

大家呼啦啦全走了。贺三革去吧台买单。于少宝恍然，也才想起还有买单这回事，紧跟在他的身后回到了大堂。一个小丫头啪啪啪摁计算器，八千八百。贺三革一下出汗了，让她再摁，还是八千八百。他把菜单拿过来看，小丫头指着一盏霸王羹说，一百二，是每人一百二。还有那盅益寿粥，都是用鲨鱼的脊背肉做的，每盅一百六，不是一共一百六。贺三革直愣愣的，手在裤子上反复搓，不明白世界上怎么会有这样的吃法，两勺黏乎乎的粥，居然这么贵！他问于少宝带钱了没有。于少宝早把钱掏了出来，两人的凑到一起，还差三千八。

贺三革的脸色一下变得很难看。

于少宝虚着声音问："能不能少少？"

小丫头眼仁朝上翻，说话就像冰碴子："这都几点了，都耽误我们下班了。饭菜已经打了八五折，还怎么少？再翻翻兜里，身上没带卡？"

他们都没有用卡的习惯。贺三革咬了咬牙，说回家去取，明天给你们送过来。

小丫头说，谁知道你们这一走会不会是肉包子打狗？

贺三革急了，说你不认识我们，难道也不认识陶老爷？我们跟他是一起的。

小丫头面无表情地摇头说，不认识。

贺三革恨不得朝这张小粉脸戳一指头，怎么这么不相信人哪？他无奈地看于少宝，说要不你等在这里，我回家去取？于少宝还在摸兜，恨不得从犄角旮旯再翻出个什么来。吧台对面有一溜沙发，贺三革说，少宝你就坐那儿歇着，我去去就来。说完，贺三革撒腿就往外跑。

小丫头长长地打了个哈欠，眼角淌出了泪水。她用纸巾小心地擦，对于少宝说，附近就没有朋友给送一下？打个电话嘛。

她是急着下班了。

于少宝没有理他。他靠沙发背上闭上了眼睛，眼前还留着贺三革撒腿就跑的样子，不自觉地叹了口气。

5

喜鹊在路拐角处看到陶大年下了车，在院门口喊："刘姨，陶叔是坐小汽车回来的！"

刘会英嘴里恨恨地说："他又坐那种蹦蹦车！"

喜鹊说："不是蹦蹦车，是真的小汽车。"

刘会英赶忙往外走，把自己隐在门洞口，探头朝外看。陶大年正从车里往外钻。车门有点小，司机跑过来帮忙抻拽。

刘会英闪出身子往前走，自言自语说，日头真是打西边出来了，今天怎么肯坐汽车了。与尚小彬打了个对脸，刘会英一愣，高声说："原来是尚主任开车呀，我说老陶今天怎么改戏码了——家里喝个茶呗！"

尚小彬很窘，慌慌张张应了声，把车开走了。她打年轻的时候就害怕刘会英那张利嘴，不管有人没人，从不放过她。

陶大年摇摇晃晃往家里走，他没少喝，但不像别人以为的那样喝醉了，否则就上不了尚小彬的车。这里有套路，玩的是障眼法。水杯在怀里抱着，那些姹紫嫣红一个都没少，只是都被泡透了，颜色淡了很多。喜鹊把杯子接了过去，说陶叔今天肯定是喝高兴了。陶大年说，今天是小学同学请客，几十年没见了。刘会英沉着脸说，高兴不光因为这个吧？陶大年敏感地说，都多大岁数了，还在晚辈面前说闲话。刘会英说，我说啥了，喜鹊，你听见啥了？喜鹊给陶大年去泡茶，说我啥也没听见，刘姨啥都还没说！

喜鹊铁杆保皇，她知道应该哄谁高兴。

晚饭熬了薏米红豆粥。刘会英有风湿，据说这个粥祛寒气。喜鹊把饭菜端上桌，揣在围裙兜里的手机喊："有电话啦，有电话啦！"她跑屋里去接电话。饭桌上少了喜鹊显得空落落的。他们的一儿一女都在国外，喜鹊从打十六岁就在他们家，转眼七八年了。那年刘会英做了心脏搭桥手术，白天夜里离不开人。陶大年工作忙，几个保姆她都使不住，有人介绍了喜鹊，她就知道为啥使不住别的保姆了。她们都比她年龄大，手脚都没有她麻利。

喜鹊出来时，陶大年去客厅看电视，刘会英坐在桌前剥花生。喜鹊站着喝了口粥，就匆忙洗了碗筷，说刘姨，我得去医院。

去医院干啥？

我男朋友的父亲出了车祸。

严重么？

还不知道。

肇事车呢？

没有肇事车。

喜鹊话没说周全，就匆匆走了。往天这个时候，刘会英总是和喜鹊一起砸核桃剥栗子或者用毛刷刷红枣，准备明天的早饭。或者煮酸梨汤熬红果羹，她们总有干不完的活。他们什么也不缺，就是缺胃口。每天准备这准备那，其实是履行个程序。否则生活还有什么意思呢？今天刘会英转转悠悠闲得慌，端了盘子到客厅剥花生，咔哧咔哧的响声像耗子在磨牙。陶大年电视剧正看得入神，不耐烦地说："你的手就不能老实点？"

刘会英说："不能。"

陶大年赌气去了卧室，那里还有一台电视。电视刚打开，刘会英端着盘子跟进来了。

陶大年马上把电视关了，说我不看总行了吧？

刘会英一屁股坐在沙发上，"你说说今天为啥坐小车。"

"我喝多了。"

"你没喝多。"

"我在望湖楼喝多了，这一路酒醒了。"

"她怎么给你醒的酒？"

"谁……你这是什么话。"

"尚小彬是醒酒汤？"

"你还有完没完！"陶大年终于怒不可遏。

刘会英手里的盘子"啪"地摔了出去，自从心脏出了问题，她借机变得既任性又喜怒无常。盘子是塑料的，在地上蹦了几个高，毫发无损。那些花生果像得了大赦般恣意地满地乱滚，像无数个"8"被一齐伐倒。刘会英站起身，胸口剧烈地起伏，她点着陶大年的脑袋说："陶大年啊陶大年，年轻时候的事我不跟你计较，你不能老了老了还不正经，让儿女在外没法做人！"陶大年吃吃地笑，悠悠地说："我坐车回来就给儿女丢人了？"继而中气十足地说，"是你不让我坐蹦蹦车！"刘会英倒憋了口气，抚了半天胸口，却无法反驳。她说那你也不能坐尚小彬的车。陶大年说，不坐她的车我坐谁的车？坐你的车？刘会英又挫了一下，她确实没有车让陶大年坐，有车她也不会开。她蹲下身来捡花生果，捡着捡着忽然笑了，说："这个狐狸精还那么年轻，你没问问她吃了啥药？"

"神经病！"陶大年故意怒气冲冲骂了句，从一排花生果上狠劲踩了过去。

喜鹊一连三天没回来。第二天打过一个电话，说男朋友的父亲要去北京复查，家里缺人手。放下电话，刘会英自言自语说，他家缺人手我家就不缺人手？喜鹊这个对象是自己谈的，刘会英很好奇。她每天买菜做饭，做饭买菜，倒能自己谈来对象。据喜鹊说，她是在买手机的时候认识男孩的，算一见钟情。男孩脾气好，模样周正，是城里人。刘会英大不以为然，说一个卖手机的，靠得住？喜鹊说，靠得住，他家就住在城西，家里有房有车。刘会英说，那就更靠不住，你可别上当受骗。喜鹊说："刘姨放心，能骗我的人还没生出来呢！"

这是喜鹊的口头禅。哪个菜烧得好吃，她也会说："比我做得好吃的人还没出生呢！"

喜鹊在陶家这些年，跟刘会英形成了铁杆关系。刘会英甚至说，将来你结婚有了孩子，我来给你带。她的儿女都是在国外生的孩子，她没过着当奶奶姥姥的瘾。喜鹊也乐得这样答应她，喜鹊从小没有娘，是跟哥哥长大的。"你得找一个开通婆婆，否则会因为这件事跟你打架。"刘会英依照自己的经验教育喜鹊，对这件事有些上心。喜鹊大大咧咧说："没事儿，我婆婆是文化人，开通着呢！"

第四天，喜鹊仍没回来。刘会英忍无可忍，给喜鹊打了个电话："你再不回来我心脏病可要犯了。"喜鹊无奈地说，男朋友父亲的情况很不好，您宽限我几日吧。刘会英提高声音说："你又不是大夫，留在那里有什么用！再说你还没过门儿，也没必要多揽事！"刘会英的话钢枪似的冒火花，陶大年都不爱听，说你又不是老得动不了，就别总攀着喜鹊。刘会英说，我不攀着喜鹊攀着你？陶大年二话不说出去买菜，比照小时候的记忆，做贴饽饽熬小鱼，刘会英吃得直点头，但不忘记打击陶大年，说饽饽面有点硬，小鱼都是死的，味道跟我妈做的差远了。陶大年讥诮说，你妈是打鱼的出身，可不有活鱼吃。刘会英提高声音说，你妈是老妈子出身，别当我不知道！

陶大年总爱说他小时候上学骑大马，却从不说自己的母亲在后厦子里纺线织布，她是偏房，管做一大家子的针线。刘会英偶然遇到老家的人，听了这段掌故，乐得什么似的，说陶大年是姨娘养的。

这样的斗嘴，在他们早成了家常便饭。刘会英总怨气冲天，陶大年知道因为什么。年轻的时候陶大年在公社当"八大员"，从此走出了老街。顾名思义，八大员分别是养猪员、农机员、电话员、水利员、广播员、电影放映员等等。陶大年是农机员，开过东方红55拖拉机。刘会英带着一儿一女一直生活在乡下，爷公奶婆需要她照应。再后来，公公婆婆也需要她照应。把老一辈的人都伺候没了，陶大年才带他们进城。那时陶大年工作在乡镇，平时很少回来。这一辈子也不知动过多少回离婚的念头，可看看刘会英身后的一长串老少队伍，想法一直没能落实到行动上。

还有一点也很关键，男人要想离婚，除非不要仕途。有这双保险，这世上少了很多陈世美。当然，秦香莲并不少。

陶大年要好前程，而且要更多更好的前程，打年轻的时候就目标明确。最终他成了管理一方土地的人。每每想到这些，陶大年都心有戚戚。在位时被人前呼后拥，不觉得少了什么。一旦离开了那把椅子，就觉出了人生有许多不圆满。

刘会英不识字，却坚定地奉行着自己的人生信条：把爷公奶婆伺候好，把公公婆婆伺候好，把一双儿女照顾好，这是拴住男人的关键。年轻的时候，尚小彬经常出入她家，给她的儿女当冒牌姑姑。那时尚小彬还是个临时工，而陶大年已经是大部委的主任。男男女女的事，刘会英搭一眼就看个八九不离十，除了刻薄尚小彬，她从不与陶大年撕破脸。尚小彬买吃的她就吃，买穿的她就穿。她知道自己的婚姻人家有多将就，除了小心维系，没有别的路可走。

转眼就是一辈子。这一辈子，可真漫长。

6

糜子面饼要五十度水和面，水温不能高也不能低。水温高面是黏的，水温低面是糙的。喜鹊先用筷子搅和，再下手揉面团。陶家很少吃精米白面，陶大年和刘会英都迷信五谷杂粮。对那些长在山地、缺水少肥、生命周期长、耐寒耐涝的植物果实特别有好感。他们有一套自己的养生理论，在食物结构上，难得地保持一致。吃了饭，刘会英追在喜鹊屁股后头打听她未来公爹的事。喜鹊起初不肯说，她打不起精神。被刘会英一追问，喜鹊抽噎一下，眼泪和鼻涕一起淌了下来。刘会英吓了一跳，赶紧给她抽纸巾，说有啥过不去的告诉刘姨，刘姨帮你！

喜鹊用肘弯搂住刘会英的脖子，"哇"地哭了。

刘会英心里所有的柔软都被催发了，她握着喜鹊的手，拉她进了卧室，惹得陶大年用好奇的眼光打量她俩。两个人都坐床边上。喜鹊抽搭了半天才止住泪，说自己命苦，命还硬。小时候克父母，长大了克公婆，算命的都这么说。刘会英拍了一下她的后脑勺，说你小小的人儿还迷信。

算命的知道啥。"您知道我为啥叫喜鹊么?"喜鹊问。刘会英说,你妈生你的时候柿子树上有喜鹊在叫,你说过。喜鹊说,我没说实话。柿子树上落的是乌鸦,朝着我家窗户没完没了地叫,被我爸打跑了,还来。又打跑了,又飞了来。刘会英说,乌鸦咋了? 模样不比喜鹊差! 喜鹊说,可我生下不久妈就死了。八岁爸又死了。村里人都说我妨家。刘会英抚摸着喜鹊的长发,那头发又黑又亮,就是发质硬,一根顶别人两根。刘会英心说,长这样硬的头发不妨家也难。但嘴里说,别听他们的,你长得俊俏,将来会是有福的人。喜鹊又开始抹眼泪,说现在好不容易交了男朋友,正商量去他家见他父母呢,他爸又出事了。

是车祸?

要是车祸就好了。他爸自己把自己摔成了残废。

现在医院有本事,什么样的摔伤都能治。

可他爸把脊柱摔错了位,挤扁了骨髓。医生说再也不能修复了。

死了?

瘫了。

在哪儿摔的?

乌鸦山下那个大下坡,他爸摔伤的时候顺着下坡滚了十多米,一辆小汽车为了躲避他爸,撞在了路边的灯杆上,人家还不依不饶呢。

刘会英站起身,背着手走出了卧室。陶大年赶紧把电视的声音调小了,问她怎么回事。刘会英说:"喜鹊这丫头,还真是命不好。"陶大年听了半晌不说话,调大声音时顺带说了句:"不是还没结婚嘛。"

刘会英一琢磨,又回了卧室。喜鹊把他们的被子铺好了,枕头拍松软,电热毯调到中档,他们上床以后会关掉。收拾了两件衣服要出去洗,刘会英一拽她,神秘地说:"你陶叔发话了。"喜鹊听着。刘会英说:"你们不是还没结婚么?"刘会英挑着眼神看她,把喜鹊闹愣了。刘会英说:"你没跟男的那样吧?"喜鹊这回明白了,脸腾地红了,说您把我当什么人了。刘会英说,没那样就好,散伙,你跟他散伙,找更好的。这个世界上,好小伙有的是。喜鹊抱着衣服出去了,说您这主意够馊的,我是那种落井下石的人么?

刘会英自言自语说，我是为你好！个傻丫头，进门儿就伺候瘫子公公，有你受够的那天。

陶大年摆弄着遥控器，听了刘会英的叨咕，陶大年平淡地说："别管人家的私事。"

乌鸦山的山脚下是一条横向道，经常有运送砂石的大车从北朝南右转弯奔国道。大路朝西是下坡道，给各种车辆的轱辘磨得金光闪闪，吱嘎吱嘎踩刹车的声音会传到远处的冰面上，荡起回声。下雪的日子这里显得格外繁忙。雪花急骤地落，车轮惶急地碾，有的粘在车轱辘上，一圈一圈地随着车轮画圆。更多的则被碾成泥，附在地表上。时过多日，仍坚硬如铁。贺坤站在坡的顶端朝下看，那些小车隐在大车的夹缝里，像甲壳虫一样。大车拉着沉重的拖斗从邻县来，晃晃悠悠一路拧着屁股往远处奔。这段坡度是个考验，一块六角形的石头从车上颠了下来，滚了几滚，硌翻了随后到来的一辆自行车。一个沉重的身影摔下来时挡住了稀薄的日光，由着惯性一路下滑。周围一片踩刹车声，只有一辆小汽车尾随而去，不得已打了方向，撞到了路边的灯杆上。

如果没有这个下坡，一切都可以重新改写。路不会那样滑，也没有那块六角形的石头。父亲不会在这儿摔跟头，也就不会把脊柱摔错位。关键是，他骨质疏松得厉害，医生说，别人摔跤顶多把骨头摔断，他却能把骨头摔碎。得知真实情况后，父亲嚎啕大哭，说咋不一跤摔死，我不想给你们添麻烦啊！

从北京的一家医院回来，贺坤特意到这里转了转。他穿着单衣站在坡顶上，冻得浑身都是木的。他们这个家，原本就风雨飘摇，这回是真塌了。

多亏有喜鹊，多亏有喜鹊。他嘴里反复念叨，仿佛那是一剂药，能从中找寻慰藉和温暖。贺坤也恨不得变成一副膏药，随时贴在喜鹊的身上。

那天，正在上班的贺坤接到了父亲打来的电话，说他摔伤了。贺坤没太当回事。那辆老旧的自行车小的时候他没少坐大梁，望着马路牙子上厚厚的雪贺坤想，只要不是车祸，自己还能摔多严重？贺坤坐同事马凯的车绕道外环赶到了出事地点，外环边上有一家分店，马凯顺便去送了两张单据。父亲与那辆自行车滑到了坡的底部，偏路中心多一点。两边车流不断，没有谁稍作停留，仿佛父亲是路上凭空生出来的一块石头。马凯把车小心地停在了路边，说了句："我操，这人是你爸？"贺坤明白马凯的意思，父亲的一脑袋白发很抢眼，更抢眼的是，这样冷的天，父亲居然穿的是单衣！他蜷缩着身子倒在冰冷的雪地上，看上去都冻坏了。贺坤赶紧脱下自己的羽绒服把父亲包裹起来，问父亲怎么样，摔哪了？

父亲说，我下半截身子是沉的，好像碍着骨头了。

马凯上来就搂腰，要把贺三革抽起来。贺三革发出了瘆人的叫声。贺坤连忙制止，说别动别动，拿出手机拨打急救电话。贺三革喘息着平静了脸上的褶皱，问："带钱了么？"

贺坤焦急地听着电话里面的忙音，说："您放心，我带了。"

马凯说："我这里也有一些。"

贺三革说："你少宝叔在望湖楼等着呢，你先给他送去。"

马凯吃惊地说："你们去望湖楼干什么？"

贺三革没有解释，眼睛从马凯的脸上移开了。

电话终于接通了，贺坤告知对方自己所处地点，简单说了下病人的情况。搬起自行车推到十几米远的坡上横向放，做标志。走过来时贺三革又说："卡也行，现金也行。你少宝叔在那里都等半天了。"

贺坤不耐烦，说这个时候您还惦记少宝叔，他去望湖楼干啥？

贺三革有些起急，说让你去你就麻利儿去，咋那么多废话。

马凯解围说："要不……我去？"

贺坤为难地说，只得麻烦兄弟了。然后给于少宝打电话，说我朋友过去找您了。

马凯开车走了。回来时，于少宝骑车在后跟着，下了车，急急朝这里走。于少宝抱怨说："你咋这么不小心，这样大的下坡，应该推着走。"

贺三革说："我不是着急嘛。"

于少宝说："着急也应该注意安全，啥快啥慢啊？"

贺坤疑惑，看看于少宝，又看看地上躺着的父亲，说："这样大的雪，你们跑到城东来干啥？"

于少宝说："你爸请陶大年吃饭，在望湖楼。钱不够，正要回家去取。"

马凯没忍住，"噗嗤"笑了。他捂着嘴解释说："不是，我不是这个意思，我的意思是……"

贺坤说："你不用解释，这个事是很可笑。"

贺坤不相信父亲就这样瘫痪了。他是一个强健的人，虽然瘦弱，身体的各项指标都正常，连一粒药片都没吃过。贺坤每天晚上都跟父亲下一盘棋，从小到大，雷打不动。小时候，父亲悄悄让他两个子，现在他偷偷让父亲。他的身形随父亲，长得像竹竿一样高。皮肤却随母亲，有一点奶油似的黄，但黄得很清爽。

第一次见喜鹊是在夏天的午后，窗外的蝉叫个不停，大家都很慵懒。喜鹊进来时只有他站在柜台前打招呼。喜鹊看了他一眼，笑了。说你咋不照照镜子？贺坤赶忙打开一只苹果机照了下，见唇边像是点了朱砂痣，却是一块西红柿皮，是午餐留下的证据。他特别难为情，背过身去擦了擦嘴角。喜鹊冲着他还笑，把他笑毛了。他又拿起手机照，喜鹊说，我笑着玩的，这回没有了。

喜鹊按照贺坤的推荐买了手机。恋爱的事，谁知道是怎么回事呢？若是喜欢一个人，那种情感便像风一样无孔不入。若对方再喜欢你，凭空就能闻到花香了。这单生意做得可真是精细漫长，喜鹊选了足有十个样机，柜台上堆满了纸盒子包装袋。她知道他不是真推荐，他也知道她不是真选，他们就是在一起耗磨时间。室内空调开足了马力，冷气都显得情意绵绵。其他的店员都像纸偶一样没有响动，他们都看出了眼前正在上演一见钟情。贺坤问喜鹊在哪上班，喜鹊矜持了一下，说在宾馆做服务员。大地宾馆？贺坤问。喜鹊说，埧城除了大地宾馆还有别的宾馆么？喜鹊有点傲娇甚至撒娇的情态，让贺坤飞红了脸。贺坤自然明白喜鹊的画外音。不是没有别的宾馆，而是与大地比，别的宾馆都差了档次。大地宾馆门前的紫藤遮天蔽日，花串密密麻麻，像树木长了流苏一样。贺坤就是在流苏的暗影里第一次吻了喜鹊，然后看着喜鹊跑进了宾馆大门。

大地宾馆的前身是政府招待所，准五星。喜鹊曾经是宾馆的常客。陶大年在位时这里有他一间办公室，喜鹊也没少沾光，经常陪着刘会英坐陶大年的车来这里吃小灶。

所以喜鹊说起大地宾馆一点不心虚。

陶大年家的宅院在大地宾馆对面，走过去也用不了五分钟。若是坐车来，连一脚油门也用不了，就是个横穿马路的工夫。喜鹊看贺坤的电动车走远，才走出紫藤的暗影，慢慢吞吞往陶大年家走。这里的很多服务员她都认识，她在陶家的收入比服务员高，一直引以自豪。可谈恋爱了才知道，差距不是在金钱上，是在颜面上。

过去喜鹊从没意识到这一点。

因为这一谎言，喜鹊在贺坤面前总显得不那么自信。那晚贺坤打来电话，说自己的父亲摔伤了，声音又惊惶又无助。喜鹊喝了口薏米粥就赶去了医院。这一路喜鹊甚至隐隐有些激动，她想，考验自己的时候到了。她要把贺坤的父亲当作自己的父亲。现在，终于能帮贺坤的忙了。

7

袖珍从寺院请了座观音，在门后设了佛堂。早晨这炷香由五点半起开烧。屋子里烟雾缭绕。她跪在黑暗里，双手合十，诉诸佛的话不想让贺三革听见。她知道贺三革的睡眠越来越浅，这次意外被摔成重残，她觉得自己有责任。是她鼓动贺三革在大雪天请客，而且鼓励他去望湖楼。他们是穷人，怎么能去那样的地方呢？去任何地方都不会经过乌鸦山，都不会走那个大下坡。所以袖珍觉得是报应，报应来得又快又及时，她领了。不领还能怎样？过去是她残疾，他伺候她。现在他也残疾了，需要伺候了。他们终于扯平了。只是这代价太大了，贺三革几近崩溃，几天不吃不喝。袖珍去于少宝家还钱，她在贺三革面前一滴眼泪都没掉，在于少宝面前却哭了。她说少宝你不用可怜我，我和三革就是这个命，都心比天高命比纸薄！于少宝说，你们没做错什么，你们是在报恩。袖珍说，你不用安慰我，我知道是怎么回事，老天都看不过眼了。老天没收走贺三革，已经是格外开恩了，我知足！话没说完，袖珍把钱放到桌子上，头也不回地走了。

袖珍请求佛宽宥自己，保佑贺三革，他们从此踏踏实实过日子，不再有非分之想。去一次望湖楼，就是非分之想。袖珍嘴里就是这样在严苛自己，她说如果还有惩罚，就全降到她的头上。袖珍坦言，她之所以求佛，是实在没办法了。佛已经给了他们活路，那就继续给下去。她在医院里第一眼看见喜鹊就喜欢得不得了。她们彼此的眼神中有一种显而易见的亲昵想向对方靠拢。这种眼神只有久别重逢的亲人才有。她拉着喜鹊到贺三革的床前，说你不是一直想见喜鹊么？喜鹊来了。贺三革的世界一直黑洞洞的。液体在静脉中游走，像蛇在水草中爬行。他拒绝睁眼。不睁开眼睛他就当自己是做梦，梦境一直很残酷，可他情愿置身在这种残酷里，好存一丝希望。他的下肢越来越沉重，像在水里浸泡了太久的时间，温度在一丝一丝剥离，知觉在一点一点丧失。即使医生说得很隐晦，他也知道这一跤摔出了大麻烦。

喜鹊的名字他也是最近才知道，是在晚饭桌上贺坤郑重其事说出来的，他的女朋友，在大地宾馆做服务员。贺三革和陈袖珍都很开心，做服务员的女孩子有眼力劲儿，会干活。更重要的是有眼界，他们喜欢女孩子见多识广。他们抱怨贺坤嘴太紧，这样的好消息应该早一点让他们知道。贺坤害羞地笑，说这是喜鹊的意思。陈袖珍打趣说，这么早就开始听媳妇的话了？贺坤的脸红得透亮，这个老来子，曾带给他们无限欢乐。现在，这个欢乐要翻番了。

贺三革努力耸动眉毛，把眼睛睁开了一道缝，这道缝与他额上堆积的皱纹那么不相衬，他得多不愿意睁开眼睛啊！眼前的喜鹊像是从厚重的烟雾中幻化出来的，像仙女一样，皮肤白皙，鼓鼻子鼓脸，略胖。这让贺三革满意。贺坤就是太瘦了，打小就不长肉，各种营养补了很多，可越补好像越往相反的方向走，惹得贺三革不满地说，东西都吃狗肚子里了！

可喜鹊挑起的眉梢似乎要飞起来，眼神也是那种开阔型。也许是眼眶太大了，眼球在里面显得空旷。

贺坤则是细眯眼，眼神从来都是打弯的，内敛的。这样的两双眼睛是怎样对接的，是个谜。贺三革暗自叹了一口气，他不想说话。这个时候的他，拉尿都在床上，哪有权利表达自己的看法呢。

喜鹊却马上进入了角色。她对医院不陌生，刘会英每年都会来住院，喜鹊是二十四小时全天候陪护。她去找值班医生了解情况。值班室里有四五个医生护士。喜鹊问，谁管二十九床？

一个医生正在看电脑，头也不抬地问她什么事。

喜鹊说，二十九床当真不能恢复么，他站不起来了？

医生的手滑动鼠标的滚轮，咯吱咯吱响。医生头也不抬地说，都跟家属交代过了。

喜鹊气了一下，说我也是家属。

医生这才扭过头来打量了她一眼，把不屑摆在了脸上，似乎是在说：那又怎么样？他的屁股就像粘在了椅子上，眼睛又去盯电脑。

"转院，我们去北京！"喜鹊从医生办公室出来，怒气冲冲。过去她来医院可没受过这种气，医生和护士都是专门配备的，跟她也十二分的客气。她把陈袖珍和贺坤拉到了外面的走廊，笃定说："县里医院的技术不行，尤其是骨科，经常会误诊，医生根本没有责任心。我们去北京吧？"喜鹊这话说得就像家人，一下就让陈袖珍有了倚仗。陈袖珍说："北京地方那么大，我们去哪找看病的地方？"喜鹊说："哪里都可以去，宣武，协和，301，积水潭，有钱到哪都能治病。"这些地方她都陪刘会英去过，哪家医院有什么特点喜鹊都能如数家珍。贺坤暗自松了一口气，他知道遇到事情喜鹊比他有想法，他情愿让她做自己的主心骨。转院手续和叫急救车都是喜鹊一手操办，喜鹊响声大气，嘎巴干脆，指挥若定。贺坤像个小跟班，腰间横着小挎包，跟着喜鹊到处跑，随时准备掏钱。每次喜鹊征求他的意见，他只会点头。陈袖珍告诉贺三革要去北京，去北京这病就有希望。贺三革陡然睁开了眼，他有点让希望两个字吓着了。

喜鹊在燕华里小区迅速成了名人。这小区都是老住户，早先年间电线杆厂的福利房，有什么消息总是比风传得还快。贺三革摔跤了。贺三革住院了。贺三革去北京了。贺三革回来了，人却彻底瘫痪了，整个下半截身子都不会动，这一折腾却花了十几万，原本是想给儿子买房交首付的，这下全泡汤了。最后的消息还没发散开，贺家没订婚的媳妇却上门了。原来人家还陪着去了北京，几天几夜都没合眼。婆家没给钱，还倒贴。贺坤孝顺，来个媳妇比他还孝顺，不单洗衣做饭，还倒尿盆呢。这些消息当然是陈袖珍说出去的，她不说丧气话，是怕被那些丧气话击倒。她拣昂扬的说，脸上如沐春风。过去走路都没挺直过腰板，现在居然挺起来了。

她说，老贺，我给你念诗。

从打年轻的时候她就喜欢念诗给他听，这是他们俩的秘密。一本杂志拿在手里，陈袖珍像演员一样站在屋子中央，双腿并拢，拿腔拿调开始朗诵：

啊，你如果是大海
我愿意做浪花一朵
你如果是小河
我愿意做水滴一颗
你如果是蓝天……

陈袖珍捧着杂志，贺三革也知道诗是陈袖珍自己写的。陈袖珍经常这样，把自己写的诗夹在杂志里，冒充别人的，然后问贺三革这首诗怎么样。贺三革不拆穿，从不扫她的兴。可此刻贺三革却没心情，他皱着眉心说，烦不烦？

陈袖珍立时没电了。她歪倒在床边，又俯过身去，弱声说，要不我就给你唱个歌吧，唱月儿弯弯照高楼……老贺，求求你别烦，你烦我心里不好受。

贺三革的眼泪淌了下来，可他还在动用面部器官阻止，整张脸皱成了一团。袖珍搂着他的脖子，哄孩子一样说，别憋着，想哭就哭出来，哭出来就好受些。

贺三革发出了牛一样的呜呜声，牙齿把嘴唇都咬破了，两股热气从两边嘴角往外冒，噗嗤噗嗤，像车胎漏了气一样。

那扇大铁门形同虚设，已经锈蚀得快要散架了。喜鹊从那里走进来，看见她的人都主动打招呼。起初喜鹊还奇怪，这地方的人怎么那么有礼貌。有一天，有个老太太把她截住了。老太太指着楼上说，一家俩残疾谁摊上都够呛，这日子没法过，闺女就你好心眼儿。

喜鹊琢磨了一下，才明白这话的意思。老太太的话没有贬义，不过是在陈述事实。但喜鹊不爱听，她不认为陈袖珍是残疾，她的手只是有点不得力，端东西的时候用肚子当支点，借点力。贺坤给喜鹊介绍时，说母亲是个爱看书的人。所以在喜鹊的想象中，未来的婆婆是文化人。

喜鹊从小没有母亲，她第一眼看见陈袖珍，就觉得她像亲娘。

刚刚认识贺坤的时候，喜鹊自己偷偷到这里侦查过，知道燕华里小区是整个城市最靠西、最破旧的。可就是这样的房子，也要三四千一平米，以自己的实力，也根本买不起。她手里没积蓄，工资都支援哥嫂了。留在埙城，嫁给有房的人，这就是喜鹊所有的梦想。为了实现这个梦想，她甚至悄悄为自己妥协，找个二婚头，或者，找个面容丑陋的……找到贺坤这样的正经城市人，她已经觉得是超出预期了。何况贺坤还是奶油小生，眉目都很俊俏，又乖。所以她情不自禁要藏起自己的保姆身份。她想，等到与贺坤的感情铁起来，她再说出实情。做保姆收入不比服务员低，她相信贺坤能够接纳她。

喜鹊进家脱了外套就干活，陈袖珍欢喜地跟在喜鹊身后，扎撒着两只手，反而不知所措。贺三革一直在装睡，喜鹊进来看了他一眼，贺三革没动静。于少宝过来串门，陈袖珍赶忙上床搬动贺三革，说我们快起来坐会儿。贺三革不耐烦地说，你没看我正睡觉么？陈袖珍说，有觉我们晚上再睡。少宝来了，我们说说话。

陈袖珍在他身后垫两只枕头，让他的头部稍稍高了些。贺三革更瘦了，脖颈上的皮似乎剥离了骨头，像绸缎一样堆出了细碎的褶皱。陈袖珍这才介绍喜鹊，喜鹊的大眼睛亮闪闪。她注意地看了眼于少宝，削了只梨递过去，说叔叔你吃。于少宝说吃不了，主张切一半给贺三革。喜鹊说，分梨吃不好。我再给叔叔削一个。于少宝对贺三革说，喜鹊真是懂事，这样懂事的闺女现在打着灯笼也难找。贺三革却一点反应也没有。他把脸扭向窗外，眉头皱起了一个大疙瘩。外面起风了，一只白色的塑料袋里灌满了风，在空中翩翩起舞。贺三革盯着看。塑料袋打了个旋儿，忽然不知去向。是风不见了。贺三革想，风只是从自己的窗前路过了一下，风都不愿意停留。

贺三革闭上了眼睛。

他不是讨厌于少宝，他是觉得自己无法面对别人，其实也是无法面对自己。

于少宝搓着手说，我也不知说点啥好。不来吧，想过来看看，来了又不知该说啥。

贺三革无动于衷。袖珍想说什么，看了看贺三革，又把话咽了回去。

于少宝用两只手捂住了脸，朝下一抹，眼圈都是红的。贺三革这个样子，他心里很不好受。虽说这件事他没责任，但总归有牵连。这种牵连让他觉得很尴尬。于少宝说，我整夜睡不好觉，耳朵里总有小热儿叫。

小热儿就是蝉。

袖珍说，是老贺连累你了。

这话又有点重。于少宝赶紧摆手。人家没说自己啥。于少宝心中的感觉都是自己生出来的。再也坐不住了，他拿着那个梨悄悄出来了。

喜鹊往外送于少宝，一直送到了楼下。楼口右转有个小超市，喜鹊假装去买东西，其实是想跟于少宝单独说说话。大雪天，望湖楼，一大笔饭费。她知道的都是零碎信息，串不成一条线。贺坤也说不仔细，自从父亲出事，他的心情就特别差。喜鹊主动给他打电话，说不过三言两语，贺坤就把电话挂了。父亲的伤就像一座山把贺坤压垮了。喜鹊就是为了安慰他，才经常往这里跑。喜鹊的时间跟贺坤的时间不能重叠，所以两人见不着面。喜鹊就是想过来帮些忙，好减轻陈袖珍的负担。陈袖珍总是显出坚毅的样子，嘴唇抿得紧紧的。但她拒绝对这件事多做解释，让喜鹊恍惚。好奇心害死人，喜鹊太想弄明白是怎么回事了。于少宝对贺三革的态度有些耿耿于怀，气哼哼地对喜鹊说："请客这件事，我从头到尾是帮忙，一点责任也没有，不信你去问你婆婆。"

喜鹊纳闷，"谁请客，请谁的客需要去望湖楼？"

于少宝这才开始从头说，也加进了自己对这件事情的看法。说请陶大年吃饭我不反对，但我反对去望湖楼，那是死鸡拉活雁，没摸自己的兜兜！那是他贺三革能去的地方？喜鹊吃了一惊，瞪大眼睛说："等等，谁请陶大年，您是说……他为啥要请陶大年？"

于少宝说了这件事的前因后果。说他只拿了两千块钱，搭上我的三千还差许多。若不是回家取钱，他也不会走这么急，摔成这样。命，这都是命！于少宝跺了跺脚，不知怎样表达痛心疾首才好。喜鹊怔怔的，她一下想起那一天早上的大雪，陶大年用香茶洗嘴，刘会英用铲子铲雪。喜鹊出去倒垃圾，正好听见陶大年抒情："瑞雪兆丰年啊！"然后陶大年偷偷摸摸打电话，他光注意院子里的刘会英，并没想到喜鹊就在屋外抹桌子。他像老猫偷腥一样鬼祟，让喜鹊独自笑了半天。

于少宝挥了下手，想走，被喜鹊拉住了。

喜鹊问，那天您也参加了，记得都还有谁吧？

于少宝仰脸朝天想，一个也没想起来。

喜鹊提醒说，尚小彬。

于少宝说，对，那是个女的。

喜鹊说，左三东。

于少宝说，对，公安局的。

喜鹊说，路天齐——富连春——江春余……

于少宝吃惊地说，你这孩子，你咋啥都知道？

喜鹊脸上堆起笑，说他们都是陶大年的好朋友，总在一起吃吃喝喝。

于少宝更吃惊了，你认识陶大年？

喜鹊赶忙遮掩，说我们在宾馆工作的人，别的人见的少，就是领导见的多些。

于少宝叹气说："要说人家也没啥责任，可这事也很难说。我们都没想到陶大年带那么多人来吃饭。如果就来一两个……就不用回家取钱了，三革也就不会摔伤了。若是我们俩一起回来，我指定让他推着车子走，他也就不会慌了马势从那个大下坡摔下来。"

喜鹊痴痴地说："跟富人打交道，倒霉的总是穷人。"

于少宝愣了一下，随即竖起了大拇指，夸喜鹊这话说得好。又往楼上指了指，说贺三革虚荣心太强，这样的人早晚也得吃大亏！

喜鹊的心忽然像是被马蜂蜇了一下，好疼。

8

陶大年几乎每天都出去。小汽车来接，或者来送，他从那天去望湖楼起就不再赌气，大家在背后都拿这个事说笑话，但当他的面都装一本正经。不当着瘸子说短话，这是最起码的修养。何况大家都知道陶大年的脾气，他是个喜欢捂着耳朵偷铃铛的人。陶大年总是坐到门口才下车，就像当初用自己的司机一样。不同的是，过去是下车走人，现在得看着司机把车掉过去，再挥挥手，才抱着水杯进院子。他每天早饭以后都在院子里洗嘴，然后屋里外头走几圈，手机在肩膀上扛着，不是他给别人打电话，就是别人打给他，再不就戴老花镜翻电话本找人。喜鹊知道，那多半是找他过去提拔的人，关心人家的工作。陶大年一般会这样说："最近挺好吧？我现在赋闲了，不能给你实质性的帮助了，但还会像过去一样支持你。你要多努力，往后就要靠自己了。"关心的口吻，说得推心置腹。但喜鹊听得出，都是为下面的话题埋伏笔。说完客套话，对方一般都会说请吃饭的事，陶大年不会马上答应，但会定到三天以后："到时我找几个人坐一坐，还真是挺想你……地方你定，要不就去望湖楼？"

这些其实都是寻常话，喜鹊听得多了，从没当回事。陶大年喜欢去望湖楼，那里既可以吃饭又可以观景。今天这些话却显得刺耳，在喜鹊的心里激起了细微波澜。喜鹊嘟囔说，就知道去望湖楼，也不知自己惹了多大烂子。

冰箱冰柜里都塞得满满的。各种海鲜，各种肉类，各种熟食制品，不比过去送的人多了，但总还有人送。刘会英没事爱翻检，却没什么胃口。她总说，她小时候是饿大的，看着东西堆在那里心才踏实。大虾张开能有半尺长，纸盒子一摞一摞堆在冰柜的一角，周身冒着寒气，有的都快过保质期了。喜鹊灵机一动，拿起翻上来的一盒虾笑嘻嘻说，这还是去年剩下的，吃不了都糟蹋了。刘姨，不如我拿去送人吧？刘会英原本柔和的表情，登时被冰冻了一下。她把脖子拔高了一截，什么也没说，转身走了，把喜鹊晾那儿了。冰柜里的冷气扑到脸上，喜鹊觉得自己变成了一条鱼，从里到外硬邦邦。喜鹊想，刘姨肯定误会了。她本想让刘会英接过话茬，送谁？喜鹊好说出事情的原委。她想先让刘会英知情，毕竟她们两个是同盟军，很多时候在一个战壕。刘会英冷起面孔这样一走，倒好像喜鹊成心想占便宜。喜鹊心里很不是滋味，整个一下午，都骂自己蠢。拿别人的东西送人，亏你想得出。可刘姨为什么不听自己把话说完呢？喜鹊始终没有离开厨房，她有心事，爱用干活排遣，擦了锅灶又擦抽油烟机，把地板擦得光可鉴人。房门悄悄张开过，刘会英没进来，喜鹊也装作没发现。喜鹊想，贺坤的爸摔伤是大事，我得告诉他们。不告诉他们对贺坤的爸不公平。只有我能主持公道。我不告诉他们，就不会有人告诉他们。做晚饭时，喜鹊心不在焉，忘了征询谁的意见，顺手熬了满满一大盆海鲜粥。端到餐桌上，刘会英搭了一眼，说你这是做了几个人的饭，要开粥场？喜鹊当当当地切洋葱丁，说您尝尝，准比望湖楼做的好吃。陶大年已经坐到了桌子前，诧异地说，望湖楼的厨子都是从北京请来的，你是吃过还是见过？喜鹊不屑，说北京也没什么了不起，海鲜粥不一定比我做得好，比我做得好的人还没出生！陶大年呵呵了声，不像笑，更像是讥讽。他觉出了喜鹊今天有点反常。"你又不是不知道，我晚上爱吃白粥——这黑乎乎的东西是啥？"陶大年明知故问。喜鹊说是海参，还有鲍鱼，都是按照网上的办法比照着做的。"一口我也不想吃。"陶大年坐回到椅子上，"网上哪有啥可信的。"他拿起了一张报纸，喜鹊知道他是在装模作样，不戴花镜他根本看不见这么小的字。刘会英用勺子舀起看了看，也说颜色不正，这样的粥会不会吃出毛病？她语调和缓平静，但明显是在配合陶大年。喜鹊在厨房忙碌的时候，他们一直在议论她，并达成了共识。喜鹊居然想从家里拿东西送人，这要养成习惯，还了得！

喜鹊为啥猫在厨房半天不出来？

也许是在赌气，我不能惯着她的毛病。

小小年纪气性还不小。陶大年想喊喜鹊泡茶，刘会英赶紧摆了摆手。

喜鹊今天确实有些刀枪不入，自顾说："海鲜粥养人，寻常人家都吃不起呢。"声音饶有意味，别人哪会听不出来。刘会英说："谁家吃不起？现在生活好了，没有吃不起的人家。"她用一罐牛奶自己煮麦片，牛奶是德国的，麦片是韩国的。她的一儿一女在美国指挥他们吃什么不吃什么。她问陶大年吃不吃，陶大年赌气说，不吃。刘会英还是多熬了一罐牛奶给陶大年端了过去。喜鹊一动不动，面对着一盆粥，她心里非常难受。她知道今天自己的心被风吹歪了，她不该熬海鲜粥，尤其不该熬这么一大盆，这都是打破规矩的事。更尤其，她不该说把那盒要过期的虾送人，让刘姨误会。归根结底还是那座望湖楼，让喜鹊的心里不太平。她心里反复想的是，陶大年让贺三革在望湖楼请客，可真搞笑。天底下都没有比这更搞笑的事情了！

心里有情绪，脸上就挂幌子。喜鹊做什么都重手重脚，盘碗哗啦一响，吓了刘会英一跳。刘会英高喊了一声："喜鹊！"陶大年拿着报纸走到了厨房门口，说喜鹊，盘碗没碍着你，你拿它们砸什么筏子？

喜鹊立刻轻了手脚，说陶叔，我心里难受。

陶大年说，你小小年纪，知道什么是难受？

喜鹊委屈的眼泪在眼圈里转。陶大年却没再说什么，回到了沙发上。

"陶叔，您还记得贺三革么？"从厨房出来，喜鹊直通通地把话说了出来。

陶大年斜靠在沙发上，眼睛盯着电视，茫然地摇摇头。

"请您去望湖楼吃饭的那个。"

"哦,你说的是贺小三?"陶大年这回看喜鹊,"怎么,你认识他?"

喜鹊咬了咬嘴唇,说他就是我男朋友的爸爸。

刘会英脑子快,马上插嘴说,他不是摔残废了么?

喜鹊说,对,就是他摔残废了。那天在望湖楼吃饭,他带的钱不够,回家取钱的路上,在乌鸦山底下的那个大下坡栽了跟头。谁想这一跤就伤到了脊柱,从此再站不起来了。

陶大年的眉毛耸了一下,愣了几秒钟,说:"栽个跟头能伤成这样?"

刘会英说:"他们是不是在骗你?"

喜鹊说:"医生说他严重营养不良,骨头就像豆腐渣一样受不得磕碰。"

刘会英想了下这其中的关系,嘟囔了句:"没钱去啥望湖楼啊。"

陶大年这回坐直了身子:"你说的是真的?"

喜鹊点了点头。

刘会英说:"他这人也真是,这么大年纪了也不小心点,还栽跟头。"

陶大年"嗯"了声,又靠到了沙发上。那天的场景一幕一幕闪现,应该说,刚开始他想到过贺三革买单的问题,担心他带的钱不够。后来喝起酒来,就把什么都抛脑后了。酒过三巡,他一直在琢磨另一事。他必须喝醉,才能从望湖楼堂皇地走出去,坐尚小彬的车。这一步很重要,结束他过去不坐小车的历史,得有一个名正言顺的理由。上了车陶大年的酒就醒了,他一个劲儿说慢点开,慢点开。尚小彬以为他酒喝得不舒服,可陶大年说,你慢点开,我们可以多待一会儿。尚小彬一下不说话了,心中涌动着一股难言的情绪,有温馨,也有温馨后的苦涩。这个影响了她一生的男人,曾让她付出了所有,她心甘情愿待在他的身边,就像两根并行的铁轨,彼此牵扯从头到尾,但永远不能合二为一。他们各有各的生活轨迹,曾让尚小彬百般不甘……不甘又如何,多少年过去了,他还是他,她还是她。如今人都老了,那些复杂和微妙的情感都透迤进了岁月,空留下一些惆怅在风中摇曳……尚小彬把车开得像蜗牛爬,惹得后面的车辆鸣喇叭……此刻许多复杂的感觉一并涌上来,陶大年采取了最轻便最简省的方法处理。他长长打了个哈欠，闭上了眼睛。

他想，贺三革居然摔得瘫痪，神仙也拿这件事没办法。

新闻联播的片头曲响起，那个蓝色的半个地球从里面往外面滚，越滚离人越近。陶大年想了下那天望湖楼的前因后果，不知不觉又想到了尚小彬那里，然后就不想了。

他把两条腿往前伸了下，舒服了自己。

刘会英看了喜鹊一眼，小心地说，听说他家境不错，有房有车嘛。

喜鹊的眼泪一下流了出来，说刘姨，那是我说谎了。

9

连续几天，吃了晚饭他们就一起出去遛弯，回来进卧室看电视。偌大的客厅空荡荡，总是喜鹊一个人。喜鹊问，刘姨，你们怎么不在客厅看电视？

刘会英支吾说，在床上看好，卧室的电视清楚。

客厅的电视像小电影屏幕一样，人形看上去都是扁的。喜鹊和刘会英都认为大尺寸的电视不好看，但也只是认为而已。看什么不重要，除了新闻联播，看电视就是为了添个响动。

很多时候，刘会英和陶大年还看不到一起。刘会英爱看戏曲，陶大年一听咿咿呀呀就脑仁疼。

一周，两周。家里的氛围越来越冷清。过去刘会英总愿意追在喜鹊屁股后头问这问那，哪怕出去买个菜，也要问问有没有遇见熟人。

从那个晚上，从知道贺三革是喜鹊未来的公公那个晚上，他们中间似乎就隔了什么。这不是喜鹊想要的结果。喜鹊从不拿他们当外人，他们也不拿喜鹊当外人。那么喜鹊未来的公公呢？是陶大年的老乡兼同学，也应该不是外人才对。喜鹊觉得，他们应该能够随便谈起他，而不像现在这样，贺三革就像一个巨大的隐秘，变得讳莫如深。

陶大年的沉默与刘会英没完没了的抱怨有关。只不过，这些抱怨不会当着喜鹊的面。他们都感觉无法面对喜鹊。假如贺三革摔得腿折胳膊烂，也是他们能够面对的事。而现在，说什么做什么都显得太清浅。这种无力感，让生活一下变得无从把握。

喜鹊在陶家变得度日如年，心中的愤懑却与日俱增。贺坤一家都太屠弱了，喜鹊想为他们做点什么。喜鹊一直等待陶大年主动跟她谈一谈贺三革，问问情况。说和那些朋友沟通了，他们要去看看他。至于买什么东西，或者怎样表达心意，那是他们自己的事。但他们要有个态度，这是必须的。不过喜鹊想，若是征求她的意见，她会建议他们买个好一点的轮椅。春天很快就要来了，贺三革不能永远窝在床上。轮椅最好能带升降，能折叠，展开能变成一张床。这些功能都特别重要。喜鹊觉得自己这样期待不过分，不管他们有没有责任，这是最起码的人之常情。喜鹊已经把自己同贺家人捆绑到了一起。她觉得，她受轻视，他们就受轻视。他们受重视，她也受重视。陶大年总是早出晚归，拿着杯子匆匆来匆匆走。刘会英一向不喜欢动静大的地方，可她居然跟人去扭秧歌！喜鹊在门口碰见了邻居郭姨，郭姨是个胖女人，走路掰不开镊子。她冲喜鹊笑嘻嘻，说丫头着急嫁人了？喜鹊说，郭姨，早着呢。郭姨说，老陶他们让我张罗找新保姆，不急着嫁人你着急走啥？

喜鹊的脑袋"轰"的一下。本来她还想说嫁人我也不走，刘姨还想帮我带孩子呢。但一转念，这话说出来好像不合适。

喜鹊说，郭姨，您家用保姆么？我去您家。

郭姨慌忙摆手，说我们家可没钱雇保姆，我们家比不上陶家，人家的儿女都挣美元。

喜鹊进了门，坐在院里的茶桌旁发呆。她想，他们要赶她走了。我说的话把他们吓着了。他们怎么那么不经吓？

吃了午饭，喜鹊收拾停当走出了院子，轻轻掩上了大门。抄近路顺着一条胡同走到了联通手机专卖店的后身。那里是一个空置的院子，属于城中村的一处庙址，在等待开发。喜鹊走到这里才给贺坤打电话，贺坤穿着衬衫匆匆跑了过来，在寒风中卷着肩膀。贺坤说，啥事这么着急，我正上班呢。喜鹊说，我不多耽搁你。递上来一张纸，上面是人名和电话号码。贺坤看了下，一个都不认识。喜鹊说，这些都是那天跟你爸一起吃饭的人，叔叔就是因为他们摔伤的。贺坤问哪来的。喜鹊说，在一个小本上抄来的。看贺坤一脸困惑，喜鹊鼓了鼓勇气，实话实说："我不是大地宾馆服务员，我在陶大年家当保姆。这些电话号码就是从陶大年的电话号码本上抄来的。"

贺坤张口结舌，他有点不敢相信。可喜鹊一脸严肃，风把她的头发撂起来糊到了脸上，喜鹊让风任意。她有一种女孩子少有的镇定和从容。喜鹊重复说："我不是服务员，我是保姆。我对你说谎了，贺坤，你会不要我么？"

贺坤半晌才叹出一口气，说你干啥骗我。

喜鹊说，我自卑。

贺坤说，都是凭劳动吃饭，自卑啥？

鼻子一抽，喜鹊忽然呜呜哭了。贺坤慌得不知怎样对她才好。贺坤说："你对我好，对我父母好，我怎么会不要你呢？"

喜鹊仍是哭。贺坤一拉她，喜鹊的额头抵住了贺坤的肩膀。那肩膀都是骨头，单薄而又瘦弱，可喜鹊还是觉得很安慰。她就是想这样靠一靠。这样靠上去，心里就踏实了。

然后，她又说，我连保姆都没得做了。

贺坤蜡着脸，等喜鹊平静，抖着那张纸问她想干啥。喜鹊说，不想干啥。我估计，他们都还不知道你爸摔伤的事。贺坤说，知道又能怎样？喜鹊说，不怎样，但他们应该知道。贺坤说，我爸请的是陶大年，又没有请他们。喜鹊说，就是因为没有请他们，他们吃掉那么多的钱才不应该，他们吃掉了那么多的钱才让你爸摔伤的，他们有责任。贺坤皱起了眉头，这件事让他很烦，他不愿提及。喜鹊说，我把这件事告诉陶大年了，陶大年没反应。我想知道这些人是不是像陶大年一样没反应，我特别好奇！喜鹊越说越悲愤，说级别那么高的领导，平常满嘴都是大道理，却对别人的灾祸一点都不在乎，真让人看不惯！贺坤却不以为然，说在乎怎样，不在乎又怎样，事情反正也就这样了。喜鹊急得嚷："这样，这样，你就会说这样！我告诉你，该怎么样就得怎么样！最起码他们缺我们一个道歉！"

话一出口，喜鹊自己都愣住了。她小心地看贺坤，看他会不会对"我们"这个词敏感。

"你让他们给我爸道歉？"贺坤伸长脖子表示不理解，"亏你想得出，他们怎么可能给我们道歉？人家又没做错什么。再说，道歉能解决什么问题？"

喜鹊气得都想蹦高了。是啊，什么问题都解决不了，可他们都是体面人，他们不能欺负我们！

贺坤困惑地看着喜鹊，不明白事情怎么又跟"欺负"扯上了边儿。他们的思维不在一条轨道上，这让贺坤觉得这种对话很费劲。日影稀薄，空气清冷，这里是巨大的楼房阴影，连点日光都不透。贺坤冻出了清鼻涕。他用纸巾擤了把，鼻头拧得像萝卜一样红。他过来拉喜鹊，说你就别拧了，这件事就让它过去吧。喜鹊一甩手躲开了。喜鹊说过不去，只要有我在，这件事就过不去。他们必须道歉，这是最起码的！

贺坤可怜巴巴看着喜鹊。

喜鹊说，你干不干？

贺坤舔了舔嘴唇，问干什么。

喜鹊长出一口气，说把事情告诉他们，就说你是贺三革的儿子，父亲因为请他们吃饭摔坏了身体。如果有可能，也请他们伸出援助之手。

贺坤的脸一下变得很难看。

喜鹊说，这不犯法。

贺坤说，丢人。

喜鹊激烈地嚷："这不丢人！不是我们欠他们的，是他们欠我们的！他们有的是能量和办法，他们应该帮助我们！"

贺坤心里盛不住事儿，把事情原原本本告诉了母亲陈袖珍。喜鹊的保姆身份，以及喜鹊的计谋。他觉得这都是大事，他不该瞒天过海。陈袖珍吓坏了，她没想到喜鹊会这样，偷抄电话号码，还让贺坤去要挟人家。这都不是寻常人家女孩能做的事。娘俩权衡了半天,还是觉得事情重大,应该把这件事告诉贺三革,让他拿主意。贺三革听闻却炸了,说我干脆死了算了!我丢不起这个人,我没有你们这样的家人!陈袖珍赶紧安抚,说事情还没做,这不是跟你商量嘛!贺三革挣扎着想起身,可腰部以下像死了一样沉重。他大声说,我知道你们嫌我了,我不挣钱还花钱,你们早就嫌弃我了!我活着干啥!陈袖珍登时哭出了声,所有的委屈和心酸都涌上心头,她用一只手捂住嘴,奔了出去。

屋里像死一样的安静,只有贺三革喷出的愤怒在空中像音符一样震颤,甚至能听到回响。贺坤竹竿一样长在地上,似乎已经过去了一千年,才移动了一下脚步。贺坤把棋盘拿到了床上,碰了一下贺三革的手,说爸,您知道我们不是那个意思。您消消气,我们下盘棋,我好久没跟爸下棋了。

贺三革望着窗外。前面楼房的窗口映出灯光,一片橘黄。那片橘黄让贺三革心中的刺痛舒缓了些。他想,袖珍没做错什么,他不该出口伤人。坏事都坏在那个喜鹊身上,贺三革原本就不怎么喜欢她,眼下不是不喜欢,是非常厌恶。他觉得这不是个好女孩,不善良。她正教唆他们的儿子走歪门邪道,儿子跟了她,变坏是迟早的事。

他侧过来身体,看着儿子。这个老来子,他从小到大没动过他一个手指头。他们总是满足他的愿望,因为他们知道,他的愿望总是他们能够满足的,他从小就是个好孩子,夏天吃刨冰,不吃奶油冰棍。因为奶油冰棍要多花一块钱,他的懂事在全小区都出名的。

贺坤摆好了棋盘,说您先走。

贺三革叹了口气,说你听我的话?

贺坤头也不抬说,听。

贺三革说,那个喜鹊……不是你盘里的菜,拉倒吧。

贺坤惊讶地看着父亲,说喜鹊一直都在为咱家付出,您和我妈都看见了。她哪不好?

贺三革摇了摇头,说既没订婚也没结婚,喜鹊却主动往男方家里跑,这不合常理。更何况她在陶家当保姆,却冒充宾馆的服务员。她分明就是个骗子。

贺坤说,爸,不是你说的那样。

贺三革突然落了泪。他用手背抹了下,说不是那样能是哪样,你若还管我叫爸,就别让她进门。我不愿意看见她,看见她我心里不好受。

贺坤心一沉,站起了身,他小心地看了父亲一眼,心底忽然涌起一股难言的情绪,说:"爸,是不是看见她您就会想起陶大年?她不做保姆了,她与陶家没关系了。"

这话却像点了穴道。贺三革愣了片刻,突然一挥手,棋盘连同棋子都滚落到了地上。

石板胡同与城中心的主马路相连,路旁往纵深里的建筑依次是联通手机专卖店、庙址和一户人家的二层小楼。喜鹊租住了其中一间,在靠近胡同的位置,探头朝外看,能看见横向路过胡同口人的半边身子。喜鹊在外面的一个餐厅找到了活干。餐厅在马路对面的另一条胡同里,是一家民居的房子调转了方向,变成了门面房。喜鹊每天穿越往返,心中总有结结在那里。手机专卖店门口站着两个小姐,穿蓝裙子,身上披着红绶带,裙子与贺坤的衬衣是同种面料。她们能看见喜鹊,喜鹊也能看见她们,但彼此从没打过招呼。她一次也没有看见贺坤。除非她走到玻璃窗前往里看,但她没有勇气。贺坤已经明确提出分手,说他的父亲不接受喜鹊。感觉得出,贺坤有些为难,他说对不起喜鹊,他让喜鹊提条件,不管是什么条件,他能满足的都满足。喜鹊没有回贺坤的短信,她觉得,回与不回都那样。喜鹊丝丝拉拉难受了两天,就不难受了。与贺家的这段交往,她觉得,能合拍的只有陈袖珍,她像个透明人,在喜鹊面前总是巴心巴肝。贺三革从一开始就隔阂。贺坤的热情从始至终没能到沸点。他只是在大地宾馆的紫藤花架下吻过喜鹊一次,还像蜻蜓点水。也许是自己太强势了,喜鹊想,做事情有点不管不顾。就像贺三革往北京转院,决定得又仓促又草率。白白花了许多钱,却没有取得理想的结果。失望摆在了每个人的脸上,让喜鹊的心里很不好受,白花掉一大笔钱,等于是雪上加霜。喜鹊已经有了预感,他们走不下去了。即使她不假装大地宾馆的服务员，他们也走不下去了。贺家之于喜鹊，更像是服务对象。离开陶家，有恋恋不舍。一切都因为习惯、熟悉。但也只是习惯、熟悉，而已。人、物、甚至一把锅铲，都与自己有关联，离开了都有切肤之痛。刘会英送她出房门时说了一句话。刘会英说，有空过来串门。就像对随便什么人，一点温度也没有。喜鹊没有回应，只是摆了下手，委屈的眼泪就下来了。奇怪的是，离开了贺坤她的感觉还轻松些，只是有一种丝丝缕缕的牵绊，那种抻扯却源于内疚。她特别想对贺坤说，不是贺坤对不起她，是她对不起贺家。

她到石板胡同来租房子，就与这些抻扯有关。

一个午后，喜鹊走进了手机专卖店。喜鹊甫一出现，贺坤就慌忙跑了过来，说你是来找我么？然后两个人一起往外走，来到了房后身的那块空场，站定，谁也不瞅谁。过去也没有怎样亲密，现在也不觉得有多隔阂。贺坤只是有点紧张地看着喜鹊，等着她开口。喜鹊说，我想用一下你的工资卡。贺坤本能地问干什么。喜鹊仰脸看天，说不干什么。贺坤说，现在办卡很容易的……喜鹊突然炸了："你以为我不知道？我比你傻多少？"贺坤窘得手足无措，喜鹊却不依不饶，说也就用一下你的卡，还求过你什么！不放心你就把钱都支出去，一分也不要剩！贺坤张口结舌，他从没见过喜鹊如此激烈。印象中的喜鹊就像只温和的母鸡，总是想把所有的事情都扑在自己的翅膀下。再三踌躇，还是把卡拿了出来，里面大概只有一两千块钱。喜鹊说，我过一段时间准还你。贺坤说，不着急。喜鹊说，是嘴里不着急吧？

贺坤说，里面的钱你可以随便用。

喜鹊牵起嘴角说，你以为我缺钱？

贺坤嗫嚅着说，我说的是真的。

10

天气说暖就暖了，阳历刚交四月，杨花飘了起来，柳树就萌动了。

湖岸的风景像幅画一样扮靓了整个望湖楼。大家都说，今年的几场雪逼来了倒春寒，春寒料峭。都以为早春会难过，可节气不等人，冰河该开化开化，燕子该回来回来。左三东在市里买了房，近期要搬家。他给陶大年打电话，说请老哥几个聚一聚。陶大年说，你要走，该我们给你饯行，哪能让你请。左三东也不多言，只是跟陶大年定了时间地点，还去望湖楼。放下电话，陶大年就找富连春，说现在就你还在任上，给左三东饯行的事只有你能张罗。富连春叫苦不迭，说我的陶老爷，您不读书不看报吧？现在单位都没有吃喝这项开支了，哪还敢报饭费啊！陶大年说，我就不相信你没办法。富连春说，庙小妖精多，不知有多少眼睛在盯着我。何况，巡视组就在我这儿住着呢。有办法我还让您张嘴？陶大年很气闷，他没想到富连春连这点问题都解决不了，也太夸张了。他一屁股坐在沙发上，眉头皱成了蒜疙瘩。新来的保姆是个机灵人，四十几岁，才来一个多月，就把陶家的底细摸差不多了。保姆说，您说话就是太软和，您是当领导的，眼睛瞪起来，口气厉害些，他敢不依？保姆翻着白眼做了个造型，陶大年却没看她。隔着玻璃窗，他看见院子花墙上落了只喜鹊在觅食。那上面是老伴撒的小米。陶大年看了许久，自己跟自己叹了口气。新来的保姆手脚跟嘴一样麻利，但做饭总不对胃口。老伴说她千好万好，可这一项不好，是要命的事。

还有啥可说的。

还是那间"瑞雪"。左三东从单位要来两部车，把大家都接了来。说好了，回头再去送。这样大家既可以放开量喝酒，又可以放心说私房话。他们聚在一起，其实喝酒是次要的，说话才是主要的。左三东问陶大年，富连春咋没来？陶大年有点心烦意乱，明显带着情绪说，他总有事。有他也过年，没他也吃肉。以后再不找他了。江春余说，他又惹您生气了？他忘了当年您是怎么提拔他的，没有您，他还在山旮旯里养貂呢……我这就给他打电话。路天齐却把江春余的手摁住了。说他最近的日子不好过，一直有人实名举报他，估计早就像热锅上的蚂蚁了。江春余说，他比蝈蝈胆都小，也会违法乱纪？左三东说，老江，你小瞧人哪。

尚小彬捧着玻璃杯倚窗站着，一杯龙井氤氲地冒着热气。杯口顶着下巴，却一口一口喝得清浅。路天齐说，小彬有心事？尚小彬说，三东这一走，再聚就难了。左三东说，这话说得怎么有点像跟遗体告别？江春余说，你们都庆幸吧，平安着陆，现在风声多紧……陶大年敲了一下桌子，说江春余，你嘴里有没有象牙？

左三东带来一只大坛子，是种原浆酒，在他家地窖里已经放十年了，美其名曰窖藏。启开封盖，香气扑鼻。酒都满上了，连尚小彬都跃跃欲试。左三东说，喝酒之前我跟大家交流个事。有次没出正月，是个大雪天，也在这屋，大家还记得是谁请客么？都不言声，左三东有些奇怪，说你们难道都忘了？江春余说，哪会忘，老陶的同学嘛……怀念上次那顿酒，都喝出了水平。尚小彬在座位上坐了下来，陶大年下手的那把椅子，永远是她的。尚小彬说，是不是有人用短信骚扰你？左三东说，岂止是骚扰，简直是……轰炸。骗子居然利用那顿饭做文章，你说可气不可气。我给大家念念短信。左三东从手机里把短信翻了出来，念："左局长，您好。（瞧，还知道我是局长）我是贺三革的儿子贺坤，斗胆给您发短信，是想告诉您，我父亲贺三革在望湖楼请陶大年叔叔（瞧，还知道管老陶叫叔叔）吃饭那天，回来的路上摔坏了脊柱，现在瘫痪在床。家里实在困难，还请左局长在可能的情况下给予帮助。下面是银行账户……这样的短信我接到了十几个。骗子太可恶了，居然骗到我头上来。"

江春余说，我从来不看手机短信。

路天齐说，好像是有这么回事，但我当时就删了。

陶大年认真剥一只虾，没有言语。

路天齐问，老陶有没有收到？

江春余说，老陶哪会看短信……骗子也知道有些人不能骗，骗了会有麻烦。

左三东叠一张纸巾挡着鼻子，捂住了一个惊天动地的喷嚏。左三东说："诈骗犯无孔不入，不给他点厉害，他不知道马王爷三只眼！"

江春余说，别逗闷子，快说结果。

左三东说，我上午给局里打了个电话，他们下午就把案子破了。

江春余问，骗子是谁？多大年纪？诈骗金额多少？

左三东说，你的问题太多了……事儿让他们干去了，我只管抓人，不管其他。

路天齐说，难道对准的就是那天我们吃饭的几个人？那消息是怎么走漏出去的？骗子又是怎么知道我们电话号码的？

左三东说，老路你的问题都不值得回答，我们的信息是公开的，又不保密。

路天齐骂了句娘。

左三东又说，石板胡同的民居你们知道吧，人是在二楼一个出租屋里抓到的。原以为犯罪分子是男的，没想到是个小保姆，伺候人伺候够了，改行做起了这档无本生意。

陶大年问她在谁家当保姆。

左三东嘴里含糊一下，说我没问。

两人对了一下眼，问的和答的都心照不宣。

过了片刻，左三东继续说，还真有人给她的账户汇款。一笔汇了三万。这个人现在就在这里，谁干的自己说吧。

大家面面相觑。尚小彬把手举了起来，她戴了副茶色眼镜，整张脸都是阴影。左三东用手指点着她说，尚主任是精明人，居然小河沟里翻船，上这种小骗子的当。不过你给这个案子帮了忙，没有这三万块钱，案子还不好定性。

尚小彬说，你真以为这件事是诈骗？

左三东说，公安办事你放心，下网就有鱼。

尚小彬说，这事我原本不想说，说出来自己都觉得有点……那个。我为什么打三万块钱，是因为那晚把电话拨了过去。

大家都好奇，一起看她。

尚小彬说："短信说得很诚恳，所以我想弄清楚是怎么回事。接电话的是个女孩，张口就叫我尚阿姨。我问她是谁，她说是贺三革儿子的前女友。我问她说的事是不是真的，她说阿姨不信可以去看看……我问，你为什么是前女友？她说他们已经分手了。我说分手了你还管他家的事？她说尚阿姨，他们一家都是好人！"

江春余不相信地问，你真去看了？

尚小彬点了点头，说我转天就去了那户人家，是早年的老电线杆厂家属院，当年多蓬勃啊，你不去那里，就不知道现在有多破败。那家的女人对我很热情，可贺三革正在睡觉，当然，也许是装睡……我谎称是对面人家的客人，走错了门。贺三革的样子真是太可怜……你们是没看见，一个久卧病床的人，脸跟纸灰一个色儿，人瘦得就剩下了一把骨头……

一场酒喝得有滋没味，大家甚至忘了给左三东饯行这回事。尚小彬拎着包出去过一次，陶大年知道，她去买单了。这个女人，总能把事情做到他的心坎上。喜鹊的事一直是他的心病，老伴经常叨咕，也不知这丫头结婚了没有。没了心情，再好的酒在嘴里也不是味道。他起身来到了窗前，一片白色的大鸟在天上飞，远处水天一色，黛色的青山扮靓了整个湖面。望湖楼在这山光水色中，该像神仙府邸。大鸟俯冲着朝这边飞来，尚小彬悄悄来到了他的身边："老陶，你知道那些是什么鸟么？"

陶大年惊了一下，说："啊，是海鸥？"

尚小彬说："不是，是天鹅。"

（原刊于《收获》2018 年第 3 期）

鲛在水中央

孙 频

1

昨夜山间淅淅沥沥一场微雨,我在半睡半醒之间听到雨滴正拍打着这漫山遍野的落叶松、栎树和云杉。

树下开着野玫瑰、老虎花、荚蒿。层层叠叠时远时近的雨声在无边的森林里游荡,雨滴从树叶间滑落的回声又冷又远。

大概昨晚喝得又多了些,蜡烛都没吹灭就睡着了。醒来才发现那支蜡烛在半夜已经自行燃尽,只在桌子上结下一堆皱巴巴的蜡泪,里面还裹着一只小飞蛾的尸体,琥珀一般。

我朝地上一看,那只肥大的塑料酒壶静静卧在我的鞋边,里边还有半壶酒。我每晚都要从这酒壶里倒出一碗酒来,点着蜡烛一边喝酒一边看书。跳动的烛光把我的影子扣在了墙上,比我自己大出好几倍来,像座狰狞的建筑耸立在那堵墙上。

大多数的夜晚，我都是这样打发过去的，点支蜡烛看本书，看上几页抿上一口酒，再看几页再抿一口。下酒的多是些山里的花鸟鱼虫；或是把山里采来的木耳用开水焯一下，用蒜泥和野葱拌了；或是把土豆埋进炉灰里埋一个下午，到了晚上把烧焦的土豆壳敲开，再往冒热气的沙瓢里撒点盐。

　　柳木桌上胡乱堆着一摞书和杂志，有《老残游记》《红楼梦》《唐诗百话》《三言二拍》《诗经译注》，杂志多是些《读者》和《书屋》，还有几本破破烂烂的《今古传奇》。除了这张柳木桌，屋子里还有橡木柜、核桃木椅子，都是在我小的时候，父亲用这山里的木材亲手做的。

　　当年铅矿倒闭后这些家具都留在了职工宿舍里，多年以后我回来打开这间宿舍一看，那些家具居然还是我当初离开时的样子。如同寒潮一夜忽至，不及躲避，冰雪下到处锁着栩栩如生的鱼虾尸体。因为地处深山，铅矿倒闭之后连电也被停掉了，现在这里就住着我一个人。

　　我朝挂在墙上的那本巨大的日历看了一眼，二〇〇八年四月十七日，这是我住进这座废弃铅矿里的第四年了。每年过年买年货的时候我都要下山买这样一本巨大的日历回来挂在墙上，上面庞大鲜红的数字隔着老远就能跳到人的眼睛里。因为一个人在深山里待久了，会感觉像掉进了时间的黑洞，无论宇宙间又孵出多少个新鲜的日日夜夜，都会立刻被这无底的黑洞吸收进去，被消化殆尽。

　　人被裹挟在这黑洞当中时会有一种类似于要永生下去的恐惧感，无边无涯，有时候过着过着居然连自己的年龄都会突然忘记，一时疑心自己是不是已经活了几百岁。想想一个失去年龄的人就这么无限地奔走在时间里，没有个歇脚处，甚至不知道自己什么时候才能死去，便觉得又是可怜，又是好笑。

　　我穿好衣裤出门打水。铅矿大门外的树丛里藏着条清澈见底的小溪，山里的溪流都这样，只能满山听见环佩叮咚，似在脚边又似在身后，却终是无迹可寻，在这山中久居才能掌握其秉性。我提了一桶水回屋洗脸刷牙，又在门口的泥炉上熬了点小米粥做早饭。

　　吃过早饭之后我对着墙上残留下来的半面镜子细细把下巴刮干净，

把头发三七分梳整齐,再喷了点摩丝定型,然后穿上一件卡其色衬衣,打好那条蓝底白点的领带,外面再穿上一件深蓝色西服。我一共有三件衬衣三套西服两条领带,三套西服的颜色款式都一模一样,是多年前请同一个裁缝做出来的。所以以前老有人以为我一年到头就一身衣服,从来不换,其实是我来来回回已经换了多少次了别人并不知道。

把自己穿戴整齐是我每天早晨起床之后的一个重要仪式。就是一整天都不过对着这片山林,我也不敢在仪表上有丝毫懈怠。真的是不敢。这是一种站在断崖边上的感觉,稍不留神就会掉下去。一个人住在深山里,整天除了植物和动物,没有任何观众,自然是身上随便披挂个麻袋都能出入,可是我不允许自己这样随心所欲地塌下去,或者,掉下去。

穿戴整齐后我照例在荒凉的铅矿院子里巡视了一圈。铅矿四面环山,如在井底,破败的采矿车间门窗洞开,里面住着年深日久的黑暗。当年卖剩下的几台锈迹斑斑的破碎机和球磨机,如年老的象群挤在黑暗里等待死亡。干涸的浮选槽里长满荒草,槽边是当年开采的矿石,有铁矿石、金矿石、铅矿石。我太熟悉这些矿石了,铅矿石里有紫色的晶体,黄铁矿石里有一种金黄色的光泽,金矿石看起来反倒没有黄铁矿石那么耀眼。废弃的高炉默立着,水塔顶上住着一大群野鸽子,只要往水塔上随便扔块石头,那群鸽子就会呼啦啦从水塔顶上炸起来,仓皇地四散而去,到黄昏时分,又会在一轮血红的残阳里飞回来栖于塔顶。

我站在水塔下仰着头看了会鸽子,继续往前逡巡。山里的寂静所产生的压强挤压着我,有时候竟会把我一路挤压向童年。我养了一黑一灰两只兔子做伴。我记得小时候就养过这么两只兔子,每天放学后头一件事就是兴冲冲地跑过去喂它们。这中间的四十多年忽然被挤成了薄薄的一扇门,我推开一看,那一黑一灰两只兔子居然还在门后,好像从来没有长大过,也从未离开过。

我独自走过矿区的幼儿园、医疗室、图书馆,这些阒寂无人的废墟散发着类似于坟墓的气息。但我走在这废墟里还是不由得觉得亲切,像走在曾经的自己里面,从前的那个少年包裹着如今已到中年的我,像小时候玩过的俄罗斯套娃。

我八岁那年随着父母从山东的一个海岛来到这里，父亲从海岛上的一名军人转业成铅矿上的小干部，母亲则在矿上的图书馆做了管理员。我二十九岁那年离开了倒闭的铅矿，四十岁那年又一个人回来了，回来时这里已经是一座废墟。

我重返铅矿的那个晚上，整个矿区没有电，我也没有准备蜡烛，到处是最原始的黑暗。荒草早已过人头，矿区的骨骸和周围毛茸茸的密林如血肉长在了一起。荒山密林之上是一轮巨大的明月，我感觉自己像忽然退回到了最远古的洪荒时代，满目只剩了山林和月光。月光像大雪一样隆重地覆盖着这片废墟，我乘着月光重新游荡在阔别已久的故地。

我记得我推开少年时代最熟悉的图书馆的门进去，门口那把管理员的椅子是空的，布满灰尘和蛛网，母亲曾经就坐在那里。所谓图书馆其实就是两间简陋的平房，几排书架空旷荒芜。我曾借过的那些书都已经不见了，只地上还零散地扔着一些书，月光从门里涌进来，那些书被淹没了，闪着银色的磷光。

被月光淹没的一瞬间，我又有了那种置身于水底的感觉，好像是在童年那个海岛的海水里，我一直向海底游去，直到水压即将把我挤爆。周围海水的颜色在慢慢变深，有大鱼和灯笼般的彩色水母从我身边游过。那时，我看到那些大鱼时往往会觉得敬畏和尊重，我会给它们让路，因为它们看上去古老而庄严，像人类的祖先。

我又好像正潜在那个藏在这深山里的无名湖底，那个湖的周围全是密不透风的参天古木，树林阴森森的看不到头，林间飘荡着鸟儿们各种古怪的叫声。有风吹过时，成片的树林在嘶吼，而湖面却静极了，像面大镜子，在阳光下有一种璀璨的感觉。而那湖底却是幽深恐怖的，水极清澈，能看到大片大片墨绿色的水草，像女人的长发一样在水中鬼魅般地招摇着。鱼儿们在其中嬉戏，柔软的蛇鱼和水草交缠在一起，湖底到处是长满水藻的毛茸茸的石头、贝壳。

在这湖底还有一具人的尸体。那具尸体这么多年里一直就沉在这里，因为，它身上压着一块巨大的石头。

我第一次见到它的时候，它还是完整的、新鲜的，还是一个人的形状，呈现出石灰一样僵硬的滞白。等我第二次再潜入湖底找到它的时候，它已经开始变得残缺不全，鱼儿们把它身上脸上咬得坑坑洼洼的，它的一只眼睛被鱼吃掉了，变成了一个模糊的大洞。右手上的肉已经被鱼啃噬干净了，露出了雪白的骨头，那只露出白骨的手就那么在水中安静地张开着，还有几只一寸长的小鱼正叮在那手骨的缝隙里。

我仔细辨认，不是水，只有满地的月光。我从地上捡起一本满是灰尘的书，就着月光看到是一本破旧的《矿产资源勘查学》。我又捡起几本书走出了图书馆，像小时候来借书一样抱紧它们，仿佛它们可以给我御寒。那个夜晚，我坐在外面的石阶上一支接一支地抽烟，我的背后是黑暗如古堡的图书馆。

半夜了，我听到周围丛林里有沙沙的声音，那可能是一只野兽。巨大的月亮就悬在我的头顶，在这无人的深山里，月亮看上去极大极亮。因为有月亮在，我心里静了些，到了后半夜，居然就靠在墙上睡着了。

第二天我把我少年时代和父母一起住过的那间宿舍收拾了一下住了进去，屋里的家具都还是我当年离开时的样子，只是落满了厚厚的灰尘。

安顿下来之后，又经过一番踌躇，我决定去看看它。

于是我朝着那片藏在这深山里的无名湖走去。我一直相信，除了我，世上没有谁还会知晓这个湖的存在。我还是个少年时就找到了这个秘密的湖，那时候因为刚从海岛迁徙到这山林里，我浑身干燥难忍，于是漫山遍野地找水想游泳。山里只有腿肚那么深的溪流，没法游泳。铅矿的工人们告诉我，这山上是不可能有湖水的。但我相信我在山间已经嗅到了湖的气息。

就这样，我跟着弯曲的山间溪流一路寻找。溪流忽隐忽现，多数时候都是藏在柳树林里的。遇到石头多的地方，溪流就会变急促，喧哗着从柳树林里钻出来、在阳光下明亮地流一会儿，忽然又不见了，再见到它时，却是清泉石上，有一尾野生的金鳟鱼在水中倏忽掠过。

我就这样跟着溪流走进了一片阴森的原始密林，在那不见阳光的密林里穿行了很久。周围的树木越来越高大古老，越来越茂密蓊郁，但那条溪流从不曾断开，一直向前流动着。我相信，只要溪流没有断开，我就不会迷路，所以，我一边恐惧着，一边却还是紧紧跟着这溪流前行。忽然，树木一下消失了，前方静静地、耀眼地跳出了一片湖。

湖就在这密林的中央。

后来的很多年里我都不舍得告诉任何人关于这个湖的存在，仿佛这是一个只属于我和这个湖之间的秘密。我一直记得我第一次跳进那湖水里游来游去的感觉，像从干燥陌生的生活里挤进了一道潮湿的裂缝。

后来我一直相信这面湖就是世间留给我的一道缝隙。

我走出铅矿的大门，再次跟着溪流往深山里走去，走进那片阴森的密林，走着走着，忽然有一片湖水像梦幻一般出现在了我眼前。无名湖看起来和五年前一模一样，碧绿的湖面静得可怕，一丝皱纹都没有，似乎在这几年时间里它不曾被任何东西打扰过。我先是在湖边静坐了一会儿，然后站起身来佯装着散步，仔细观察了一番周围，不见人影，只有无边的密林和倏忽掠过的鸟影。我脱了衣服慢慢潜入水中，以免惊起太大的波纹。

平静的湖面下存在着另外一个丛林，有植物，有动物，也许在这样的湖底还有一位维护秩序的统治者，类似于龙王或者水妖。我在鬼魅般的水草间游来游去，寻找记忆中的那块大石头。终于，我在幽暗的湖底看到了那块大石头，它依然在那里，轮廓没变，只是身上已长满青苔，这使它看起来变臃肿变柔软了。

然后，我看到了压在石头下面的那具尸体。墨绿色的湖底上一点刺目的白。它还在原地，只是已经变成了一副干净的白骨，上面居然连一点皮肉都没有了，那白骨像瓷器一样洁净，安宁肃穆，竟让人不再觉得恐惧。有一条小蛇鱼从它头骨的左眼眶钻进去，又从右眼眶里钻了出来，摆摆尾巴游走了。

在我身边游来游去的鱼儿们看起来似乎都格外肥大，这使得它们身上有一股妖气。我开始使劲划动双手双脚，向泛着微光的湖面升去。

转眼间我已经独自在这深山里住了四年了。四年里我开垦了十几亩山地，种上土豆和莜麦，因为这山上早晚温差很大，特别适合土豆和莜麦的生长。秋天收成了以后拿到山下去卖，平时在山上采的木耳蘑菇晒干了也拿到山下去卖。我太了解这片山林了，每个季节有每个季节的蘑菇，我还知道在这山林里只有橡树可以长出木耳，而且只有冬天砍倒的橡树长出的木耳最多。有时候一棵倒在地上的橡树密密麻麻地长满了木耳，像长出了无数只耳朵。所以在每年冬天的时候我会砍倒十来棵橡树，好等到来年采木耳。

我还在下面半山腰的三条路岔口处开了个小饭店，挂了个木牌，白底上四个红字"岔口饭店"。那是公路还能通到的地方，路边有间废弃的护林人住过的小屋子，灶台是现成的，还有炕，屋里只够摆一张饭桌。

我的饭店里平时只做四个菜，过油肉、酱梅肉、野鸡炖山蘑、烩土豆。只在春天和夏天的时候偶尔用香椿、苣荬和蒲公英拌点凉菜。我从不用鸟铳打野鸡，响声太大。我的办法是把粮食拌上酒，撒在山林的空地上，野鸡吃了粮食之后就会醉倒，躺在那里就睡着了，如果是冬天，睡着之后就被冻死了。第二天捡到的野鸡已经硬邦邦的，一碰还叮当作响，像用玻璃做的。而且醉倒的野鸡都是一对一对的，因为它们喜欢夫妻结伴而来。偶尔，如果捉到一条蛇，我也会把蛇炖了吃。当我一剪刀下去把还在扭动的蛇剪成两截时，我心里还是会暗暗一惊，为自己身上那些已经暗中发生的变化而吃惊。我曾经可是连只虫子都不忍心踩的人。

去我饭店吃饭的人不算多，多是些进山拉木料的大车司机和进山采木耳的人，偶尔还有些专门赶过来找我的故人。因为我没有电话，这里便成了我和昔日故人们唯一一个隐秘的联络处。

在矿区里巡视完一圈之后，我从大门出去，沿着山路往林子里走了几步路，准备给兔子割些苣荬。进铅矿的这条僻静的山路没有通公路，早已被世人遗忘在深山里，又经过山洪的冲刷和野草的侵略，已变得越来越窄，有些地方几近于消失了。在这条山路上我从来没有碰到过任何人，如果真的碰到一个人，他看到一个穿着西装打着领带戴着眼镜的男人正在那里割兔草，估计也会吓一跳。

我回去把兔子喂了，又在水塔的周围撒了些玉米粒喂鸽子，然后便准备下山一趟。我大概半个月左右会下一次山。所谓下山就是到山下附近一些村庄的小卖部里买些日用品，那些村庄，即使最近的也要三十里路。我有时候用钱买，没钱时就用我在山上采的木耳来换。木耳的价格很高，山下的村民都认木耳，所以木耳在这一带就像货币一样好使。

我背上包，骑着一辆旧摩托车往山下驶去。刚开始的时候我下山都是靠走路，一走就是半天时间，往回赶的时候还得走夜路。据说在山上走夜路的时候，会碰到有人在背后拍肩膀，这时候千万不要回头，因为那多半是狼在用它的爪子拍你的肩膀。狼在当地被叫作麻虎。我倒不怕遇到狼，因为我知道所有的动物其实都是怕人的，它们不会主动攻击人。而且动物能看出人身上的火焰，遇到火焰高的人，它们就会远远避开。所以我走夜路的时候从没碰到过任何野兽。

走完那段崎岖的山路就上公路了，在这山路与公路连接的地方，常年有一处浅浅的水洼，水洼附近是蝴蝶的家园。夏天每次走到这里都有成千上万只蝴蝶在我身边飞来飞去，有的还会落在我头上、身上。回来的时候又是一身蝴蝶。

这次下山我要去的村庄离铅矿有三十多里路。这个村庄有一个雅致到奇怪的名字，落雪堂，不知道是不是和村口的那棵大杏树有关。这村口有一棵巨大的千年杏树，因为年老，树根盘结突出，竟可以供十几个人同时坐在树根上乘凉。树冠则庞大得有些遮天蔽日，好像整个村庄都不过是这老树孕育出来的子嗣。每年到了清明前后，一树杏花如雪，有风吹过的时候，落花几乎要把整个村庄都埋起来了，一直要到五月，这个村庄才能渐渐从花醉中苏醒过来。

我先是骑着摩托车去了一趟村里的小卖部，买了一支牙膏一块肥皂两包蜡烛，然后再骑到村西的范听寒家门口。

2

村西有处十间瓦房的大院子就是范听寒家。这座院子在整个村子里都显得鹤立鸡群。范听寒在院子的周围种了很多垂柳。

正是四月，门口的一排垂柳绿得如烟似雾，在层层鹅黄烟障的最后面，是一扇带着小飞檐的街门，门口左右各一个鼓形石墩，门的后面是一个几米深的狭长门洞，一个瘦小的老人正独自坐在门洞里饮酒。这个老人就是范听寒。我停好摩托车，站在门口恭敬地打了个招呼，范老师，这是在吃午饭呢？

范听寒闻声连忙站了起来，走到门口迎接我。他大概有七十五六岁，但看起来比实际年龄更老些，奇瘦，而且在我看来他似乎一年比一年瘦，好像正试图慢慢地从这个世界上隐遁而去。驼背，背上扣着一只巨大的驼峰，走路的时候整个人简直就是一把折尺，从腰那里向前弯成了九十度，所以总是身体还没走过来的时候，头已经先到了。

又因为驼背，他走路的时候总是把两只手高高搭在背后，不然一垂下来，两只手都快碰到地面了，估计他是怕给人一种在用四肢走路的感觉。他背着双手，驮着一座大驼峰，像只年迈的骆驼一般慢慢踱到我跟前，努力朝上翻起两只眼睛看着我，用大同口音说，你过来啦？来，进来喝两杯吧。

我也不推辞，跟着他走进门洞，在小木桌旁的竹椅上坐下。木桌上有一碗手擀面，有半玻璃杯白酒。认识也有四年了，我大概知道他的一些生活习惯。他一日三餐只吃手擀面，绝不吃一口稀的，一大把年纪了还是顿顿自己擀面。

他每天早晨天不亮就早早起来，光是穿衣服对他来说就是一项难度不小的工程，得穿很久。因为驼背，他穿上衣的时候必须拼命把衣服向空中甩起来，就像中世纪的骑士甩斗篷一样，甩得越高越好，这样衣服才能比较准确地降落在驼背上。他穿好衣服后背着手出门散步，趁着天还没亮，在田间地头溜达一圈，采两把野菜或几朵蘑菇。走出汗了就回家开始洗漱，他很爱干净，每日洗漱的程序非常隆重，要把好不容易才穿上的衣服全部都脱掉，脱光之后把自己浑身上下擦洗一遍，然后再把衣服甩一次，披挂上去。每天如此。

洗漱完之后他开始动手给自己做早饭。他孙女范云冈在镇上的小学教书，周末才回来一次。五年前他的老伴去世了，据他说，他老伴活着的时候，两个人经常吵架，但从不会因为吃饭吵架，因为他们吃饭的口味出奇地一致，那就是手擀面。他说他儿子和孙女也是只认手擀面，好像在他们一家人眼里，世上只有手擀面才能算得上是饭，别的都是假的，都是骗人的。

早饭就是一碗手擀面，一定要和那种硬得像铁一样的面团，然后用九牛二虎之力把面团擀开。因为面团实在太硬了，擀的时候一定要整个人不时跳起来，把全身的重量都压到擀面杖上才能擀得动。擀好后再切成钢丝一样硬的面条，下锅煮熟，拌点茄子白菜豆腐之类。然后就着一二两酒把面条吃下去。他是一日三顿都要喝点酒的，顿顿不落。且每天都要准时到村里的豆腐摊上割一块豆腐吃，风雨无阻。每天上午割了豆腐往回走的时候，村里人照例要问一句，范老师又出来割豆腐？他一边点头一边微笑，豆腐好，既能当粮也能当菜。

他和我说过，他老伴过世前终日病病歪歪却酒瘾极大，烟瘾也不小。她每天早晨起来的第一件事，就是二话不说先抱住酒瓶灌自己两大口，再歪到炕上抽支烟，一支烟抽完才算正式起床了。一天当中只要趁老头不注意就抱起酒瓶子咕咚咕咚偷喝两口，而且不管把酒瓶藏到哪里，她都能闻着酒味找出来。吃饭的时候还要和老头对饮几杯，两个人有时候就着面条下酒，有时候就着一根黄瓜、一根葱、一只梨、一把花生，统统可以下酒。

有时候她呻吟自己腰疼、腿疼、肚子疼，老头把酒瓶递过去，她只要喝上两口就停止呻吟了，老头得到了暂时的安宁，却又得防备她一会儿之后重新开始呻吟，哎哟，哎哟，就不如早点死了好。

有时候喝多了，她会哭着上街，见个人就拽住问，你看见我家范柳亭去哪里了？他怎么走了就不回来了？有时候喝得更多，她干脆就歪在自家门口的石墩上睡着了，夕阳打在她脸上，透亮的涎水从嘴角流下去，一直挂到胸脯上，蛛丝一般。

后来她重病，临死之前已经昏迷了好几天，昏迷中她一直在说胡话，一会儿说，我在几千人的大会上都讲过话，我不怕你们斗我；一会儿又是，同学们，马上就是期末考试了，要抓紧时间学习，把时间都用在刀刃上；一会儿又是，范秋纹，范柳亭，站住，你们要往哪里去。

昏迷了几天，她忽然醒过来了，眼睛一睁开倒像是开过刃的钢刀，亮得吓人。她向唯一守在她身边的老头招招手，老头子你过来。范听寒便驼着背，两只手背在身后，赶紧走到床前。老伴说，给我口酒喝。老头犹豫了一下，把酒瓶子抱过来递给她，她两只手抓过酒瓶子咕咚一声就咽下去两大口，这才说，老头子，我要先走了，以后就不能陪你喝酒了，你自己喝吧。老头子，我年轻时候能和父母绝交都要嫁给你，又跟着你发配到这穷乡僻壤，多少年里连碗小米稀饭都喝不上，儿女都没了，你说我恨不恨你……我又丢东西了，肯定是来串门的老太太们偷走的，农村老太太都不识字，人没文化就是不行哪……你这么多年都哪儿去了？你怎么瘦成这样？快坐下，我给你擀面去。擀完面我还要去开会，又快期末考试了……要恢复高考了。说完抱着酒瓶子又闭上眼睛睡了过去，此后再没有醒来。

范听寒不是本地人，是大同人，那是晋蒙交界之处，北魏遗留下来的痕迹浓重，他孙女的名字大约就是出自大同的云冈石窟。

大约是第三次来他家借书的时候，我就问过他，范老师你是怎么来的这落雪堂？他说，他祖上世代都是读书人，他原来是大同师专中文系的老师。一九五八年的时候学校也在轰轰烈烈地打右派抓典型，有一个做临时工的老师向教育局检举揭发范听寒用的是一支进口的派克水笔，还成天向别人夸赞外国造的水笔就是好用。那临时工看来也不是观察他一天两天了，"筹备"已久的样子，把他说过的话都记在笔记本上，还注明年月日，大约是想顶替他的工作岗位。教育局很重视，专门成立了调查小组去学校查这件事情，结果很快就证实了。

他的右派身份立刻就被确定了，站在全校师生面前被批斗了几次，之后又被发配到这里进行改造。他老伴当时是个中学的校长，辞职跟着他一起流落到落雪堂。后来虽然平反了，但年龄已经大了，城里的房子早被没收充公了，除了落雪堂竟也没有别的地方可去，便留下来在此终老。

我又问他，范老师，你这么大年龄了，怎么顿顿都吃手擀面，还擀这么硬，不怕消化不了？他不好意思地说，早些年饿着了，几年吃不上一口干的，顿顿喝汤。后来我们全家都是一看见稀饭就害怕，每顿饭都要看见面心里才觉得这是吃过饭了。如果是吃了菜啊、粥啊之类的，总疑心自己刚才其实并没有吃过饭。末了他又补充道，我儿子范柳亭小时候老是吃不饱，只能喝米汤，所以个头才长了这么点。

他用手比画到我胸前，范柳亭才长这么高。手比画完放下去了，脸上还抱歉地笑着。

这是第一次听他说起他的儿子，我脑子里轰隆一声巨响，久久没有说出话来。呆了片刻，我又有些疑心自己是不是听错了，便用一种惊讶得有些过头的语气说，你还有个儿子？怎么从来没有见过他？他叫范什么？

他又说了一遍，范柳亭。

我的心脏几乎要蹦出胸腔了，我怀疑我此刻看起来是不是脸色煞白，因为他忽然就问了一句，你怎么了？

我勉强按捺住自己擂鼓般的心跳，想抽支烟，摸了半天却连烟盒都没有摸到。我一只手揣在口袋里，虚弱地笑着说，哪两个字？是柳树的柳，亭子的亭？

是的。

哦，柳树的柳，亭子的亭，范柳亭，好听，读书人家起的名字就是好听。

也是因为我一向喜欢柳树。

好听，这名字真是好听。范老师，你儿子他……是做什么的？能盖起这么大的院子。

他呀，成天就折腾着办厂子了，什么铁厂、油厂、铸造厂都办过，就是瞎折腾。

我终于费力地把烟盒掏出来了，准备点烟的时候看到自己的那只手正在发抖，便又把烟放下了，只是在嘴里很惊讶地反复说，是吗？你儿子原来还是企业家啊？还办过厂子哪？

我忽然发现他好像正看着我那只拿烟的手，那只手还在轻微地发抖，我一紧张就这样。我把那只手重新塞进口袋里，一边假装掏东西，一边找话说，那范老师你就这么一个儿子吗？怎么不见他在家里啊？

本来还有一个女儿的，老人说，叫范秋纹，比儿子大好几岁，当初因为要求进步，没跟着他们来落雪堂，后来才二十多岁就自杀了。范柳亭是他唯一的儿子，几年前外出做生意就再没回来。又过了几年，他母亲都去世了，他还是没有回来，至今生死不明。

我听了又做出非常惊讶和惋惜的表情，嘴里连连说，啧啧，这样啊，唉，真是的。

后来我断定范听寒顿顿都要吃手擀面的另外一个原因就是，吃得下手擀面证明他身体还硬朗，还可以坚持到他儿子范柳亭回来的那天。

那天我敬了他好几杯酒，自己也喝了一杯又一杯。他说，你这么远跑过来借书，不赖，爱看书，真不赖。我说不出别的话来，只是一遍一遍地重复道，有缘分，范老师，我和你有缘分，这就是缘分。

喝完酒之后，他背着驼峰走到院子里一辆改装过的三轮小推车旁边，推车里是一只垃圾桶。他抱歉地对我说，你先坐着，等我先把垃圾倒出去，放久了招苍蝇。说着便弓着腰低着头使劲推那辆三轮，我先是呆呆看着他，然后像忽然清醒过来一样，猛地起身，几步走到三轮前，拎起那只垃圾桶就往出走。

我把垃圾倒到垃圾池里，又在垃圾池旁边蹲下来，抖着手抽了一支烟才走回去。他弓腰站在门口，像是一直在等我，见了我却只说了一句，谢谢你了。我拎着空桶茫然地立在院子里，不知道接下来该做什么，手里明明还拎着那只空垃圾桶，却忽然扭头对他说，范老师，我这就帮你把垃圾……

他没有接话，只是驼着背站在门洞的阴影里静静地看着我。

此刻，又是在他家的院子里，我坐在小木桌的一旁，看着驼背的老人又拿出一只杯子，杯子里有半杯白酒。他把酒递给我，说，锅里还有擀面，你自己吃多少就盛多少吧。我说，我是吃过饭才来的。他说，你老是这样。

然后他坐下来继续喝酒吃面，背着大驼峰，上身折叠在膝盖上，下巴几乎就要搁在桌子上了。从某一个角度看过去，我忽然惊悚地发现，他已经老得不大像人类了。尽管没有下酒的东西，我还是默默陪着他喝完半杯酒，是当地打的五十三度的散酒，叫梨花春。这酒入口烈，但余味爽净，喉间有清香。

杯里的酒都喝完了，他才问我，书又看完了？我恭敬地说，都看完了。说完就从身上背的包里取出几本书和杂志双手还给他。他接过书，连连摇头，像你这么爱看书的人却开个小饭店也真是可惜了，你就没想过再做些别的？我忙说，人各有命，看书也不能当饭吃。他又摇头，可惜，真是可惜了。

他背着手踱回屋又取出两本书和杂志给我，他有每年订阅新杂志的习惯。两本书是《古诗十九首集释》和《雪堂集》。我每次来他家的时候都要先把上次借的书还掉，然后再借几本新的带回铅矿去看。我把新借到的书装进包里，顺便掏出一包晒干的木耳放在了桌上说，范老师，你要多吃点木耳，对身体好，吃完了我再给你带过来。

他点头，又递给我一张叠好的冷金宣纸，说，我又给你抄了首诗，读唐诗就是要多体会那种水中之月的意境。唐诗看起来写的都是些山水，其实那是自然之道，就是天地间本来的样子，所以唐诗里写的其实是一些最恒久最牢固的东西。相比之下，你看我们人的一生反而短暂多变，倒是最不牢靠的。所以读诗能让人心安。

我打开那张纸，是一首用毛笔小楷抄写的《春江花月夜》。我重新叠好，很小心地装进包里，然后开始满院子地找活干。这几年里我已经习惯了，每次来了都要帮他把院子收拾一遍，把垃圾桶倒掉，把厨房的水瓮蓄满水，把菜园子里的杂草除净，给蔬菜和花卉浇浇水。干完活我又低头巡视一遍院子，发现甬道上的一块红砖翘起来了，容易绊倒人，便把这块砖挖出来又仔细铺平了。

好像已经差不多该走了，但我还是想和他多待一会儿，见桌子有点不稳，我就地做了个楔子插进了榫卯里。有穿堂风从门洞里经过，风里带着杏花的香味。我看到他在院子里种的两棵海棠树也开花了，海棠花香很淡，不到跟前是闻不到的，走近了却能感觉到一缕阴柔的冷香。

树下有一口大水缸，缸里养着两条鲤鱼。我朝那水缸里微微瞟了一眼，两条鲤鱼正在缸里游来游去。我只看了一眼便像是感到很嫌恶一样，目光飞快地移向别处。窗台上卧着几只去年收的大南瓜，还有一只洁白如玉的西葫芦。估计都是村民们送给他的，村民们都恭敬地叫他范老师。

这时候我像想起了什么，猛一回头，发现他还坐在门洞里，似在静静地观察我。他脸上半明半暗，看不出是什么表情。我不由得愣了一下，暗暗悔恨自己在这里又待久了。

每次都这样，总是怕自己在这里待得太久却又总是待得太久。

3

记得四年前我第一次出现在他的院门口也是在这样一个春天的午后。

柳枝新染，杏花满天，我也是穿着这身西装，打着领带，他当时也是这样坐在门洞里驼着背正喝着小酒。

当时我站在门口，有些紧张。为了能在与世隔绝的铅矿里待下去，我能想出的最好的办法就是看书。我想问他借书，又怕被拒绝。在门口踌躇半天，终于还是主动上前跟他招呼道，你就是范老师吧？我听说你家的书特别多，就找了过来，不知道我能不能借几本看看，我保证一看完就给你还回来。

他用略有些浑浊的眼睛打量了我一会儿，慢慢说，以前从没有见过你，听你的口音不是这村里人吧？

我避开他的眼睛说，我小时候是在山东长大的，后来父母调动工作我跟着来到这里，我就是在这附近长大的，也算当地人，只不过不会说当地话。

我说的是实话，这些经历没必要说假话，况且，我确实是异乡口音。

他一直没有放下手里的空酒杯，把目光从我身上移开，似在对着酒杯说话，你父母是从外地调过来的？那是不是县里的晋华纺织厂？那里的外地人多。

我第一次听说县城里还有个晋华纺织厂，我甚至不知道这个厂是不是真实存在的，但我还是回答了一句，是。我不想让人打听关于我太多的事情。

这时又听他说，你是山东长大的，山东什么地方？

我稍微犹豫了一下，说，日照。

他说，哦，海边长大的。

我心里乱跳，不知道他为什么要强调海边。我只好不语，表示默认。

他又问，那你现在做什么工作？我记得晋华厂在九八年就倒闭了。

我说，没工作了，我就自己开了个小饭店。

他问，在哪？

我又犹豫了一下，说，在凤城镇。

他说，镇上啊，我孙女就在镇上的小学教书。那学校你知道吧？离你的饭店远吗？

我有些口干舌燥，但还是听见自己尽量平静地说，不算远，不过我没进去过那学校。

他又说，在镇上开饭店，那你也住在镇上吧，十几里地，你怎么会找到我这里？

我说，听一个去我饭店里吃饭的人说起过，说你书特别多，大概是你们村的人去镇上赶集吧。

我确实是在镇上听别人说起范听寒家里有很多书的，但不是在我的饭店里，是在我卖木耳的摊子边。

他还是没有放下那只杯子，哦，这么说，你喜欢看书？

我忙说，从小就喜欢，我十几岁的时候只要能逮住一本书连夜就看完了。

他说，你上过几年级？

我说，我上过高中，没考上大学。

他说，你来我这里专门就是为了借书？

我说，是的。

他翻起眼睛看了我一眼，我忍不住又一阵紧张，只听他说，你今天是为了借书专门打的领带吗？

我忙说，不是，我平时就这样，习惯了。

他说，讲究点是好习惯。你想看什么书？

我说，什么书都可以。

他说，什么书都可以？喜欢看书的人可不是这样的。

我说，我是来借书的，哪还能挑三拣四。

他说，诗词能看懂吗？

我说，懂得不多，但心里喜欢。

他说，那你等一下，我进屋给你找几本。

他终于放下那只杯子，起身回屋。我坐在那里悄悄看着他那只杯子，却仍然发现它真的只是一只再普通不过的杯子。他拿着几本书出来，驼着背慢慢走到我面前，又把我上下打量一番这才把书递给我，说，你看看能不能看进去。我连忙把书接住，有些惶恐地说，范老师，我保证一看完就还回来。他缓缓掉转了伸在最前面的脑袋，跟在后面的是大驼背，只给我留下了半截背影。他边往里走边说，你这么喜欢看书，要是不想还回来就当送给你了。

我出了门，走过那排柳树，向自己的摩托车走去。他的最后一句话让我眼睛一阵湿润。

4

这时候又是一阵微风吹过，海棠花如胭脂粉团一般簌簌落了一地，有几片花瓣飘进水缸里，那两尾鲤鱼便游上来争相啜食花瓣。

我曾在他借给我的一本书的扉页上看到他用钢笔写下的几行字，"遵四时以叹逝，瞻万物而思纷，悲落叶于劲秋，喜柔条于芳春。心懔懔以怀霜，志眇眇而临云。"

那一刻我忽然有些明白我为什么在后来还要一次次地去找范听寒了。这几年里，其实我已经不止一次地下过决心不再去那院子里了，可事实上，只要过一段时间，我还是会再一次出现在他家门口。

告别范听寒之后，我骑着摩托车出了村，一直向西一路爬山路来到那个三条路的岔口。

停好摩托车开饭店门锁的时候，我一低头忽然发现一只西服袖口已经磨破了。这才想起这件西服已经穿了好多年了，我已经有多年没有为自己添置过一件新衣了，这让我有一种突如其来的悲凉和恐慌，但我还是脱下西服小心翼翼地挂在门后，正了正领带，挽起袖子开始准备做晚饭的用料。

两天前，我在饭店的门缝里收到杨晓武塞进来的一封短信，说他来过一次我不在，两天后的晚上他还会来。我一边做饭一边等着他来。

我把昨天捉到的一只野鸡砍掉头，无头鸡又蹒跚着走了几步才倒下，没有了头的脖子像龙头一样喷着血。我等到它彻底不动了才开始拔毛，收拾干净，剁成块，和发好的山蘑一起炖在锅里。放的野茴香和月桂叶都是我在山里采的，快熟的时候再撒上一种叫栀莫花的香草，香味奇异，虽然它容易招徕回头客，但我又暗自担心这奇异的香味会吸引来更多人。炖上鸡肉之后我在灶洞的炉灰里埋了几个土豆。土豆是去年秋天的收成，我专门挖了个土豆窖存放，这样就可以一直吃到来年秋收。

暮色在一层层加重，渐渐地，外面的山林又一次堕入了巨大的黑暗之中，从这小屋的窗户望出去，幽暗的山林正张着血盆大口欲吞噬一切。远处的山路上亮起两束灯光，灯光蹒跚着渐渐逼近，是进山拉木料的大卡车。大卡车没停，从饭店门口呼啸着过去了，刚才从窗户里打进来的灯光支离破碎地涂在墙上，飞快地繁殖出各种形状，在一个瞬间里长满了这间小屋，又转瞬之间凋落下去。

野鸡的香味近于蛮横，溢满整个房间，我没有点蜡烛，只身坐在黑暗中抽烟。

杨晓武是我当年在监狱里认识的。那是一九八三年，我十九岁。前一年刚刚高考落榜，又没有合适的单位可去，便整天窝在家里写小说，为了熬夜写小说还学会了抽烟，烟瘾竟越来越大。写好的小说再工整地抄一遍，然后去邮局投给杂志社，那时候我成天梦想着能成为一个作家。

我记得是一个黄昏，矿上已经下班了，人声寂静，我写了一天小说也累了，便走到矿区的院子里散步。这时候迎面走来一个姑娘，我不认识，估计是矿上的新职工。那姑娘可能刚去澡堂洗完澡，头发湿漉漉的，穿着一条碎花长裙，抱着脸盆正走过来。平时在矿上看到的基本都是清一色的工作服，在那个黄昏忽然看到一条这样的碎花裙，我忍不住盯着那裙子多看了几眼，等姑娘走过去了，我又回过头看着她穿长裙的背影。第二天我正趴在窗前写小说的时候，矿上保卫科的人忽然来我家找我。原来是昨天穿碎花裙子的姑娘告到保卫科了，说我耍流氓。

我并不知道当时正在"严打"，矿上的保卫科正愁名额不满的问题，就这样我被关进了监狱。鉴于我确实没有具体的肢体触摸，但毕竟用目光对女性进行了一番猥亵，流氓罪已经坐实，只是刑期不算太长，判了我三年。能和杨晓武在狱中成为朋友，是因为他和我一样，也是高考落榜生，比我还早了一年。一九八三年那年他正在复读，准备再考。那天他正在家里复习功课，他表哥忽然在窗外大声喊他出来帮忙，表哥在和人打架，打不过。他拎着擀面杖出来打算帮表哥，结果只是站在边上观望了一会儿，还没来得及上手就被赶来的公安人员逮捕了。

我坐在黑暗中又点上一支烟，炉灰里的土豆已经烤熟了，散发出一种暖暖的香气。我想起那几年狱中的生活，干活、打架、刷尿桶都不算什么，我最怕的就是看不到字。监狱里只允许看《人民日报》和《山西日报》，就这两份报纸，被我反反复复看了一遍又一遍。我看的时候不是一句一句地看，是一个字一个字地看，很小心地把每一个字含在嘴里，不舍得咽下去，生怕看完就没有了，像在冰天雪地里赶路，必须储备好足够的粮食。

几支烟抽完，估计时间差不多了，我点上一支蜡烛，把炖好的野鸡扣在一只粗瓷大碗里，把烤熟的土豆从灶洞里掏出来，拍了拍上面的灰，堆在盘子里。它们看上去像一堆丑陋的卵石，但是恬静简朴，让人觉得心安。这种心安我在向范听寒借的一本书中也曾读到过："村舍外，古城旁，杖藜徐步转斜阳。殷勤昨夜三更雨，又得浮生一日凉。"

我拿出一壶散装高粱白倒进一把白瓷酒壶里，摆在桌上，又洗了两只酒盅。这套酒具是我父亲当年在矿上评上先进工作者时得的奖品，他到死都没舍得用过一次。多年以后被我从床底下翻了出来，居然还完好无损。

就在这时，门外传来了一阵很轻的敲门声，敲得小心翼翼的，不仔细听还以为是风声吹过。我问，谁？门外的声音说，海涛，是我。他不知道我现在的名字已经改成了郭世杰。

我拉开门，裹着一团黑暗钻进来的果然是杨晓武。他来回搓着手，埋怨自己道，都怪我，其实我已经到了好一会儿了，远远看着你这饭店里一直黑着灯，以为你不在，就在附近的林子里等着你来。这林子在晚上还真是瘆人，看到屋里忽然有亮光了这才敢过来敲门。我有些不客气地说，你一个大活人长着两只囫囵手就不知道先过来敲敲门？你说好要来我能不等你吗？

我们在桌子两边坐下，我给他倒了一盅酒，又扔给他一个烤土豆，说，饿了吧，先垫垫。他把土豆掰成两半，轻轻吹着热气，也不蘸盐，很小心很斯文地咬了一小口，慢慢咽了，然后才说，还行。我不想再多看他，我看着他他就不敢放开吃。我说，来，先喝上一盅，又有一年没见了吧？他连忙举起酒盅，我们连着干了三盅酒，他还是不敢放开吃，一个土豆吃了有一个世纪那么长。他开始是慢慢把土豆瓤掏出来吃，吃到最后就剩下了两只薄薄的土豆壳，贝壳似的。他犹豫了一下，把土豆壳也撕开放进了嘴里。大碗里的菜他只敢挑着吃蘑菇，鸡肉却半天没动一筷子。我说，吃肉啊，别光吃蘑菇。他嘴里嗯嗯着，筷子还是绕过鸡肉挑着蘑菇。

一支蜡烛快要燃尽的时候，他才勉强说了一句，海涛，你这饭店现在生意怎么样？我使劲抽了一口烟，就着猛然跳动起来的烛光打量着他。他穿着一件灰扑扑的旧夹克，里面是一件看不出颜色的圆领秋衣，眼睛下面挂着两个大黑眼圈，嘴角还粘着些土豆泥。

在跳动的烛光里，他看上去浑身好像只剩下这一张脸，这张巨大的脸发着光，而其他的部位都已经被黑暗消化掉了。我不忍心告诉他去擦一下嘴角，只说，吃饱了吗？土豆还有。他低着声音，不太确定地说，饱了。我说，再吃一个。他犹豫了一下才说，算了，饱了。我又抽了口烟，说，这么小的饭店你说能怎么样？有口饭吃就算不错了，我们这样的人还想怎么样？

他坐在那里半天没言语，我也不说话，等着他开口。其实我知道他此行来的目的，无非就是借钱。他比我在监狱里多待了一年，自打出来之后，每次找我基本上就一件事，借钱。说是借钱，其实根本也不会有还的那天，所以和乞讨也没多少区别。正是因为和乞讨差不多，我才没法拒绝他。出狱之后不知道他靠什么为生，他也不说，大约多半是些非法的事情，却又常常连饭都吃不起，四处借钱，然后被要债的人追得东躲西藏。但我知道，他变成如今这个样子并不是什么奇怪的事情，因为，从监狱里出来的人绝大部分都会变坏而不是变好，或者只会变得比从前更坏。我当年在监狱里的时候，正是已经嗅到了这样的危险，才拼命想找到一切有文字的东西来保护自己，拼命写稿子给狱里办的报纸投稿。

猛烈的跳动之后蜡烛彻底燃尽了，蜡尸里冒出的呛人青烟弥漫在重新黑下来的屋子里。我没有再起身点蜡，坐在原处不动，桌子另一边的人也坐着没动。突然而至的黑暗紧紧包裹着我们，让我们都感到了某种奇妙的轻松和熟悉，好像我们昨天还一起在狱中的大通铺上挨着睡过。

那时他一次次对着我的耳朵讲，他第一次高考就差了一点五分，后来又变成了只差了一分，就一分啊，他反复说，就一分啊。似乎只要说得足够多，那一分就会像壁虎的断尾一样自行再长出来。现在，他和我之间就隔着一张木桌，隔着这木桌，我都能感觉到他紧张的心跳声，好像他的神经已经像榕树的气根一样长满了这张桌子。

外面又过去一辆大卡车，车灯的余光扫进屋子里，飞快地掠过他的脸，他的那张脸便在黑暗中短暂地浮现了一下，很快又沉下去了。紧接着照到了我的脸上，我被晃得闭上了眼睛。就在这时候他忽然开口了，他语速很快地说，海涛，有点急用，能不能再借给我一千块钱。

我终于还是等到了他这句话，果然没有任何意外。我反倒放心了些，明明已经放心了却扭过脸，对着他那团黑乎乎的影子说，你不能一直就靠着借钱活吧，你也得自个儿想办法挣钱啊。

他坐在黑暗中忽然低低地笑了一声，这笑声让我打了个寒战。只听见他说，说是容易说，你说像我这样的人去哪里挣钱呢？

我的声音忽然高了几度，那你也得自己想办法啊。

说完这句话之后，两个人都咔嚓静了下去，半天没一点声音。我有些后悔自己刚才虚张声势的高嗓门。其实，在他来之前我已经把要借给他的钱准备好了。我曾听说当年我们的另一个狱友在出狱后四处流浪，不知怎么跟着人吸上了毒，后来为了向人讨要五十块钱，便随时可以跪下来喊人家一声爸爸。

杨晓武坐在桌子那头像块生铁似的，冰凉，一动不动。我忽然很害怕他会跪在我面前，连忙从口袋里取出准备好的一千块钱递给他。我说，这是一千块，拿去用吧。他不作声，默默地把钱接住，装进了自己口袋里。然后我又说，你赶紧下山吧，你看我这里根本住不下两个人，我就不留你住了。哪天再来提前告诉我。

我不想让任何人知道我住在哪里。

他仍是沉默着，站了起来。我不打算再点蜡，免得看到彼此的表情。他在黑暗中朝我坐着的方向看了几秒钟，又对着窗外黢黑的山林愣怔了几秒钟，却没有再说话。然后嘎吱一声打开屋门，很快便消失在了阴森森的山路上。

我独自骑着摩托车回到深山里的铅矿，整个铅矿没有一点亮光，万顷碧空中斜挂着半轮焦黄的月亮。我回到宿舍点起一截蜡烛，倒了一碗酒喝了两口，身上有了暖意，才慢慢在桌子前坐下，抖着手打开今天白天范听寒送我的那首诗："春江潮水连海平，海上明月共潮生。滟滟随波千万里，何处春江无月明。"

那一晚，我一直不敢脱掉身上的西服和领带，就这身衣服似乎还能给我一点点做人的体面。我就那么穿得端端正正地坐在烛光里，高声把这首诗读了一遍又一遍。"不知江月待何人，但见长江送流水。白云一片去悠悠，青枫浦上不胜愁。"我不敢停下，似乎只要一停下，就会发生化学变化，我就会在瞬间变成杨晓武，或者变成那个给人跪下四处讨钱的狱友。一直读到半夜，终是累了，夜空澄澈，烛光阑珊，最后竟趴在桌子上睡着了。

5

几年前，那是我第四次出现在范听寒家门口。

我停好摩托车，从那排柳树下走过。微风过处，无骨的柳梢从我脸上拂过，柔软得不像是这人世间的东西。我闭上眼睛仰着脸任由它抚摸。从我上次知道他是范柳亭的父亲之后，我就知道我不该再来这里了。可是，一个月后，我还是又一次来到了他的家门口。

他正戴着一副老花镜坐在门洞里看书，看书的时候，他的上半身往前趴着，整张脸几乎都要埋进书里去了。我站在门口无声地看着他，我想，就这么站一会儿也是好的。可他像是已经嗅到了我的到来，把脸抬起来向门口看过来。

我走进来把上次借的书还给他，又给他带了一包干木耳和一包羊肚菌。我说，范老师，看书呢？我还书来了。

他摘下老花镜，说，是你啊，可有段时间没来了。

我忙说，最近事情多，老抽不开身，这是上次向你借的书，都看完了，还想向你再借几本，不知道行不行？

他说，你都什么时间看书呢？

我说，晚上。

他说，晚上就不看电视？

我说，我不爱看电视。

他说，也不用给孩子做饭什么的？

我略略迟疑了一下，说，有我父母和老婆给孩子做，用不上我。

他说，怪不得有时间看书，家里都不用你管。这些天你也读了一些诗了，和我说说有什么感受。

我听到自己的声音里忽然跳动着一种喜悦，我知道这样也许并不好，却也不想太掩饰。我说，在晚上读诗，读完后心里觉得既安静又亮堂，连心里的害怕都少了。

对面的老人手里拿着花镜，忽然抬起头盯着我又仔细端详了几分钟。我背上一下绷了起来，意识到刚才还是有些忘形了，一阵后悔，不知道该坐该站。只听他慢慢说，也不知怎么，我总觉得你不大像是开饭店的，但我也说不好你到底像干什么的。

我好像被什么笨重而巨大的东西狠狠地往前推了一把，猛地站了起来，像是急于要离开，却终究没有迈出步子。只是口干舌燥地辩解道，我真是开饭店的，别的我都干不了，又没文凭，正经单位进不去，我也想去坐办公室，人家哪会要我。我就做饭还可以，所以只能干这个。我看书真的是为了打发时间，真的，没事干的时候看看书就是个消遣，和别人打牌看电视是一样的，就是个消遣。

他盯着我看了半天，忽然就笑了那么一下，极短促，他说，看来你那饭店也忙不到哪里去啊。

我有些疲惫地坐下说，小饭店。

他驮着自己的大驼背慢慢站起来，顺势把两只手背在身后，说，你倒真是个喜欢看书的人，不少喜欢看书的人都想自己也写一本书出来，你想过没？

我飞快地摇摇头，没，我不是那块料。

我感觉他的眼睛还一直盯在我身上，只听他说，确实，大部分人都写不好的，我那儿子年轻时候也想过写书当作家呢，后来也发现自己不是那块料。其实看书不光是为打发时间，养心最重要。你等一下，我进屋给你找书去。

听到他再次提起儿子，我打了个激灵，像是忽然感到了一股寒意，整个人却又变得异常兴奋，没话找话道，那他后来怎么就不写了呢？要是一直写着说不定也成作家了。

他没搭话，慢慢走过去掀开竹帘进了屋。我独自站在阳光里，阳光煦暖，我却感觉自己仿佛又沉入一片湖水中，而范柳亭坐在一只小船上正飘过湖面，他恰好就位于我的头顶，我能窥视到他的身影，他却看不到湖中的我。我没想到，他年轻时居然也想过写书当作家。我独自冷笑了一声，抬起脸来看太阳，阳光蠕动在我脸上，我忽然就感到一阵难以抑制的心酸，不知究竟是为他还是为我，差点掉下泪来。

这时范听寒抱着两本书出来了，把书递给我，书里夹了一张冷金宣纸,他说,看你还挺喜欢诗词,读多了你就知道了,好诗都是有蕴光的,有一种山水之外的东西,读完以后会觉得心性宁静疏朗。

两本书是《纳兰全词》和《二十四诗品》。我放好,道谢。他忽然指着放在桌上的木耳和蘑菇说,每次都带木耳来,你都哪里来的?

我镇静地说,山上采的。

他费力地抬起头看了我一眼,说,这么说你经常上西山?

我没有看他,其实我很讨厌自己不看着对方的眼睛说话,但我更讨厌自己盯着对方。我听见自己说,只是偶尔去一趟,采点木耳蘑菇什么的回来,我饭店里做菜也要用嘛。

他的声音忽然之间有些异样,或者我怀疑只是我听错了,他说,那山上都有什么?

我感觉自己插在口袋里的手又在发抖,我悄悄吞吐了一口气才故作轻松地说,山上嘛都一样,到处都是树,有的树下有蘑菇有的树上长着木耳,对了,山上还有野鸡。

他说,到处是树,那你进山里采木耳不会迷路吗?

我说,我会看树叶,树叶长得稠的是东面,稀的是西面。这也是我听别人说的。

他说,听人说那山上还有狼?你也不怕?

他说的是狼,不是麻虎,这让我再次感觉到我们两个其实都不过是异乡人,是某种同类,这让我感到一种虚弱的安全。我攥紧的拳头在口袋里略略放松了些,说,好像确实有吧,不过我没见到过,狼也得晚上才出来吧?

我没有说野兽其实都是怕人的。在他面前,我生怕哪一句话就忽然说错了。

他说,唉,这么多年里我一直想着要上那山上看看究竟有什么,因为腰不好,一直没去成,现在老了,就更去不了了。

我从自己的声音里听出一种虚假的客套,我说,不怕,哪天你想上去了我带你去。

他笑笑,只说,这两本书你先拿去看吧,看完再来。

我装好书并不急着走，先帮他把垃圾桶倒掉，又在院子里转了一圈。我发现菜园子里的两架豆角已经枯死了，便和他商量，拔掉豆角种些别的菜吧。他拿出一把芹菜籽，是去年留的。我拔掉豆角，简单翻了一下地，种了两排芹菜，又进厨房把水瓮接满水。这时看见他驼着背要往出走，说要出去打点散酒回来。我忙说我帮你去买。我去小卖部买了一桶五斤装的梨花春，买了一斤五香豆腐皮和一包卤花生米拎了回来。我说，范老师，你晚上自己慢慢喝点，这是些下酒的，今晚就不要擀面了，省点事。要不要我留下来陪你喝点？

嘴里这么说着我却不肯再坐下。他转身去看海棠树，驼背上落了两片叶子，因为驼背几乎是水平的，如果不帮他摘掉，估计这叶子他会这么驮一整天。再加上他走路的姿势，倒像是刚刚加入人类的一只天真的老龟。

他没有回头看我，只说，天黑了路上就不好走了，你先回吧。

我对着他的背影说，范老师，那我走了。

他像是没有听见，还是不回头，只是翘首默默看着海棠树。

他的背影看起来分外瘦小，驼峰却奇大。

我注意到他坐的那把椅子已经很老了，一坐上去就嘎吱作响。

6

晚上我给自己倒了碗酒，先喝了一口，然后在烛光里展开范听寒夹在书里的那首词，"十年生死两茫茫，不思量，自难忘。"一句读罢，脑子里轰的一声，他难道是故意让我读这首词？难道他已经觉察到了什么？我没有心思再读下去了，披上衣服，走到外面去抽烟。

山里的温度要比山下低出好几度，入夜之后凉意更重。我一边抽烟一边在草丛里徘徊，荒草上的露珠打湿了我的鞋袜也不觉得。大约已到半夜，山中虫鸣愈发幽咽，风入废墟，草木萧瑟，我甚至能在夜风中闻到藏在深山里的无名湖上传来的潮湿气息，这缕潮湿的气息像只从黑暗中伸出来的柔软的手,只把细细的指尖从我脸上轻轻划过。我出了一身冷汗。抬头一看,一轮金色的大月亮正压在头顶,月光澄净,好像要逼着这山间所有的鬼魅都现出原形。

我回到宿舍,又喝了两大口酒,然后就着烛光,壮着胆子把那首《江城子》读了一遍,"十年生死两茫茫,不思量,自难忘。千里孤坟,无处话凄凉。纵使相逢应不识,尘满面,鬓如霜。 夜来幽梦忽还乡,小轩窗,正梳妆。相顾无言,惟有泪千行。料得年年肠断处,明月夜,短松冈。"

一遍读罢,算是读懂了,我的眼泪忽地就下来了。少年时代母亲总对我说,一个男孩子家不能老是爱哭,没出息。没想到二十多年过去了依旧秉性难改。我披衣出门,在青铜器一般古老的月光下又高声吟诵了一遍,这次仿佛是专门为了那早已葬身湖底的人读的。如果可能,我倒真的希望他能听到这首词。

在这个深夜里我觉得自己像个神秘的信使,正往返于阴阳两界传递着什么。

7

又到了凤城镇赶集的日子,我一大早起来把兔子喂了,把鸽子也喂了,自己吃了一口昨晚的剩饭,然后把这几个月攒下的干山蘑干木耳装了半口袋,准备拿到集上去卖。

临出门的时候我站在半面镜子前照例犹豫了一下,我知道这样穿着西装打着领带蹲在集市上卖木耳会让我显得过于扎眼,而且看起来多少会有些怪异。但也就犹豫了那么一下,我终究还是不能允许自己脱下这身西服。我打了那条暗红碎格的领带,头发上喷了摩丝,梳成一丝不乱的三七分,戴上眼镜。这样的装束虽散发着危险的气息,却也给了我某种与世绝缘的安全感,好像在这样的外表下我就可以自行繁殖,在最内里处生生不息下去。穿戴好之后我把蘑菇木耳和折叠马扎绑在摩托车上便出发了。

凤城镇离铅矿大概要四十里路,逢每月的农历十五都是赶集日。我赶到集市上的时候,大大小小的摊位都已经摆出来了,把街道的两边塞得密不透风。摊主大多是附近的村民,也有远道而来的游贩,他们以赶场子为生,像猎狗一样只要嗅到哪个村子里有集市就会赶过来。他们开着改装过的三轮车或四不像(一种又像摩托又像拖拉机又像汽车的乡间交通工具),晚上就猫在车厢里睡觉。

集市上有卖袜子的、卖内裤的、卖秋衣秋裤的、卖纱巾的、卖小孩衣服的,还有卖老人们死前要穿戴的装裹。这些衣物都用竹竿子高高挑起来好引人注意,因为要竞争,竟是一家挑得比一家高。一有风吹过,挂着的衣物们便你追我赶,迎风招展成一大片,有种富丽堂皇的感觉,硬是把下面赶集的人都淹没了。

也有卖蔬菜的卖水果的卖干货的卖零食的,就不像卖衣服的那么招摇凶悍,很自觉地聚集在另一片,画地为牢一般在各自面前摆块小摊,人就在后面招揽生意。我放好摩托车便也问人们挤了一个小摊位。

果然,我在一群小贩中间很是扎眼,来来往往赶集的女人们都会朝我多看两眼。有的走过去了还要回头看一眼,有的边看我边窃窃私语,有的在捂嘴偷笑,还有的本来正聚精会神地挑干货,一不小心眼睛在我身上瞟了一下,就像看见空气一样,继续低头挑木耳,低下头去却像忽然感觉到了哪里不对,连忙又抬起头补看了我一眼。这一眼,才真正看到了我,对方直直地盯住我看了有一分钟,然后先感到不好意思了,又慌忙低下头去。买了木耳后匆匆离去,又忙把走在前面一个女人叫住,回头把我指给她看。

我一点都不觉得奇怪。前些年里,我即使在公园里看湖水的时候,也会有年轻的女孩子故意把我拍进照片里做背景的。早年在广州还遇到过两个有钱的中年女人提出要包养我。因为我不仅对着装有要求,对自己的体重和身材也一直控制得比较严格。我知道这么多年里我一直保持这个样子其实对我并不利,最好的办法是我能让自己在十年八年之内变得面目全非,完全变成另外一副模样,直到没有人能认出我。可是我终究不忍心那样去放逐自己，那是一种被赶入时间黑洞的感觉，我将彻底失去最后一点尊严。

我一低头又瞥见了那已经磨破的西装袖口，它像一道盔甲上的破绽，又像一种从我身体内部蔓延出的疾病。我居然迟迟不肯再为自己添置一件新西服。这不是什么好兆头。我心里一颤。

正午时分，赶集的人们纷纷回家做饭，集市上冷清了不少。小贩们也开始吃午饭，大都是随身带的干粮、馒头、火烧之类，就着凉水吞咽下去。我也不例外，随身带了两个馒头，一瓶蘑菇酱。只是，蒸馒头的时候我在面里掺了些山上摘来的槐花，所以馒头里有一种槐花的清香。蘑菇酱也是我用山上采来的蘑菇自己做的。

在山上隐居的几年时光里，我悟到一点，人只要随四季而动，便能获得一点心安。我会在春天的时候去采摘那些山中的榆钱、槐花、野韭。夏天的时候采摘山蘑、木耳、各种野菜。秋天的时候漫山遍野的野果，我会把沙棘熬成果汁，把山桃做成罐头，把松子剥下来在炉子上炒熟了。冬天的时候我会在雪地里捉野鸡，捕獾炼油，会把藏了一年的好酒拿出来在冬夜围着炉子喝掉。

在我慢慢嚼馒头的时候，周围的几个小贩都好奇地瞅着我。可能一个穿西装打领带戴眼镜的人蹲在这里嚼着凉馒头确实滑稽了点。这时我旁边一个摆摊卖粉条的老头凑过来搭讪，伙计，你不是这里人吧？看着你是个高级人，怎么也来赶集挣这两个小钱？

我眯起眼睛看了看正午的阳光，金色的会繁衍和滋生一切的阳光，和二十二年前的阳光并没有任何不同。

一九八六年，我从狱中被无罪释放，陆陆续续还有些当初被错抓进去的人也被放了出来。出狱后的第一件事自然是找工作，没有工作就意味着没有收入，但工作还是很难找，又是从监狱里出来的，虽说是无罪释放，但各种单位还是避之唯恐不及。当时社会上正流行下海经商，很多有公职的人都辞职下海做生意。经过再三考虑，我决定也下海经商，便和一个也是刚刚放出来的狱友赵胜利结伴南下广州贩卖小商品。

第一次去广州的时候，我俩坐了三十二个小时的绿皮火车一路蜿蜒到岭南，下了火车，手脚都是肿的。广州的植物叶子阔大，藤萝交缠，看起来都杀气腾腾，到处是榕树、木棉、棕榈这些宽嘴大眼、长相奇怪的植物。我们靠路边小摊上的肠粉和鱼蛋充饥，用麻袋把当时北方还没有的那些小商品贩回去。五块钱一个的电子表，回去后卖四十块，零售则八十块。十五块钱一副的麻将回去后卖一百五，零售价三百。《金瓶梅》一套三十块，回去后卖一百五，零售价三百。一块五一身的童装，回去后卖十五。三十块钱一盘的录像带回去后可以卖到一百五。回去之后，一下火车就已经有小贩们在车站秘密等着接货。我们偷偷把带回来的货物批发给他们，他们贩到手后再到解放大楼前、五一大楼前、海子边这几个据点高价零售掉。

　　此后一年多的时间里，我和赵胜利就这样，坐着拥挤不堪的绿皮火车一趟一趟往返于山西和广州之间做着二道贩子，在当时也被称为倒爷。

　　有一次，我和赵胜利正走在广州的街头，有一个乞丐过来向我们讨钱，让我们吃惊的是，他讨钱时说的竟是山西方言。一问才知道，他也是早几年南下广州做生意，结果钱被骗光，自己身无分文，又没有亲戚朋友在广州，无处投靠，想回家连张车票都买不起，最后只好流落街头靠乞讨为生。乞丐在听到赵胜利说出乡音的那一瞬间，泪哗哗地流了一脸，把一张脏脸冲得沟壑纵横。

　　那次我们回山西的时候就把那乞丐也一起带了回去。后来偶尔也联系一下，前几年他告诉我他当上会里乡的乡长了，让我尽管过去玩，他包吃包住包玩，还说要让我甩开腮帮子好好吃几顿会里乡的柏籽羊肉。

　　这样来回跑了一年多之后，我们手里渐渐有了些钱。那次在广州过夜的时候，赵胜利说要带我去找小姐。那时正赶上岭南的回南天，广州的雨下得无日无夜，到处都是雨滴的滴答声，滴答滴答，滴答滴答，水珠像泪痕一样顺着潮湿的墙壁缓缓往下爬。

　　那是一栋破败的广式小楼，小姐住在楼上，斑驳的墙壁长出了滑腻的青苔，腐朽的木楼梯上生出了蕈子，阳台上养的一棵三角梅像蛇一样爬满了整个阳台，有一枝水红色的花枝还爬进了房间，像蛇信子一样。窗外是一株巨大的木瓜树，挂满了大大小小乳房一般的木瓜，熟透的木瓜在雨中跌落到红土里，发出沉闷笨拙的回响。

那个小姐是个广东土著，矮个子，高颧骨，大嘴巴，褐色皮肤，假睫毛，血红嘴唇。我不敢问她的年龄，因为她不会说自己的真实年龄。也许在半夜，我会看到她忽然现出原形，银灰的头发，嘴角的皱纹，竟然像我慈祥的母亲盘腿坐在这雨中的阁楼里。

我说，就和我聊聊天吧，这样下雨的夜晚最适合聊天。她说，大佬，倾计都要畀钱嘅。我说，我会付你钱的，你要多少？她说，二百蚊。我说，我给你，你陪我聊天就行，你要不愿说话就听我说。她说，好嘅，多谢喇。

窗外的雨一晚上都在滴答，滴答，滴在塑料棚盖上，滴在木瓜上，滴在三角梅上。榕树的气根在雨中吐出舌头，欲缠住一切。我整个晚上都坐在那阁楼的木床上不停地说话，我的声音像雨滴一样滴在腐朽的木地板上。

"我讨厌这样的雨，都快发霉了。"

"哦。"

"我喜欢小时候待过的海岛，不过后来我更喜欢大山里，你不知道，在山林里有多好，就是挣不到钱也不会饿死。我可以一个人在山林里一躺一天，什么都不想。"

"哦。"

"我讨厌广州，讨厌粤语，像到了外国。"

"哦。"

"我要说我坐过监狱，你会不会怕我？"

"系咩。"

"干这个真的不适合我。"

"哦。"

"我觉得世上最好的工作是当个图书管理员，像我妈那样，清静自在，还有书看，你觉得做什么最好？"

"哦。"

"我也讨厌我自己。"

她忽然就说了一句:"边个唔憎自己?"(哪个不讨厌自己?)

"……"

这是我最后一次跟着赵胜利到广州,此后就再没去过。在家赋闲半年之后,我顶替父亲成了铅矿上的一名正式工。二〇〇四年我独自隐居到废墟般的铅矿上时,赵胜利已经摇身变成了资产数亿的开发商。

二十二年后的阳光不多不少地落在这个小镇的这条街道上,落在我和一群小贩的身上、脸上。身边卖粉条的老头见我不想说话,便转头与别人聊去,一边聊一边喝着装在大罐头瓶里的凉开水。

我挺直腰板坐在一堆蘑菇和木耳的后面,努力遮掩着那只磨破的西装袖口,怕被人看到。

我忽然想起很久以前在哪本书上看到的一句话:"一旦我想要向另一个人诉说它,它就立刻变成乌有。"

8

我再次来到范听寒家门口。那晚读完那首《江城子》的时候,我又一次以为我再不会来了。

天气已经热起来了,我还是穿着那件卡其色的衬衣,打了那条蓝底白点的领带。我把前几天刚做好的一张核桃木椅子从摩托上卸下来,走过柳树下,柳叶已经长如小鱼。我正了正领带,门大开着,门洞里没有人,我提着椅子穿过阴凉的门洞走进了院子里。

菜园子里,我上次种的芹菜已经半尺高了。他穿着一件改制过的斗篷一样的白汗衫罩住驼背,一条铁灰色大短裤,露着两条爬满青筋的秸秆腿,脚上却规规矩矩地穿着袜子和皮凉鞋,正站在院子里的水缸边低头看鱼。

我恭敬地立在那里,说,范老师,我来还书了。

他艰难地把白花花的头颅连带着整个上身都向我转了过来,像在掉转一辆重型卡车的车头。他说,过来啦?又有阵子没来啦,快坐。

我把新做的椅子摆在地上，说，我看你的椅子太老了，就抽空给你做了一把新椅子，核桃木的，能用得住。

他弯腰盯着新椅子看了好几分钟，说，原来你还会木工？手真是巧。这木料是从哪来的？

我被夸了一句，略有些忘形，张口说，木头是从山里找的。说完这句话我一阵后悔，慌忙打岔，范老师你坐下试试，本来早该过来还书了，就是最近又比较忙，老是抽不出空来。

他说，忙着打理你的饭店？说明生意还不赖。

我惶恐地连连摆手道，生意就那样，我也就是混口饭吃，现在干什么都不好干了，不比八十年代，钱越来越难挣了。

只听他坐在椅子上说，八十年代你也就二十多岁吧，那时候你在做什么呢？

我缓了口气才说，当年我不是没考上大学嘛，就在家里闲了两年，每天在家里跟着我妈学做饭，后来就顶替了我父亲的班去厂里当工人了。九八年的时候工厂不是都倒闭了嘛，我下岗之后就出来自谋职业开了个小饭店。

他点点头，那时候能顶班算是好出路了。

额头上的汗珠悄悄凉了下去，我唯恐他话里再有埋伏，便主动问道，范老师你最近身体还好吧？

他的目光不再看我，只看着院子的某个角落说，身体还行，就是怕躺着，晚上睡下之后要想翻个身，那实在太困难了。这驼背太大，像个龟壳一样都翻不过去，必须得坐起来，再换个方向躺下去。我看见你们这些能躺着翻来翻去的人就羡慕。现在年纪越来越大，腰越来越弯，连坐起来都开始费事了，得用两只手慢慢拄着自己，半天才能起来。

我说，范老师你这背怎么驼成这样？

他说，当右派被批斗的时候脊梁骨被打伤了，后来又得了骨质增生，也没治，脊柱都变形了，就彻底直不起来了。

我说，可不是，那时候还有人都被打死了的。

他说，其实我也差点要被打死了，好在我钻了个空子。我刚被下放到落雪堂的时候，村里人知道我原来是个读书人，到了晚上没事做就凑过来让我给他们讲《红楼梦》，讲《三国演义》。那时候又没电视，村里人识字的也少，晚上没什么娱乐，我就讲书给他们听，从《红楼梦》讲到《水浒传》，他们把我当成了说书人，把我家原来住的那间破房子围了一圈又一圈。后来我挨的批斗越来越厉害，晚上关在牛棚，每天挨打呀，就快要撑不住了。一天晚上，忽然有个村民进来悄悄把我带了出去，但他不让我回家，而是把我带到他家藏了起来。他家是老房子，有个以前挖的地道，他就把我藏在里面。每天白天的时候给我送两顿饭，到了晚上他就去地道里找我。你猜他要干什么？他让我讲书给他听，他不识字。我就凭着记忆，把看过的书一本一本地讲给他听。在他家地道里藏了几个月出来后才知道，当时和我一起挨批斗的那几个右派，已经有好几个都死了。我能活到今天，你说这不是钻了个空子是什么？

我手指间已经只剩下一个烟屁股了，就快烧到指头了，我还是就着烟屁股狠狠又抽了两口才踩灭。然后我说，真不容易啊。

他忽然紧盯着我那两根熏黄的手指说，你抽烟一直这么省？

我略微点了一下头，淡淡说，就是个习惯，要不一年下来烟钱也要花不少。

这个习惯是我在监狱里养成的，在监狱里没有烟抽，等母亲从外面送烟总迟迟等不到，烟瘾犯了就在地上捡别人扔掉的烟头抽，有的烟头已经小得可怜，可我还是有办法让自己从最小的烟屁股上再抽上一口。

他还是盯着我的指头说，我以前也抽烟，后来我老伴抽得比我还厉害，我就戒了，省下给她抽。她抽烟喝酒都比我厉害，我都由着她，人家年轻时候跟着我私奔出来，没享过什么福，还落了一身病，成天七病八痛的，要不抽点烟喝点酒，活着还有什么乐趣。

我说，你们老两口每天在一起抽烟喝酒，也挺有意思的，像哥们儿一样。

这时候毫无预兆地忽然就听见他问了我一句，你觉得我儿子还会不会回来了？

我并没有看他，只是很专心地又点上了一支烟，想了想才说出一句，这个不好说吧，主要是谁都不知道他到底去哪了。

他好像正盯着我的脸说话，有时候我觉得他肯定还会回来的，你看我不就活下来了吗？你知道为什么我能活下来？有时候，只要能找到一道缝隙，人就活下来了。

我只是专心抽烟，并不言语。

他又说，可有时候我又觉得他可能再回不来了，他再回不来也有他的道理。其实他并不是块做生意的料，却总以为自己什么都比别人强。大概是活在一个小村庄里，没见过世面却偏偏比别人多看了几本书，也是被我害的，还不如踏实地做个农民。

我抬起头眯着眼睛装作在看天上的云。我漫不经心地说，都是为挣钱养家嘛，做生意也没有错的，只要不坑蒙拐骗就好。

他一动不动地看着我，你说谁？

我从天空里收回目光，笑着说，这年头骗子还少吗？有些人为了赚钱什么事都能做出来。我看现在有些骗子还专门跑到村里来骗老人，范老师你可要当心啊。

他还是坐着一动不动，嘴里说，我都这把年纪了，没钱没家产，还怕被骗？倒是我那儿子，我就怕他是在外面被人骗了。

我忽然就无法克制地冷笑了一声，说，怎么会呢？他那么聪明的人怎么会被人骗，估计只有他骗别人的份。

他的头猛地从驼背上昂了起来，他急切地问了一句，怎么，你认识我儿子？

我意识到自己刚才太愚蠢了，便抽了两大口烟来平复表情。我听见自己终于平静地说，不认识。但像你读过这么多书的人，以前又是大学老师，你的儿子怎么能不聪明。

他复又叹气道，他呀，初中上完就没再上过学，成分不好，老被人欺负。闲在家里倒是看了不少的书，我平反后托关系给他安排了个中学英语老师的工作，可他根本教不了。在学校混了两年，实在混不下去了，后来就辞掉工作跟着别人下海去了。

我说，还有人离家十几年了又回来的，说不定哪天他忽然就站在家门口了。

想到范柳亭可能已经在我之前把范听寒的这些书都看过了，不禁生出了几分奇怪的恍惚和悲伤，还有一种愤怒，好像我身上的某些部分和他已经交缠到了一起，我连甩都甩不掉。正胡乱想着，忽见正屋的竹帘一挑，从里面走出一个人来。

我吓了一跳，因为每次来都是范听寒一个人守着个空荡荡的大院子，没有想到屋里竟还藏着个人。这人站在屋檐下，肩膀倚着墙，手搭凉棚朝我们坐的方向张望了一会儿才走过来。走近了才看清楚，是个二十多岁的女孩。薄嘴唇抿着，眼睛看人直愣愣的，长着和范听寒还有范柳亭如出一辙的瘦长脸，上身一件半袖T恤衫，下身一条低腰牛仔裤，中间露着一截白晃晃的腰。她光脚穿着拖鞋，露出的脚趾用指甲花染成了红色。

只见她一走过来就冲范听寒说，爷爷，我和你说过多少次了，不要见人就说我爸的事，你又不知道他到底在哪，谁也不知道他是不是还活着。我又不是没出过门，出门在外的人怎么可能几年不想和家里联系？

她讲的既不是落雪堂的方言，也不是范听寒的大同口音，她讲的居然是一口异常标准的普通话，字正腔圆，显得略有些滑稽。在这样一个小村庄里，忽然听到有人用这么字正腔圆的普通话说话，倒好像这普通话是偷来的，听的人只觉得比说的人更不好意思。

听她说完这几句话，我心里明白了，大约这就是范听寒说起过的他那个叫范云冈的孙女。她平时在镇上小学教书，只有周末才回来。原来今天是个周末，在山中待久了，早没有了周末的概念。以前虽没见过，但老听范听寒说起，我倒也大致了解一些她的情况。范云冈八九岁的时候，范柳亭做生意赔了，还欠了不少债，范云冈的母亲便和他离了婚，远嫁他乡。范柳亭又经常在外做生意，所以范云冈基本就是由爷爷奶奶带大的。一九九五年的时候，范云冈十六岁，因为范柳亭的生意再次亏本，家里用钱紧张，范云冈为给家里减轻负担，便考取了一所师范学校。

事实上她是这个国家的最后一批中师生中的一个。因为在她刚刚读完三年中师的时候，师范学校就或被取缔或经过合并被改成了大专。她毕业那年，政策刚刚由国家包分配改成双向选择，她说，凭什么只能你选我不能我选你，便一个人跑到省城去找工作。在省城跑了两个月之后，又灰头土脸地回到了落雪堂，只要有人问她工作找得怎么样，她便暴躁地吼道，当初是谁让我去上中师的？是我自己愿意去的么？后来村里人明知道她会怎么回答，还是故意要一遍一遍地问她，免费看马戏一样。

吼多了以后她渐渐疲软下来，不再像个母金刚，索性连门也不怎么出，成天闷在家，不是陪着爷爷奶奶喝酒就是翻范听寒的书解闷，倒也练出了一身酒量。有一年过年前和奶奶一起出门买年货，却在村里碰到了几个放寒假回家的大学生正聚在雪地里一起聊天。她连奶奶都不要了，不顾她在雪地里走不动，只顾自己像个石头雕成的英雄一样，大义凛然面无表情地从他们身边经过，又面无表情地走到了自己家的院子里，直着腿进了屋，关好门窗，方才扑到床上号啕大哭起来。她上中学时有个要好的女同学，后来因为这女同学考上了大学，她便自此和那女生绝交了，连面都不再见，只要远远看见疑似对方的影子就赶紧撒腿往回跑，一进院子就关门关窗。

除夕夜，爸爸仍是没有回来，她和爷爷奶奶三个人包好饺子，煮熟了，端上炕桌，然后三个人便盘腿坐在炕桌边上吃着饺子喝着酒。窗外有鞭炮声稀稀拉拉地响着，海棠的枯枝上挂了一盏红灯笼，映着漫天的大雪。三个人喝了一番，渐渐都有些醉了。她奶奶不吃饺子，喝几杯酒，抽一支烟，然后再喝几杯酒，再抽烟，烟就是下酒的。她抢了奶奶的一支烟，点着，叼在嘴角，吐了个烟圈，对爷爷奶奶说，看我像不像个女流氓？爷爷奶奶都看着她笑，奶奶说，你还真是横了心地要做个女流氓。她又道，爷爷，你好歹也是读书人家出来的，以前还是个大学老师，半辈子就窝在这落雪堂，甘心不甘心？

她爷爷抿了一口酒，哑哑嘴唇道，前半辈子是不甘心，后半辈子倒觉得在落雪堂也挺好，每天种花读书喝酒，哪有比这更好的日子？她又问奶奶，奶奶，你从前也是有脸面人家的小姐，你甘心吗？她奶奶扑哧扑哧吸了两口烟，眯着眼睛看着她，笑而不语。她抽完一支烟，拿起酒杯，里面有半指深的白酒，一口就喝下去了，大概喝多了，倒在炕上又是流泪又是撒娇，你们俩也有一天会像我爹妈一样丢下我不管的，肯定会的，等你们都不在了，我就一个人天南海北地去流浪，死在哪里算哪里，好不好？

她奶奶叼着烟拍着她的脑袋说，我陪你一起去，我们去那遥远的地方，半个月亮爬上来。一支烟还没抽完就醉倒在范听寒的驼背上。范云冈在炕上打着滚叫道，爷爷快给我读《红楼梦》，就读黛玉和湘云在凹晶馆赏月那段，我最喜欢那段。

范听寒弓腰坐着，只是慈祥地看着炕上老少两个醉鬼笑。过了午夜十二点，窗外鞭炮骤响，大雪初歇，灯笼如血，形状各异的烟花争相蹿到夜空中把午夜照得一亮一亮的。炕上一老一少已经睡得东倒西歪，范听寒披上衣服，驼着背，踏雪走到院子里放了一串鞭炮。然后又走到门口，借着飞起来的烟花看着院门口的那条路，路上盖着一层厚厚的原封不动的大雪。上面没有一个曾走到家门口的脚印。

范云冈在家赋闲了近一年之后，还是范听寒舍下脸皮去求了些熟人，最终把她安排到凤城镇小学当了个语文老师。

上班以后有人劝她参加个成人高考，好歹混个文凭，毕竟中师文凭是个正在被淘汰的文凭，估计很快就要沦为古董。她嗤之以鼻，好像对自己即将沦为古董这件事毫不惊怯。她上课并不认真，总是有些失魂落魄，有一次一只脚上穿着一只黑色皮鞋，另一只脚上穿一只白色坡跟鞋就去了教室。上课中间觉得有些纳闷，怎么有几个小孩不看黑板只顾偷偷地往她脚上看？低头一看，看到一黑一白两只鞋正像兔子一样蛰伏在她脚上咧嘴笑着。然而，她假装什么都没看到，硬是淡定地把一堂课讲完又等学生走光了，她才踢着黑白两只兔子走出教室溜回了宿舍。

还有一次是上课中间，老觉得最后排的几个高个子男生盯着她的胸在看，她心里嘀咕，莫不是这些高个子的男生发育得快，已经萌生春情了？她反倒不好意思起来，想把两只胸尽量藏起来，不料偷偷往自己胸前一看，才发现是早晨出门时没照镜子，胸前的纽扣都扣错了。

范云冈在镇上小学教了一年多的时候，范听寒在落雪堂都听到了关于孙女的谣言，说她和镇上的一个黑社会老大好上并同居了。范听寒一大早给自己擦了澡，穿戴整齐，拎着一只二十多年前的人造革黑皮包，坐着一路上哇哇唱儿歌的公交车去了镇上找孙女。他像只老龟一样，背着大龟壳，慢慢地从公交车站挪到了镇上小学，又和门卫解释了半天他是来看孙女的。门卫一听找的是范云冈，嘴角轻轻一抿，似笑非笑，让他进去了。

他找到单身宿舍的时候，范云冈正拿着手机在屋里和人骂架，大约电话那头也是个女人，他听到范云冈骂了几句忽然就把怒气刹住了，另外换了一副娇媚的湿哒哒的腔调，软软地像蛇一样瘆人地对着电话里说，不用急，你还没见过我和他在床上的样子呢。

范听寒扭头就走，又像只老龟一样慢慢挪回到公交车站，一口饭没吃，一滴水没喝，又坐着唱儿歌的公交车颠颠回到了落雪堂。连着好几个星期范云冈都没有回家，而他直到死也再没有去过一趟镇上。大约又过了半年时间，范云冈忽然回家来了，脸色灰黄，头发都不梳，只随便在脑后挽了一只大丸子。她变得愈发不喜欢说话，只在那些人少的角落里随便把自己发酵成一团，没有形状，可是旁人还是远远就能嗅到她身上散发出来的牙齿般的气息，酸凉坚硬，让人不得安宁。

又过了几天，范听寒才听村里人说，那镇上的黑社会老大前几天忽然曝尸街头，是驱赶几个外地来的毒贩时被对方拿刀砍死了。对方拿着劈柴的砍刀，一刀砍在他胸前，划了个大口子，血喷出几尺远。又一刀砍在他脸上，脑袋顿时飞出去半个，连着头发落在路边一个老头的南瓜摊上。

我正想着她说话的口气听起来既骄傲又天真，一副见过世面又未老先衰的样子，却接着又听见她说，我看我爸只有两种可能，要么他自己犯了什么罪，怕被抓起来，不敢回家，只能隐姓埋名躲起来。要么就是他已经死了，被别人害死的可能性更大。

听见她最后那句话，我的手一抖，一截烟灰齐齐掉到了裤子上，只听范听寒说，小孩子家不要乱说话。我掸掉烟灰忙接话道，这就是范云冈吧，听范老师说起过。只听范听寒叹气道，不是她是谁。

这时范云冈抬起眼睛直直看了我一眼。一双眼睛黑白分明，目光倨傲冰凉，里面还飘荡着一缕水草般模糊的东西。我忽然觉得一阵熟悉，再一想，是当年在范柳亭脸上也见过这种眼神。我不知道她为什么会喜欢上那个比她大十几岁的黑社会老大，只是隐约觉得应该与她无父无母有关。我心里一阵感慨，一时竟说不出一句话来。这时只听见她对我说道，你就是那个老来我家借书的人吧，老听我爷爷说起你。我爷爷说你每次来借书都打着领带，还真是。

我心里对她有些怜悯，却也只是对她点点头，说，习惯了，对别人也是一种尊重。

她像凶猛的鸟类一样一眼又一眼地上下打量着我，忽然问，你真喜欢看书？

我说，打发时间而已，我不喜欢看电视，电视剧我都看不进去，看半天也不知道什么意思。

她慢慢晃到了我面前，目光有些挑衅。我不再看她，低下头去点烟。只听她又问，喜欢看书你为什么不去书店里买书，倒总喜欢跑到我家来借书看呢？

我吐了个烟圈笑道，为省钱呗，借书看一年也能省下不少钱。书店里的书卖得死贵，我哪有那么多闲钱买书？

她并没有撤退的意思，还在我眼角的余光里顽固地晃动着，听我爷爷说你开了个饭店，生意好吗？

我淡淡说，小本生意，勉强糊口，挣不了几个钱的。当老师多好，旱涝保丰收，还有寒暑两个假期，我羡慕你都来不及。

她的目光还像刺一样钉在我脸上，又问了一句，你是不是还经常上西山？我吃过你带来的木耳，都是山里的吧？

我说，偶尔上山采点蘑菇木耳，饭店里做菜要用嘛，顺便捎给范老师一点，总不能白看人的书。

说完我看了看天色，做出想走的样子。她却像只小狗一样，紧咬着裤腿追着跑，西山上好玩吗？我从来没去过，哪天你能不能带我上去看看？

我笑着说，好啊，随时都可以。

说罢我再次看看天色，然后站起来说，范老师，我还有点事情要办，得先走了。我能再问你借几本书吗？下次来了还你。

那次从范家出来之后，我没有直接回铅矿，而是顺着溪水穿过山林又到了那片无名湖边。我在湖边待坐了好一会儿之后，起身脱掉了衣服。西边开始下沉的夕阳在湖面上铺下了一层碎金，扔进去一块小石子都能看到金色的湖面被犁开了一圈又一圈。仔细看看周围确实不见别的人影，我便缓缓潜入湖中。

我像上次一样游到湖底，找到那块大石头。因为黄昏的缘故，湖底看起来更加昏暗阴森，长长的水草几乎要缠住我的手脚把我永远留在湖底，那些游在湖底的鱼看起来似乎更加肥大狰狞了。我还是就着夕阳最后的光线看到了压在石头下面的那具白骨。它还在那里，还是那个姿势，好像已经在这里一千年了，看起来一点没被动过。看起来这世界上根本没有第二个人会找到它。

我游上岸时，铁青的暮色已经笼罩四野，周围的密林黑压压地朝着这湖围拢过来，我感觉自己正在一口井底，抬头看到遥远的夜空里亮着那么几点稀薄的星光。没有月亮。

我回到铅矿的宿舍，点起一支蜡烛，喝了两口酒，一边随手翻着一本刚问范听寒借到的《南北朝诗文》，一边在脑子里反复想着今天范云冈说的那些话。难道她已经觉察到了什么？她为什么提出要跟着我上山？也或许，她真的只是觉得山上好玩？

为保险起见，以后真的不能再去范家了。

我合上书本，盯着跳动的烛光发呆。烛光昏暗，把我和几件家具的影子都拉长拉虚，看上去满屋子都是影影绰绰的人，都在暗处悄无声息地看着我。夜已深，窗外山风呼啸，万木齐鸣，我走过去把窗户关上，把灯花挑了挑，让烛光更明亮了些。我又想起了今天范听寒说过的那句话，有时候只要有道缝隙，人就活下来了。不错，总有些人是在这样的缝隙里求生下来的，范听寒能活下来，或许我也能。他希望范柳亭也如此吧。

我待坐一会儿，又喝了几口酒，身上热起来，心里却仍不宁静。忽然那本《南北朝诗文》里掉出一张纸来，我捡起来一看，上面用钢笔抄了一首诗，诗的开头写着父亲二字，"明月何皎皎，照我罗床帏。忧愁不能寐，揽衣起徘徊。客行虽云乐，不如早旋归。出户独彷徨，愁思当告谁。引领还入房，泪下沾裳衣"。然后在诗的结尾处，我看到一段话："以诗一慰思念之情，先此驰禀，敬叩福安。儿范柳亭叩禀，二〇〇二年八月十五夜。"

我悚然一惊，差点把手中的书扔掉。因为，早在一九九九年，范柳亭就已经离开人世间了。

烛光再次昏暗下去，屋子里明明灭灭地多出了很多影子，都在墙上、在角落里无声地站着，看着我。

9

我拎着一瓶酒、一碗饺子和一篮果子独自在寂静的山林里穿行，我要去看我的父亲。

大约在山路上走了半个小时我停下了，前方林间稍微稀疏的地方出现了两座坟墓，一座是我父亲的，旁边那座是我母亲的。今天是我父亲的忌日。当年他在得病之后为了能让我尽快顶班，连病都不肯治，也不肯去医院，只求速死。只是，他已经无法知道，现在的铅矿已经是一片废墟，这废墟里如今只住着我一个人。我把饺子和四色果子摆在他坟前，又在坟前倒了三盅酒，点了一支烟给他插在坟头。

我在坟前的草丛中躺了下来，阳光从树枝的缝隙里筛落下来，雨点一般洒在草丛上和我身上、脸上。在这山里，我知道每一棵香椿树的旁边都陪伴着一棵臭椿树，知道有一种叫沙和尚的鸟会吐人言，知道各种草药的名字，知道榛蘑和猴头菇长在哪里。我想起父亲去世前的那个白天，忽然有了些精神，把我叫到床前对我说，人在这山里就算没有一分钱也饿不死的，你哪天要是走投无路了，就回到这山里来。

当天夜里他就在昏睡中走了，再没有和我说过一句话。

现在想想，难道他当时就有某种预感？或者，他只是明白了这山林的牢靠与人世的无常？我静静地躺在他身边，还有一旁的母亲。我们一家三口相对无言，像极了多年前那个夏日的午后。在铅矿的宿舍里，父亲躺在凉席上闭着眼睛摇着蒲扇，母亲在缝纫机前赶制一件我的衬衫，我坐在桌前正翻着一本从图书馆借来的《包法利夫人》。宿舍前紫藤的花香从青色的竹帘里钻进来，洇得满屋里都是，如苔侵石井。那个寂寥的午后我们彼此之间没有说一句话，现在我却忽然明白，那其实便是世上最坚固恒久的时光了。

此刻的父亲再不会和我说一句话，而我果真如他多年前的预言，终是有一天回到了这寂静的山林。

那是一九八七年，父亲去世后，我顶替他成了铅矿上的一名正式工。我第一次穿上铅矿的工作服站在镜子前看自己的时候，觉得镜子里的人完全是从父亲身上复制下来的，甚至，因为父亲尸骨未寒，我从这镜子里的人身上似乎还能闻到血腥味。而除了复制，我别无他路。在铅矿我一开始做的是采矿工，每天下井采矿石，要在井下齐膝深的水里推矿车，每天十六七趟。

干了半年之后因为受寒腿疼，改做了风钻工，做了风钻工之后才知道为什么没有人愿意做风钻工。因为每天拿着大功率电钻钻矿石的时候，整个人都会跟着电钻一起震动，然后在工作的时候不知不觉就会射精出来，一天好几次，自己根本无法控制。反复如此，没过一段时间人的身体就垮了，浑身无力，形如肺痨。我只好又改做了炉前工，终日在高炉前守着高温炼硅。

当时铅矿的领导可能已经开始意识到矿产资源会枯竭的问题，所以也试图做了一些预防工作，但到了一九九二年的时候，终于还是因为矿产资源彻底枯竭，铅矿宣布倒闭。这铅矿上的一切，车间、学校、医疗室、图书馆全部跟着结束了自己的使命。我的母亲就是在这一年去世的。

我把她葬在了父亲身边。

母亲下葬那一日，山林极其静美肃穆，滤掉了人世间所有的悲喜，恍如另一个遥远星球的表面，在那里，一个脚印可以保留上百万年，而每粒微尘皆可永生。那一日我坐在父母坟前久久看着他们，就像看着两个婴儿，我想着他们在地下如植物种子般的幽暗生长，或许他们会长出这地面长成两棵树，也或许会永远如种子尘封在地下的世界里。我忽然觉得这一切都不重要，因为我们的团聚是必然的。到时候我的新坟就陪伴在他们身边，看上去就像是一个大人领着两个满脸皱纹的老小孩在山林里玩耍。

铅矿倒闭后领导要卖机器设备，便把我留下做一些善后工作。那个白天，因为机器价格和那群来买机器的人争执了一番，晚上，我正一个人在宿舍里睡觉，门忽然被踢开，拥进一群黑影，拿着铁棒使劲敲我的腿，把我右腿敲骨折方才离去。在医院接右腿的时候，医生说这右腿肯定是要残疾的，就是恢复得好，也会比左腿稍短一截，变成个跛子。

石膏拆掉后，右腿果然比左腿短了两厘米。在练习走路的那段时间，每天起床后我都要有一个漫长的梳洗穿衣的仪式，穿上衬衣打上领带，再套上西服，头发三七分开，打上摩丝，穿上黑色的三接头皮鞋。越是困顿，我便越是隆重。我扶着墙练习走路，昂首挺胸地迈出一步，再迈出一步，白天晚上我都在一遍一遍地告诉自己，我不会就这样垮掉的，我绝不可能成为一个跛子。

半年之后，我走路时已经没有人能看出我一条腿长一条腿短了，连我自己也不再相信我的右腿比左腿短了两厘米。

10

范听寒家门口的柳树已是浓荫匝地，被包裹在一片柳荫里的院子看起来也不再那么真实，像是用水墨幻化出来的一幅卷轴。

我忽然有些明白他为什么要种这片柳树了。

门是半掩着的，推门进去，门洞里空荡荡的，我亲手做的那把椅子也是伶仃的，好像久没有人坐过的样子。穿过门洞，一院寂寂的花树，却并不见人影。我正站在那里疑惑，忽听见屋里有人在咳嗽，便走到竹帘下，隔着竹帘问了一句，范老师在家吗？里面有人回应道，在，进来吧。我挑起竹帘进了屋,这是我第一次走进他的屋里。

屋里有一种墨汁的寒香和老年人身上的荤腥混合在一起后的奇怪味道,滞重、遥远,像黄昏里开始生锈的金属,又像月光下缓缓朽坏的竹帘。屋里有几件简单的木质家具,书架上密密麻麻的全是书,墙上挂着几幅他写的书法,白纸黑字,有一种镌刻在古老石碑上的肃穆。然后我在炕上看到了范听寒,他披着件夹衣歪在那里,看起来出奇地枯瘦,便显得那个驼背愈发巨大而坚不可摧,好像他整个人都不过是寄生在这驼背上的一株植物。我走过去,弯下腰说,范老师,你这是怎么了,怎么大夏天就穿上夹衣了?

他指指地上的椅子让我坐,嘴里说,病了有段时间了,还没全好,身上老是觉得冷。你可有阵子没来啦,我以为你不会再来了。

我坐下,从包里掏出那几本上次借的书放在桌上,又掏出一包党参。我说,最近的事情多,有点忙。怎么会呢,我还借着你的书怎么能不还回来?这包党参你留着泡酒喝吧,人参喝了会上火,但党参不会。

他盯着那包党参微微动了一下,看得出他整个人都被背上那只龟壳扣押着,动弹不得。他说,这党参也是你从山里挖的吧?

我只点点头,不想多说什么。看来这座山在我身上留的痕迹太重了,躲避都不及。

他说,你给我倒杯水吧,范云冈今天早晨回去上课了,明天才能回来。

我连忙起身找到暖壶,里面是空的,于是我先捅开炉子烧水。我看到他的手指甲已经很长了,开始向里卷曲,也像是某一种兽类的指甲。我忽然明白,他其实离人的世界正渐行渐远。我心里一阵难受,呆坐了一会儿,终于开口道,范老师,我给你剪一下手指甲吧,指甲长了不方便。他沉默了一会儿,终于还是点点头,说,剪刀在中间那个抽屉里,我用不惯指甲刀,就用剪刀吧。

我用了很大的力气才捞起那只苍老的手,上面布满褐色的老年斑,青色的血管散发着植物根茎腐败的气息,年老的指甲则变成了一种坚固的贝类,我剪下去,手却一滑,差点剪到他的指头。一定是因为我们中间的一个人太紧张了，我以为那个人是我，后来才发现那个人其实是他。因为在后来剪指甲的过程里，他的那只手一直在微微发抖，而我的手也愈发笨拙，只勉强剪了两个指甲便停了下来。

我装作不在意地放回剪刀，心里却沉沉的，我一时不明白他为什么会忽然如此紧张，而这种紧张显然压迫着我。上次来过之后我已经决定不再来，可后来我发现不行，我还是必须再来看看他。

这时候我才发现身上已出了一层汗，和衬衣粘在了一起。我松了松领口，并没有试图要解开领带。他在炕上看着我又说，你一年四季都穿衬衣打领带啊？

我说，习惯了。

他说，在这乡下，别人看你这么穿都觉得有点别扭吧？

我又说了一句，习惯了。

从竹帘里透进来的阳光已经开始西斜，桌上的一只老式三五座钟的秒针咔嚓咔嚓地贴着我们身边走过去，脚步幽深古老，自有一种庄严感。我坐在那里听着这时间的脚步，忽然就有了一种很深的没有指向的无力感，在这些年里，这种无力感时不时就会发作出来。我下意识地摸出一支烟来，想了想又放回去了。

这时只听歪在炕上的范听寒咳嗽了几声，说，其实我早想对你说的，要是就为了来借书，你不用穿得这么隆重的。

我也有些急了，忙说，不是为借书，平时我一个人的时候也是这么穿的，就连在山上给兔子割草我都这样穿。

炕上的人忽然就不说话了，屋里的空气骤然黏稠紧张起来，连呼吸都有些不畅。我说，范老师，我先出去抽支烟，没办法，烟瘾犯了。

说罢我走到院子里点了一支烟，狠狠抽了两口。落日熔金，西边的群山上猎猎燃烧着一大片金红色的晚霞，浸泡在晚霞里的村庄祥和而诡异。院子里的门大开着，我盯着那扇门出神地看了几分钟，却坐下来继续抽烟。

我悄悄打量自己身上的衬衣和领带，其实我早有预感，我身上的这些衣服迟早会出卖我的。可是就算如此，就算到了现在，我仍然不愿脱下它们，脱下它们我怕自己只会加速质变、消失，到最后连自己都不再能辨认出自己。

我走到那口水缸边，往里看了一眼，里面的两尾鲤鱼又大了一圈，正笨拙地在缸底嬉戏玩耍。我看着那两尾鱼，身体里面一阵不舒服，想要呕吐，连忙往后退了几步。这时候屋子里又传出几声咳嗽声。

我回到屋里对床上的范听寒说，范老师，范云冈不在，今天我给你做晚饭吧，你想吃什么？

他缩在自己的龟壳里说，不用，不用，你忙你的去吧。

我说，今天我不忙，你想吃稀的吗？要不我给你煮点小米粥，烧个茄子？

半晌他才说，你要是真不忙就给我做点手擀面吧。

我来到厨房烧水擀面，我故意把面擀得很硬，因为听他说过，必须得吃到像钢丝一样的面条才算是吃过饭了。擀面的时候，我想到他顿顿必吃手擀面，连生病时都不例外，恐怕是不敢例外，不由得一阵心酸。我盯着那烧红的炉子出了会神，水烧开了，把面下锅，出锅，浇上茄子西红柿卤头，拌上黄瓜丝，给他端进屋里。

果然，他只吃了两口就实在难以下咽了，却还是扎挣着又添了一口下去。我给他舀了一碗面汤，说，不想吃就不要吃了，吃了反倒难受。他捧着汤碗对我说，谢谢你。我坐在对面看着他像个婴孩一样小口小口地喝汤，心里忽然有什么东西汹涌而过，我脱口就说出一句，范老师，范柳亭要是一直不回来，我会一直照顾你。

他突然就沉默下去，连汤也不喝了。我自知又失言了，暗暗悔恨。相对沉默半天，他终于说了一句，老是麻烦你，你也快去吃一碗面吧。我说，我中午吃多了，还不饿。他的声音似有些不满，你从来不在我家吃饭，是怕什么？

我看不清他的脸，只能感觉到他的目光正游动在我的脸上。我坐在一团透明的黑暗中，想起了当年范柳亭的目光落在我脸上的感觉，却反而心平气和地说，我不太喜欢给别人添麻烦。

过了好一会儿，他才慢慢说，如果你只是来借书，是不需要为我做这么多的,我喜欢爱看书的人。

我努力驱赶那些翻涌上来的陈年的委屈,笑道,不能白看人家的书。

他若有所思,你和当地人确实不太一样。

我说,我记得以前就和你说过的,我小时候是在海边长大的,大概十岁以前吧,后来我父母调动工作,我就跟着过来了。

他的声音忽隐忽现,我没见过海……给我讲讲海边吧。

我看着窗外的夜色说,小时候我常在海边捡贝壳捡螃蟹什么的,海边每天有渔船出海打渔,你在海边的小饭店里能吃到很新鲜的牡蛎、蛏子、海瓜子。吃鱼的话就架一口大铁锅,把刚捞上来的鱼剁成块,鱼嘴还在动呢就扔进锅里焯一下,鲜得很。如果炖鱼的话把玉米面饼子贴在铁锅上,焖一会儿,鱼好了,饼也熟了。

他的声音更加隐幽,海边长大的,那你游泳一定好吧。

我盯着窗外的夜色微微一愣,我说,马马虎虎吧。

他的声音好像一只手一样在黑暗中神秘地寻找着什么。他说,不知怎么,我最近老在想那西山,那山上到底有什么?我们这一带雨水稀缺,但那山上能有那么密的原始森林真是有点奇怪,会不会是因为山上根本不缺水呢?你说,那深山里会不会藏着一条大河或大湖什么的,只是没上去过的人根本不知道那山上到底有什么。

我在黑暗中听到自己的心脏通通通一阵剧烈地狂跳,我疑心是不是连范听寒也听到了这可怕的心跳声,然而我的嘴角只是微微笑了一下。我用过于轻松的声音说,那谁知道呢,反正我上去采木耳是从来没见过,要是有人看见了大河大湖那还不都上山捞鱼去了?只听过有人上山打猎没听过有人上山捞鱼的,是不是?

我干笑了一声,笑完觉得不妥,于是又补充道,山里怎么可能有大河大湖呢?山里是长树的地方,只有森林,对了,还有野兽。

他的声音还倔强顽固地立在我面前,你上山采木耳的时候,除了野鸡,就真的没有见过别的?比如会吃人的野兽?

我说,还见过钻山鼠,山里的老鼠个头真大,比猫还大,我觉得它们能把猫都吃下去。可能野兽们都是晚上才出来吧,晚上谁还敢上山?

那不是把自己往麻虎嘴里送吗？

最末一句话，我故意把狼叫成了麻虎，似乎这样多少能证明我并不是一个完全的外地人。

他的声音终于肯委顿下去一点了，他说，是从没听人说起过。

这时候我故意开了一个玩笑，我说，范老师你到处找湖做什么？是不是想吃鱼了？改天我给你带一条大鱼过来。说完眼前却又出现了那些无名湖底的大鱼，不禁胃里一阵翻滚。

他像是立刻嗅到了什么，问了一句，你怎么了？

我说，胃疼，可能是饿的。

他嗔怪道，让你吃饭你死活就不吃，现成的饭吃一碗怕什么呢？

我想了想，说，锅里还剩点面条，那我就吃了，要不放到明天也不好吃了。天黑了，屋里的灯要给你打开吗？

他说，不用开灯，招蚊子，你快去吃吧。

我起身立在黑暗中忽然说了一句，范老师，我觉得你住在落雪堂也挺好，没有什么甘心不甘心的。

他没有吭声。

我便挑起竹帘出了屋子，来到厨房端了一碗面，就蹲在厨房前面的台阶上哧溜哧溜几口倒进了肚子里。我蹲的这个位置正好就在正屋对面，中间隔了几道影影绰绰的花影，我知道躺在炕上的范听寒隔着竹帘便可能看清我的一举一动。我大口吃完面，喝了面汤，又进厨房刷碗，动作幅度都略有些夸张，似乎我正站在旷野中灯火昏暗的古戏台上演一出不为人知的戏文，而下面坐在阴影中的范听寒是我唯一的观众。

我刷了锅擦干了灶台，走出厨房，在院子里点了一支烟，边抽烟边在花影中徘徊，做出一副赏花状。我发现，只要离开铅矿的夜晚，我就会变得紧张烦躁，甚至连灯光都无法适应。

我开始想念深山里的那盏烛光，烛光之外是废墟，废墟之外是群山，群山之外是人世间，那盏烛光似乎就是这个世界的心脏。

院门仍然洞开着，我随时可以离开。可是一支烟抽完之后，我做出了决定。我在范听寒的目光注视下挑起竹帘进了屋，说，范老师，你一个人连口水都喝不上，范云冈不是明天回来吗？今晚我留下来陪你吧。

炕上的那团影子一动不动，我都疑心他是不是已经睡着了，忽又听他在黑暗中低声说，你还是回家吧，省得你老婆不放心。

我走到他平时看书的一把竹躺椅旁躺了上去，说，没事，我出来前就和他们说过，要是天太晚了我就不回去了。

他却说，里屋就有电话，还是给你家里打一个电话吧。

我后悔刚才要留下的决定，有时候我像个透明的魂魄一样明明看到了自己正在做什么，正要做什么，却无力阻止那个自己。有时候我又觉得我身上所有的苦行都不过是为了让那个魂魄安宁。

如果此时站起来要走又实在唐突，我只好说，没事的，你放心吧，我又不是头一次晚上不回家。

他不再坚持。

我们两个在夜色中平行躺着，如风平浪静的海面上远远漂来两艘小船，月亮从云层后面爬出来，海面上铺满碎金碎银，海天一色。我在半睡半醒之间又想起范听寒抄给我的那首诗，"不知江月待何人，但见长江送流水。"这诗竟像是从波光粼粼的海面上一路漂过来才漂到了我面前。我闭上了眼睛。

我以为这个夜晚就要这样过去了，却忽听见炕上的人又开口道，我总感觉你不像是有家人的人。

我一惊，睡意全无。半晌，我听见自己干巴巴笑了一声，范老师你这话就奇怪了，我有老婆有孩子还有爹妈，一家人都生活在一起，我老婆和我妈还成天闹矛盾，这婆媳关系啊，怕是哪家都是个难题，可是你说还能怎样？难不成一辈子不娶老婆就打了光棍？无儿无女的，成天独来独往的又有什么意思？

他没有言语，咳嗽了几声，我连忙起来给他倒水。他喝了两口，隐入了黑暗中。沉默了片刻，他又道，我早就想问你一句话了，你是不是和范柳亭认识？起码见过他？

我愈发知道了这个晚上留下来是个错误，与此同时，却又感觉到一种被惩罚之后的奇异快感。这惩罚迟早都是要来的。窗外一阵晚风拂过，树影和花影匍匐在窗户上，窥视着屋里的两个人。我没有再犹豫，很干脆地回答了一句，不认识。两个人又沉默了一会儿，我主动打破沉默，范老师，给我讲讲你儿子吧，老听你说起，但从来没有见过他这个人。

他叹息道，唉，他这个人啊，没什么好说的。我原来就和你说过的，他因为教不了书就去做生意了，我也拦不住，就随他折腾去。开始的时候还赚了些钱，这院子就是他当年刚有钱的时候盖的，一定要盖个村里最大的院子，说这是对我和他妈早年在村里窜房檐的补偿。后来的生意大约就越来越不好做了，时好时坏，他也从不和我说真话，我都不知道他每天在外面到底忙些什么，赔了钱也不会告诉我，从哪里弄钱我也不知道。后来那次，他只说要出去谈生意，可出去了就再没有回来，活不见人，死不见尸。要是能找到他的尸体我倒也死心了。我已经老了，可是你看他那闺女，谁也管不了。别看她咋咋呼呼，从小就没了妈的孩子，根本没有安全感。

我也叹了一口气，他要是真在外面被人害了，估计那凶手也逃不了的。可是你说好端端的，人家为什么要害他呢？

他没有言语，半天才说，谁知道他在外面干了什么事。

我听到自己的声音里忽然略带嘲讽，我说，范柳亭不是很爱看书的吗？我记得你说过他是很爱看书的。

他道，年轻时候是爱看书，可是看那么多书有什么用呢？

我忽然就失态起来，蹭地从躺椅上坐起，声音陡然变高变粗，怎么没用呢？爱看书的人起码变不成坏人，起码不会为了钱去坑蒙拐骗。

我们之间哗一下就安静了下去。

大概已是半夜时分了，沁凉的夜色像水一样淹没了整间屋子，我恍惚又来到了幽暗的湖底，到处是女人头发一般的水草和毛茸茸的青苔，我和范听寒在这幽暗的湖底对视着。终于，我小心翼翼却又万分疲惫地问了一句，范老师，如果范柳亭真的不会回来了，你会怎么样？

他沉默了很久很久，我才听到他用一个真正的老人的声音对我，或者是对黑暗中的另一个影子说了一句，那也是他的命。

我几乎泪下。我在黑暗中闭上眼睛，假装睡着了。

11

几天来我每天都在山里转悠，终于捕到了两只野鸡，还用夹子夹到了一只獾，顺便采到些榛蘑。我把去年收成的莜麦磨成莜面，做成莜面鱼，准备和土豆片放在一起蒸一大锅。又把那只獾剥了毛皮，把肉切成块，先用獾油炸一遍，再放上茴香大料肉桂草果芫荽籽，最后倒进去一瓶红腐乳，在泥炉上用小火炖整整半天做成酱梅肉。次日又把两只野鸡杀了和榛蘑炖了一大锅。

准备就绪之后已经是农历七月十四这天。林中短暂的黄昏之后，天色渐渐暗了下来，岔口饭店很快被黑黢黢的密林吞没。我坐在小饭店里，一边抽烟一边等着客人们到来。

今晚要来三个客人，孙口心、文刚、刘国栋。平日里我们彼此之间没有任何联系，互相杳无音信，但几年前我们就曾约好的，每年的农历七月十四见一面。近三年来我们四个人的见面地点就定在了入夜之后的岔口饭店。

这三个人是我当年在太钢工作时关系最好的几个工友，一九九八年我们四人是同一拨下岗的。

一九九二年年底，我的腿伤痊愈之后不久，铅矿就把我们这些失业的矿工统一调到了太钢，因为当时还没有出现下岗这个说法。从我八岁来到铅矿，到二十九岁离开，在这深山里已经待了二十一年，我的父亲母亲都葬在了这大山里。太钢则地处平原，周边是一片荒芜的旷野，只在厂区院子里种了几排大白杨。厂里到处是巨大的机器，轰鸣的钢炉、摇摆的天车、喷着白气出出进进的小火车。

冬天，一场大雪之后，那些黑色的车间在白雪中愈加刺目苍凉，大白杨的顶端基本都筑着一个或两个鸟窝。树叶早已落尽，在冬日阴郁的天幕下，铁画银钩的枯枝小心翼翼地托着一只白雪覆盖的鸟窝，好像是大树把自己的心脏掏出来了。偶见一只大喜鹊离开树枝，张着黑色的翅膀露出白色的肚腹，一个俯冲飞到了雪地里觅食。

一九九三年，能在太钢做工人还是一份被很多人羡慕的工作。刚进厂的时候，我做的工作是铸板工，半年之后我做了班长，然后是副锻长，锻长。我为太钢拟出了一套新的交接班制度，一直到一九九八年破产之前全厂用的都是我这套制度。

进太钢的第二年，就是我三十岁那年，我和本厂的一个女工认识三个月便匆匆结了婚，两年之后我们离了婚，没有生育子女。后来又短暂地谈过两个，都吹了，此后就一直独身一人过。

一九九八年五月二日，太钢宣布了第一批下岗名单。那时候我还叫梁海涛，我、孙口心、文刚、刘国栋都在名单里。太钢让我们买断工龄，一人两万块钱便卷铺盖回家，从此和太钢再无关系。

下岗之后我折腾过很多事情，在太钢门口开过录像厅，不料后来下岗的工人越来越多，来看录像的人越来越少。后来我又开了个刀削面馆，却因为利润太薄，也没挣到几个钱。冬天的时候我雇大卡车贩卖白菜，一斤白菜五分钱，晚上还得睡在冰窖一样的车厢里，第二天继续卖。后来身边的下岗工人越来越多，随便什么小生意，都有人一拥而上抢着去做，彼此之间还恶性竞争。为了抢生意，昔日的工友们彼此在背后漫骂使绊子，看对方的摊子上多了一个顾客，便恨得咬牙切齿，一定要卖得比对方更便宜来拉客。对方呢只好卖得再便宜，以至于卖一样东西只有几分钱的利润。

和我一起下岗的孙口心、文刚、刘国栋三人隔阵子便过来找我喝顿酒，互诉衷肠。我们四人经常坐在麻叶寺巷口狭窄的五元火锅店里，一位五元，酒钱另算。正值三九天，大雪已经下了几天几夜，把门都封了，早晨开门的时候还得用力往外推。窗外飘着漫天大雪，火锅店里我们四人围坐着一张油腻的桌子，桌上的火锅沸腾着，雪白的蒸汽吞掉了我们四人的面孔，撞到玻璃上，顷刻便化作水珠一道一道流下去。

我们吃着火锅里的白菜和豆腐，几乎看不到肉，喝着廉价的散装白酒，红着眼睛一遍一遍商量着该去哪里挣钱。那段时间，我们唯一的话题就是怎么挣钱。几乎每次吃完都会有人喝醉，醉了便滑到椅子底下，抱着椅子腿哭。有一次我也喝醉了，吐得衣服上到处都是，我倒不记得自己哭过，但是他们后来告诉我我那天哭得站都站不起来。我打破头都想不起来，看来是根本不想让自己想起来。

就这样折腾了一年，到一九九九年夏天的时候，忽然有一个一起下岗的太钢工友要拉我们几个入伙做生意，说他认识一个企业家，从八十年代就开始做生意，先后开过油厂、铁厂、铸造厂，赚了不少钱。人家父母都是知识分子，人肯定可靠，现在这人要扩大铸造厂的规模，需要融资，他要找人入股，入股后一年分一次红。又说他这铸造厂已经开了好几年了，销售渠道多得是，稳赚不赔的生意，急等着扩大规模呢。我们几个又跟着那工友去他说的那个铸造厂考察了一番，果然是个规模中等的厂子，有几十个工人正在车间里忙乎着。我们又和这个企业家见了一面，瘦长脸，个头不高，但很会说话，确实像个文化人，印象很好。这次见面之后我们四个人就约好一起入股，同进同出。随后便各自把从太钢出来时买断工龄的两万块钱都投了进去。

两个月之后这个企业家忽然就联系不上了，他的铸造厂也忽然像《聊斋》里现出原形的鬼宅，厂房还在，里面却空无一人。

这个企业家叫范柳亭。

窗外夜色已至。

我静坐在小饭店里聆听着入夜之后大山里的各种虫鸣。虫鸣里还掺杂着几声鸟叫，我能从中分辨出猫头鹰、乌鸦、布谷和喜鹊的叫声。我还曾在最幽深的山路上赶过夜路，夜空中没有月亮也没有星星，路两边的森林已经变成了没有任何缝隙与光亮的黑森林。

可是我却连害怕都感觉不到了。自从在湖底见过那具尸体之后，就是在世上最幽暗的地方走路我都感觉不到害怕了。

我记得，就是在那最幽深最黑暗的山路上赶路，我还是看到了几点微弱的光亮，很细很小，在我周围飞来飞去。那是几只萤火虫。

有人在敲门，我点起一支蜡烛，开了门，是文刚先到了。他进来坐下，我们先抽了一会儿烟，一支烟快抽完了，我才开口问他，这次是从哪儿过来的？他说，二连浩特。

我想了想，那边地广人稀，倒也是一个好去处。我说，那你老婆孩子怎么办？他说，都接过去了，小孩就在那边上学。

正说话的当儿，孙口心和刘国栋也陆续赶到了。我趴在窗前仔细看着饭店外面还有没有别的跟过来的身影，观察了一会儿不见什么，便放下窗帘，把门从里面拴住了。

我把煨在泥炉上的酱梅肉盛在大盆里端上桌，把炖好的野鸡榛蘑也上了桌，然后摆上一大笼屉热气腾腾的莜面鱼蒸土豆，配上一碗炖好的西红柿酱，好蘸着酱吃莜面。最后把焖在炉灰里的几个烤土豆掏出来，像敲蛋壳一样敲出裂纹，也端桌上。我拿出两坛三十年的青花瓷汾酒，也是早早为今天的聚会准备下的。

桌子的中间立了一支蜡烛，烛光忽明忽暗，四个人的脸都若隐若现。我们围桌坐定，一时都不知道该说什么。饭店之外的世界像一场大寐，我们几人遗世独立在这里。不知为何，坐在这世外的烛光里，我忽然想到的并不是别的，却是晏几道那首《临江仙》里的最末两句"当时明月在，曾照彩云归"。

如今我们四个人都分散在不同的地方，也都不再是原来在太钢上班时的名字。一九九九年电脑还没有普及，不像现在什么都上了网，那时候改个名字还是比较容易的，在派出所找个人，偷偷塞给两百块钱就把名字改了。每年到了农历七月十四这天，不管各自正在哪里谋生，四个人都会赶到这深山老林里来喝上一顿酒。

文刚去了二连浩特；孙口心后来去了榆林，在小煤矿里做矿工；刘国栋则躲到方山和临县的交界处种红枣去了。

我挑了一下灯花，烛光照亮了我们四个人的脸，每张脸上都看不出太多表情，灰白的墙壁上坐着我们几个人巨大的影子，像神庙里画像上的祖先一样正从另一个世界里神秘地看着我们。

我们闲扯了一番红枣和土豆的收成，又聊到现在的小煤矿马上都要不行了，估计很快就会被吞并到那些大煤矿里，煤老板们一铲煤出来就收入百十块钱的日子估计也不多了。几圈酒喝完，红枣、土豆、煤矿这些话题也被说了一圈，四个人围着一盏烛光再次安静下来。这时候在这安静中忽然听见文刚怪异地笑了一声，说，现在我很快活。

刘国栋接了一句，你快活个屁。

文刚笑嘻嘻地举起酒杯看着周围说，我们几个还能在一起吃肉喝酒，这不是快活是什么？

刘国栋说，你老娘的三七过了吧？

文刚拿手里那杯酒敬了一下屋里某个黑暗的角落，好像那里还静静坐着一个人，他仍是笑嘻嘻地举着杯子说，我老娘死在我前面是好事呢，我高兴，我最怕的就是我死在她前头了。说完仍是笑，只是越笑眼睛便越脆越亮。我把一个烤土豆扔给他，说，趁热吃。

这时忽听见孙口心压低声音说，海涛你这做派怎么多少年都改不了呢？非得穿西装打领带抹头油不可，你说你这身打扮，走在人堆里还怕没人注意你？

我低头不语。

刘国栋接话说，海涛你这年龄了还没个一儿半女，这事也过去七八年了，我看不是很要紧了，要是有合适的人你还是找个女人生个一儿半女吧，女人不可靠，但儿女总是自己的，不然你以后老了连个依靠都没有。

我冷笑一声，我们这样的人还要什么依靠。

四个人一时又没了言语，像是集体沉到水底下去了。蜡烛已经燃成了一个矮矮的烛头，垂死的火苗却忽然肥大起来，扑啦啦地上下跳动着，感觉空气里有很多隐形的飞蛾正在横冲直撞。这时候我忽然听到一个声音，小心翼翼地，陌生地，像蛇一样正探头探脑。

海涛，你可……把它藏好了……你也不告诉我们到底藏到了哪里。

我独自饮下一杯酒，说了一句，你们放心就是。

但那个声音还继续在我们四个人中间缓缓爬行着，可千万不能被人找到了，一旦找到了，我们就都完了，你也知道的。

我手里仍捏着那只酒杯，朝那三个人的脸上轮流扫了一圈，才慢慢说，它藏在哪里，还是我一个人知道的好，这样，我死了就能直接带进棺材里。

这时候忽然有另一个声音不知从哪里斜着刺了进来，听人说你去过他家。

我去他家借过书。

借书比命还重要？

这时候最后一点烛光倏地熄灭下去了，整个屋子咣当一声掉入了黑暗中。我的眼睛在适应了最初那种轰隆隆的黑暗之后，开始能分辨出在我面前立着的三尊黑影了。他们一动不动。我忽然打了个寒颤，我想起自己宰野鸡宰蛇的手也是不曾哆嗦过的。毕竟我也是坐过三年牢的人。那点血无论对他们还是对我都真的不算什么了。

一种奇异而巨大的悲伤忽然袭击着我，我却在黑暗中连着笑了几声，然后说，我有点喝多了，我想给你们读首诗，你们不要笑我。

我当真在黑暗中昂首读道："梦后楼台高锁，酒醒帘幕低垂。去年春恨却来时。落花人独立，微雨燕双飞。　记得小蘋初见，两重心字罗衣。琵琶弦上说相思。当时明月在，曾照彩云归。"

窗外一辆大卡车的车灯像闪电一样劈过去了。

吱嘎一声推开饭店的门走出去，我们都被头顶的大月亮骇了一跳。马上就十五了，大雪一样的月光落满了无边无际的山林，脚下银色的山路看起来纤尘不染，没有一片树叶，也没有一只飞鸟。整个世界洁净得像是回到了远古，在那里，大地正静静等待着必将到来的一切。

12

这天我刚刚骑着摩托车来到岔口饭店前，就见门上贴着一张白纸，纸上还有字。我心里一怔，从未有人以这种方式联系过我。我连忙放好摩托车，一把扯下这张纸，四顾无人，便迅速开门进去又关上门，这才站到窗前看了起来。纸上只有十几个字，每个字有两厘米大：我爷爷病危，想见你最后一面。范云冈。

看到上面的话我简直大吃一惊，她居然能找到这里？她怎么会知道我在这里？她居然敢一个人进这样的深山老林？

我立在窗前一支接一支地抽烟，把那张纸上的每个字都翻过来倒过去地看了几十遍，竟好像一个字都不认识。抽完的烟头就往砖墙的缝隙里一插，过了一会儿一抬头竟吓了一跳，前面的墙上长出一大片烟头，毒蘑菇似的。我又使劲盯着那片烟头发了一会儿呆，纸上说的话可能是真的，但也可能是她在骗我。我可以假装没看到这张纸，甚至，我可以说自己连日来都没有来过岔口饭店。我本来就不是固定营业的。

我透过窗户看着外面苍莽的山林。

没有人比我更熟悉这片山林。不可能有人找到我。

我把饭店重又关了，骑着摩托车在山路上盘旋着往上爬。车开到了最高档，山路两边的树贴着我的耳朵嗖嗖往后疾飞，它们一边后撤一边死命把我往前推，我觉得我的加速度越来越快、越来越快，好像马上就要弹起来飞到另一个阒寂无人的星球上去了。飞出公路飞进蝴蝶谷，然后是那条崎岖的土路，就这样一路狂奔到铅矿门口方才停住。

我扔下滚烫的摩托车，回到宿舍坐在了床上喘气。外面的世界终于又被我甩在了身后。这时候一低头忽然又看到了西装的袖口，那只已经磨破的袖口。前日立秋了，山中早晚凉意顿生，我又穿上了这件西装。遥遥想起似乎早在春天的时候就盘算过，应该换掉这件衣服了。没想到，等到秋后还是把这件衣服穿上了。这个秋天和那个春天没有任何缝隙地对接上了，也就是说，对我而言，时间正在失效。我低头愣愣地看着那只袖口，像看着一道可怕的伤口，我能从里面闻出一种腐败的气味。我打了个寒战。

然后我一抬头，正好看到几本书摆在桌上，是我上次去范听寒家时借的。我随手打开一本，假装专心致志地看了半天，却是一页没翻。我眼前出现的一直是他那弯到九十度的驼背，看上去非人非兽。到了下午，我不再挣扎，终于把书合上，坐在那里抽了支烟，然后把几本书都装进了包里。

我骑着摩托车往落雪堂赶去。他家门口那排柳树依旧，我却有一种久别经年之感，恍惚觉得已物是人非。穿过阴凉的门洞，又是那片熟悉的院子，只见有几个陌生人在院子里忙乎着什么。一见有陌生人，我本能地想退避出去，忽见海棠树下横着一个庞然大物，色彩艳丽又鬼气森森，再仔细一看，居然是一具棺材。黑漆上描画着亭台楼阁，红桃绿柳，仕女稚童。我一惊，心想，莫不是人已经入棺了？

正在这时又看见范云冈站在屋檐下使劲向我招手，便急急走过去。虽然已立秋了，竹帘还没有来得及卸下。我挑起竹帘进去，范云冈并没有跟进来。屋里光线幽暗，弥漫着一种秋后才有的萧索和灰败。炕上躺着一个人，一动不动。我心里一阵害怕，朝外面张望一番，见并没有人注意到我进来，便慢慢走过去，走到炕头。我看到他侧身躺在那里闭着眼睛。

他愈发瘦，四肢缩小如婴孩，只有背上的那只驼峰却如龟壳一般更大更坚固了，看起来他整个人很快就要缩进那只龟壳里去了。

我轻轻唤了一声，范老师。

他慢慢睁开了眼睛，全身上下就只有这双眼睛还能动，在他身上这唯一的活物看上去多少有些瘆人。我不由得后退一步，说，范老师，我来还书了。

他目光模糊呆滞，像是眼睛里有一层障子挡住了他。他忽然声音发抖，是范柳亭回来了吗？

我呆呆站着，半天才说了一句，范老师，是我，我来还书了。

他的眼睛慢慢眨了几下，好像终于看清我是谁了，这才说了一句，你来了？不用还了，留个纪念吧。

这句话忽然让我很伤感，我把几本书整整齐齐摆在他面前，说，借了就得还，要不你下次就不借给我了。等你身体好了，我再来借书。

他躺在那里，用浑浊的眼睛又看了我好一会儿才慢慢说，你来了就好，我是想告诉你，其实人这一辈子都说过假话，都骗人的。我本不叫范听寒，我本名叫范福星，我上面有四个姐姐，我父母老来得了，所以叫我福星。范听寒是我上师专之后自己改的名字。我也没有家学，我的父母都是不识字的农民。就是当年在师专当老师的时候我也只是一个最普通的老师。

我只觉得被他两束微弱的目光箍着，动弹不得，又是烦躁又是紧张，我口干舌燥地说，范老师，不要乱想。

他忽然笑了一下，眼睛还想紧紧盯着我，目光却已经聚不到一个点上了，这使他看起来就像正拼命看着我身后一个遥远的地方。只听他又说，我说过假话，范柳亭说过假话，你也说过假话。万物刍狗，所以，谁也不要怪谁。

我脑子里轰的一声，张开嘴又闭上，又张开又闭上，只觉得有千言万语要说，却是一个字都没有说出口。

这时只见他又闭上了眼睛，嘴里开始发出一些奇怪的破碎的谵语，我轻轻抓着他的手，不停地叫他范老师、范老师。我忽然想把很多话都告诉他，这些话已经藏了太久。然而连他的谵语也渐渐熄灭下去了，我更用力地握着他的手，那只手正在我手心里迅速变凉变硬。

我连忙挑起竹帘叫人，院子里帮忙的村民们一拥而入，见床上的老人已经过去了，便七手八脚地开始给他换老衣。又有人和范云冈商量，说范老师这驼背太大，老衣穿不上去，过会进了棺材也躺不平，要不要把弯曲的脊椎骨压断了？

我躲出去了。艳丽的棺材躺在海棠树下，一阵秋风吹过，几只血滴一样的海棠果儿叮叮当当落在了棺材上。西山上的天空被夕阳染得鲜红。

旁边的花圃里不知什么时候已经换了一片翠菊。

13

一九九九年九月，梁海涛从这个世界上消失了，取而代之的是郭世杰。

变成郭世杰之后，我先是坐火车躲到福建，在一个叫永定的县城开了家刀削面馆。一年之后面馆生意渐渐冷清，我又从福建辗转来到广州做小生意。那时候的小生意已经远没有八十年代好做，做了两次小生意把身上仅有的一点钱全部赔光了，只好应聘到一家歌厅做服务生。当时是歌厅生意最红火的时候，在我做服务生期间，有两个中年富婆每次去歌厅都提出要包养我。为了躲开这两个女人，在广州只待了半年我便又辞职去了珠海，在那里找了个偏僻的小渔村做了一年渔民。之后又向西辗转到了贵州、云南。我在每一个地方都不会待太久，所以我的行李总是少得可怜，不管走到哪里，行李箱里只有固定的三套西装三件衬衣两条领带，还有几本书。

一直到二〇〇四年，我终于做出决定，一个人回到铅矿。

14

我一个人在大山里走着。

秋天的山林斑斓而安静，似乎全世界的寂静都聚集在这山林里了。我走到一棵榆树下的时候，一阵风过，满树金黄的榆叶像场雨一样落了我一身。我抬头看着这棵树的时候，也看到高天上的云正变幻着无数种面孔。

我向那山顶爬去，黑龙峰，是方圆几百里之内的最高峰，我从未上去过，也不知道在那上面究竟能看到什么。从早晨一直爬到黄昏时分才终于上到山顶。一上山顶我就先被那轮巨大的夕阳击晕了，它看起来那么大，那么近，血淋淋的，似乎只要我一伸手就能够着它。从这山顶上看下去，整片山林都被染得血红，有风吹过时便状如波涛。就在这一片汹涌的波涛中，我却看到了一块凹进去的癞疤，我很快明白了，那是铅矿的位置，也就是我的藏身之处。然后，换了一个角度，我看到血红的波涛里居然亮着一面闪光的镜子。我盯着那镜子看了很久，终于明白，那镜子其实就是密林中的无名湖。原来，只要有人能登上这山顶，无名湖便不再是这世上的一个秘密。

我本能地抬头看了看天空，玫瑰色的晚霞正在迅速消散，取而代之的是一大团雄壮的云堡正在我头顶聚集。云堡中间开了一处小洞，夕阳最后的光线从里面射下来，照着我和这片森林，宛如一只巨大的无所不知的眼睛。

又在顷刻之间，狂风骤起，云堡坍塌，一场大雨将至，森林里有怒涛滚滚而来，那林间的癫疤和镜子似乎转瞬之间便会被吹得支离破碎，无迹可寻。

这一日，我骑着摩托车下山，又来到落雪堂，来到范家门口。穿过那排柳树，见门正开着。幽深的门洞里空无一人，那张小木桌和我做的那把椅子却还在原处，好像上面还坐着一个隐形的老人。我对着那桌子和椅子默默站了一会儿，然后走进院子里。

我吓了一大跳，院子里一片狼藉。一只箱子在阳光下敞着盖子，里面是一堆五颜六色的衣服，房檐下的台阶上横七竖八地铺了一地书，晒着太阳。有几张写着毛笔字的条幅也被扔到院子里，好像正在院子里闲庭信步。各类生活用具零散扔了一地。仿佛这院子刚刚被洗劫过。我站在院子问，有人吗？

竹帘晃了一下，闪出一个人影来。我一看，不是别人，正是范云冈。如今这整个院子里就剩她一个人了，她远远站在那里，看起来分外瘦小，竟把这院子衬得空旷了好几倍。我心里一阵难过，口气倒更蛮横了，你家这是怎么了？被强盗打劫了？

她向我走过来，脑后还是梳着一只蓬乱的大丸子，眯着眼打量了我好几眼，好像这才勉强想起我是谁，说，是你啊，打领带那个。你又是来借书的么？你还真敢来。

这最末一句话让我对她又有了几分警惕，但我还是不动声色地问了一遍，你家到底怎么了？

这些书都是我爷爷的，你喜欢哪些随便拿去，反正我都是要送人的。

我惊诧道，你爷爷的书你怎么能送了人？他自己保存了那么多年，还给好多书包上了书皮。

她耸了耸肩，两手一摊，说，我算看透了，他再爱书，死了还不是一本都带不走。留这么多东西做什么，都是累赘，不如早些送了人，还算做了好事。

我的口气忽然就有点气急败坏起来，像个长辈一样大声训斥道，你爷爷允许你把他的书都送了人吗？

她挑起一只嘴角嘲笑我，你是我家什么人？

我自觉失言，便坐下点了支烟猛抽起来。她立在我旁边说，喂，给我一支。我瞪着她，小姑娘家抽什么烟，抽烟抽多了连肺都能被熏黑。她叫道，那你怎么还抽啊。我又抽了两口才说，我烟瘾大，年龄也大了，戒了就没什么乐趣了。说着递过去一支烟，她点着了，装腔作势地抽了一大口。

她一边抽烟一边说，我要出门了，说不定一走就是几年，我把工作都辞掉了。一个人守着个十间房的大院子，晚上都觉得瘆人。

我猛抽了几口烟，把自己呛得直咳嗽，我痛心疾首地说，你爷爷费多大的劲才给你找的这份工作。

只见她叼着烟在满地狼藉的院子里游弋着，说，我八岁就没有妈了，跑了，以后再没看过我。二十岁的时候我爸失踪了，生死不明。二十四岁的时候我奶奶病死了，然后，就剩了我和我爷爷，我知道他也会走的。我在心里早就做好准备了，我知道他们一个一个都会离开我的，最后会只剩下我一个人。所以我早就想好了，只剩下我一个人的时候，我该怎么办。我总不能一辈子就在一个馒头大的小镇上待着吧？大城市我也不去，累得慌，我可能去西藏、新疆，还可能去内蒙古。你看人家那些少数民族，成天骑着马在草原上跑来跑去地放羊，喝着酒唱着歌儿，不用找工作，不用巴结人。死了就拉倒，活人也不用为死人哭，因为人人都要死。每当我想为我爷爷大哭一场的时候，我就想，我也会死的，反正大家都一样。

她说得并不伤感，我的眼泪却差点下来了，默默抽完一支烟，把眼泪硬憋回去之后才说，人家是游牧民族，和我们不一样，那种生活在电视上看看就行了。人最后都是需要安稳的，我年龄比你大好多，你听我一句，其实在一个小镇上当个小学老师真的挺好的。

她叼着烟看天，不吭声。

我以为刚才的话起了作用，忙又继续，不要以为自己比别人多看了几本书就和别人不一样了。你爷爷还是希望你有份稳定工作，找个好人结婚，再过几年你就知道了，其实安心比什么都好。

她忽然冷笑一声，既然结婚这么好，你怎么不去结？"

我心里一惊，嘴上却硬撑，谁说我没有结婚，我儿子都十几岁了，个头比你还高。

她并不说话，只是嘎嘎大笑。我这才想到，虽然我还是愿意把她当成一个孩子，但事实上，她已经二十九岁了。我忽然想到，范听寒在去世前会不会已经把他所知晓的秘密告诉了他的孙女。

我心里一动，却不再有以前那种动辄一身冷汗的激灵感。我想到了那天站在黑龙峰上看到的无名湖，它像面小小的镜子一样裸露在大地上，反射着血红色的夕阳。也许，这世界上根本不止我一个人知道它的存在。想到这里，我反而有了一种莫名的轻松。

秋天的阳光烤着我，我微微闭了会儿眼睛，阳光里飘着翠菊的花香。再睁开眼睛时，忽见她抱着两只酒瓶子站在我面前。她把酒瓶朝我晃晃，你看我爷爷存下的老白汾也带不走，我不说嘛，人活一世就是个过客。怎么样，中午一起喝点吧？

她把菜园子里最后一个茄子和最后两根黄瓜摘了，把茄子蒸了，拌上蒜泥，又把黄瓜拍了，淋上香油。又说她爷爷在缸里还养着两条鲤鱼，要不要也炖了下酒。我连忙说，我从不吃鱼。她便只把茄子和黄瓜端上来，两只酒杯里都倒满酒，然后我们就在门洞里的小木桌前坐下来对饮。

秋风带着剑气从门洞里钻过，已经明显有了凉意。她举起杯子，我也举起，我们碰了一下。她说，以后要是去了新疆、西藏，怕是就喝不到这么好的酒了。我说，去了哪里都有好酒喝的，就是过了阳关、玉门关，照样有好酒。不管去哪里，我还是希望你能找个好人结婚，一个人真的太孤单了。

她挑起一只嘴角看着我，一个人太孤单了？

我不再接话。

我们默默地喝了三个来回，我放下杯子，忽然正色问道，你爷爷去世前，你是怎么找到岔口饭店的？

她用一根修长的手指轻轻敲打着桌面，意味深长地看着我说，因为镇上去山里采木耳的人曾经在你那饭店里吃过饭，你那饭店根本不在镇上。而且你那饭店里只做四样菜，过油肉、酱梅肉、野鸡炖山蘑、烩土豆。我没说错吧？

我不语，夹了一筷子黄瓜，满嘴咔嚓咔嚓脆响。她补充了一句，我早和你说过，一个馒头大的小镇能瞒住什么，镇东吃肉，镇西就能闻见味道。

我仍不说话，又夹了一筷子黄瓜，正使劲地嚼着，忽听她淡淡说了一句，我男人也去你饭店里吃过饭。

我的咀嚼猝然止住，我抬头看她，我们正好四目相对。我脑子里努力拼凑着那个男人的样子，却是怎么也聚拢不成一个人形。她说的应该就是那个凤城镇上曝尸街头的黑社会老大。他居然去过岔口饭店？而我却根本不知道坐在那里吃饭的人可能是谁。

我不寒而栗，却咧嘴笑了一下。

她给我倒上酒，我又和她喝了一杯，才假装漫不经心地问道，他去我那里吃饭也是进山采木耳吗？

她那根指头似乎闲得发慌，还在不停地敲打桌面。她说，他倒不采什么木耳，他只是对你好奇，觉得你是有些来路的人。一个人为什么要把饭店开到山里去呢？

我听到自己的心脏在胸腔里很响地跳了几下，但我的声音反倒愈发轻快，我说，进山里拉木料的大车司机也要吃饭吧，总不能所有的人都把饭店开到城里去。

那根指头还在敲，发出单调可怖的声音。她并不接我的话，只说，你不是经常去镇上卖木耳吗？他早就注意到你了，因为你的穿着就和别人不一样。

我想到直到那个男人被砍死在街头，我都没有见过他一次，甚至至今都不知道他长什么样。而当我在镇上卖木耳的时候，他可能就坐在我对面正仔细打量着我。

看来今天我根本不该来，范听寒已经不在了，我却又放心不下他这个孙女，毕竟，她没有了父亲，又没有了爷爷。听她的口气，她像是已经知道什么了。

我下意识地朝着门的方向看了一眼。离我并不远，我断定我可以随时从这扇门里离开，她毕竟只是一个年轻姑娘。做好打算后，我不动声色地给她倒了一杯酒，又给自己倒了一杯，然后笑着问她，注意到我？就因为我喜欢穿西装打领带？

她也笑了一下，他说他还没有想明白你到底是什么来路，如果是一个犯过事的人，大概也不敢穿成这样。他觉得你很奇怪。

看来她并不确定。我又想到那个男人既然能找到岔口饭店，会不会也已经知道了我住在哪里。我便试探道，他在我饭店里吃完饭都不和我打个招呼？既然都认识，怎么能不去我家里坐会儿呢？

她微微一笑，把杯里的酒一饮而尽，说，你家？你家在哪？

我不说话，看着她的眼睛。

她回看着我的眼睛，说，我男人那次下山后曾对我说，他猜你很可能就住在山里。

我纹丝不动，他还说了什么？

他还说他觉得你没老婆没孩子，应该是一个人过。

我竭力用平静掩饰着内心的狂风巨浪，我看到自己端起酒杯的手又在发抖，但我还是勉强和她手里的酒杯碰了一下，一口喝干，这才说，其实他要是早说的话，我一定请他去我家里坐坐，让我老婆给他炒两个菜，我和他好好喝顿酒。

说完这话，我又点了一支烟，一边递给她一支。

她把烟点着了，叼在嘴角，锋利的眼神忽然就钝下去了。她极安静地说，没机会了，后来他死了。

我没有说话，只是埋头抽烟。

她抽了几口，不再看我，只看着门外说，他这个人吧，你可能没见过，长得特别像个坏人，打架斗殴，还蹲过监狱……他只是长得像个坏人。你不知道他其实还像个小孩，喜欢捡树根做根雕，会用麦秸编篮子，会把南瓜刻成灯笼。

她没有声音地流着泪，嘴角还叼着那支烟。

我感觉自己身体里滚烫，手脚却冰凉。我便走到水龙头前把头伸下去灌了几口凉水，一抬头，正看到那只大水缸里盘着的那两条大鲤鱼，它们不知吃了些什么，越发肥硕。我胃里一阵抽搐，又伸头灌了两口凉水。

我重又回到桌前坐下，她脸上的泪珠已经收起，那根手指重新在桌上可恶地敲了起来。她边敲边忽然想起了什么，对了，你还有个奇怪的地方，你和我爷爷说过，你小时候是在海边长大的，对吧？但是你却不吃鱼。

我盯着她那根手指看了一会儿才说，不是这世上所有的事都能解释清楚的，有人讨厌吃鸡肉，就会有人讨厌吃鱼肉。

她诡异地笑了一下，说，是吗？那你觉得我爸爸还可能回来吗？他已经消失八年了。

我说，我记得以前你自己不是说过吗，觉得他只有两种可能，要么是他犯了什么罪躲起来了，要么就是已经被人害了。

她目不转睛地盯着我，那是我说的，不是你说的，你觉得哪个可能性大？

我摊开自己的手心比画着，说，我不会算命，这个我不知道，真不知道。

她又独自饮下一杯酒，然后，那根可恶的指头继续在桌上有节奏地敲着，笃笃，笃笃，笃笃笃。她慢慢说，你想知道我男人是怎么看待这个事的吗？他给我讲过，一个人几年不回家的可能性有很多，比如他以前的一个狱友，判刑之后被发配到新疆戈壁滩改造，刑满之后也不能回内地，就只能在那戈壁滩里待着，和家里人也多年没有了联系，家里人都当他已经死在新疆了。又说他知道有一个年轻女人离开家里去呼和浩特的一个饭店打工，她在工作的第二天就被奸杀了，公安通知了她父亲，她父亲不敢把真相告诉她母亲，就骗老伴说女儿跟着一个有钱男人跑了，过上了好日子，吃穿不愁，就是不记得往家里打个电话。一骗就骗了三十年，一直到他老伴去世前还在等着他们的女儿回家，而杀人犯是在那女的死了十多年后才被抓住。他还给我讲过，有个生意人被人抢钱害命，却几年里就是找不到尸首，家里人和公安局方圆几十里地找，怎么都找不到，就成了无头案。结果你猜后来是怎么找到的？邻村有个人喜欢钓鱼，有段时间老去一个很远的废水塘钓鱼，他发现钓起来的鱼都比别的地方的鱼肥大，他就感觉有点不对劲，那人胆子大，决定到水下看看究竟有什么，结果看到水底有一具被大石头绑着的尸体，尸体上的肉已经被鱼吃光了。

我刚端到嘴边的酒杯忽然停住了，她也忽然住了口，整个世界像被一把利刃齐齐剁了开来，没有一点多余的声息。我端着那杯酒，再次迅速朝那扇门的方向看了一眼。

片刻的死寂之后，我说，你那男人，死了真是可惜了。

在幽暗的门洞里，她目光灼灼地看着我，忽然间她骄傲地微笑起来，说，我一直都这么觉得。

我还是举着那杯酒，说，我想敬他一杯。然后，我一饮而尽。

夕阳西下，我们两个人都喝得有些醉了。我心中想着还是快些离开，便摇摇晃晃地站起来，说，天快黑了，我该走了，把你爷爷的书送我一本吧，用他的话说，留个纪念。

我爷爷，她怔了一下说，临终前老念叨一句话，万物为刍狗。嗯，他说过，是要让你留个纪念。

我拿起一本《花间集》，打开，里面居然也夹着一张写字的纸，看起来又是一首范柳亭致父亲的家书，"谁道闲情抛弃久，每到春来，惆怅还依旧。日日花前常病酒，不辞镜里朱颜瘦。 河畔青芜堤上柳，为问新愁，何事年年有？独立小桥风满袖，平林新月人归后"。落款时间是二〇〇年三月十八日。我想我真的是喝多了，我竟对范云冈晃着这张纸说，看，你爸爸的信，你看他一直在给你爷爷写信呢。

她神秘地笑了，我爷爷经常给自己写信。

我把那本书小心翼翼地揣在怀里，然后终于向那扇门走去。她跟在后面，一直把我送到门口，门口不见人影，只有我的摩托车停在那排柳树下。我又是怕她，又是感激她，我知道这一定是我最后一次来这里了，我觉得我应该说点什么，把那些本想和范听寒说的话都说给她听，我甚至想和她聊聊她的父亲，我毕竟认识他。最后我却只客套地说了一句，你走的时候，我来送行。

她又习惯性地挑起一只嘴角,看着我的眼睛说,不用卖我人情,你走了就走了,反正我也是要走了。

我一只脚已经跨在了摩托车上,另一只脚踮着地。这时候我发现她是真的在让我走,是真的。我反倒犹豫了片刻,最后还是使劲一踩油门,摩托车突突突地发动了起来,就在那一瞬间,我心里仿佛有山洪涌过,我忽然扭头对她喊道,你上不上车,我现在带你去一个地方,就在这山里,我带你去看一个你从来没有见过的湖。

她愣了一下,眼睛里忽然波光闪闪,却依然站在柔软的柳枝下,没有动。然后,她假装什么都没有听到,只用更大的声音喊回来,你说什么,我听不见,我一点都听不见。在摩托车飞出去的同时,我看到她转过身去,消失在了幽深的门洞里。

15

我潜入水中,再次向着无名湖幽暗的湖底游去。

(原刊于《收获》2019 年第 1 期)

过香河

张　楚

1

　　过了香河收费站，还不能说是出了河北。在香河跟白鹿之间有个西集检测站，验完行车本、身份证、保险单，拿到进京证，才算真正入了京城。在验行车本时，那位斜眼女士发现蜜蜜有两次违章没有缴纳罚款。真他妈倒霉，蜜蜜扭过头问，舅，你带现金没？我忘了带钱包。我说我身上一毛钱都没有。蜜蜜皱着眉头摊了摊手，妈的，银行卡里也没钱了。我瞥了瞥蜜蜜，用微信替他缴了罚款。他往地上啐了口痰，又擤了把鼻涕，抬脚在鞋帮处抹了两抹。

　　我们上了车。他的车。他的车是辆白色宝马。我向来对车没什么概念，在我看来，这辆昂贵的宝马还没有那种银灰色的普通大众漂亮。他开得很快，当然并没有超速。收音机里放着相声，老相声。老相声演员跟德云社的演员有些不同，声气里少油腔滑调，仿佛穿了很久的长袍马褂。高速路两侧的树木恍惚拱了苞芽,又恍惚没有。以后跟老艾说话注意点,我递给他支红梅烟,清了清嗓子,想了想说,你也老大不小了,哪能说话没把门儿的?

叫我叶密,舅,他睃我一眼,跟你们说多少遍了,别再叫我蜜蜜,你们老也记不住!

好的,蜜蜜。

你不知道她多气人,蜜蜜说,我怀疑她得了老年痴呆。哪天把她送进养老院,我也彻底省心了。他吧嗒了两口过滤嘴,灭了,我赶紧又掏打火机,袜子内裤好好的,没漏没洞,你扔了,她捡回来洗洗涮涮,不照样穿?你寻思你真是土豪地主?那是一次性的,蜜蜜撇了撇嘴,再说了,都扔垃圾箱了她还乌鸦似的叼回来,恶心不?卫生不?那你也不该骂她老不死的,我说,你好歹也是大学毕业。我那算啥狗屁大学,他挠了挠头说,我光顾着练吉他打篮球了,英语四级都是花钱雇枪手考的。那你至少算个艺术家了?我打趣他。我艺术家?屁。他顿了顿说,不过,我吉他弹得还行。

我没再说话,偏头看他。他的脸比丝瓜短点,三层眼皮,每隔两秒他的眼睛就以蜥蜴岔舌吞噬昆虫的速度眨一眨。他从初中就这样眨,一晃都眨了快二十年。初始以为是眼疾,老艾和老叶带他去县医院。医生说,人哪,每天都在不停眨眼,正常人呢,一分钟眨十次到二十次,去掉睡眠时间,一个人一天要眨眼一万次,眨一次眼就跟擦一次玻璃窗一样,能使眼睛保持清洁,而且,闭上眼皮时可以预防光线不断地进入瞳孔,眼底的视网膜能暂时休息下。

老艾和老叶没料到眨眼还有这么多学问,他们拿着医生开的眼药水回了家,每隔两小时就将蜜蜜按在炕上,将眼泪般的透明液体小心着滴进他的眼皮。点了七天药水,蜜蜜还是不停地眨。老艾和老叶又带他去北京儿童医院,排了两天队也没挂上号,干脆带着蜜蜜去动物园看蟒蛇看孔雀,还看了熊猫跟河马,然后蜜蜜手里攥着棉花糖一家人坐着绿皮火车回云落了。

有很长一段时间,蜜蜜的眼睛恢复了正常。所谓的正常,就是从前一秒眨两次，后来两秒眨一次。我们都眨眼，只不过他比我们着急，我记得当时老叶说，只要不把它当病，它就不是个病，况且，医生不是说了嘛，眨眼相当于擦玻璃，越擦越亮堂，是好事呢。既然老叶这么说了，老艾也就这么信了。反正无论老叶说什么，老艾基本上都认为是对的。老叶从部队转业后在村里当过两届妇联主任，专门负责超生妇女的计划生育工作。他最得意的是，不动刀枪就打消了李根旺老婆再次怀孕的念头。她已经生了四个女孩。

前几天，我把电脑纸箱扔了，蜜蜜说，她也不嫌累，那天正赶上停电维修，她吭哧吭哧地抱着纸箱爬到十三楼，浑身的臭汗。还把纸箱藏进我办公室的卫生间。你说我的员工们怎么想？老板连瓶瓶罐罐、破箱子破鞋都攒着卖破烂，还能发啥大财！我随便损了她两句，她就哭哭啼啼。她眼泪咋恁便宜呢？

你不是还没招聘员工吗？你那能叫随便损两句吗？又是傻子又是白痴的，也就是老艾，换成我，大巴掌早扇过去了。我抬起胳膊朝着空气猛烈扇了两下，正手一下反手一下。他肩膀抖了抖，方向盘一歪，车差点撞上高速护栏。舅啊，我满肚子苦水，只是没处倒，你哪天有空了，我陪你喝两盅？他笑着瞥我两眼，你们学校离我家太远，不然让我女朋友天天给你炖牛肉、蒸海鲜。

我忙得很。我不爱吃海鲜。

忙啥啊？你快五十岁了吧舅？咋想起辞职来进修了？还学的编剧。编剧是啥玩意？编瞎话？编一集瞎话多少钱？啥？一线编剧每集三十万？啧啧，五十集就是一千五百万，扣税还剩下……一千二百万。靠！他踩了踩刹车，望着我说，这买卖不赖啊！比卖手机膜利润大。

好好开你的车，蜜蜜。

叫我叶密，舅，叫我叶密。

他并没有生气，不过他努力显出生气的模样。他一生气，特别像《海绵宝宝》里的章鱼哥。这孩子从小就长得老，不过，嫩丝瓜和老丝瓜还是有区别的。他的眼角也有皱纹了。他眨眼的频率也比以前更频繁了。

即便是私下场合，他也不愿意我们管他叫蜜蜜了。

2

　　蜜蜜叫叶蜜蜜。蜜蜜是老艾和老叶的儿子。老艾是我老姑的大闺女。老艾生了龙凤胎，大的是女孩，叫叶甜甜，小的是男孩，叫叶蜜蜜。叶甜甜很皮，十岁那年偷着去河里洗澡，淹死了。那段日子，老艾差点把眼哭瞎了。老叶呢，患了恐水症，从河边走哆嗦，看到水缸哆嗦，喝口水也哆嗦，当然水不能不喝，不过后来他再也不洗澡了。冬天还好，夏天老叶穿行在村庄的葬礼或婚礼上，犹如随身携带着简易垃圾箱，都是老艾趁他睡着了，偷偷地给他擦胳膊擦屁股。叶蜜蜜当时倒没什么，闷了几天，该吃吃该喝喝，照样鼓捣他的收音机。

　　他打小就喜欢收音机，一开始听中央台的小喇叭，后来听单田芳的《白眉大侠》，再后来就拆了收音机，将零件卸得七零八落，关键是卸了他还能装起来。我们当时都对这个长得比水芹还细的男孩抱了无限的幻想，他让我们想起历史课本中的瓦特，想起爱迪生，我们都以为我们的后辈中总算要出个人物了，即便不能是爱迪生那样的大人物，好歹也能到大型国有企业里当名工程师。可蜜蜜长大后只考上了普通本科，学的机电，却天天打篮球，要不就抱着吉他唱民谣，还组了支乐队，乐队的名字叫"夏天的云梯"。据说毕业前他们举办过一场校园演唱会。我从没见过他在舞台上的样子，按照他的说法，那至少是他人生的高光时刻之一。当他在空旷庞大的舞台上唱那首 Beyond 的《海阔天空》时，透过冒着煳味的烫过的棕色鬈发，他看到黑暗中渺小的人们举着手机，一束束的光捅向夜空，犹如无数把《星球大战》里的激光剑，在无边的夜幕上写着激昂的情诗。当情诗两个字从他的厚嘴唇里哆嗦出来时，他的眼睛以暗夜闪电劈过旷野的速度眨了两眨。

　　毕业后他去北京混日子。我搞不懂为何这些孩子都喜欢到北京扎堆，哪怕住地下室吃咸菜，哪怕送快递送外卖。那时我还在县城里当公务员，跟他来往稀松。我向来对年轻人的热忱充满了怀疑。我似乎从来没有年轻过。按照蜜蜜的说法，他在北京饭店的后厨切过菜，能将土豆丝切得比银线还细，要不是老被一名住房部的胖阿姨骚扰，没准早混成凉拌了。

那可是北京饭店啊！他眯着眼说。可据我所知，那是家很老旧的饭店了，除了离王府井和天安门近些，菜还没有胡同里的苍蝇馆好吃。

据他说，还在后海的阁楼酒吧里当过驻唱，一小时七十八块，唱到后半夜他感觉嗓子都冒烟了，如果不是不想跟那个专唱法语情歌、长得貌似刚果黑猩猩似的海拉尔姑娘纠缠，他极有可能也会在后海开酒吧，专门卖浏阳河威士忌和驻马店生产的传教士啤酒，"一瓶进价五十块的洋酒卖一千五"！总之，当他叙述起那些年的北漂日子时，眨眼的次数比平时缓慢了些许，仿佛沉淀的、灰颓的时光给他的眼皮打了针镇定剂。

他还在海淀新中关大厦前，也就是十号线海淀黄庄 B 出口的空地上卖过唱。在我印象里，那里基本上都是抱着孩子卖假发票的、手工擦鞋的、贴廉价手机膜的，还有就是衣冠楚楚神态自若的小偷。可蜜蜜说，那里是高校区，谈笑有鸿儒往来无白丁，他都唱英文歌，他的英语发音就像是平翘舌不分的南方人说普通话，不过他照样吸引了很多音乐爱好者。"美妙的嗓音是爱的通行证"，那时候微信流行，他跟他的粉丝建了个群，群有个风骚甜美的名字，叫蜜汁源。蜜汁源群顶峰时期人数曾达到二百零三人。他不定期在群里发布演唱的时间和地点，以及他 PS 了无数遍的照片，照片里的他总是戴副黑色墨镜，头顶上是墨西哥宽檐草帽，吉他扛在肩膀上，总之看起来像位郁悒的盲诗人。而他的那些歌迷，即便是下大雪，也会撑着伞将他围圈起来，默默地听他唱贾斯汀、山羊皮或枪炮与玫瑰的老歌。多年后那个群依然没有解散，不过没有人在里面讲话。按照蜜蜜的说法，那仿佛是块肃静的墓地，既然是墓地，当然不需要聒噪的赞美诗，也不需要早已死亡的上帝。

你知道吗舅，蜜蜜有次说，我过得苦哇，你想都不敢想！为了省房租，我在地下室跟一对情侣合租，一间房，十平米，还是张双人床。两男一女挤一张床，幸福吧？我们在墙上钉了根铁丝，睡觉时就把布帘拉上。布帘上有四个戴红头套穿蓝色紧身裤的蜘蛛侠，他们分别朝上下左右四个方向爬，灯熄灭了，还在不知疲倦地爬。要是他们吐的蜘蛛丝能堵住我耳朵就好了。为啥不买耳塞？难道买了耳塞就感觉不到床铺像海啸时的波浪那样咆哮吗？妈的，那个推销假药的重庆小子又黑又瘦又矬，咋就那么能折腾！……舅啊，我就是那时患上失眠症的。

舅啊，你知道失眠有多难受吗？

眼睁睁看着天黑下来，眼睁睁看着天亮起来。

他可能不知道，我也有失眠症，只不过，比他初到北京的日子幸运些，我有张属于自己的弹簧单人床。那张床也老了，哪怕是打了个喷嚏，也要等着楼下投诉。我辞了公职，跑到这个在儿歌里咏唱过的地方，住在一所比麻雀肠子还细的学校里，念狗屁编剧班，在我那些亲戚们看来，也许比蜜蜜强不了多少。用老艾的话来讲，就是人要死活不肯过好日子，连菩萨也劝不住。不过你一个人，在哪里都一样，怎么欢喜了怎么来吧，老叶安慰我说，实在混不下去，就找蜜蜜。放心，蜜蜜哪怕只有半碗饭，也不会让他老舅饿着！老叶说完干了盅二锅头。你看，说不定我比蜜蜜还不如。

我那时才晓得蜜蜜在北京过得不错。初到北京时，他约我在国贸地下餐厅吃贵州跑山鸡。我等了很久，才看到他晃着比火鸡还长的脖子进来。他套件黑色敞领翻毛飞行员夹克，夹克有些短，这显得他的腿跟鹭鸶似的，他脖子上拴着条粗金链，看成色即便在澡堂子里泡澡也飘不起来，脚上呢，是双没脚踝的油亮皮靴。总之他把自己打扮得像东北那片的直播歌手。他快速眨着眼，大声呼喊着我的名字，犹如欧洲人见面般热烈地拥抱着我，又长辈似的拍拍我的肩膀，说，胖了，胖了。他跷着腿点了跑山鸡，点了糟辣脆皮鱼，点了稻草烧鲫鱼，还点了锅苗寨酸汤鱼。他不停地给我夹菜，盯着我囫囵着吞咽。当我不停打着饱嗝时，他眨着眼角说，舅啊，我带你到房子里看看。

你在北京买房了？我惊讶地盯着他，在哪里买的？哎，三环内的房价比纽约都贵，我在通州买的，不大，一百八十平米，够我住了。

他似乎在期待着我继续问点别的。我没问。至于他怎么赚的钱，我也没问。他有些失望地扫我两眼，舅啊，你胃口真好，要不我再给你盛碗鸡汤？

当我跟他到地下停车场时，才发现他是骑摩托车来的。那是辆黑色宝马摩托，看上去手扶拖拉机那么庞大，当他干瘪的屁股骑上座位时，仿佛一枚五十毫米的麻花钉钉到了铝合窗上，从车玻璃挡板看过去，他只露个扁蚂蚱似的狭长脑袋。我很严肃地劝他晚上最好别骑摩托出行。他问为啥，我说，路人远远瞅着一根细丝瓜架车把上，没上身，也没下身，会吓死的。他愣愣地看着我，半晌才说，舅啊，你幽默起来挺瘆人的。我说，让你意外的事多着呢。他拍了拍后座说，上来吧，带你兜兜风。你们这些老人家，肯定没体验过心率一百五的感觉。

那天我确实体验到了心率一百五的感觉。不仅如此，还体验到了什么是心率过缓。当他将房间墙壁上的储物柜挨个打开时，我看到了整齐如键盘的白色方格，每个格子里都有双鞋，像是每个佛龛里都供着尊佛像。鞋是新鞋，只不过搁置的时间长了，难免鞋面上落着灰尘。我从小就喜欢这个牌子，现在总算把一九九六年到二〇一六年所有款式所有颜色的纪念版收齐了，他摸着下巴上的两根胡子问，咋样？我问，你要开网店吗？他"喊"了声，那些搜集老照片搜集黑胶唱片的，是为了卖钱？那叫精神享受。我不禁瞅了瞅他的脚。他小时候都穿布鞋，会干农活了，鞋的款式才多起来：玉米地施肥时穿老叶攒的部队绿胶鞋；稻田里间稗草时穿两块五一双从集市买的塑料拖鞋；雨后搊扶被风吹倒的高粱时穿过膝的黑雨靴。高三时我给他买过双"双星牌"球鞋，他穿了整整半年，腊七腊八脚都冻皲裂还不舍得脱。

过几天我妈就来了，给我和员工们做饭。他将储物柜的门一扇一扇小心关紧，我才察觉柜角都贴着标签，标签上写着年份、尺码与产地，印度尼西亚、越南、土耳其、罗马尼亚、菲律宾……手写的，字侉大侉大的。这么多年了，这孩子的字还那么丑，但写得很认真，丑得非常一致。

据说，老艾第一次去蜜蜜那里颇费了番周折。她先从周庄村头坐短途汽车到县城，从县城坐长途汽车到市里的东站，再从东站坐2路公交到火车西站，然后坐一个半小时的高铁抵达北京南。她不会坐地铁，蜜蜜叮嘱她直接打车，到蜜蜜的公寓花了一百三十多块钱。老艾可能没想到出租车费那么贵，她面色通红地说，咱们县城的赵四烧鸡才四十二块钱一只，这……三只烧鸡就没了？蜜蜜知道她对烧鸡情有独钟，知道赵四烧鸡对她而言不啻是另外一种货币,他对老艾抱怨似的疑问并未介意,他穿着条纹睡衣睡裤趿拉着拖鞋悠闲地领着老艾参观完自己的卧室和办公室,又领着老艾参观未来员工们的办公室、卫生间、厨房和储物间。当然,他的员工们都还在某个不知名的地方等待着他的呼唤,此时连一个人影也没有。

  那天阳光不错,老艾走在一间又一间明亮的房间里,房间里飞舞着宁静的灰尘,窗台上摆放着盛开的紫色满天星,这一切让她的眼眶渐渐潮湿起来。她不停地嘟嘟囔囔,至于嘟囔了什么蜜蜜半句都没听清。后来老艾扶着门把手问,我住在哪里呢?蜜蜜一愣,他竟把最重要的事情忘记了,可他毕竟从小拆过二十多台收音机,他说,妈啊,你住我卧室,我住办公室。老艾说,那王如云来了怎么办?蜜蜜咧嘴盯着老艾说,妈呀,我现在是单身狗。老艾笑着问,咋,为了养狗不要女朋友了?蜜蜜说,妈呀,王如云被我踹了。我俩分了。

  老艾瞪着蜜蜜,不晓得说什么才好。后来老艾跟我叨叨,她觉得特别对不起王如云。王如云是北京延庆的姑娘,以前跟蜜蜜是同事。王如云脸大眼大,身胚大,手脚也大,老艾第一眼就看上了,觉得这姑娘干活肯定是把好手。那年春节王如云在老艾家住了三天,头天晚上烧的土炕,有些倒烟,老艾听到王如云咳嗽了半宿,晨起时眼睛比巨型安哥拉兔还红,心里不落忍,从兜里踅摸半天,好歹掏出二百六十块钱,让王如云和蜜蜜晚上去镇上住旅馆。王如云说,阿姨,我没您想得那么娇嫩。于是老艾当天让村里的铁匠和水暖工安装了两组暖气,又从她妯娌那里背过来半袋大同煤块。刷碗也不用老艾,王如云那蒲扇大手三两下就将碗底的油渍蹭得干干净净,连丝瓜瓢都省了。没事了也不多言不多语,坐在炕沿上嗑瓜子看各地方台的春节联欢晚会。人家可是北京姑娘呢,老艾跟我说,半点架子没有,听说听道。王如云还为蜜蜜堕过胎。本来老艾老叶想那年将婚事办了,可蜜蜜死活不同意。你个王八羔子!有啥洋气的!人家是北京户口,家里有房有车,你咋就不开窍!老艾骂了一上午,骂也就骂了,蜜蜜只是坐椅子上用手机打游戏。他打游戏时,眼就眨得慢。老艾喜欢蜜蜜打游戏。

如今竟然不要王如云了，老艾觉得无论如何都说不过去。翌日天还没亮，老艾就从床上爬起来，蹑手蹑脚去厨房给蜜蜜做早餐。蜜蜜最爱吃煎柴鸡蛋，八成熟，上面涂层老艾春天做的酸豆酱，再涂层蒜蓉汁。做完早餐老艾去洗漱，才发现唇角生了排细密的水泡。据老艾说，她想了两天，才鼓足勇气给我打电话。在她看来，亲戚中只有我混过仕途，当过股长，发展过党员，做过上访户的思想工作。我是出面劝慰蜜蜜最合适的人选。我对老艾说，年轻人的事我们不要管，管也白管。你当初要死要活，偏要嫁给老叶，我姑父用皮带抽你，我姑戴着顶针掐你，你不照样没松口？恋爱中的男女，做烈士的心都有，分了手的男女，做杀手的心都有。

老艾就不说话了。可能老艾没想到我会把话说这么绝对。她的沉默让我有点心疼。我说，哪天我去蜜蜜那儿看看你吧，咱姐弟俩喝点小酒，我这里还有瓶陈年茅台。老艾这才结结巴巴地说，弟啊，我忌酒了，糖尿病，血糖九点多。我劝她注意饮食，水果少吃，含糖的饮料也别喝了，胰岛素该打就打，别舍不得。她心不在焉地嗯嗯啊啊。后来才知道她嫌每年二百块钱的农村合作医疗费太贵，根本就没交。

我记得以前老艾有事没事就喝红糖水，一茶缸一茶缸地喝，咕咚咕咚地喝，像是三伏天里饥渴的骡子。

3

虽说要去看老艾，可一次都没去成。初春我搬了次家。以前我住在学校南区宿舍，后来房子被收回，将我安置到北区的一栋筒子楼。那栋楼大概也有三十多年了，屋内没有厕所也没有洗漱间，晨起要排队方便洗漱。我的新室友是山东人，青岛四方区的，学的中国古代美术史。他长得也特别像古画里的人，细眉细眼，溜肩长臂，住了几天，发现他颇有雅士风范，是个难得的慢性子。

他的慢反映在方方面面，比如起床，他先要抱着那个长约一米的棕色维尼小熊抱枕苏醒十分钟,然后才磨磨蹭蹭穿衣服,下床后他会茫然地盯着书桌,一盯就是半天,不晓得是在整理日间的行程还是在回味昨晚的梦境。当我吃完早餐回来,他开始洗脸。洗脸要用洗面奶,他会耐心地用掌心来来回回地蹭着鼻头、下颌、双腮、额头和尖耳朵,他把脸洗完了,我在图书馆都看了半个小时的书了。等他洗完脸如完厕,会从衣柜里挑选衣服,如果觉得裤子和上衣不搭配,他就会陷入困难选择症。这倒没什么,主要是当他发现换掉的那条裤子上有块栗子大的油点时,他会想到洗衣服。等把衣服泡好,发现洗衣粉也没有了,于是,他穿着拖鞋去学校南区的日用品商店买洗衣粉。

而他人缘那么好,在去商店的路上,会遇到读本科时就认识的打扫卫生的大爷(这个大爷被解雇过,然后又被聘用)、食堂卖北京炸酱面和河南烩面的大姨(他加了她的微信,据他判断,大姨的丈夫应该在人民大会堂当保安)、刚从芝加哥交换回国的师弟(师弟的一位美女同乡在民族大学读硕士,长得很像吴若萱)以及篮球场认识的经管系球友……当然这样也挺好的,只不过他的时间总是不够用,而且有时时间难免发生错位,比如他最近一件麻烦的事情就是,记错了雅思考试的时间。他以为是十四号,结果是四号,当十天后发现这个事实时,他多少有些懊恼,报雅思的两千块钱白交了。为了安慰自己,他只好重新报了名。为了庆祝重新报名成功,他决定和女友去泰国旅行。

我给他起了个绰号,叫蜗牛,不过思来想去这个称呼也不是很合适。再说了,一个无聊的中年人给二十多岁的小伙子起绰号,显得有些为老不尊。不管怎样,自从跟蜗牛同居一室后,我发现自己原来是电影中的闪电侠,这让我挺骄傲的,无论上课还是在图书馆自修,都有种偷盗了他人时间的喜悦。那套十二册的维特根斯坦全集我早就不读了,我觉得没有必要再折磨自己,不能因为读哲学书再去研究概率和线性代数,再说即便将概率和线性代数学透彻了,也不一定能把维特根斯坦的话弄懂。我倒是对他的身世很感兴趣,他的父亲卡尔·维特根斯坦是奥地利钢铁工业巨头,母亲莱奥波迪内是哈耶克外祖父的姑表妹。一九〇三年,维特根斯坦前往林茨的一所技校学习,同学里有个人叫阿道夫·希特勒。

维特根斯坦跟蜜蜜一样,从小爱好机械与技术,十岁时就制作过一台简单实用的缝纫机。

当蜜蜜在学校里组建乐队吟唱着风花雪月时,十九岁的维特根斯坦已经到曼彻斯特维多利亚大学攻读航空工程空气动力学学位。据说为了彻底搞清螺旋桨的原理,同时出于对数学基础的兴趣,维特根斯坦阅读了弗雷格的《算术基础》……然后,他去拜访弗雷格,并且听从了弗雷格的建议,又去拜访了罗素,剩下的事情我们大概都知道,罗素是如何赞美他的:"他对哲学具有比我更多的激情;他的是雪崩,相形之下的我似乎只是雪球。"一战期间,维特根斯坦在战场上完成了《逻辑哲学论》初稿。他认为所谓的哲学问题已被解决,了无生趣,就去小学教书。这是个一直处于"主动性"的人,在这点上,他跟我有点八字不合,总是超出我的思维边界。

这样我放弃了维特根斯坦,开始读威廉·福克纳。有时我将那本让人头疼的《押沙龙!押沙龙!》扣在桌面上,呆呆望着窗外。窗外是那种北方常见的白杨树。青白色的皮,盘旋着上升的树瘤和笔直的枝条让叶子的响声显得格外透亮,我常常以为外面在下雨,而当我将目光投向窗外,只不过是春风拂过,那些绿油油散发着清苦味道的叶片哗啦哗啦地响着,同时泛着白亮耀眼的光芒。

我当初来这里,只是不知道我还能干点什么。我对写剧本一无所知,兴趣也不大,上这个学凭的是在单位写材料的一点基础。不过我知道,这是个赚钱的行当,当然,也是个杀人的行当。要想老老实实写出来,大概相当于让老叶去当省长或书记。后来我不再追查所谓的"意义"了,人没死,总要干点事,无论这事喜不喜欢。世界的意义必定在世界之外。这样,我如往日那样听课、蹭课、翘课或者逃课,那天我正在听国学院的老头讲八卦乾坤,蜜蜜来电话了。他说他要住院了,能不能陪几天床。我问老艾和老叶呢,他支支吾吾地说,他们都在老家。我问王如云呢,蜜蜜说,舅啊,如今她是猫,我是老鼠。

当我见到蜜蜜时,他裹件猩红色运动服躺在雪白的病床上,仿若才端出烤箱的南美对虾。蜜蜜换了半月板,那块他从来没有在乎过的骨头变成了块金属。幸亏他还没有从公司正式离职，住院的费用公司给报销。我妈不管我了，蜜蜜哭丧着脸说，我妈跟王如云见了面。她俩去吃了顿卤煮，还每人喝了两瓶小二锅头。我说老艾不是忌酒了吗？蜜蜜说，架不住王如云哭啊。王如云啥话也不说，灌口酒，哭一阵。哭一阵，灌口酒。我妈就劝，劝了半天屁事也不顶。你也知道我妈心眼比海绵还软，最见不得别人伤心。她就陪着王如云喝呗，开始用酒杯，后来就吹酒瓶。俩人都喝高了，王如云抱着我妈哭，我妈也哭。你知道我妈哭起来，声音比土狼叫还瘆人，把服务员吓坏了。劝也劝不住，老板娘就来劝，还是劝不住，老板就来了。老板看见桌上的两屉庆丰包子吃光了，炒肝也吃干净了，就劝她俩回家。王如云哼唧哼唧还是哭，老板就报了警。我就把我妈领回来了。我妈骂我狼心狗肺，我骂她软柿子。她一生气就跑回老家了。舍不得打出租，还跟我问去火车站咋坐地铁。我这膝盖坏了，要动手术，前几天给她打电话，她说田里活多，忙不过来，自己不来还不让我爸来。啥玩意！

我说你这就叫报应，明知道膝盖有旧伤，还偏去打篮球，明知道你妈心软，还偏让她去会王如云。你要是再骂你妈，我也不管你了，屎尿都拉在病床上也不管。蜜蜜不吭声了，别过头去。他旁边的病床上是个女孩，竖着耳朵听我们讲话。我看到蜜蜜的眼眨得像蜻蜓振翅膀。

蜜蜜还没出院，老叶先从云落过来了。他不光自己过来，还带了三罐酸酱、五棵发臭的酸菜、十斤剥好了的花生米和十五个刮了毛的猪蹄。反正他把蜜蜜的冰箱保鲜层都塞满了。他当兵时任过伙食班的班长，擅长挥舞着铁锹炒大锅菜，其实呢，他炒的小灶更香，尤其是炖肘子和熘肝尖。肘子火候大了容易炖烂炖飞，熘肝尖火候小了容易熘嫩浸血。老叶平时不下厨，只过年过节才系上围裙露两手。这两手也就够了，肘子才端上桌就被客人抢光了，他们通常给他剩两片散发着油光和蒜香的猪肝。老叶年轻时见过来自五湖四海的人，人到中年时跑过乌鲁木齐和银川的大货车，走到哪里都不发怵。他下了火车后没有打出租，而是买了张北京市交通地图，从衣兜里掏出那管笔尖快磨秃了的永生牌钢笔，戴着花镜勾勒了一条地铁路线。他事先准备了一元硬币，顺利地买了票，然后背着那个沉甸甸的尿素袋上了地铁。当他推开病房的门站在蜜蜜跟我面前时，我们都惊呆了。那年北京的春天老下雨，细细的，密密的，这让老叶仿佛是个走夜路掉进河里的旅人，眉角、发梢和脸庞湿漉漉，衣角和裤脚滴答着水。你个臭小子，该好了吧？他笑嘻嘻地盯着蜜蜜说，你老寻思自己是美国梦之队的队员，其实呢，他掏出三块钱一盒的三塔牌香烟在鼻孔下嗅了嗅，打了个喷嚏，说，其实不过是咱们村篮球队的水平，还是替补的。

老叶陪蜜蜜住了半个月，老艾才来。老艾拉着张老脸，唇角弯垂，行动迟缓。我妈像不像慈禧太后？蜜蜜挤咕着眼说，她寻思自个掌管六宫呢！瞧她那件毛衣，穿了三十年，绒球都磨秃了，还不下架，我从SKP给她买了件Burberry豹纹真丝女式上衣，她竟然说比家里炕上的那条床单还丑，我真服了她！蜜蜜嘴不闲着，眼也不闲着，他盯着老艾拿块用内裤裁剪的抹布擦了他的办公室，擦了他的卧室，擦了他未来员工的办公室和厨房，又去擦马桶。你就不能闲会儿？鬼似的飘来飘去，我头都被你晃晕了。老艾溜他眼，将抹布用热水烫，用洗衣粉搓，然后搬了家用折叠梯擦客厅的灯管。老叶！我听到老艾恶狠狠地喊道，没眼力见，快来帮我扶着！老叶就将手里那只刚褪完毛的白条鸡扔水池里，小跑着过来，一只手扶着梯子，一只手攥住老艾比斑马还细的小腿。手洗了没？老艾皱着眉头嚷，你把我裤脚都攥湿了。老叶慢条斯理地说，没洗，我刚把鸡粪掏出来。老艾站在梯子上俯瞰着我们，犹如圣母在云端俯瞰着受难的众生。我听到她冷冷地说，他们爷俩的心啊，真是比老鸹都黑。然后，她的目光热切地打在我身上。

我就点点头。老艾发牢骚的时候，我就点点头。

4

那年春天，我的蜗牛室友真的跟他女朋友去泰国旅行了。他们去了一个礼拜。等蜗牛爬回来，黑亮黑亮的，动作似乎更迟缓。他打开那个睡袋似的长条行李包，一件一件往外掏衣物，等把衣物叠好，都夜里十二点了。要帮忙吗？他笑笑说，不用大哥，我自己来。他似乎很介意别人碰他的东西，哪怕只是双鞋帮被海水浸泡过的鞋子。我的手机掉海里了，哎，他用纸巾将鞋面擦干净，打了鞋油，用刷子来来回回地蹭，我想他至少蹭了有六百下。等那双鞋子亮得刺人眼时，他哎呀了声，我的那双凉拖丢在芭堤雅的宾馆里了……哦，除了凉拖，还有我给你买的泰丝领带，从普吉岛买的呢。他说话时眼睛无辜地盯着我，仿佛是我弄丢了领带。出于礼貌，我随口问了句他们在泰国的行程，他就絮絮叨叨地说起来，他的语速比平常人的语速要慢一半，等我睡着时他还在慢慢腾腾地述说着他们在芭堤雅碰到的不靠谱的导游。我迷迷糊糊地想，他能安全地活到这么大，真是不容易。以后过十字路口的时候，千万记得拽他一把。

　　那天蜜蜜说要带着老艾和老叶来看学校看我。我说太远了，比从北京到老家的时间还要长。蜜蜜说，不是我要看你，是老艾和老叶，其实也不是老叶，主要是老艾。她老不放心你，怕你老了，再学坏了。我说那就来吧，我请你们吃潮汕牛肉火锅。蜜蜜嘿嘿笑着说，你没给我找个舅妈吗？我说你再贫嘴，就用锤子把你另外那条腿的半月板也敲碎。

　　他们还是让我吃了一惊，来的不光是老艾全家，还有王如云。蜜蜜什么也没说，王如云倒是很客气，舅舅舅舅地喊着，仿佛喊了几十年。老艾的那张圆脸时不时挤出丝微笑，然后时不时地瞥蜜蜜两眼。我就知道了，王如云肯定是老艾带过来的。老叶身上的味道没那么浓重了，看来老艾在他睡着时替他擦了身。

　　为了以示隆重，我叫了蜗牛和另外两位同学，那两位要去北大听讲座，这样，只有我们六人围绕着那张十人台的转桌稀稀拉拉坐好，等着锅里的水滚开。老艾似乎对蜗牛印象不错，问他是哪里人，多大，父母做啥工作的，读的啥专业，以后是留在北京还是回老家。蜗牛都郑重地一一作答。他标准的普通话和低音炮般的男中音让老艾更是喜欢了，又问他有没有女朋友，女朋友是干啥的，父母是干啥的。蜗牛还没应答，蜜蜜说，妈，你要做媒啊？老艾说，这么好的小伙子，能当回媒人也是福气。蜜蜜说，人家是研究生，将来留北京的，你还要给人家介绍个咱们村的姑娘吗？老艾愣了愣，羞涩地说，哎，咱们村里的姑娘，怎配得上他呢？蜗牛这才说自己有女朋友，也在读硕士。老艾就略显惋惜地盯着蜗牛说，哎，要是甜甜还活着……一提到甜甜，老叶就哆嗦起来，我赶紧给老艾递了个眼色，老艾小女孩般垂着头，看着滚烫的锅底里冒出的红辣椒发呆。

那顿饭吃得很慢。话题大都围着蜜蜜马上要开张的公司展开。蜜蜜说公司在工商局办了营业执照，税务登记过段时间再办理。员工也不用多，四五个人就能忙过来，要是老艾和老叶添把手，效率就更高了。我才知道他的公司主要业务是加工手机膜和各种零部件，听他的意思，在原来的公司跑销售时，他已经打通了各种关系，销路是不愁的。按照他的口风，公司每年赚个三四百万是小意思。王如云自始至终没怎么讲话，只是低头吃肉。她胃口很好。她长了双蒲扇大手是有道理的。等酒足饭饱，蜗牛才说，呀，我女朋友发信息了，在学校等我呢。我瞅了眼，那姑娘是半个小时前联系的他。姑娘有个很好听的名字，叫阿杰莉娜。

蜜蜜他们打车回通州，我跟蜗牛回宿舍。宿舍门口的树下站着个女孩，穿着件粉红色连帽衣，背对着我们，无疑就是他的女朋友了。这所学校有规定，女生不准进男生宿舍楼。尤其是我们这栋的宿管大妈，都是朝阳区的，眼睛自然更毒辣。其中有个姓杨的，天天拉着张寡妇脸坐在门厅里，盯贼般盯着往来的学生，即便苍蝇飞进来，也要逮住辨清公母，母的绝对就地正法。蜗牛只能跟他女朋友在树下说话了。幸亏那棵树不仅枝繁叶茂而且粗壮雄阔，树龄两百年也有了，远远望去只能看到黝黑树皮，看不到树后的人。

等我再接到老艾电话时，已经是暮春了。我知道蜜蜜的公司开张了，作为一家手工作坊式的公司，蜜蜜雇用了五名职工，当然，这五名职工里包括老艾和老叶。老艾和老叶是厨师、保姆、保洁员、搬运工、装货员和邮递员。老艾说，她要被蜜蜜气死了，人家王如云常常来公司打下手，蜜蜜连个好脸也不给。更让她恼怒的是，他把那辆宝马摩托车卖了。为啥卖？蜜蜜有天骑着摩托车去打篮球——我不让他去他就不去吗？向来都是我说往东他偏往西！在国贸跟辆奥迪撞上了！奥迪车主边开车边打电话，就怼到摩托车屁股。幸亏蜜蜜命大，从摩托车上摔下来，只磕破了脸皮。车主大概是个角色，横得很，连句好话也没有，只是说他入了保险，让保险的人来处理。你还不知道蜜蜜那脾性？当时就爆炸了，跟人家吵起来，不光吵起来，还动了手，把人家的门牙打掉了一颗。哎，反正到最后，蜜蜜鬼迷心窍，非要把那辆破相的摩托车卖给那个撞他的人。那人死活不买，蜜蜜就天天打电话，又去公司堵人家。人家被缠得没办法，答应出二十万。

我有点发懵。我记得蜜蜜说过那辆摩托车花了四十多万买的，这才骑了不到半年，就半价处理了？我说话就跟放屁一样，老艾咬着牙，蜜蜜那王八羔子，非说一看到摩托就烦，眼不见为净，贱卖就贱卖吧。他那点花花肠子我还不知道？这不，前几天他买了辆轿车，难看得很。膝盖没好全，还老开车去体育馆打篮球。你当舅舅的可要好好管教管教！他公司刚开张，哪里有闲心玩？膝盖上还镶着块钢板，再作下去，钢板坏了咋整？这要残废了，拄着拐杖上蹿下跳，就算是王如云，也不会嫁给他了。

好吧，为了让老艾放心，我不得不约谈蜜蜜。蜜蜜说，舅啊，我正在打篮球！你忙啥呢？要不过来一块打？我才到体育馆！我记得你以前是单位篮球队的。我说好，七八年没摸过篮球了，可蹦起来还能摸到篮框。蜜蜜说，舅啊，你就别吹牛逼了，是骡子是马牵出来遛遛。

为了教训下蜜蜜，我特意带了个帮手。这帮手不是别人，正是蜗牛。蜗牛别看性子慢，打篮球却是把好手。基本功扎实，花活玩得好，手指转球左右手背衔接揉球，动作既唬人又迷人。我们到那里时他们正在打半场。在旁边观察了会儿，发现他们装备虽然齐全，却全是半破子手。蜜蜜见到我跟蜗牛有点意外，他可能没想到我们真的会来。他殷勤地向他的球友们介绍我们。他的介绍有点夸大其词，不过很是让蜗牛受用。他说我是国内著名的编剧，像《千秋引》啊《丈母娘会武术》啊《太监也疯狂》啊这些收视率超百分之一的巨作都是我写的。说实话，这些电视剧的名字我都没听说过。他又介绍蜗牛，说蜗牛不但是研究唐伯虎的专家,还是唐伯虎的第八代传人,毕业后就到故宫博物院当研究员了。那些球友对我们似乎很感兴趣,又是递烟又是递水。我们也没说啥。能说啥呢。

打完篮球已经傍晚,几个球友纷纷收拾行李。蜜蜜挥挥胳膊说,今晚我做东,吃日料,都别回家了。那些球友都赞成,看来对我和蜗牛的球技还比较满意,愿意我们俩掺和在他们当中。我们一起去停车场。蜗牛偷偷问我,蜜蜜的朋友都是啥人啊?最便宜的那辆车,也要一百多万。

那家日料店在三元桥附近,东拐西拐的,上了楼才发现是家私人会所。男女服务员穿着和服在门口鞠躬相迎。屋里只有两张檀木桌子,中间用影壁隔开,再里面是个KTV包间。老板是个日本人,长得像蓄了胡须的福山雅治,中国话说得比蜜蜜还溜。看样子他们熟得很,老板说今天上午才从北海道运来条蓝鳍金枪鱼,你们真是有口福。还有条寒鰤鱼,要是喜欢,一块做了。蜜蜜叼着香烟说,上!把最新鲜的都上一份!别忘了海胆我要……他还没说完,福山雅治抖了抖小胡子,笑眯眯地应道,两份。

那天晚上喝的清酒。清酒也许是世界上最难喝的酒了。尽管如此我们也都喝了不少。我跟蜗牛很少插话。我们只是听着他们讲。听着听着我似乎明白点什么。这些球友多是有钱人家里的孩子,听口风不是读过哈佛商学院的MBA,就是在中信证券任职,其中有个孩子是山西人,他明显喝多了,耳根子比龙虾还红,他拍着蜜蜜的肩膀问,你爹那个矿卖了没?最近大形势不好,该出手就出手,我家老头卖了三个矿了,矿多累主啊。

蜜蜜说,我家还好,毕竟有个钢铁公司接着,说完他瞥了我一眼,说,我爹是个土财主,目光短浅,我撺掇他去海外投资,他又不肯,要是把马德里市政厅买下来,价钱不早就翻倍了嘛。球友哎了声,又跟他碰了杯酒,说,这些老古董迟早要被淘汰的。他们这代人啊,没知识,更没见识,只是走了狗屎运。

我夹了块金枪鱼慢慢地吃。我很替老叶开心。走了狗屎运的老叶从来都不知道自己开了家钢铁公司,还有座矿山呢。

蜜蜜明显喝大了，结账时钱包掉出来也丝毫没有察觉。我替他捡了起来，里面得有二十多张银行卡，还有张合影，黑白的，模糊不清。我辨认许久，才看清是蜜蜜和甜甜的合影。他们长得并不像，完全瞅不出是双胞胎。当我将钱包递给蜜蜜时，他嘻嘻地笑着说，舅啊，我可从来都想着我姐呢，我常常跟她唠嗑，她只听我说，却不搭腔，不过，我知道她想我，她还像小时候那么爱我，总是趁我睡着时偷偷亲我。她其实一直想着我们，对不？

我只好拍拍他的头。说实话，这么多年来，他在我印象中还是那个四五岁的男孩，抱在怀里犹如营养不良的猪仔。稍大些，他总是坐在过头屋的水泥地板上，戴着近视眼镜手持放大镜，研究收音机的电子管和线路，神态犹如一个研究病毒的老科学家。当我们从他身边蹑手蹑脚走过时，总会闻到刺鼻的、零件烧焦的煳味。我很难把这个记忆中的男孩跟眼前这根丝瓜重叠铆合。我只比他大十几岁，因为是他舅舅，却像隔了几个世纪那般遥远，他在我面前似乎永远也长不大了。每次看到他，我就想起切斯特菲尔德的那句话：青年人往往自视聪明，就像醉汉自觉清醒一样。这话简直就是针对蜜蜜说的，或者就是针对作为他舅舅的我说的。我也知道，这样想他有点不公平，但是习惯成自然了。

那晚我跟蜗牛先行告辞，蜜蜜的朋友们也喝多了，非要去K歌。让我意外的是，下楼时我仿佛晃到了王如云。她躲在一楼那扇庞大透明的旋转门旁侧抽烟。她来等蜜蜜吗？为何不一起吃晚餐？我愣了愣，抬起手跟她打招呼，可她装作没看见的样子迅速转过身去。她对面是双层立交桥，黑魆魆的，犹如蟒蛇的骨架，车辆萤火虫般慢吞吞地行驶，没有声息，而空气里是西府海棠花粉的颗粒。我留意到她的肩膀很宽，站在夜色中仿佛一个柔道运动员。她就那样背对着我，哆哆嗦嗦地抽烟。

5

老艾坐了一个多小时的地铁来找我时，樱花都快谢了。那天值班的是杨宿管，除非老艾去做变性手术，否则我就是管老艾叫亲妈，她肯定也不放老艾进楼。大厅玻璃门外有间狭窄的接待室，老艾看着来来往往的学生一句话都不肯说。不然咱俩去咖啡馆？老艾摇摇头，那玩意难喝得很，还不如红糖水。我说咖啡馆里也有汽水，你不是顶爱喝橘子汁吗？老艾似乎被说动了，可路过体育馆时，她指着参差不齐的台阶说，弟，我们在那里坐会儿吧。

这样，我跟老艾肩并肩坐在观礼台上看着足球场。场地上有帮孩子正在踢足球，他们嘹亮的呐喊声间或传来，让老艾时不时有些走神。她说，她还是同意蜜蜜跟王如云分手了。没错，王如云是个难得的好姑娘，可是……可是，我想抱孙子，蜜蜜也想以后要孩子。我问，王如云想丁克？老艾垂着眼睑说，王如云也稀罕孩子，是生不了。王如云跟蜜蜜好之前有个高中同学，俩人处了好些年对象。如云那时小，不懂事，也不知道爱惜自己，为他打过两次胎，后来跟了蜜蜜，又打过一次。医生警告过她，可她根本没往心里去。你说我跟老叶要是都死了，蜜蜜老了，头疼脑热连个端茶倒水的人都没有，我在阎王那里能省心吗？

咸吃萝卜淡操心，再说，日后哪里敢靠孩子养老？不都得掏钱住养老院？老艾撇撇嘴，打死我也不去养老院，丢不起那人。你小，你见得少，养老院可是地狱啊。根本没人管你，屋里比茅厕还臭，屎尿拉一裤裆也没人给你擦。我要老了，瘫了，蜜蜜不养我，我就吃把安眠药死了算了。好死总比赖活着强。

那王如云……还常去蜜蜜那里？去。这姑娘啊，一根筋。你说蜜蜜有啥好？长那么矮碜，钩虾似的，眼睛眨巴眨巴，看着就心烦。老艾叹口气说，除了手里有两块钱，会唱几首破歌，会打篮球，会啥？你说，他会啥？我是掐着半颗眼珠也瞧不上他。

一阵喊叫声传来，原来是甲方攻进一球，孩子们欢呼着搂抱在一起。老艾盯着那些孩子们说，蜜蜜要是能给我生几个孙子，再生几个孙女，该多好。我不禁笑了，你给蜜蜜找个蜂后算了，生两窝，还会采蜜，连红糖也省了。老艾有些不服气，不就是拉扯孩子嘛，有啥大不了？你老姑不拉扯了我们姐八个？都活得好好的，没见谁早夭，你老姑也活到九十岁。

我盯着老艾。老艾的脸开始有些僵硬，后来怎么就笑了。我恍惚想起了她少女时的模样。老艾那时在大队的小卖部当售货员，卖牛舌饼、香油果子跟小黑枣。我放学时常从小卖部路过，老艾总是偷偷往我袄兜里塞两颗水果糖。那时，她笑起来比小黑枣还甜。她后来还在县城的国营饭店四部干过厨师，她叔伯大伯在那里当会计。据说老艾的手艺得到了烧鸡大师赵岩的真传，这个羞赧的姑娘熏制的烧鸡酥脆腻香，皮老肉嫩，成为四部招牌菜。要不是后来跟老叶结婚，老艾没准也成烧鸡大师了。据说县城最火的赵四烧鸡店，就是那位大师的后人开的。这么多年过去，这个卖过小黑枣、熏制过烧鸡的女人有双浑浊的三角眼，鼻子常年红润，每到春天就犯干燥性鼻炎，嘴巴不再微微上翘，两条泾渭分明的法令纹让她的唇角耷拉着，犹如哀伤的河流。她唯一没变的就是发型了。她一直留着小学课本里刘胡兰式的黑硬短发。不过，如今头发已经斑白了。

王如云这孩子是真不赖，厚道本分。老艾的声音甜得像砂糖橘，我把她当亲闺女，还认了干女儿。你们宿舍那个小唐，真的有女朋友了？

我这才明白老艾大老远的跑来，究竟是为了什么。我拉着她的手说，老艾啊，人家小唐打算去海德堡大学读博士，就算他没有女朋友，就算俩人对了眼，你想让王如云干等五年？她也老大不小了吧？如果我没有记错，也快三十的姑娘了。老艾似乎有些失望，不再说话，拖着虚肿的两腮盯着草地上跑来跑去的孩子们。她身上还穿着那件腈纶的蓝底白道的毛衣，绒球早就磨没了，薄薄的。她为啥不穿那件 Burberry 豹纹真丝女式上衣呢？

那天中午我请老艾吃了碗兰州拉面。当她端过那一大碗热气腾腾的免费面汤时，似乎嫌葱花和香菜有点少，伸手抓了一小撮。结果被正在捞面的师傅吼了嗓子，手干净不干净！瞎抓个啥！老艾的手哆嗦了下，葱花掉进瓷盆里，这时师傅放下手中的大碗，戴着塑料手套将掉进去的葱花抓出来，扔进身后的垃圾桶。老艾的嘴角抽搐着，说不出话。我说你别生气，跟这种人生气不值得。老艾说，我有啥生气的，我儿子在北京有房有车，他有吗？她声调很高，说完又故意瞥了那师傅两眼。师傅脸色如常，只是手里的面抻得更细了。

吃完面我执意将老艾送到地铁口。老艾说，我这个礼拜蒸酸菜猪肉发面包子，你跟小唐过来吃吧？

于是那个周末，我跟蜗牛去蜜蜜家吃包子。那晚除了我们和蜜蜜一家，除了王如云，还有个染黄头发的姑娘。姑娘坐在蜜蜜身边，王如云坐在老艾身边。老艾时不时将凳子挪一挪，离王如云远点。蜜蜜和那姑娘有说有笑，动不动还弹弹人家的脑门。姑娘说包子热，蜜蜜还夹到自己嘴边使劲地吹。姑娘也话多，讲着公司里女同事的情事，动不动就爽朗地笑半天，后来她站起来敬我酒，一口干了一大杯啤酒，看样子酒量比王如云还好。她说，舅舅，你还认得我吗？我姓邹。我说我脸盲症，有回跟我们局长走个对面也没敢打招呼，怕认错人。她似乎对我的回答甚是满意，说，蜜蜜住院，我在他旁边的病床，你忘了？我还给过你海南芒果，橄榄球那么大。我这才恍惚想起来，她就是那个蜜蜜老偷眼观瞧的邻床女孩。看样子她跟蜜蜜关系很熟络，反正比王如云跟蜜蜜亲近多了。

我拿眼去瞥老艾，老艾装作没看见，只是嘘乎着给蜗牛夹红烧排骨。王如云端起酒杯敬酒，老艾叹息着说，干闺女啊，妈的血糖又高了，这酒啊，不能沾了。王如云的酒杯端在空中，放也不是，喝也不是。这时蜗牛说，王姐我敬你。听说你也喜欢画画，有时间我们切磋切磋？王如云爽快地干掉，蜗牛又说，我们公司每个礼拜都有美学讲座，你要是感兴趣，你可以报名参团，我跟我们经理说说，给你打个折扣。王如云没吭声，盯着蜜蜜，蜜蜜盯着邹姑娘，邹姑娘盯着老艾。老艾说，一晃都该立夏了，虽说不该饮酒，可好日子不喝口，总觉得缺了点啥。老叶啊，你不是有瓶法国葡萄酒吗？赶紧让孩子们尝尝，别老让他们喝猫尿了。

老叶慢慢腾腾地说，遵旨，老佛爷。

6

　　整个夏天如此漫长。为了不至于饿死，我接了个活，去写关于扶贫的剧本。为了写剧本，跑到千里之外的祁连山住了半月。房东清晨都给我煮碗面，大概因为我是客人，酱油和盐多放了些，齁得我整天想喝水。村附近的山上盖了养鸭场，是精准扶贫对接项目，有两百个鸭棚，每个棚里都养了三百只鸭子。我很羡慕邻居那对夫妇，早起四点半就披着露水去鸭场。他们要不停地捡鸭蛋、投饲料、锄鸭粪，一日三餐都在鸭场吃。晚上七点他们夫妇徒步回家，先经过两道种满了山药的山梁，再经过那条时常断流的河流，然后走过种满了板蓝根的农田，穿过开满了金盏花的荒地，才能到家。当他们看到我在树下乘凉喝啤酒，牵着的两只手慌忙散开，男的嘿嘿笑着问，又喝上啦？他们本地的方言跟他们的莜麦面一样粗糙劲道，如果不看他们的眉眼，你会误以为他们在寻衅吵架。说实话我很羡慕他们头顶星斗上工下工的日子，不由得想了一下我也娶个农村媳妇的情景。

　　从山里回来，正是北京最热的季节，干燥、烦闷，青蝉嘶叫，也没叫下一场雨，只有月季繁盛疯狂，开得洗脸盆那么大。我从地铁口钻出来，看着钻入地铁口的穿西装的年轻人，几乎透不过气来。这时老艾给我打电话，没声好气的。她说，弟啊，有空帮我倒把手。蜜蜜啊，哎，又住院了。

　　蜜蜜又换了块半月板。看着他躺在雪白的病床上，我丝毫不觉得意外。我坐在中央空调的风口听老艾不停唠叨，不听老人言吃亏在眼前，没痊愈还老打篮球老喝酒，东跑西颠，日作夜作，看你这下还嘚瑟不？蜜蜜只是躺着打手机游戏，即便是邹姑娘用勺子舀了西瓜喂他，他也懒得张嘴。邹姑娘板着脸说，你是割了舌头还是拔了牙？蜜蜜这才嬉笑着咧开大嘴，将冰镇西瓜吸进喉咙。老艾跟我偷着说，这姑娘啊，对蜜蜜真好，我只是不明白，她图蜜蜜啥呢？也是，据说邹姑娘是北京土著，从小就住在朝阳区太阳宫，读的编导，在电视台上班。看样子老艾对邹姑娘的家境也颇为了解，父母离了婚，她判给了母亲，继父呢，带了个儿子，年岁跟她差不离。邹姑娘的母亲在城乡超市当收银员，继父是街道办事处的会计。房子是她母亲的，七十平米，顶楼，没电梯。不过，老艾说，小邹还没跟她妈说蜜蜜的事。据说她妈年轻时风光得很，当过红卫兵的头，是把刷子，她担心蜜蜜根本应付不了她的审查。没错，老艾用了审查两个字，仿佛蜜蜜是个嫌疑犯。

　　我忍不住问，王如云呢？老艾说，哎，这闺女，很久没过来了。我倒是挺想她。她刷碗刷得可真干净呢。我盯着蜜蜜看，蜜蜜抬眼看一下，眼皮无辜地眨动着，继续打他的手机游戏。我只能在心里摇摇头。

　　蜜蜜出了院，也不过消停了个把月，仍瘸着腿去体育馆的篮球场。打不了球就在旁边帮人家看衣物、买水，同时负责吆喝鼓掌。买卖倒不怎么操心，老艾老叶跟仨员工忙得脚尖朝后，他也懒得搭把手，反正销路不愁，几个大客户的采购商都是多年交情，他手松，私下给的回扣比他们的年薪还厚。老艾说晚上装完货倒头就睡，都想不起来给老叶擦身。老叶只要从员工身边走过，人家就忙不迭捂鼻子，后来他们从早到晚都戴着口罩，有高级过滤功能双层保险的那种，连雾霾跟老叶的气味一块都过滤了。

　　而蜜蜜跟医院的缘分也不浅，出院没两个月，就又搬了进去。那天晚上我在操场慢跑，没带手机，跑完又端着脸盆沐浴液去澡堂排队，回到宿舍时蜗牛说，大哥，你手机都快被艾姐打爆了，赶紧回吧。等我打过去，先听到了老艾的哭声。我很多年没听过她的哭声了，她的哭声让我想起乡村葬礼时的农妇。她抽噎着说，蜜蜜出事了。我让她慢慢讲，她又号啕了好阵子，才说，王如云把蜜蜜的筋挑了。我一时没反应过来，老艾就喊，他舅啊！快来医院吧！来了就知道了！

　　等我赶到医院，蜜蜜正在手术室。老艾和老叶坐在外面的椅子上。老艾时不时扒住老叶肩膀嚎两声。老叶沉着脸说，没想到王如云看着老实，却如此心狠手辣。很久没露面的王如云中午说请蜜蜜吃火锅，蜜蜜就去了，去了就被王如云灌多了，等他醒过来时发现自己躺在如家宾馆。他想撒泡尿，迷迷糊糊喊着王如云的名字，没人应答，他想下床，却发现根本动弹不得，开了灯，床上几摊血，他去瞅自己的脚，发现脚踝血淋淋的。他倒是很镇定，打了120，打了前台电话，打了老艾电话，这才给王如云打。王如云的手机关机了……老艾擤了把鼻涕，说，这可咋整呢？膝盖没长好，筋又断了，这要真成了瘸子，还能娶到媳妇吗？老叶用块脏兮兮的手绢不停地擦她眼睛，又擦他自己的眼睛。

　　动完手术的蜜蜜很快就醒过来。醒过来的蜜蜜只是盯着天花板，听老艾骂王如云，然后老艾老叶跟我商量报警的事。我说这属于刑事案件，再观察观察蜜蜜的病况，明天一大早去宾馆所属地的派出所。老叶说，他跟如家那边也商量好了，房间还保持原样，那可是犯罪现场，宾馆视频里也有蜜蜜和王如云一起上楼的证据，总之，王如云这个歹毒的女人跑了和尚跑不了庙。老艾只是不停地骂着王如云，骂完王如云又骂自己引狼入室，老觉得她可怜，跟蜜蜜分手后还认了干闺女，没想到却是个杀人不眨眼的主儿。

　　我们正喊喊喳喳，蜜蜜猛地喊了嗓子，不能报警！

　　他刚动完手术，中气却十足。我们愣愣地盯着他。他胸腹起伏目光涣散，报警？报狗屁的警！谁敢报警我跟谁没完！躺两天，老子又能去打篮球了！妈的，我又没进火葬场，你们哭个屁！

　　我们面面相觑，后来我朝老艾老叶使个眼色，他们鸟悄着退出了病房。我倒了杯温水犹豫着递给他，他没接，头缓缓偏向一侧，并不看我。我说，你这是什么态度？受了伤，爹妈疼，你吼个啥劲？他不吭声，只是瞅着窗外。窗外是棵巨大的速生白杨，树叶肥大鲜绿，能听到蝉在嘶叫。这个炎热的夏天的傍晚，天还是那么亮，一大块一大块的光斑透过杨树的枝叶和明净的玻璃晃在他身上，我看到透明的液体从他的太阳穴顺着颧骨上的绒毛滴到枕头上，不晓得是汗，还是泪。舅啊，他压着嗓子说，我丁点都不疼，没事。我瞅了瞅他的双脚，被白色纱布裹得严严实实，他当时还从宾馆的床上摔下来，额头磕到桌角渍了血，也包扎起来，他躺在那里，看上去仿佛一位弥留之际的麻风病人。突然我听到扑哧一声乐，定睛一看，还真是他笑，只听他说，两讫，漂亮！

7

蜜蜜的膝盖和脚筋九月份才恢复得差不多，不过平时还是坐着轮椅。体育场肯定去不成了，他就坐在轮椅里拍那只经常慢撒气的篮球。员工们嘴巴上戴着厚厚的口罩，耳朵里塞着从淘宝买的劣质耳塞，面色凝重地加工着手机膜，看上去犹如兵工厂快退休的老工人。老叶天天蹬着三轮车去超市买牛蹄筋、排骨、羊盖骨，用高压锅焖得烂熟，逼着蜜蜜上顿吃下顿吃，他说这叫吃啥补啥。我劝他不如多买点核桃、黑芝麻、鹌鹑蛋、猪脑啥的。老艾呢，不甘心，按照她的说法，就是要跟王如云掰扯掰扯，她偷偷给王如云打电话，开始提示关机，后来就提示该用户已注销。看来，她这辈子别想再遇到这个擅长刷碗的姑娘了。

邹姑娘呢，跟蜜蜜比以前更黏糊，这是老艾跟我说的。多好的姑娘啊，一点不嫌弃蜜蜜，老艾说，蜜蜜如今可是个残疾人呢。本来老艾想会会邹姑娘父母，被蜜蜜半路拦截了。你真是吃饱了撑的，蜜蜜说，你好歹让我拄着拐杖见未来的岳父岳母吧？缺心眼！老艾对蜜蜜的指责并没有生气。她觉得蜜蜜说得一点没错。邹姑娘来看蜜蜜的日子，她就当盛大节日过，鸡鸭鱼肉换着样来，听说邹姑娘爱吃龙虾，还专程跑到海鲜批发市场去买。据说掏钱时老艾的脸是紫色的。她心里盘算着一个礼拜吃两次龙虾，一个月就是八只，一年呢，就是九十六只，一只个头小点的龙虾也要两百块钱……可转念想到蜜蜜坐着轮椅眨眼睛的模样，也只得释然。从那以后她主动要求加班到夜里十二点，有次老叶犯了前列腺炎，凌晨两点半起夜，他看到老艾坐在节能灯下，双手在机器里娴熟机械地移挪，胳膊旁边是一摞一摞散发着塑料味的透明手机膜。他就喊，老艾老艾，睡觉了。喊了几遍老艾也没吭声，老叶就蹑手蹑脚地到她身旁，歪头瞅了瞅。老艾闭着眼，鼻腔里发出轻微的、均匀的呼噜声。老叶很是感慨，他说年底了一定要让蜜蜜给老艾颁个最佳员工奖，都睡着了还坚守在生产第一线。

等蜜蜜能拄着拐杖行走了，他突然想起要干点别的。看来老叶炖的猪脑蜜蜜没白吃。所谓干点别的，就是打算开家文娱公司。舅啊，我想办个选秀比赛，类似好声音那种。好声音看过吧？呦，你不知道，中国热爱音乐的人比诗人还多。好声音为啥那么火？励志热血，不看长相看唱功，点燃了普通人欲望的小火苗啊。他们财大气粗我比不了，不过，我可以把节目录完后卖给爱奇艺或优酷。我说你别白日做梦了，这种节目早创收视率新高，物极必反，不多久就要走下坡路，等你公司成立了，导师选好了，节目录完了，估计国人已经喜欢别的节目了。

蜜蜜坐在轮椅上不吭声，他的两条章丘大葱般的腿弯曲着，老让我担忧稍不留神就会折断。再说了，那些参赛学员哪里找？人家好声音有职业星探，都是资深专业音乐人，坐着飞机天南海北犄角旮旯地选人，你寻思每条座头鲸都会在月光下唱歌？蜜蜜说，舅啊，这个我不愁，你还记得我们"蜜之源"微信群吗？里面有许多很牛的业余歌手，有搞传销的，有坐台小姐，有程序员，还有剧院保安和地铁安检员。舅啊，高手在民间，你可千万别瞧不起这些人，蜜蜜打了个响指目视着我，只要你给我从文体局办个许可证，一切问题就都不是问题。

我说，我在北京认识的最牛逼的人，就是你了。

蜜蜜笑了。他挥了挥手，说，你能给我找些靠谱的赞助商吗？

我想了想说，你看老艾跟老叶如何？

蜜蜜就调转轮椅去了厕所。

让我意外的是，蜜蜜的文娱公司真搞到了批件，也找到了赞助商。据说帮忙搞手续的人是邹姑娘的远房亲戚，至于有多远已无从考证，反正邹姑娘动用了她父亲的表姑的女婿的外甥。最大的赞助商是经常跟蜜蜜在体育馆打篮球的山西人，我还记得他父亲是开矿的。这年头，人们总是对开矿的人充满了敬意。不过，我怀疑这个山西人打篮球把脑子打坏了。据说开始他们想把比赛现场放在北京电视台的演播大厅，不过费用比较昂贵，另外选手们要是从全国各地飞过来，这机票钱、宾馆住宿费和饭费，都是让人挠头的开支。后来还是老叶一句话点醒梦中人，你为啥不在咱们县录节目呢？

是啊，为啥不在云落县搞？跟县委县政府搭上桥，不光这住宿饮食解决了，也能套不少赞助费。现在各地搞文化宣传，奇招怪招频出，争西门庆的故乡也要争到法庭上，何况这种全国规模的选秀比赛？蜜蜜看着我，老艾和老叶也看着我。我只好说，好吧，看在你断过筋的分上，我找找老宋——死马当活马医。

老宋是我初中同学，如今是我们云落县的宣传部长、县委常委。他年轻时最喜欢托尔斯泰的小说，我跟蜜蜜拜访他时拿了套人文社的托尔斯泰全集。我两年没见过他，他除了头发稍白，倒没啥大变化。他对蜜蜜的创意颇感兴趣。我觉得这事似乎有些眉目。老宋初中时是我们班的文体委员，初三迎新春晚会时，还穿着借来的西服唱过《西游记》的主题曲《敢问路在何方》，唱得有模有样，只是每到高音处就破嗓。我们同学聚会时，喝完酒后的项目必有 K 歌，也全是老宋的提议。那天老宋握着我的手说，你放心，外甥的事啊，就是我的事，这种利民惠县的大项目，我们是求之不得，求之不得唯。这情形好像是我帮了他一个大忙，我的下巴在心里半天没有合上。

老宋确实没有让蜜蜜失望。他的提议得到了县委书记的首肯。县里正在申请"中国曲艺之乡"称号，此时举办一场有全国影响的比赛，对申乡之路无疑是锦上添花。他们十分痛快地答应了蜜蜜，还应允所有选手的住宿费全包，如果他们是坐长途火车来云落，火车票也给报销。至于节目录制后跟哪家网站合作，他们进行了周密的研究部署，最后选择了家巴拉巴拉网站。这家视频网站建成不久，据调查，主要客户是高中生、农民工和喜欢打游戏的大学生，日均流量达两千万。

那几个月，我基本上没见到过蜜蜜。偶尔我去通州吃老艾捏的大馅发面包子。老艾和老叶领导着三名员工坚守后方，老艾每天都是凌晨三点才睡觉，用老叶的话来说，就是她得了神经性官能症，即便早早爬上床，那双手还是在空中不停地抖动，只有把散发着臭味的手机膜塞给她，她的呼噜声才会渐渐响起。老叶说，他无比怀念老艾鼾声如雷的日子。

蜜蜜他们的声势挺浩大，不时有关于他们的消息传到我耳朵里。他们把录制现场放在了云落县的广播电视局。那些参赛学员统统住在三星级的县政府招待所，然后坐着大巴车前往录制棚，大巴车前面还有两辆鸣笛的警车开道，煞是威风。让我意外的是，蜜蜜说服了一位主管农业的副县长参加了比赛。这位副县长以前是中学音乐老师，民族唱法，拉一手好二胡，长得富态喜庆。据说他参加蜜蜜的节目也是县里常委会通过的。他们认为，隔壁县的副书记在"快手"卖烧鸡，一天卖了六千只，为啥他们就不能派一名副县长参加歌唱比赛？歌唱比赛可比卖烧鸡档次高多了。

他们还和市里的电视台签了合同，到时候直播决赛全程。蜜蜜他们请的四位导师包括一个上世纪九十年代末的二流歌星，一个光头海归音乐博士，一个韩国变性歌手，还有一位鲐背之年的老作曲家。蜜蜜还是很精明的，这四位的出场费可能还没有那四把转椅的价格高。这场赛事从深秋一直持续到深冬。决赛现场是我们县的巨蛋剧场。这个剧场属于电影院。

据说老艾跟蜜蜜要了五十张特约嘉宾票，她和老叶筹谋半宿，决定把这些票赠送给邻居李根旺和他的歪脖老婆、李根旺的四个女儿四个姑爷、村两委班子全体成员、大伯家的二哥二嫂、莲姐家那个在芬村小学当音乐教师的外甥女、住在敬老院酷爱京剧的表弟，以及周庄小学上学年的三好学生……决赛当天，我们家的亲戚、村中睦邻、村两委班子成员赶着马车、骡子车，开着拖拉机、三马子车、面包车或者轿车纷纷奔往云落县城。他们穿着过年才穿的衣帽，包里装满了瓜子、糖块、手纸和饮料。在他们看来，这场隆重的盛会让冬闲时节变得有乐子了，为了跟上潮流，他们还网购了廉价荧光棒和细杆烟花，可烟花在安检时被没收了，这让他们颇为不快。当五名决赛选手之一的副县长穿着马褂登场时，现场的观众沸腾了，他们还从来没在现场听过大官唱歌呢，他们忙不迭肃然站立，双臂如麦浪般左右摆动，整齐划一地呼喊着副县长的名字，同时将绿色荧光棒和LED广告牌高高举起，他们激昂的呼喊声几乎淹没了副县长的歌声……

本来我约了蜗牛同去云落看决赛，不过蜗牛最近遇到点麻烦事，用他自己的话讲，就是跟阿杰莉娜的关系处于崩溃边缘。至于个中缘由倒没细说，他向来注重保护个人隐私。为了安慰他，我请他吃了顿麻辣小龙虾。我才知道青岛人酒量那么好。当蜗牛将第十二杯扎啤一饮而尽时，我看到眼泪从他狭长的丹凤眼里滚出来。他说其实泰国之行时就隐约感觉到哪里不对劲，这种微妙的不对劲只有恋爱中的人才能体会，譬如她坐在海边发呆，眼望着猎户座叹息，即便是潜水跟海豚嬉戏，她也从来没有笑过。蜗牛手里没有多少积蓄，旅游的钱AA制。泰国回来，她又在电影学院旁边租了房，每月房租就五千五。蜗牛问她哪里来的钱，她说跟一位大哥借了十万。至于是什么大哥，她也没做过多解释，只说在公司打工时认识的客户。她在政法大学读研，业余时间会去律师事务所干点杂活。她不容易，蜗牛说，母亲离婚，继父是酒鬼，打骂是常事，本来想考清华的研究生，回国后能找个好点的教职，考了两次都没考上。

我愣了下，她是……外国人？蜗牛点点头说，嗯，在越南的格鲁吉亚人，你知道她为啥跟我谈恋爱吗？我说难道不是因为你是小唐伯虎？他没吭声，掏出手机给我看照片，照片上是个健身房里练器械的外国小伙。你瞧，蜗牛将照片放大，将大脑袋探过来，哽咽着问道，我跟她前男友，耳朵是不是长得一模一样？我只好点了点头说，没错，都是典型的招风耳。

蜗牛过不几天人回了青岛。蜜蜜的好声音决赛我也没去，终日蜷缩在宿舍读书。风的声音不大，从玻璃上滚过，静悄悄的，仿佛猫的呼吸，只不过翌日醒来，玻璃上布满诡异的白色森林。喜鹊在窗前那棵老槐树上瑟瑟发抖，嘴里叼着不知从何处觅来的珍珠红果。我低头看看扔在桌上的福克纳小说，无边的厌倦浮升起来。后来我盯着书架上的那排白丝绒的维特根斯坦全集看，慢慢心情好转一点。没错，那个干冽的冬日午后，我站在一间散发着姜片、馊饭气息的宿舍里似乎受到了一点维特根斯坦的影响。维特根斯坦在一战战场上完成了《逻辑哲学论》初稿——哲学问题已被解决，于是他"怀着贵族式的热忱前往奥地利南部山区，投入格律克尔倡导的奥地利学校改革运动，成为一名小学教师"，结果他的执教生涯因为南部农民的粗俗愚蠢而终结，不得不到修道院当了一名园丁——你看，这么拔尖的人也会遭遇这样的命运，何况吾辈乎。这个"影响"还不小，我的心态莫名就好起来了，竟然主动地想起自己好久没有联系蜜蜜和老艾了。

8

蜜蜜的节目录制完后,县政府派了辆大巴车送决赛歌手去北京机场和火车站,路过香河收费站安检时,发现得了季军的那位来自贵州的歌手原来是个潜逃多年的杀人犯。八年前他把债主连同一只泰迪犬用水果刀捅死在出租屋内。他对被捕似乎早有心理准备,验身份证前本想跨过高速护栏从下道逃跑,怎奈被热情的政府工作人员死死拉住,怕他乱走迷失了方向,不好向领导交待。这个憨厚的贵州人被警察押走时还在安慰蜜蜜,他会在监狱里继续苦练海豚音,出狱后再报名参加蜜蜜的赛事。他始终相信自己能练出比维塔斯还要高半个音阶的海豚音。

过不多久,县里接到上面通知,禁止行政官员参加任何性质和形式的娱乐节目。蜜蜜和他的伙伴们不得不和县里斡旋。斡旋的结果就是,必须删除关于副县长的所有镜头。好吧,最大的噱头消失了,他们不得不把焦点放在参赛的那位白血病患者身上。这个患者除了长得碨碜点、病情尚未痊愈,似乎一切都完美无瑕:美妙如外星人般的歌声、鬼魅的机器人舞步让他仿佛是被上帝打过两拳又亲吻过的人。当一切似乎都被摆平时,他们接到通知,跟他们签约的巴拉巴拉网站被封了,这个网站被怀疑恶意传播黄色视频和其他非法链接。

蜜蜜命苦啊,老艾将饺子边捏成花朵的形状,慢腾腾地摆放到高粱秆扎的盖帘上。不过,他总算安生了,她瞥了眼躺在沙发上打游戏的蜜蜜,说,那三个员工也辞职了,为啥?发不起工资谁还给你白干?好吧,看来我们都接受了这样的现实:蜜蜜没能赚得钵满盆满,反倒赔了老本。不过,老艾眼里的灵光闪了闪,说,也有好消息,蜜蜜被小邹她妈接见了。

据说觐见准丈母娘前,蜜蜜的眼比平日里眨得更快。他听邹姑娘多次提及,她母亲是个厉害角色,可到底厉害在何处,哪里又是个角色,邹姑娘倒说不太清,按照她的表述就是,她身边的人,包括她母亲身边的人,都认为她母亲身上长满了棘刺,换句话说,他们都对她的母亲充满了由衷的敬意和恰到好处的恐惧。出于对群众评价的信任,蜜蜜心里打了很久的小鼓。见面头天夜晚,他基本上没睡觉,晨起时挂着黑眼圈。

也是，他的膝盖和脚筋尚未痊愈，走起路来细瞅，还是能瞅出些猫腻，更别提他那双眼睛了。为了给未来的丈母娘留个好念想，蜜蜜把见面的地址选在了咖啡馆。那家咖啡馆即便是白天也森冷黑魆如盘丝洞，只有巨型白色蜡烛的光芒提醒着顾客，这里是人间福地，能喝到苏门答腊盛产的麝香猫咖啡。他颇为谨慎地选择了靠窗的包间，这样的话虽身陷暗处，但也有丝丝缕缕的光线透过白色窗纱透进，他将靠窗的位置留给了自己，他说他当时是这么想的：也许老太太会在若隐若现的光线下被他清奇的面貌吸引，比如他高悬的希腊式鼻梁和宽阔性感的约鲁巴人厚嘴唇，从而忽略了五官其他的部分，比如鱼唇般的眼睛。后来会见的结果跟蜜蜜猜度的相差无几，那位烫着大波浪、眼神如金雕般犀利、语速比法国人还快的老太太事后跟邹姑娘说，这小伙看起来不赖，不过皮肤怎么那么白？不会是白癜风吧？他房子多少平米来着？

蜜蜜看起来还是老样子，懒洋洋的，只不过以前能吃十个肉包子，现在吃六个。我估计他把自己攒的那点老底全嘬瑟光了。这是种不需要太高智商的本领。有时他坐在员工的椅子上，跷着二郎腿呆呆地望着窗外，直到房间里弥漫着肉皮的煳味——那是燃烧的香烟将他的手指烤焦了，不过他看起来丝毫没有感觉到疼痛。他没再去篮球馆打篮球，老艾偷偷跟我说，蜜蜜不是不想去，而是没有交今年的会费。老艾还说，蜜蜜打算将那辆宝马车卖了，可小邹姑娘死活不同意。

我以为蜜蜜会跟我聊聊。聊什么呢？我也拿不准，不过我觉得一个暂时失败的人通常会需要一名忠实的倾听者。可他只是快速地眨着眼，目光越过我，落到那台彩色电视机上。他什么节目都看，婚姻保卫战，非诚勿扰，卖锅卖假宝石的电视购物，十万岁的狐狸女仙和三万岁的玉皇大帝孙子在九重天外谈恋爱……那天他转到纪录频道，看到十几条毒蛇正在追逐一只老鼠。那些吐着信子的蝮蛇犹如锦衣卫杀手，在峭壁岩石间，在灌木丛中，在沙土地里疯狂地追逮那只灰毛老鼠。那只吓破了胆的老鼠上蹿下跳，东躲西藏，每每险象环生处又能安然脱身，让人觉得仿佛是上帝的那只手在庇护着它，看着看着蜜蜜转过头，看着我。他的眼睛眨了眨，说，舅，我就是这只耗子。死不了的皮耗子。

皮耗子,他舔了舔嘴唇,皮耗子。

我递给他支香烟,将电视静音,想了想说,别瞎折腾了,蜜蜜,干脆回云落吧。你不是吉他高手吗?开个音乐培训班,钱能呜嚷呜嚷地涌来。他直愣愣地盯着我,嘴巴僵硬地努了努。要不就开烧烤店,弄点特色菜,烤菜蛇烤蝎子烤法国蜗牛、烤鲍鱼烤海螺烤海肠,再烤点羊盖骨黑鲶鱼啥的,配几款新鲜的捷克精酿啤酒,本薄利厚,咱们云落人,穷是真穷,可最贪吃。我帮他将香烟点着,说,可为而不为,是懦夫,可为而为之,是勇士,不可为而为之,是愚夫。他呼出口浓烟,眨么着眼说,舅啊,你说的我没整太明白……不过……连你这种老年人都出来混,我干吗还回那兔子不拉屎的地儿?

我一时不知该如何接话,我听到白炽灯由于电压不稳传来的嗡嗡声;电视里女主角跑着跑着鞋跟断了,她只得拎着鞋子横穿马路;老艾跟老叶正嘀嘀咕咕,神情肃穆如默克尔跟特朗普商讨欧美大事;邹姑娘在看快手直播,一个嗲声嗲气的男人正在推销口红;春天尚未来临,孩子们已经在夜色中捉起了迷藏……后来,我听到自己说,你看过萨特的《死无葬身之地》吗?蜜蜜摇摇头。我还听到自己说,有位奥地利的哲学家,跟你一样,从小热爱机器,他说,其实,一个男人的梦想几乎是从来不会实现的。

蜜蜜端起易拉罐啤酒喝了两口,看着我,眼睛飞快地眨动着,搞得我不得不把注意力集中在他的眼睛上,似乎过了好久,我才发现他嘴巴在笑。

行啊,舅。他说,你这反鸡汤才是真正的鸡汤啊。

啥意思?我说。

天机不可泄漏。蜜蜜说。

9

我有段时间没去老艾家。老艾倒是打过几次电话,炖了松茸乌鸡,还炖了我最爱吃的河豚，我都推辞掉了。

春天又来了。春天总是来得那么冒失。仿佛春风一度，万事万物就膨胀着炸裂。那天我正在图书馆的沙发上小憩，便接到了蜜蜜的电话，他喊喳着说，舅，告诉你个好消息！我打算拍网剧。我头晕晕沉沉，并没听太真切。说实话，我对他那晚的话还耿耿于怀，什么叫"连你这种老年人都出来混"？关键是，想想也是，正因为是，才更耿耿于怀吧？

如今最火的是啥？是网剧！这个时代最需要的就是精品网剧！你可要多研究研究，写出《四平青年》《北京女子图鉴》《无罪之证》这样叫好又叫座的。他说。

我忍不住问，你想拍啥？

我要拍的剧，有悬疑有穿越，有谋杀有神话。我还想加点科幻因素，打个比方，你去了一个平行世界，发现舅姥姥、舅姥爷还活着；我妹妹没有淹死；我舅妈也没跟你离婚，你是不是会舍不得回来？你最好的选择就是，谋杀另外一个世界里的另外一个你，然后冒充另外一个你，继续过着幸福的家庭生活。

我没吭声。

舅啊，帮我写剧本吧！哪天你过来，让我爸炖肘子，咱爷俩顺便好好唠唠。我就不信攒不出牛气的本子！等外甥赚了大钱，按一线编剧给你劳务费，你要愿意，入干股也成，咋样？

我说，这活儿你舅干不了，人老眼花血压高，还天天吃着褪黑素，你找专业编剧吧。

他似乎有些失望，不过肯定是意料中的失望，他的声音听起来依然高亢，那……我先找别人搞，别人搞完了你再搞！谁让你是我舅呢，对不？

等他挂掉电话，我还没回过神。他可能知道我对他没有信心，从来不看好他。不过，我突然意识到，他看我大概也是一样吧？

果然我一直没有等到他的剧本，当然我也没有真的等，因为有一段时间我确实"混"到了一件事。我的一篇小说被朋友推荐给某位导演。我自觉那是篇很糟糕的小说，没想到导演很是推崇。他家住在三里屯附近，当我见到他时，他正抱着一只豹纹短尾猫在阳台上抽烟。和我想象中的名人不同，这是位谦逊得让我心虚的人，他不停地给我续茶，给我点烟，每隔十分钟就问我空调的温度是否适宜。那时停暖了，风还挺硬。我以为他要买我的小说版权，结果发觉并非如此。他正在构思一部电影，他的意思是让我做这部戏的编剧。他猫一般浑圆的瞳孔注视着我，让我对他充满了想象中的敬意。他说，这是个韩国人在里约热内卢的故事。主人公之所以是韩国人，是因为制片人和投资方都是韩国人。一部关于灵魂救赎身体救赎的电影，最重要的是避免人物形象陈腐，男主的身份是哲学家，没错，这是一部关于韩裔大学哲学教师和里约热内卢黑帮的故事……当他提到哲学家时我莫名地兴奋起来，这也许是之后整个春天我和他厮混的缘由。我们常常在他宽阔的近乎空荡的客厅里小声地构思着故事框架，辩论着故事的走向以及诸多异想天开的细节，这些细节往往让我们亢奋起来，他那个脖颈比白天鹅还优雅的女朋友不停地给我们斟酒，从不插话。在很长一段时间里我都怀疑这个安静的女孩是个哑巴。通常喝着喝着我就困了，躺在他们家客厅的沙发上沉沉睡去，半夜醒来，会听到他和女孩亲热的声音。

　　他经常带我出去吃饭，每次吃饭的人都不尽相同，有台北来的家具商人，有部队厨房用品生厂商，有洛杉矶回来的独眼画家、画家的龅牙情人，有某五星级酒店的老总以及长得犹如海狸鼠的某省要员公子……我的酒量剧增，通常一斤白酒后还能整十几瓶比利时啤酒。我发觉，这里的每个人似乎都是一部秘史，他们看上去鲜亮、热忱，脸上的肌肉时常因为激情的焕发而略显僵硬，可我知道，我对他们一无所知，包括几乎三两天就喝顿大酒的导演。没错，到了我们交往的后期，我们似乎忘记了电影的事情，我也很少再去他家里，而是直接打车到他预订的酒店包房，或者某个朋友家的别墅。就是在别墅阳台的遮阳伞下，我第一次喝到了小说中常提及的马提尼酒。他有数不清的朋友、喝不完的美酒、慷慨的赞助商、精致得犹如名媛的女人，我有时候会产生种错觉，自己俨然变成了一名食客。

　　还好，我断断续续接到老艾的电话。她的方言一下子就将我拉回到云落乡村。她说，蜜蜜他们去老家拍戏了。拍什么戏？我愣怔半天才想起来蜜蜜说过拍网剧的事，还真拍啊！老艾说，她也搞不清楚，反正蜜蜜带了帮人回了云落县。蜜蜜自己当导演，还有俩专业演员，据说是中戏表演系毕业的，剩下的都是群众演员，有蜜蜜的初中同学，有长得像梁朝伟的业余歌手，还有在云落县农业局当主任的表弟。他们还借到了县评剧团的行头，备着筹拍古装戏。反正能省则省，不能省的就不拍。蜜蜜的表弟叫荀连生，也是我外甥。他有个朋友开饭店，当了赞助商，提供在云落期间的饮食。蜜蜜承诺饭店老板，将来会在鸣谢单位里添上他们饭店的名字。拍的啥戏？老艾说，她真的不晓得，反正有场戏是在饭店拍的，三个小伙子揍男一号，他们摔碎了几个盘子几个碗，还有把檀木椅，只是动手时没把握好轻重，把男一号的眼睛打成了乌眼青，男一号只好戴着墨镜继续拍戏。老艾还说，小唐也去了呢。我有些讶异，小唐能干什么？我还寻思他在青岛呢。老艾说，你咋瞧不起人家小唐呢，小唐是美术，还是剧务。没有工资，可小唐说，这比写论文有意思多了。

  联系到我正在经历的一切，我突然有点同情起蜜蜜来了，拉个草台班子就干起来，还有点悲壮呢。

  至于邹姑娘那边，老艾说，情况也比较安稳。这是唯一让她欣慰的事情了。她说，她已经跟邹姑娘的父亲友好地会见了十多次。当老艾提到这十多次见面时，不禁笑出了声音。由此看来，这些会面充满了温暖的回忆。没错，老艾说，老邹，也就是小邹的父亲，是个和蔼的老头，常年坐在轮椅上，嘴角流着涎水。他以前是某区财政局的处长，退休后发现颅内长了瘤，就动了手术，手术不成功，就只能天天坐在轮椅上了。他有处房子，八十多平，两室一厅，他妹妹就搬过来伺候他。那可真是相亲相爱的一家人，老艾感慨道，他妹子也老大不小了，死了男人，孩子结了婚，没啥事，就来当保姆，长得那叫喜相，真是菩萨转世，每天做饭洗衣、给老邹洗脸擦脚、喂药唠嗑。老邹可稀罕我了，每逢我去了，都拉着我的手说个没完没了。当老艾详细地跟我讲述亲家们如何进行日常会晤交流时，老叶通常不吭声。后来老叶偷偷跟我说，那个老头确实不错，只会流着涎水说俩字"真好"，无论老艾说啥，老邹都答"真好"，比鹦鹉还有礼貌。

　　蜜蜜那边不久传来消息，剧组解散了。直接原因是男一号失踪。那天的戏，是男一号发现自己是财神转世，惊喜之余凭咒语拿到了许多钱财，等他开着宝马去找当了富豪情人的恋人，才发现恋人已失踪。按照后面的设想，这个不靠谱的恋人穿越到了唐玄宗后宫，要跟杨贵妃正式争宠。剧组人员都住在一家二星级宾馆。宾馆的老板是荀连生的初中同学，不光提供住宿，还提供免费早餐。男一号是特殊待遇，房间里还有个靠窗的浴缸，朝窗外望去，能看到烟波浩渺的涞河。确认男一号失踪之前，他们彻底搜了他的房间，除了两双没洗的袜子，只有张便签。那张画着宾馆图案的便签安静地压在电话下面，上面只写了一句话：亲爱的导演，我去找玉皇大帝汇报工作了，祝你好运！

　　按照蜜蜜的意思，男一走就走，大不了再换个演员，反正男一来回穿越，穿着穿着鼻眼被虫洞磨损变形也是情理中的事。荀连生也谴责失踪的男演员，说皮相一般，喝起酒来没够，演床戏时则过于敬业，将来肯定红不了，没啥大出息。蜜蜜觉得荀连生很有眼光，就提拔他当了导演助理。当他们重新甄摸男主时，女主也请辞了，她说她母亲患了重病，本来哥哥嫂子看护，可嫂子不久前怀了孕，家里缺人手，她只能回老家照顾ICU（重症监护室）里的母亲。蜜蜜和蜗牛开车把这位孝顺的女演员送到了火车西站，验票前蜜蜜又塞给她三千块钱。据蜗牛说，女演员当时泪如雨下，说等母亲病愈肯定连夜赶回剧组。她对女主和杨贵妃的宫廷斗争有更大胆的设想，到时会跟蜜蜜夜谈。蜜蜜听着听着又从车里拿了条香烟送她。这女主是烟鬼，两天三包点五的中南海。

　　男主和女主都跑了，还拍个屁，蜜蜜打道回府，但临行前他特意叮嘱荀连生，要守住阵地，道具啥的先放在他们农业局仓库，评剧团的行头也不要先归还，尤其是龙袍和凤冠霞帔。他用了一句很老的电影语言表达他的豪情说，我胡汉三还会回来的。

　　老艾照例是包饺子，我照例坐地铁赶往蜜蜜的公司。也许不能叫公司了，一个员工都没有了。当我见到蜜蜜时，他正躺在沙发上打游戏。他更瘦了，坐起来时犹如黔灵山冬天的猴子。

我说，剧本我都等了小半年，也没等到。

蜜蜜打了个哈欠说，舅啊，根本没剧本，都是我想拍啥就拍啥。大导演不都这样吗？王家卫啥的。

我想笑，没笑出来。我怕我会语露讥讽，赶紧换了话题。

那晚的饺子吃得也有些沉闷。没买龙虾，买的麻辣小龙虾。老艾将盘子塞到邹姑娘前面。老艾失业后急遽衰老起来。她的钢丝般的短发多日未曾梳洗，看上去犹如刺猬的盔甲，她拿着块抹布走来走去，结果厕所擦了好几遍，堆满手机膜的桌子上依然落满灰尘。她也不给老叶擦胳膊擦腿了。据老叶说，在睡梦中她的双手仍在空中不停地、有频率地抖动，像是位执着的指挥家，即便把散发着臭味的手机膜塞给她，她的呼噜声也不会响起，只在黑暗中浮起沉重的、带着哨音的叹息。老叶唯恐老艾精神出了问题，每日侦探般小心翼翼盯护她，以防止她从楼梯上滚下去，从阳台上摔下去，或者把那瓶快过期的安眠药吃下去，总之，事情的结果是，老艾还没有事情，老叶已经快疯了。我只好安慰老叶说，老艾不会有事的，只要蜜蜜安然无恙，老艾就永远是老艾。

吃到半截蜜蜜去接电话。金属半月板和被挑断又连上的脚筋让他走路的姿势宛若僵尸。老艾瞄我眼，似乎有话要说。我正琢磨着是否私下里跟她聊聊，这时邹姑娘说话了。说话前她一直细致流畅地剥着小龙虾坚硬的外壳，时不时把沾满调料汁水的手指放进嘴巴里吧唧吧唧地吮吸。这个贪吃的姑娘扫了扫我们，擦了擦手说：我跟蜜蜜要结婚了。

我去看老艾老叶，他们明显也是第一次听到这则消息，尤其是老艾，她的眼睛都快赶上巨鱿鱼了。有那么片刻桌上鸦雀无声，似乎我们都被这个好消息给吓呆了。邹姑娘回头看了眼蜜蜜，说，你打个狗屁电话啊！她的声音掺杂着小龙虾的麻辣味，让我们终于苏醒过来。老艾的脸犹如在蜜罐里浸泡了半年，每条皱纹、每根眉毛、每块老年斑都散发出甜美的味道，她拉着邹姑娘的手问，你们……想好了？你爸妈咋说的？

我结婚跟他们有狗屁关系，又不是他们嫁人。邹姑娘舔了舔嘴唇说，我和叶蜜打算冬天结婚。

老艾拉着邹姑娘的手，舍不得放下，却也没再问什么，好像害怕问多了姑娘会改主意。这时老叶说，我还有瓶好酒，你们要不要尝尝？还没等旁人接话，老艾就嚷道，你个老古董！有啥好商量的！还不赶紧献上！小唐！你不是会做锅包肉吗？赶紧添个菜！蜗牛慢慢腾腾地说，大姨，我炒菜手快，你们别急，马上就出锅。

那晚除了花四十分钟将锅包肉煎煳了的蜗牛，我们都没喝多。阿杰莉娜找了个新男友。新男友是某大学将要离婚的美学副教授。凡是能够说的，都能够说清楚，凡是不能谈论的，就应该保持沉默。我打算将那套《维特根斯坦全集》送给蜗牛。

10

我没想到邹姑娘会求我办事。他们单位打算搞一台消费者权益晚会，她写的脚本。她第一次干这种活，难免有些心虚，写好后让我帮忙审审。也许在她印象里，编剧都是公文高手。我没好意思推辞。说实话问题不少，有些话我觉得当面交流比较稳妥，便约她在蜜蜜家会面。她说，舅啊，下午领导就找我谈脚本。我们领导是个戴牙套的中年妇女，正处于更年期……我想在汇报前先跟你聊聊。既然她这么说了，我也就应了。坐了很久的公共汽车，又走了很远的路，才在约好的那家湘菜馆晃到她。她不是个健谈的人，点了满桌子菜，没一个我爱吃的。她不停地用筷子翻弄着剁椒鱼头的眼睛。我知道那里的肉最鲜嫩。当我们交流完脚本的事，鱼头只剩下白色骨架，面条也被她秃噜秃噜地吃完。我还以为她只是对龙虾才有这么旺盛的食欲。谢谢你，舅，她打个了饱嗝说，这次时间太赶，下次我陪你喝酒。你喜欢白的还是啤的？我说，啥都行，啥都喝不多。她也没接话，低头看了会儿手机，而后抬起头漫不经心盯着窗外的天桥。我想午餐可能要结束了。对于这位见面多次却宛如陌生人的未来外甥媳妇，我觉得沉默或许是最真诚的交流。

后来我也将目光甩向窗外。酒馆二楼跟天桥几乎持平，我看到天桥上有个老头坐在桥孔边侧，不时朝着行人磕头。也许不能叫磕头，他一条腿都没有。当他从地上抬起双臂接过路人递过去的钱币时，露出没有门牙的牙龈傻笑。这老头不是骗子，邹姑娘说，骗子大多数人都能一眼瞅出来。我说是吗？邹姑娘说，当然，除了叶密。她笑了笑。她笑的时候还是挺耐看的，有两颗不对称的虎牙。她说，你外甥傻得很，有回我们过天桥，碰到个身强力壮的小伙，穿着身运动服乞讨。他自称是自行车运动协会的会员，这次骑行的路线是从佳木斯到深圳，可半路不慎被偷了钱包，身份证银行卡全部丢失，他饿了一整天了，哪位好心人要是资助他点钱财，他感激不尽，等他补办完证件，会将钱从微信上转账。然后呢？我看着邹姑娘问。她吐了吐舌头，叶密当场甩给他三百块钱，还说，哥们，赶紧吃口热乎饭去吧，甭还了，谁他妈没倒霉时候？你看，你外甥就这么傻，弱智儿童，不过……邹姑娘用牙签剔着槽牙，慢声细语地说，男人傻点，对老婆肯定错不了，是吧，舅舅？她犀利的眼神探过来，我只好郑重地点点头，心里却暗笑，蜜蜜在我眼里像一个小泼皮，没想到这姑娘觉得他老实。

　　过不多久老艾来学校找我。我正在宿舍收拾行李，课业快结束了。我不知道是继续留在这里，还是回我曾经无比厌弃的云落。我和她仍坐在体育馆的看台上，俯瞰着椭圆形草坪。老艾说，她打算和老叶回老家。蜜蜜的公司破产了，房子也退了。我半晌才反应过来，问道，那房子……难道不是蜜蜜买的？老叶拍了拍我脑门说，你个傻孩子，他哪里有钱在北京买房？租的，月租一万五呢。我沉默了会儿，那他结婚怎么办？住哪里？邹姑娘知情吗？老艾说，这姑娘啊，真不简单，知道蜜蜜房子是租的，只说了句，没事，住我爸那儿好了，让我大姑回家歇着。你说她到底图啥？她妈呢？她妈不是个厉害角色吗？老艾紧张地左右逡巡一番，小声说道，哎，小邹没敢跟她妈提这茬，瞒着呢，可瞒过了初一，能瞒到十五？这小邹啊，老让我摸不着她的经脉，我这当婆婆的，心里慌着呢。

　　老艾还跟我商量，打算秋后回云落县城开店，专门卖烧鸡，烧鸡的名字都想好了，就叫"蜜制烧鸡"，要跟赵家的叫叫板，看谁的味道更正宗。我说你都三十年没熏过烧鸡了，手艺早废了吧？她喊了声，好歹年轻时熏了千八百只烧鸡,咋会忘?我想开了,蜜蜜在北京混得不易,我跟老叶赚点钱,供他东山再起。说到"东山再起"四个字时她拍了拍自己的大腿,又拍了拍我的大腿,郑重得很,好像家里真藏着一个末路英雄一样。我说,开店也要钱,你们手头够吗?老艾摇了摇头,她脸颊旁的钢丝一下子变密了,眼睛茫然地盯着足球场上奔跑的球员,半晌扭过头盯着我说,借,你忘了?咱家亲戚多,掰手指头数数,光表姐表妹堂姐堂妹连姐连妹,就有十三个,一家借五千,十三家是多少?七万来块呢!

那天,我开着蜜蜜的车拉着老艾和老叶回云落老家。本来蜜蜜也要回,可邹姑娘怀孕了,妊娠反应强烈,两口子去了医院。老艾跟老叶回家的目的极其明朗,就是跟亲戚们借钱。老叶有点晕车,玻璃窗没有关严实,能听到呼啸的风声。我听他俩不停嘀咕着。老艾说,跟四舅家的二姐少借点,二姐夫小脑萎缩,去年夏天把农药当雪碧喝,住了半个多月医院呢,命差点没了,老叶沉吟着说,三千;老艾说,三舅家的三妹,男人得了癌症,住院化疗借了一屁股债,老叶说,免了;老艾说,大姑家的大姐,孩子在深圳开公司,大姐夫在施工队当泥瓦匠,没啥缴费,老叶嗯了声,一万;老艾说,五妹家的房子拆迁,闹了三套房,听说刚卖掉一处,老叶想了想说,两万……说着说着,老艾忽然冒出一句,不晓得王如云那丫头到底跑哪里去了。老叶脸一黑道,提她干啥!还等着她把你儿子手筋也挑了吗?!老艾嗒嗒道,你最近肝火挺旺啊,蜜蜜没跟你说,他的银行卡昨天收到笔转账?不是小数目,十万块钱。这个账户啊,以前是他跟王如云合用的,连小邹都不知道。老叶沉默了会儿说,要真是她的钱,赶紧给我退回去!老艾叹息了声,嘟囔道,王如云干活可真是把好手,那大手,丝瓜瓢子似的……

老叶不吭声了。

车过香河时,老艾慢悠悠地说,弟啊,只有过了香河,我这心里才踏实些,像老做梦的傻子,激灵下就醒了,你说怪不怪?我刚想跟她开个玩笑,手机响了,是那个导演打来的。我跟他有些时日没联系了,他的声音听起来既熟悉又陌生。他问道,兄弟,你有护照吗?我说,我还从来没去过外国呢。他说,那赶紧办个,下个月你陪我去趟韩国。我说去韩国干吗？他说，我们见一下制片人，你忘了吗？是韩国人投的资。我这才想起那个还没来得及写的剧本、里约热内卢的韩裔哲学家以及黑帮秘史。我咳嗽了声，说，我哪里也去不了啦，打算回老家跟亲戚合伙做点小生意，不搞编剧了。他说你开什么玩笑，这时候撂挑子？我们这部电影将来是要送戛纳主竞赛单元的。我知道他没有说谎，多年前他确实拿过一次戛纳奖。不过，我在呼呼的风声中听到自己说，我真的要跟俺姐去卖烧鸡了，你再找找别人吧大哥！对不住了。

  放下手机，老叶老艾疑神疑鬼地盯着我。我说，我也做一次维特根斯坦。老艾说，你说啥？我冲她傻笑了一下，说，我可以借给你们三万。老艾脸红了一下。其实他们两个脸皮都很薄，一生还从没借过钱呢。当车开到关镇服务区时，老叶忸怩着说她要撒尿，快憋不住了。我就停了车，跟老叶溜达到屋檐下闷闷地抽烟。老艾矮矮的，跟个没长开的倭瓜似的，扭搭着朝洗手间小跑。她的背影跟我母亲极为相像，我不禁喊了嗓子，老艾！老艾！老艾就转过身朝我们笑了笑。说实话，都奔六十岁的人了，笑的时候，还那么羞涩。

（原刊于《收获》2020年第3期）

荒原上

索南才让

第一章

紧急召开的村委会上,村主任气急败坏,既自责又别有用意地说:造成这种后果的除了那些该死的老鼠,还有我们自己……我们赶紧行动起来。

会议决定派遣一个"灭鼠工作队"进山去,利用这个没有畜牧的冬天对整个牧场进行一次彻彻底底的清理。"灭鼠队"有工资,所以父亲第一个报了名,然后叫我顶上去。第二天一大早,我就背着行李,提着吃食,站在路边的小广场等乌兰的拖拉机。我是第四个上拖拉机的人。除了说话疯疯癫癫的确罗和肉墩墩的金嘎,还有一个穿着已经很少见的红氆氇的中年大叔,我后来才知道他叫兀斯。等人都接齐后,乌兰兴致很高地检查了轮胎和车厢下的钢板,说哦呦,钢板压弯了。他有一个肥大的屁股,和整个身体极不相称。好像他吃三顿肉其中两顿都跑到屁股上去了。但他并不因此而显得笨拙。他坐回驾驶座又站起来，跟确罗讨烟。他的脖套上有一个小洞，烟嘴从洞口进去插在他嘴里，这样他就不用因为要抽烟而把脖套抹下来了。

离开315国道不久，进入山区。拖拉机在山路上吃力地爬着，一连串黑烟喷向低空，不及散开便被阴云吞噬。沿途一片荒芜，一眨眼，前方白茫茫一片，大雪飘然而至。我们几个人痴坐在拖拉机兜箱里，车厢最底下是十几个大尿素袋子，里面装着足以毒死几百万只老鼠的麦子。这些"鼠粮"上面是我们的行李和伙食。我们就在灰扑扑的行李上抖动、摇摆，追着时间奔来的疼痛从骨头里溢出来。这条路被无限拉长了，我们仿佛一遍又一遍地重复在时间里。

确罗终于忍不住了，骂骂咧咧地跳下车去。我们也都下了车，顶着风雪疾行，不一会儿便将拖拉机抛在身后。走了几公里，兀斯突然说等一会儿等一会儿。确罗问，怎么了？兀斯说，听不见声音了，怕是出事了。确罗说，不可能。兀斯说，还是等一会儿。确罗说，真麻烦，我都快冻死了。兀斯说，万一拖拉机坏了怎么办？确罗说，你这乌鸦嘴，要是车真坏了就怪你。兀斯说，你这年轻人，怎么一点教养也没有？确罗说，去你妈的教养。兀斯这下气得不轻，粘满冰雪的白乎乎的胡子颤颤巍巍，他拾一块石子砸向确罗。确罗避开。兀斯还要再打，被南什嘉拉住。但兀斯不甘罢休，越劝他越来劲，看样子只要扑上去就会把确罗撕碎。确罗一边嘻嘻哈哈地看兀斯出洋相，一边点了一支烟，乐呵呵地吸着。他今年二十五岁，他更小的时候又乖巧又老实，分外讨人喜欢，但随着年龄增长他的张狂劲儿也长了。他红彤彤的脸上以双眼皮为代表的相貌组合，常常让人错误地认为他还像原来那般又傻又可爱。这一路上他以欺负金嘎打发时间，他还想从我这里找点乐趣，但他每次想和我说话我都装着睡觉，所以他和金嘎说得更多了。

金嘎粗着嗓门喊，来啦，车来啦！

拖拉机来了。乌兰从驾驶座上跳下来，在我们面前蹦跶，一个劲儿地喊冻死手了，冻死脚了，冻死脸了。因为直面寒风，他的脸冻得像一块青坨坨的石头。他让南什嘉帮忙点了一支烟，一边吸着一边跳着。等他烟抽完了，我们又坐上了拖拉机。每个人都累得心慌意乱，盼着早点到达目的地。我旁边坐着南什嘉，自从在十一道班上拖拉机后他很冷漠，一副死气沉沉的模样。他穿一件崭新的绿军大衣，竖着领子，用冬帽和围巾把脑袋裹得严严实实。他想瞅瞅外面的时候，眉毛一扬，眼睛就忧郁地露出来；一缩脖子，眼睛又给蒙上了。他身形魁梧，有一个大脸盘，上面安着一个大鼻子，乍一看不怒自威。他念过几年书，算是一个有点文化的人，所以他被村主任指定为灭鼠队的队长。但刚才他只是心不在焉地劝了几句，没有发挥队长的作用。因为他的心思根本不在这里。他站着的时候，一点样子也没有，我觉得好身板被糟蹋了。

终于到了桑赤弯口。这里是京巴的夏季营盘，现在我们要住这里，因为这里是洪乎力夏牧场的中心，从这里去任何一个地方都是最近的。

我的手套没起多大作用，手指头都冻僵了，卸车的时候连绳子都解不开。东风像牙签一样在露脸的地方戳个不停。雪花硬如沙子，渐渐积厚，已经没过鞋帮。才过五点，天已黑了。毡包下好了，一个用水桶做的铁炉子安在毡包天窗底下。生了火，大伙儿围着炉子伸着手取暖。

来到昂冷荒原的第一个夜晚我们吃了糌粑、锅盔馍馍和浓浓的酥油茶。来的时候乌兰买了两瓶青稞酒，天气这么冷，正适合喝酒暖暖身子。我说我不会喝酒，确罗说你怎么不喝？我没理他，转身去铺被褥。确罗一把抓住我的手臂说，不要睡觉，喝酒。我告饶说，我真不喝。确罗说，你凭什么不喝酒？

兀斯说，卡尔诺不喝就不喝，你干啥强求？

确罗说，我就喜欢让他喝。但兀斯已经闷头睡下不理他了。确罗讨了个没趣，就放过了我。他又去缠着金嘎，金嘎很快喝醉，失声痛哭。确罗说，我又怎么你了？金嘎哽咽着说，没事，我就想哭。南什嘉说，酒也喝完了，哭也哭完了，睡觉吧。他封了火，躺进铺好的被窝，舒舒服服地哎呦一声。

确罗没有醉，但他装作醉了的样子盯着金嘎，一直盯到他睡下，把头埋进被子里。然后他又盯着乌兰。乌兰是真的有些醉了，他说，你干吗瞪我？确罗说，我什么时候瞪你了？乌兰说，你现在就瞪着我，你什么意思？确罗说，没酒了，我们应该再喝一瓶。乌兰说，我们为啥就买了两瓶酒，谁买的？确罗说，你买的。乌兰说，哦对，是我买的。你们为什么不买？你要是买了我们就有酒喝了。确罗说，我本来要买，但买了方便面后忘了。乌兰说，忘了？你忘了吃狗屎吗？

我以为他们会打起来，但没有。他们很奇怪地相互瞪了一会儿，睡觉了。

第二章

东风吼了一晚上，毡包的骨架们吱吱呀呀地跟着叫唤。骤然换了又冰又干的空气，我难以适应，战战兢兢地睡不踏实。到了早晨，大地白净一片，让人觉得来到这里，显眼地踩踏在这片雪原上是犯罪。可真正的罪犯藏在雪下，生活在纵横交错、宛如迷宫的地下世界。它们绞断草根，囤积草根、草籽，囤积一切可以吃的东西，舒舒服服地过着小日子。如果没有大雪，它们就吃地面上的草。早晨太阳刚出来时，它们全体出动，一边用光补充热量一边用草补充能量。所有的平地，所有的河谷，所有有土地有草地的地方，它们无所不在。而现在，它们仿佛不曾出现过。因为它们不需要出来受冻，它们囤积食物正是为了应付这种局面。它们破坏整个草原的生态系统得到的食物，足够轻轻松松地过一个冬天。它们不会觉得破坏了什么，它们在为生存而奋斗。正如我们为了生存来到这里。真是棋逢对手！

面对这片异乎寻常的白色大地，连不着调的确罗也感叹，真干净啊！

兀斯马上哼一声，全是假的，就像人一样，外面看着干干净净，其实心里脏得吓死人。

老家伙我今天可不想和你吵架。

我说你了吗？兀斯蔑视确罗，我说的是人。

我们都没想到兀斯居然这么机智，都笑起来。确罗也笑起来，兀斯，看在你这么机灵的分上我让让你。

我们上完厕所的第一件事是检查带来的"鼠粮",虽然都放在毡包里,整整齐齐地码在毡包一角,还用一块帆布严严实实地包裹着。但昨晚太冷,怕冻上,一旦受冻,毒性会减弱,我们就真的给它们送粮食来了。所以村主任千叮咛万嘱咐,绝对不能被冻上。只要最关键的前三天不受冻就没事。而因为大雪封原,我们来到昂冷草原的前三天,是没法工作的。

我们在惨蓝的烟雾中商量由谁来做饭的事。当务之急就是要选出一个做饭的人,免得饿肚子。可没人愿意干,都说干不好。问到我,我傻乎乎地愣神,他们以为我愿意,就高兴地说卡尔诺你真是好样的!但兀斯嗤笑道,卡尔诺会做馍馍、会和面吗?会揪面片吗?

乌兰瞧着兀斯说,我看,最合适的人就是您呐!为什么呢?因为您年纪大了,腿脚又不方便。您要跟我们这些年轻人走远路肯定是吃不消的,也不合情理,我们怎能让您去忍饥受冻呢?所以,您一定要留下来给我们做做饭,烧烧茶。我想,大家一定会同意的。我们连连点头,都说好。

兀斯沉思了一会儿说,这个饭我可以做,但是,做得不好你们不要嫌弃,出门在外,吃得饱就行啦,填坑不要好土。只要不饿肚子,就算是好的。他冷冷地乜斜一眼确罗。确罗故意把脸转开。

大伙儿表示就算他做的是狗食都不会说什么。兀斯生气地说,能有那么差吗?你们放心,肯定没有难吃到那个地步。

于是兀斯成了我们的厨师。他烧了一壶茶。毡包里茶香缭绕。喝了暖心暖胃的茶,兀斯烧了一锅开水,我们泡了方便面吃。这是路过甘子河乡的时候买的,本来想多买几包,但那家商店里的方便面仅够我们每人买十五包。兀斯没买,他说一吃就胃疼。

南什嘉、确罗、乌兰和兀斯抹了嘴开始打麻将。我从装衣服的枕头里摸出《白鹿原》,刚翻开金嘎就靠过来,笑嘻嘻地瞄一眼书。

你看的是什么书?

我给他看封面。

他缩着脖子说，我不认识字。

你没念过书？我记得你好像上过学。

念了十天，后来不念了，我一个字也没有学到。

我调侃说，那你可真厉害。

唔，就是学校里的那些心疼姑娘一个都没忘。

敢情你有很多初恋情人哪。

啥？

你喜欢的姑娘有几个？

你是说学校的时候吗？

除了学校，还有吗？

金嘎腼腆一笑，有啊，怎么没有？难道你没有？

我也有啊。

学校里有三个，后来都变得不好看了。

现在呢？是谁？

我先问你一件事。

你说。

你睡过女人没有？他眼睛一眨不眨地盯着我。我说还没有。他"哦"一声，明显轻松了不少，低声说，他们笑话我这么大了还是个"娃娃"。

该有的时候你自然会有的，这得遵循一种神奇的规律。说完，我被自己惊了一下，觉得这句话充满了经历、创伤和明悟感，还有那么一点神秘。金嘎不认同地撇撇嘴，邀我出去散步。

太阳低低地悬在离地平线两尺的高度上，稳稳当当向西移动着。但只要稍多留意，就会发现太阳其实远比想象的要移动得快。就是说，脚下的这颗星球远比我想象的要转动得快，而人们却没有丝毫不适，仿佛快啊慢啊都是一天，没什么大不了的。

我把这感受跟金嘎说了，他疑惑地、木然地点点头，然后去提水了。过了半个小时，他像拎着两个空桶似的拎着两桶水回来了，然后坐在确罗身边看他们打麻将。兀斯把炉子烧得红旺旺的，火苗从茶壶和炉口之间的缝隙中蹿出来，毡包里的温度在兀斯的得意扬扬中急速上升。他们把场地换了又换，最后挪到了门口。南什嘉提醒兀斯要节约烧柴。兀斯说不用颇烦①，吃完饭咱们背牛粪去。

背牛粪要到三四公里之外的一个牛窝子。那里的牛倌令人诧异地把每天的牛粪都拾出来堆成一个大大的牛圈，这样连圈牛的铁丝网都省了。而且牛粪圈还有抗风御寒的作用。他把自己的地窝都用牛粪墙给圈起来了。

牛倌和牛群早已转到冬牧场去了。

我们惊叹地观赏了一会儿壮观的牛圈，找了一个缺口，张开麻袋开始往里揽牛粪。我们用皮袄的带子或者绳子把两袋、三袋的牛粪装好捆在一起背回营地，一个个排立在毡包外面。有了这么多烧柴，兀斯就更不会节约了。毡包里的温度简直跟烤箱似的。我觉得根本用不着这样。但他们却一边夸赞兀斯是个顶呱呱的好厨子，一边冒着汗大呼过瘾。可我实在受不了，就出去透气。等在外面挨冻挨够了，再回到里面。我刚坐下，金嘎又来了。他挨着我坐下，笑嘻嘻地说，垭口那边有一个惹人心疼的藏民姑娘，你想不想认识？

我瞥了他一眼。你怎么知道，你见过？你们都见过？

当然啊，每年转场的时候，运气好就能见到。我已经见过好几次了。他脸上露出那种我比你运气好多了的得意劲儿。

我回想了一下仅有的几次转场的经历，没有一点关于一个"心疼的姑娘"的印象。她住哪儿啊，我怎么一点印象没有？

金嘎嘿嘿一笑，你的运气可真够差的。她家就住在大垭口那边啊，最后一个牧道拐角过来不是有好几户人家吗？就在那儿。

他这么一说我就知道了，那里的确有几户人家。

你到底去不去？金嘎十分笃定地说，不去看看你会后悔的。

不去。

去瞧瞧也没什么，对吧？

不去，你自己去吧。

---

① 颇烦，青海方言，麻烦的意思。

我要是有机会就不跟你说了。

你怎么就没有机会了？难道……

我跟她搭不上话。

她那么拽呀？

他接过书一页一页地翻动着，羡慕地说，她跟你一样。

什么一样？

她和你一样会看书。

你怎么知道？

乌兰告诉我的。

哦，他去约会过了？

哈，他才不行，你看他那娘娘腔的样子。说完他笑了，又担心地马上结束了高兴，他怕乌兰听见。他在小心翼翼地讨确罗的欢心，以期得到平常对待。他的那副样子我不喜欢，所以我不想搭理他。没想到他反而纠缠不放了。此刻他目光炯炯有神地盯着我，誓不罢休的样子，我被逗笑了，说你怎么这样子？他疑惑地哦一声，说，我怎么了？真的是一个漂亮女孩。

毡包里乌烟瘴气，人人手不离烟，我被呛得咳嗽不止，嗓子眼一阵阵胀痛，眼睛又疼又痒。掀开门帘，让一股股冷风挤进来，烟雾像潮水一样往外涌去。但过不了多久又会被烟雾占据，所以几乎整整一下午，我都在忙着兑换空气。

兀斯要做饭，他叫金嘎再去提两桶水。金嘎一脸不情愿，低声嘟囔为什么不让别人去，没想到兀斯耳朵贼灵，一下子就听见了。他严厉地看着金嘎。金嘎不敢吭声，灰溜溜地去提水了。兀斯很满意金嘎这么听话，干巴巴地笑了一声。他在一个铝锅里淘洗大米，又黑又粗的手在米中搅了几下后把水倒掉，而后端盆进来，把早就切好的小块牛肉倒进锅里，舀了一盆水"哗"地泼进去，粗粗的大黑手指搅动了几下。最后，他盖上锅盖，把锅端起来，"咣"地放在炉子上。他搓了搓手，拿起几块牛粪填进炉膛里。他从裤兜里摸出一包"花好"香烟，麻利地抖出一支来，又从另一个裤兜里摸出打火机"啪"地打出火苗，叼着烟猛猛地吸了两口。至此，他的午饭大功告成。兀斯的厨艺既不卫生又粗暴，几乎没有美味可言。但我们谁也不说，大伙儿都机灵着呢。

金嘎回来后又悄悄问我想好了没有，到底去不去？

我觉得这样冒冒失失去见一个素未谋面的女孩子是一件特别不靠谱的事。何况还是晚上不怀好意地去。人家给好脸色才奇怪。但金嘎的兴奋传染给了我一部分，于是又想，去一去也无妨！权当凑个热闹。

金嘎说，太好了，我就知道你会去，咱们九点钟出发。

吃过晚饭，还没到九点，金嘎已然按捺不住，他和乌兰过来说，咱们走吧。眼看就到点了。

还是不去了吧？这天也太冷了。看见乌兰也要去我就不想去了。

冷怕什么，还能冻死我们不成？乌兰嘴一撇，说你真矫情！

我有些恼怒，但又不能发火，让他们觉得我是一个开不起玩笑的人。我默默承受了这句颇有分量的评语。

确罗也走过来了，你们鬼鬼祟祟干吗？

乌兰说，我想让卡尔诺认识一下银措。

确罗斜视着我，阴阳怪气地说，那你可别屃啊，你软塌塌地说话不行，你得硬邦邦的。他咕咕地怪笑，一脸卑鄙的样子。

我不去了。说完我不管他们回到毡包里。他们几个随后也进来了，嚷嚷着打麻将。金嘎终于按捺不住，也学着玩起来，他们玩了一个晚上。到清晨睡觉的时候金嘎脸色灰暗难看，输得很惨。但他难过是因为整个晚上他像玩具——更像某种可以提神的东西——被确罗他们玩来玩去。我觉得金嘎在他们心中已经形成了一个不怎么光彩的形象，想要扭转改变可不容易。为什么会这样无从得知，但他唯唯诺诺小心翼翼的样子的确使人来气。我甚至觉得他卑微得让人压抑。

第二天上午十一点多醒来后，我趴在被窝里继续看书。睡在我旁边的确罗也醒了，好奇地陪着我看了一会儿，说，你真他妈能看，有那么好看吗？

我说，有啊。

那你讲个故事吧！

我可不会。

你看的这书不是故事吗？

是啊。

那你讲个故事吧，干吗那么小气。

不是小气，是不会讲。

我们不挑不拣，只要有女人就行，哈哈。

正在盛饭的兀斯插话说，有野狐精的故事吗？

他一边把一碗一碗的面片摆放在矮桌上，一边无限感慨地说，我小时候听过一些好故事，年龄大了忘掉了，真可惜！

确罗嘲笑说，或许你还想着有一个狐狸精晚上来你的被窝里呢。我们都笑起来。兀斯听了也不计较，只摇头。老啦，早就不想了，剩下的全是颇烦了。年轻的时候，就多想想，老了就想不动了。

第三章

暴躁了一天的狂风终于歇息了，夜世界静默安然，星空凛冽，雪原敞亮。我们说话的声音轻巧地跑出去很远。

确罗咧着嘴，看着我。我就爱听漂亮女人的故事，来一个。

我拿起《白鹿原》说，这里面有个人娶了七个女人，娶一个死一个，就娶了七个……一个叫小娥的女人，又漂亮又……

好好好！就讲这个。确罗催促我快讲。乌兰也精神抖擞地说，你可不要随随便便糊弄我们。我说，我脑袋里装的故事三天三夜都讲不完，连外国的都有很多。乌兰说，多才好呢，最好天天都有，就像单田芳说书一样，那人最气的是说得太短了，刚听得舒坦他就哑着嗓子一声"欲知后事如何，且听下回分解"，我最气这句话，天天说，烦死了。确罗捏着嗓子学了一遍后说，卡尔诺你可别那样，你可以讲几个小时。南什嘉说，每天晚上十二点收音机里有一个叫姚什么的女人讲故事，那女人的声音又甜又柔，那是永远都听不过瘾的……可惜这里什么也听不到，要不然我就带收音机来了。

第一次做这种事，我有点小兴奋，迫不及待地想享受把自己欣赏的故事分享给别人后所带来的那种喜悦和成就感。酝酿了一下后我开始讲述起来：

白嘉轩后来引以为傲的是一生里娶过七房女人。

娶头房媳妇是他刚刚过十六岁生日。那是……

我讲了两个小时，讲得很慢很投入，讲到白嘉轩费钱费力救出和尚那里。我说明晚接着讲。可大家意犹未尽，恳求我再讲一会儿。而我口干舌燥，不复开始时的激情，于是坚持明晚讲。

确罗啧啧称奇道，真是不敢相信，那人的老二怎么那么毒？是真的吗？不管怎么说，反正他很厉害，你们说是不是？大家哈哈大笑着说那当然。

我们胡天胡地地聊天，消磨着时间。但冬夜的时间被冻得走不动了，只能一点一点地向前挪动着。南什嘉站在炉前，神色犹疑不定。一支烟吸完，他说，卡尔诺，陪我走一趟吧？

干吗去？

别问，快起来。

黑漆麻糊的，我眼睛不好。我知道他要去干嘛，但我一点都不想起来。

就这一次……

我不干，我要睡觉……

最终我还是跟着他纵身跃入了白茫茫的、冷酷的寒流中。我拿着一根木棍，他握着一把忽明忽暗的手电筒，我们深一脚浅一脚地走着。靴子在厚厚的积雪上踩出"吱吱"的老鼠叫一样的声音。大约一个钟头后，我再也忍不住了，怎么还不到……你不是说很快吗？

转过这个山嘴就到了。

你刚才就这么说，这都第几个山头了？

你看，拐过去就到了。他指向前方说。

我就不明白，你怎么在这儿找了一个。

冬天放牛的时候认识的。

她没有男人？

大多数时候没有，一回来就打她。他沉默了一会儿说，一天晚上，我们一帮人喝罢酒，麻京要我给介绍一个姑娘，我就答应了。她那时候住在恰乌日。

他停下来撒尿。尿液浇在雪上发出一种有质感的声音。

那你为啥不娶她？

他猛地加快了脚步，却不说话了。

终于听到狗的吠声，在快速地靠近我们。他说，到了。我握紧了棍子，南什嘉打开手电筒，孱弱的光里出现了两个敏捷的黑影。两只大狗！我说，好大的狗！南什嘉早已从怀里摸出打狗链，恶狠狠地冲上去，呼吼着，打死你狗日的……

冲我来的是一只花斑狗，它龇牙咧嘴朝我大腿咬来。我一闪身避过，手里的棍子砸向它的脑袋。一声闷响，大狗惨叫着倒向一边去；而缠着南什嘉的那只狗却格外机灵地逃之夭夭了。

我们又走了一阵子，朦朦胧胧地看见了一堆物体。一片房屋出现了。有一栋羊棚接连着羊圈，对面是一个很大的有土墙的牛圈，它们中间是土平房，约莫有三四间并排着，有两扇门，三扇小窗户。南什嘉让我去最东边的那间屋子。你先去那里眯一会儿，里面有被子，走的时候我叫你。他说完便不再理我，径自走向西面的那个门。

这屋子的炕上铺着一条牛毛毡，一床被褥和其他乱七八糟的杂物一起堆在毡上，其余的地方被两副马鞍和垫子占满了。我把那些杂物清理一下，腾出一个可以睡觉的地方，披着被子躺下，侧耳倾听。夜阑人静，只有大花狗在似泣似吠。我望着窗外的星空，吸着凛冽的空气进入梦乡。

南什嘉把我摇醒，我迷迷糊糊地跳下炕，就跟着他走。狗已不知去向。刺入骨髓的寒风嗖嗖地响着，我哆嗦着打了个喷嚏。东方的启明星格外耀眼，远方的群山依稀显出暗淡的轮廓。天快亮了。

我好奇地问他，怎么样？美不美？

他用一种冰冷语气说，不是所有的恋人都像你想的那样龌龊。

我一听也生气了，反驳说，怎么，你大半夜拉着我过来，就是想证明自己的高尚？

南什嘉一怔，说，她心里苦，那么难过，我却给不了多少帮助。

世界上不是只有你们一对苦命鸳鸯。我犹自不解气地说。

他苦涩一笑，默默走在前面。

瞧他哀伤的样子，我也说不出气话了。

难道你们就没想过私奔？

私奔？别跟我提什么私奔。他突然对我大吼起来，我他妈恨私奔！我他妈恨私奔！。

为什么？你还不让我说话了？你什么意思？

为什么？南什嘉仿佛听到了世间最好笑的事，他咬牙切齿地说，因为我父母就是私奔的，那对狗男女就是私奔的！

怎么会？没听说过呀。我真是太吃惊了，想不到他那个吝啬至极的父亲还有这壮举。

你不会以为我是在说老抠吧？

你说的呀。

他不是我父亲。

啊？我更吃惊了。这是什么意思？

你不知道我的事？

你的什么事？

南什嘉把烟蒂弹出去，冷冷地说，他们生下了我就死了。不，是一死一逃。女的死了男的逃了。他们把我丢在了这里。

我怎么从来都没听说过？

谁又在乎这些？

这么说你不是乔合柱的儿子。

你说呢？

我哑口无言。

第四章

　　雪还是很厚，但地面上已经出现了数不清的拳头大小的窟窿，老鼠爪印和踩出来的道路也越来越多。我们制订了灭鼠计划。计划将整个牧场分成六片区域，河那边是两片，河这边四片，大小都差不多。这样一分，很具体，效率也更高。我们先从毡包这一带开始。这是第三片区域。东到热力木出口，西至大肖兴出口。南面到河边，北边到隆瓦山脚。这片区域长八公里宽两三公里，一个长条形状。其实牧场比划出来的六片区域大得多，但这场大雪帮了我们双方的大忙，因为山里雪更厚更结实，除了正宗的大阳坡，其他地方的雪会一直保持原样到春天。这些地方我们不用去，老鼠出不来。所以我们减少了工作量，它们保住了性命。等到了春天，平地上的老鼠灭亡大半，它们就从山上迁徙到平原。我们从来没想过要灭绝所有老鼠，这是不可能的事情，能够灭杀大半老鼠就心满意足了。

　　我们每人背二十五斤左右的药，投药的工具是两升的百事可乐或可口可乐饮料瓶。削去瓶底，用铁丝将瓶子两边穿起来（像提水桶一样可以提在手里），瓶口盖子上弄出一个小拇指大小的洞，将瓶口在老鼠洞口一戳，瓶子里的麦子十几粒二十几粒撒出来；再一提，麦子堆挤在小小的瓶口，等待下一次碰到地面。这是为了自己的腰着想而发明的。我们不用弯下腰去放药，解放了腰，更节省了弯腰放药的时间，提高了效率，时间越久越明显。因为你可以坚持一天弯腰触地一百次两百次，但你无法坚持一千次两千次，你更不可能天天弯腰两千次。

　　投药第一天我们地毯式地前进了四公里，几乎每一个出现的老鼠洞门口都撒上一勺子青稞，请它们吃。下午返回的时候，已经可以看到很多老鼠倒毙在雪地上，而看不见的洞内会有更多。死了这么多仇敌，我们感到满意，心情特别好了。心情一好，确罗开始胡来。他用一根树枝把这些老鼠像肉串一样串起来，血淋淋的十几只老鼠在树枝上排列整齐，十分恶心，但确罗玩得不亦乐乎。他还将脚底下碰到的也一脚脚踢出去，有的囫囵地飞向远处，有的就在他脚下烂开。

我们劝他别这样他不听，兀斯一说话他更来劲了。我就爱玩你管得着吗？我又没踢你家的母羊。

你怎么一点敬畏心都没有？死了的亡灵你干吗要这样欺负？

我为什么要对老鼠有敬畏？要是其他东西我才不这么做，正因为是老鼠我就有气，死老鼠我也不放过怎么了？确罗理直气壮地看着我们，我才不管死老鼠活老鼠，所有的老鼠我都不在乎。

你别乱来啊！兀斯终于意识到跟确罗对着干实在行不通，他转变态度，几乎是哀嚎地说道，这也是跟我们一样有气的东西，是命，死了就还给你了，都算清了……你不能这么干……老天爷看着呢。

确罗果然吃这一套，好好好，我丢掉了，你看。他把手里的一串老鼠远远地扔出去。然后闻了闻自己的手，说有一股酸臭的味道。他用雪搓洗了手。

越接近毡包，死掉的老鼠越多。已经冻得硬邦邦的死老鼠成了动物的餐点。野狐几乎成群地溜达，老鹰、兀鹫、鹞子和隼等飞禽频繁地出现，盘旋俯冲不止。自从有了不会二次中毒的毒药，它们的小命就有了保障，不会出现十年前的那种惨事。兀斯说十年前因为一个失误，成群成群的野生动物吃了死老鼠而中毒死亡。那景象百年不遇，惨不忍睹。但奇怪的是没有谁为此事负责。

到现在没人再提这件事，它们就那么可怜，死了就死了，没啥大不了的。但不是这样的，我们跟一只狗一头牛一模一样。兀斯难过地说。

这两年还是有点不一样了，保护动物的政策多了。

你懂个屁。乌兰说，上有政策下有对策，那些人照样啥也没损失。

我气愤地瞪乌兰，他说话太不客气了，不拿我当回事。那些人是谁，没有一点头绪。我刚要问，他诡异地笑了，说了你也不懂，而且饭不能乱吃话更不能乱说。你问我也不说。你问南什嘉去。

连续几天的高强度劳作使得身体快吃不消了，尤其双腿，疼得厉害，晚上睡不着觉。而感到累的不止我一个，大家的意见都一样：把强度降下来，把工作时间缩短。南什嘉从善如流，下一个十天的工作时间从九个小时十个小时缩短成六个小时。

这样过了三天，身体缓过来了。我决定去看看那个女孩。金嘎已经提过好几次了，而确罗无论如何也要跟着。他们要求我认真对待此事，因为这是男人和女人之间的较量。这让我感到可笑，我只是想去看看而已，没有想那么多。

天擦黑的时候，我们四个人踩着冰面过了昂冷河。一阵疾行，走得浑身热乎乎的。一个小时后我们停下来稍作歇息。

乌兰拍着我的肩膀说，翻过垭口就到了，从现在开始小心一点，她们家有两只狗，一大一小，她们家有两个帐房，一大一小，大的住着她阿爸阿妈，小的里面才是她。

帐篷？她住帐篷？

确罗撇撇嘴说，她家的冬窝子在三公里之外呢，就是我们每年转来夏牧场的那个大拐弯那里。这儿是她家最远的一片冬草场……

我挥挥手打断他说话。我已经明白是怎么回事了。她家是临时在这片草场住一段时间，把草场吃完了就回去，不然每天赶着羊群来回六七公里谁家的羊能吃得消？这种情况我们村里也有，只不过我平时并不注意。但这么冷的天气里要住帐篷，我开始可怜这个还未谋面的姑娘。

我们几个人悄悄移动着。翻过垭口，沿着山坡向下走了几百米后，隐约看见几个黑影。确罗捅捅我，轻声说，到了。

我们猫腰继续往前，走到能模糊地看见帐篷时停住，有一只狗从帐篷后面跑出来发出警告，紧跟着另外的一只也叫起来。

乌兰看着我，我摇摇头。他说，要不，我进去说说？

说什么？

就说你大驾光临呀。他捂住嘴嗤笑。

我就是来看热闹的。我说，我真没想要干什么。

确罗说，我去看看。

金嘎说，我们来是陪卡尔诺的，就让他自己去。

确罗说，你少跟我来这套，难道我不知道？我是担心他，他有点悬。

我去探探风。乌兰抢在确罗前面，弯着腰溜了过去。狗叫得愈加欢实了。我们几个瞪着眼一眨不眨地看着那边。乌兰在帐篷门口探头探脑许久，然后一闪，没了。我缩在了大衣里，想着事情会怎么发展，突然间紧张起来。

高原寒夜里的星星最是明亮，深邃的天空给挤占得满满当当。我一口口吸着冷气，冻得浑身发抖。金嘎频频抬头朝帐篷张望。后来，他干脆翻身趴下，目不转睛地盯着帐篷门口。狗不叫了。大地静下来，时间仿佛停顿了。我在金嘎的嘟囔中，在这仿佛永不歇息地闪烁着的星星底下，呆呆地出神。不知过了多久，背心一痛，然后听到金嘎兴奋地压着嗓门说，出来了出来了。

乌兰无声无息地过来，几只狗这回却仿佛看不见他一般连半点声音也没发出来。乌兰一脸不高兴，连骂狗屁。

金嘎咂咂嘴，把要问的话吞了回去。

别怕，你怕个啥？我就不信，她看书，你也看书。你们会没话说？你去。乌兰怒气冲冲地对我说。

我很不情愿地朝那边走去。这种事完全超出我的经验范围，不知道该怎么做。而且那个大帐篷里虽然静悄悄的，但里面可是住着她的父母。我总是胆颤心惊地朝那里看，生怕她阿爸突然冲出来，把我打死。

到了门口的时候，我的心都快跳出来了，我在门口伸长了耳朵听，但帐篷里静得可怕。身后那么多双眼睛推着我，我来不及多想什么就掀起帐篷门的一角把自己送进去。里面黑乎乎什么也看不清。我定定地站了一会儿，发现前面有一团东西，青蒙蒙的。本能告诉我这是一个活着的东西。心一下子提到了嗓子眼，几乎下意识地……我又向前走了两步。这时，这东西突然动了，接着我的脑袋里轰然一响……

在倒下去的时候我想，这是怎么回事？我挨打了？我摸到一条被子，暖烘烘的。我使劲呼吸，脑袋嗡嗡响得厉害，疼痛难忍。于是我一动也不动。她也一动不动。过了许久，"嚓"的一声火柴燃了，点了蜡烛。眼前是一个直挺挺的背影，披着满背黑发。有一股说不清的香味，好像是从她头发里散发出来的。她突然转过身来，粗粗的眉毛紧紧地揪在一起，眼睛比我想象的要小，但很有看头。我不由得多看了一会儿。她的嘴唇有点厚，但唇线非常完美，给人的感觉是她说话吐音是极为准确的。她穿着一件紫色的毛衣，上面套着深红色缎子的羔皮马甲，一条蓝色的牛仔裤，脚上是一双棕色的高帮马靴。她的穿着异常干练，仿佛一夜都在准备着对付我这样的人。她一言不发地盯着我看，我想站起来，但几次都没成功，不由得惨呼一声。

"嘘！"她怒气腾腾地把食指竖在嘴前，示意我闭嘴。然后一边侧耳倾听，一边用嘲弄的眼神斜视着我。我觉得什么也不用说了，于是牙一咬，站了起来。头上被打的地方疼痛欲裂，吸口气都头晕目眩，伸手一摸，黏糊糊的，鲜血从来没有如此腥气肆虐，刺激我的神经。我走出帐篷，难言的羞愧涌上心头。我朝他们走过去。我不想放弃最后一点可怜巴巴的尊严，但眼前一阵阵发黑，已然难以控制的身子颓然摔倒了。金嘎跑过来，惊讶地问这是咋了？我黯然沉默。他们几个咧着嘴，白晃晃的牙齿格外醒目。他们想笑又不好意思笑。都安慰我说没事没事，这次不行，还有下次。但我连回头看看的勇气都没有。

第五章

灭鼠工程卓有成效，随着地面出现得越来越多，老鼠洞也越来越多。一天下来前进不了多少但放药的速度却更快了，到处都是老鼠洞，一亩草地的所有洞都放上药得好一阵子。二十五斤药以前能放八九个小时，后来是五六个小时，现在四个小时不到就能放完。增加到三十斤也不到六个小时。我们早晨好好吃一顿早饭，九点半出发，下午四点就回来了。第三区域一个星期前投放结束，现在是第四区域，比第三区大，而且有两条河谷，隐秘的地方多，增加了难度。但再难也被坚决的行动解决了。药投放得越细致越精准——尤其是看到放过药的地方出现了大量数目惊人的死老鼠——心里获得的满足感便越充实，甚至欣慰变成幻想，仿佛经此一役，鼠患永绝，草原的毒瘤成为历史，草原的身体重获新生！

心中有执念，投药的积极性和态度从不懈怠。

因为死去的老鼠太多了，多到野生动物们吃不过来。我们会尽量把这些尸体收集起来，堆成一座尸山烧了。那味道有时候散发着烧烤的肉香味，有时候又难闻恶心得要命。有时候会遇到一些刚刚死去身体还软塌塌的老鼠，确罗还有串起来玩的冲动，都被我们严厉制止了。

　　每天，投放老鼠药无聊的时候，我那晚的经历就可以让大家开心起来，我像一瓶酒一样被他们传来传去，我想着等他们的新鲜劲过去，这件事也就过去了。我一直在等，可我太天真。在他们看来，没有比这个更加有趣的事了。他们越说越精彩越说越离谱，到后来，这件事就成了一个非常非常有说头的故事。

　　我不想和他们说话。只要我开口，他们总会把话题引到这件事上来。最可恨的是确罗，他因为没有亲眼目睹我被打的场景而耿耿于怀，嘲讽我最带劲，说我根本就不是谈情说爱的材料，说我以后有了女人也会被别人抢走。他公开表示，他要和我争夺银揩。他果然行动了，利诱乌兰陪他去了一次，也被赶了出来。更有意思的是，他被狗追咬，撕烂了裤腿。在那个格外寒冷的夜里，他就晃荡着已经扯到大腿根的布条回来。乌兰说，确罗的裤子宛如一面投降的旗帜在风中飞舞。但确罗誓不罢休，总是央求乌兰去给他做伴挡狗。乌兰说，你以为你是谁？还要我来做保镖，有本事自己去，没本事一边去。

　　确罗说，你也会有求我的一天。乌兰说，我不在窝里干缺德事儿！确罗说你把话说清楚，我做什么缺德事了？我和他公平竞争，看谁有本事，我有什么错？乌兰说，那你之前干什么去了？确罗说，畜生！两人打起来了。一会儿工夫确罗已经在乌兰脸上落实了好几拳，乌兰被打得毫无还手之力。

　　我们拉开两人后，确罗骂骂咧咧地把金嘎带走了。

　　南什嘉看事情平息也去约会了。

　　我又感激又惭愧，向乌兰表达感谢。但他说这不关我的事。

　　乌兰的脸到晚上才彻底肿起来，惨不忍睹，痛得直哼哼。我给他几片去痛片，他就着茶咽下去，把自己捂在被子里，不再出声。我把小小的蜡烛挪到眼前，趴在被子里读《平凡的世界》，但心烦意乱，心思跟着确罗走了。一个小时一个小时，一点睡意没有。

到凌晨三点，确罗和金嘎披着一身寒霜归来。确罗看我还没睡，就寒气森森地说，看书也能让人不想睡觉？

那当然。书中的女人……书中自有颜如玉。我观察他们的表情（尤其是金嘎），看不出头绪。心里既羞愧又愤怒，又瞧不起自己。可是我从来没说过要怎样怎样，一直以来我都是被动的，我把自己弄到了一个窝囊的尴尬的处境上。

你神经病吧？确罗说。

你又不是去跟母狼约会，干吗发这么大的火？

她是火气不小但又如何？她缺的就是一个我这样的男人降住她。

我倒是羡慕你的厚脸皮。

他得意地哼着调子，有意无意扫过乌兰，开始脱衣服睡觉。这会儿金嘎早已躺在被窝里，把自己严严实实地包起来。

我又装着看了一会儿书，怀着一种灰败的失落感睡了。睡也睡不踏实，有无数梦的碎片组成一个巨大的场景，旋转着，揪着我的心。

早晨，嘈杂声中闻到了酽茶和酥油融合的浓浓茶香，肚子就感到一阵阵饥饿。困意也浓浓的像一壶酽茶，但我还是坚持起来。他们都已经洗了脸，这会儿正吃着早饭。不知什么时候回来的南什嘉在穿裤子，他的裤带是一根牛皮绳。黑乎乎油腻腻的。他的鞋帮上有冻干的血迹。我惊异地多看了几眼，认不出是狗血还是人血。

每人背半麻袋老鼠药，途中休息了三次，差不多一个小时才到了桑赤弯。休息了一会儿，就各自在饮料瓶里装上老鼠药，一只手提着，另一只手将药袋子背在身上。然后大家一字儿排开，间隔十数米，缓步向前，一个洞也不放过。因为只要漏掉一个洞，可能就会有一家老鼠逃过一劫。我们把目标定得高高的：每一窝老鼠，都要全家死光光。

放完药，几个小时过去了。小心翼翼地将药袋卷起来塞进饮料瓶里，我们坐下来休息。天气晴朗，无风、暖和。周围的老鼠慢慢多起来，不知死到临头的它们欢天喜地地抱着麦子就往嘴里送，一边观察我们一边飞快地嚼食。

老鼠中毒后在多长时间内死亡，我们起了分歧，有的说是两三分钟，有的说十几分钟。不管多长时间，只要它吃了麦子，那就是死路一条，这点大家有目共睹。头一次对草原站的"专家们"说了好话。兀斯尤其觉得今年有盼头，因为这么多年，今年的药最劲道。他说，千辛万苦来放药但没死多少老鼠的洋相，我们也出过，今年是个好年份。你们看这地，湿度蛮够了，今年是一个多雨水的好天年。

我们开始往回走。走着走着兀斯指向右方，语气沉重地说，你相信这里曾经是一大片可怕的沼泽地吗？

一点不相信。我说。眼前是一片干燥的荒野，哪有什么沼泽。

别说是你，就是我也不信。要不是我心里装着整个草山，有时候以为自己老糊涂了呢！

可不是。我说。

兀斯说，退化得太厉害了，真可怕啊。

人越来越多，牛羊也越来越多，加上气候原因，退化是必然的。

明明知道身体不好还要往死里折磨，是不对的。

我向四处看了看，老鼠踩出来的道路四通八达，犹如一张密集的渔网，顿时心悸不已。但马上又抱起希望，因为我意识到如果不这样做，满心满肺的担忧会淹没我。我怕重新认识这片草原，一个和眼前不一样的、更加悲惨绝望的草原。

我们年年整治，就不怕治不好。我大声说道，功夫不负有心人，还有我们人办不到的事情吗？

兀斯没好气地说，我已经参加了四次灭鼠了，我不知道年年灭的好处吗？村主任不知道吗？但有的人心没有，光知道喝酒、耍，吃啥吗喝啥吗一点不知道，草山好吗不好一点不知道，老鼠多吗不多一点不知道。

去年没有灭鼠，前年也没有。

兀斯颓然地叹息一声，灭个鼠都这么难，其他再别说了。哎，要不是我这个腿子攒不上劲道，我才不愿意做饭呢，我自己放药才踏实。

但今年我们干得不差。我说。

今年是最认真最好的一年，今年的效果夏天你看着，肯定大不一样。

我听说了，明年的灭鼠是大规模的，好像每一家都要来人。

他疲惫的脸上总算露出笑意，一瘸一拐的身子也好像轻快了一些。

第六章

营地上停着一辆白色皮卡。村主任来了，和草原防疫站的人等着我们。他们都全副武装，把自己搞得严严实实。我们差点没认出村主任。

草原防疫站来了两个人，其中一个还是南什嘉的姐夫。那个姐夫说事情麻烦了。内蒙发现了鼠疫。他说，已经有很多人被传染。

虽然现在青海还不知道，但是这个事情可不得了……你们都没事吧？村主任担忧地观察我们。

我们面面相觑，鼠疫？

你们的身体有没有不对劲的地方，比如发高烧、咳嗽、恶心、浑身疼这样的症状有没有？那个姐夫说。

我快速地确认了自己这些天的状态，好得很。除了熬夜有些瞌睡，并没有他说的那些反应。然后我回忆他们的情况，也好像没有。

等到我们一个个确认无事后，那个姐夫说，我们北部地区暂时应该还没有鼠疫，所以灭鼠的力度更要加大。而且还要做好个人的自我保护工作。这次我们带来了手套、防护口罩、消毒酒精、消毒液这些除菌的工具，以后出去灭鼠，你们要严格按照我们的要求工作。

然后他详细地讲了一遍以后工作的流程。再三叮嘱，一定要搞好个人卫生，做到万无一失。

回来后一定要用消毒液洗手，一定要喝开水，外出一定要戴口罩……

尤其是死在外面的老鼠，全部烧掉。村主任说。

烧的时候远离。另一个人说，车上还带来了一百斤汽油，每天出去的时候带上一点。不要用手去抓老鼠，用我们带来的钳子。

……

村主任自始至终没有说过你们谁不想干的话。那意思就是我们必须得干到底。事实上我们已经被隔离了。我想到这点，盯着村主任。但他全神贯注地盯着南什嘉，一遍又一遍地交代注意事项。

傍晚之际他们终于说完了，卸下了带来的东西走了。

这场突如其来的鼠疫事件完全打乱了我们的阵脚。尽管事发区域远在千里之外，但明显感觉到所有人的心情都变得沉甸甸的，一场随时有可能会爆发但我们不得不面对的危机在等待着我们。

将那些防护消毒用品搬进帐篷安顿好，然后用消毒液将毡包里里外外仔仔细细喷洒了一遍。我们闻着消毒液怪怪的刺鼻的味道开始讨论这场突发事件。

我认为没什么大不了的。确罗首先说，我从来没听说过这种事。

没什么大不了？你没听说过？你知道什么？兀斯突然对确罗大吼起来，他凶巴巴、恶狠狠地盯着确罗。确罗被兀斯的乖戾吓得不敢出声了。

兀斯瞪着确罗一会儿，颓然坐下，自言自语又像是在跟我们说：这种情况不是没有发生过，而且还不止一次，每过几十年就会出现一次。上一次的鼠疫，就到我们家里来了。我的阿爸、我的妹子，就死在了鼠疫上。

我们这里有过鼠疫？我们面面相觑，谁也不知道这件事。

你们不知道我也奇怪，我不知道你们家的老汉们为啥不跟你们说。但是这件事情是真的，我们村的人死了一些，好像是四个，两个就是我们家的。这也活该，因为鼠疫就是从我们家出现的。

你们家的人得了鼠疫？确罗问道，你们家？

先是我妹子。兀斯沉默了一会儿，仿佛在回忆自己的妹妹。那时候我才十一岁，我妹子才九岁。我妹子本来不在家里，她可怜……五岁的时候就抱养给别人家了，在那个人家里生活了几年，好好的活着，可没想到得了鼠疫，那个人家看着人不行了，就送回来了。送来的时候她还知道事情着呢，还高兴地说回家了回家了……可是第二天就昏迷了。阿爸搂着她骑马走了一天才到县医院里，一进去就再也没有出来，两个人都死在里面了。

毡包里静悄悄的，兀斯沉浸在遥远的家事中不能自拔。

金嘎打破沉默说，我们来的时候，一只死老鼠也没看见。我们放药后才出现死老鼠。

不管会不会出现，先预防起来，先把老鼠全弄死准没错。我说。

我们的工作量成倍加重了，没有灭过的地方要尽快灭，灭过的但还是有老鼠的地方还要重灭。要把死掉的老鼠毁灭干净……就我们几个人，离完工遥遥无期。

确罗你以后再不要把老鼠用棍子串起来，更不要朝我们身上扔老鼠，你太不像话了。南什嘉训斥确罗。

想起确罗犯过的"罪行"，我们不寒而栗，齐声讨责确罗。他保证再也不那么干了。

"鼠疫事件"第十天，我们的心态看上去平复了。我们没有畏首畏尾。

但是不行，做不到像从前一样了。至少我不行，有两种奇怪的感觉在交替扰乱我，支配我。一种是勇敢，一种是懦弱。勇敢说没什么大不了的，至少认认真真去做，小心谨慎就不会有事；懦弱说赶紧想办法回家，这里有无数老鼠，有无数感染的机会；你再防范都无济于事，因为活在危险中，你还每天碰几百只老鼠……

恐惧太真实了，一刻不停地证明它的存在。每次出门工作穿戴得严严实实，轻易绝不脱去手套和口罩，装老鼠的袋子绝不挨到身上，在地上拖着。回来后第一件事是洗手，一遍又一遍，用滚烫的开水，用洗手液用酒精……还是不放心，端着碗胆战心惊，看着手仿佛看到可怕的东西。

我以为就我是这样，其实他们都这样。只是不说，只是默默地干自己的事。晚上睡觉戴着口罩。毡包每天三四次喷消毒液，味道越浓郁越觉得安全。

这种情况持续了近一个月，大家才真正的正常了，或者说是懈怠了，疲惫了，麻木了。

兀斯瘦了，沉默了，眼睛更大了；金嘎的裤裆扯得越来越宽了（但他就是不补）；南什嘉频繁地夜不归宿；而确罗呢，隔三岔五去垭口那边，后半夜披霜戴寒地回来。

　　只要他去了那边，我就烦躁地睡不着觉，我一分一秒数着时间等他回来，我从他脸上看不出异样的情绪来。他是得逞了吗？他在失败着吗？

　　又过了一段时间，我们不是傻子，就都知道是怎么回事了，但谁也不提。我也开始打麻将，但从来没赢过。输光了兜里的几十块钱，欠了一百多块。确罗天天跟我讨债，让我烦不胜烦。为了还债我玩得更加勤奋，赌得越来越大了。到后来我输了三百二十六块，我的债主又多了乌兰和金嘎。确罗威胁说，再不还债就把我的狼皮褥子拿走。

　　我对此嗤之以鼻，想要我的狼皮褥子，没有五百想也别想！

　　确罗意有所指地说，咱们走着瞧！

　　后来他和乌兰达成协议，乌兰要我把欠他的钱转给确罗。于是我欠了确罗五百多块，我的狼皮褥子被他拿走了。我只能睡在牛毛毡上，半夜里三番五次冻醒。金嘎竟然也不客气，他把我的东西搜索了个遍也没发现什么值钱的东西，最后，他拿着《平凡的世界》问，这个多少钱？

　　你又不识字，拿它干啥？

　　多少钱？

　　我心里一动，说，要不，我教你认字吧？识了字那就可以看这本书了。

　　我真的开始教他认字，每个字一块钱。这样，他可以识字，我可以还债，一举两得！事实证明这件事是非常明智的。十天后他掌握了五十个汉字。而我也还了欠他的三分之一的债务。他的学习兴趣大增，麻将也不怎么打了。《白鹿原》被他翻了一遍，几乎每页都能找到一两个他学过的熟悉的字。这让他感到很骄傲。不厌其烦地猜测那些还不认识的字的意思。他总是问我，我烦不胜烦，就给他讲故事。虽然我以前照着书念，但不承想没有书我照样把故事讲得声色并茂。他听得津津有味。大家都听得入迷。于是我说这个故事免费，我还有更多特别好听的故事。

《白鹿原》好听吧？还有更精彩的。如果你们想听，我给你们讲。我不多要，每天晚上一个人就一块钱。我告诉你们，我的脑袋里，男人和女人的故事可多了，而且一个比一个好听。

讲个故事还要钱这让他们不高兴，觉得我不知好歹。

确罗说，上次《白鹿原》完了后让你讲你推三阻四不答应。

我说，你们到底要不要听？我的水平你们是知道的。

确罗说，便宜点，太贵了。

一块钱还贵？世上哪有这么便宜的故事？

确罗说，故事我们也会讲。

能一样吗？土种马和纯血马的速度能一样吗？

确罗说，你有多少好故事？

我说，那就要看你们听故事的水平了，有些你们不会懂。

乌兰说，你这是什么意思？我们当然听得懂。

最终他们都同意了。

我从《西游记》开始讲。这本书我从七八岁开始读，读过不下十几遍，早就烂熟于心了。又是整整两个小时，毡包里安静得只有我一个人的声音，所有人都不出声音，害怕破坏那种气氛。

往后的多少天里，我为他们讲了许多故事，我讲故事的能力日新月异，他们听故事的水平层层提高。我给他们讲《鲁滨逊漂流记》《飘》《平凡的世界》《藏獒》《堂吉诃德》《高老头》《穆斯林的葬礼》等等我读过的书。

我的记性真好！我讲故事的才能真好！我都开始佩服我自己了。每天晚上讲完了故事，我们在讨论哪个故事好笑哪个太悲惨谁个让人心里湿湿的谁又使人想起许多往事的时候，我们本身也发生着许多故事。我对他们说我讲了这么多别人的故事但是我们自己的故事讲出来也是一样的精彩。他们不赞同，说我们哪有故事我们没有故事。我说我们现在的生活就是故事。我以后就写这个故事给别人讲这个故事。他们说你写的时候别忘了写我们每个人，讲的时候别忘了讲我们每个人……

金嘎已经认识了五百多个汉字，他的聪明和记忆力让我刮目相看。

至于学了这些字金嘎该给我多少钱,这个早就不提了。他已经没有钱了。而且我也相信再过一些日子,他们所有的钱都会在我身上,他们会连一分钱也没有。

在这期间,乌兰几次三番地要大家跟在确罗的后面去看个究竟,他说他敢打赌,确罗根本没有去约会,是死要面子活受罪,傻乎乎地去外面挨冻。我虽然怕事情的真相不是我想的那样,可我还是去了。因为我又渴望见到她。即使见不到,我也想看看她的小帐篷。

那天晚上,乌兰对确罗说,你该出发了,时间不早了。

今晚不想去。确罗说。

你已经好多天没去了,难道你忍心让你的情人失望吗?

确罗没说话,他眯着眼斜靠在被褥上,仿佛魂游天外。

你不去我们去了?乌兰说。

确罗说,去啊,干吗问我?

乌兰说,你不会是吃了门板吧?

确罗抓起皮袄离开了。乌兰看着确罗的背影再次强调,我敢打赌他有问题,没有才怪哩!

半个小时后我们也出发了。我默默祈祷,但愿乌兰的猜测是正确的、唯一的答案。不久以后,眼睛渐渐开始适应了黑暗,脚下的小土坎都看得清清楚楚。很多地方被狂野的大风吹得露出了草地,更多的地方是厚厚的积雪。我们和确罗保持着距离,等他过了垭豁之后我们加快了脚步。站在垭豁上,对着下面的斜坡观察了一会儿,没有发现确罗的身影,我们一溜儿下了坡。一有风吹草动就立即趴下。整个山坡上都没有发现任何可疑之物。金嘎的眼睛最好使,因而走在最前面,我们落后二十多米跟着。这样走了一会儿,金嘎突然蹲下,然后敏捷地跑过来。我们头挤在一起,金嘎低声说,前面一个东西,看不清。

有多远?

一百多米吧。

你再去仔细瞧瞧!

金嘎爬去十几米后,我们也跟了过去。没多久就见前面出现一个人,看样子是确罗无疑。他走到金嘎前面十多米处停下，金嘎一动不动地趴在地上，仿佛死了一般。过了一会儿，他开始向金嘎扔石头，接着就听金嘎喊道，别扔别扔。

确罗说，金嘎，你在这里干吗？

还有我！乌兰一下子跳起来。我也站起来。确罗干笑两声。乌兰佩服地说，确罗，你是怎么熬过来的？不行就不行，你死要面子活受罪啊。

我心里高兴死了，我几乎欢叫出来了。要不是我还有一些理智，我真就高兴得跳起来了。

确罗说，卡尔诺你去，银措不讨厌你。

你怎么知道？

第一次来到时候她说的。

她怎么说呀？

让挨打的那个有本事再来。

乌兰转而看着我，你去，这回她肯定不打你。

她也不知道我……

快去，就算她生气你也要去。男子汉大丈夫别尿。

帐篷的门被堵得严严实实，有两道系住门的绳子是从里面扣住的，我弄了好一会儿也没成功。这时听到里面有动静。

谁？她的声音让空气更冰寒了。

我屏住呼吸，不敢说话。我想缓缓，我想叫她多注意身体，想让她知道鼠疫的事情。我一直都在担心她。但我太紧张了，说不出话来。她已经开始骂了，我知道你是谁，滚！快滚！！

第七章

早晨，洗脸的时候南什嘉说，今天投药的那片地范围大，我们早点去。

今天是二号区的最后一片地吧？我也去，争取早点放完。兀斯说。

这是兀斯第十次还是第十一次跟着我们放药了。自从鼠疫事件之后，兀斯对灭鼠的态度有了转变。以前他总是找机会对我们这些看着不怎么上心灭鼠（他坚持说我们吊儿郎当不认真）的年轻人进行说教，一套接一套的理论，而且头头是道。我们并不喜欢听，甚至很烦，但他不为所动，一有机会总是说上两句。但现在，他不说了，他开始行动了。他沉默寡言地拖着瘸腿自己行动。这么一来反而让我们感受到一股压力，工作得更认真了。当然和鼠疫的发生有关，但兀斯的举动是另一个原因。我们要不好好干活，好像既对不起自己也对不起兀斯，更对不起他死去的妹妹和阿爸。

现在我对兀斯也颇有微词，形势是很严峻，但他连气氛也搞砸了。要不是有我的"故事"和我的"爱情"调节调节，相信大伙儿更不好过。

我的事情他们现在格外关注。他们兴致勃勃地打算帮我渡过这次感情危机。不知是谁提到了写情书，于是他们认为这是一个具有高度可行性的计划。一上午，他们都在为这个计划而热切磋商。他们当然知道归根结底还是要看我，他们给我打气，让我振作起来。用我的才华写情书，写一封不成就写两封，两封不行就三封五封，一直写，直到打动她同意见面为止……我意动了，觉得这样的交流方式可能更适合打开我们之间的障碍，这种书信的来往本身就有一种诱惑性。可是送信是一件特别艰苦的事儿，谁愿意大半夜的跑那么远的路？

我把主意打到金嘎身上，他不同意，但在我的威逼利诱之下还是答应了。

既然有人送信，就差写信了。对此他们踊跃提出自己的真知灼见，乌兰甚至说要教我怎么写情书。我一笑拒绝了。我觉得在这方面还是我比较在行。那天下午的全部时间，我都花在了这封情书上面。我足足写了两千字，写了很多废话，我不知道说什么，就从见她第一面的遭遇和感受写起，我写着写着，就觉得仿佛干了一件见不得人的事情；写着写着，就觉得写下的这些字怎么看都糟糕透了。我从头开始写……我像小学生写作文那样先打草稿。等又写了五百字，这天的下午时光就过去了。晚上，躺在被窝里我没有别的心思，只想着怎么写。我以前不怎么写东西，因此没有意识到写字的艰难。尤其是写出让自己满意的文字更是意想不到的难。我是一个字一个字斟酌，一个字一个字写的。我去掉了"亲爱的"这种太暧昧的词，改成了"叫人难忘的银揩"，也不满意，又改成亲爱的朋友！朋友？这不成。我划掉了。决定先不管了，先写内容。我趴在被窝里打草稿。金嘎和确罗一左一右老是偷看我写的内容，虽然他们认不出潦草字体，可也很烦人，搅得我不能认真写。于是就发了一通脾气，他们便不看了。但这样一闹，我心情糟糕，什么头绪也没有了。气呼呼地蒙头躺下，一会儿生他们的气，一会儿生自己的气，不知不觉，睡着了。

次日一早，天还没亮，我醒来。终于想通了，干吗要纠结于形式呢？我们交流的不是感情吗？只要真心真意地写心里话就好了，只要她知道我的真诚就好了。

这下我浑身感到轻松了，立即翻身从枕头下取出纸和笔，在新的一张纸上写：

银揩你好！我叫卡尔诺，就是那个第一次被你打，第二次被骂"滚"的胆小鬼。我说自己胆小鬼是对的，因为要是第一次我胆子再大一点可能根本不会挨到打，同样第二次我要是胆子大点也不会被骂一声就灰溜溜地离开。我也觉得自己的脸皮不够厚，我的朋友说一个男孩子要是没有锻炼出足够厚的脸皮是追不到漂亮女孩子的。这话让我感到很吃惊，但一细想，也觉得有些道理。在他之前，从来没有人跟我说过这些，我也不知道怎么去追女孩子，尤其是像你这么漂亮的女孩子，别说去追，我甚至都没怎么见过。

我第一次见到你就喜欢上了你，应该说我从你可怜兮兮的背影喜欢上了你，从你好闻的长发喜欢上了你，更从你转身的那一刻喜欢上了你。你一定要相信我那天晚上不是来干坏事的，我就是好奇。他们把你说得像天仙一样，我就想，这么美丽的女孩子有吗？于是我就带着强烈的好奇心想去看看，我对自己说，去看看又怎么了？我甚至都没有想到别的可能。

但显然你误会了，你把我打了。这活该，我觉得你打得好！回来之后我好些天都神情恍惚，恨不得打自己一顿。我真的打自己了，有一天晚上，我想你想得痛苦，就到外面去，在寒冷的野地里流了一点泪，给自己的脸上来了两巴掌，以惩罚自己对你的冒犯。可是，随着时间越久，我对你的思念就越深沉，我真想再见到你。

你可知道我们这儿的一个叫确罗的人叫嚣着说也要追求你，那会儿我吓坏了，我担心得不得了。可我不知道该怎么办。你那晚的态度让我失去了再去找你的勇气。我只能心被刀割一样地看着确罗去找你，心里默默祈祷你也像对待我一样对待他。那天晚上我一点也没睡着，我一秒一秒地数着，我一分钟一分钟地等着，终于把他等回来了，他一点伤都没有，那一刻我的心都碎了。我以为你喜欢的是他。你知道那是一种怎样的毁灭的感觉吗？可是，我又高兴起来，因为第二天晚上他没去，第三天晚上他去了，可回来得更早。于是，凭着男人对男人的直觉我知道他在撒谎，你同样也把他拒之门外了。那一刻，你又知道我有多开心吗？

后来，我们跟踪确罗，他果然和我想的一样，我都快高兴死了，所以当确罗说你说了，叫那个挨打的人来的时候，我就来了。我想那天晚上你肯定不知道是我，要是知道了就可能不会骂了。但我脑子里一阵迷糊，一听到你骂就伤心欲绝，稀里糊涂地走开了。

现在给你写这封信，我是听了他们的建议写的。不是说我不想给你写信，而是我觉得你可能也会讨厌。自从受了两次打击后我的状态确实出现了问题，我自己也知道。他们其实也是为了开导我，也确实给了我一点勇气，就像乌兰说的，我不写，又怎么知道你讨厌我给你写信呢？

那天我虽然没怎么看清但一定不会看错，你的帐篷里有书。说明你也喜欢读书。我想如果你不反对我们用书信的方式交个朋友，就给我写一封回信吧！明天晚上十点半，会有我的朋友带着我的第二封信来。到时候你把回信放在门口（记得用石头压住），我的朋友取了信，也会把信放在门口。或者，如果你觉得这样不太好，就在回信里说一下我们在哪里交换书信。

另外你知不知道鼠疫的事情？据说很严重，但我们并不知道更多，这里没有外来的消息，即便有也是一星半点，不足为信。但肯定的是这件事对我们都有影响，你们那里有没有什么措施？

祝你睡个好觉，做个美梦！

永远都这么漂亮！

真奇怪，写这封信我有一种酣畅淋漓的感觉，仿佛一口气将这些字写在纸上，把精气神都调整好了。我甚至感觉到要是再次见到她，我一定不会惊慌失措。同时也感到遗憾，我拐弯抹角地提出想带去一些消毒防护用具，遭到他们异常强烈的反对。这不能怪他们，是我的不对。乌兰说她们村里肯定也会发这些的。我不太相信。

我认认真真把信修改了两遍，然后规规矩矩地抄写在一张崭新的纸上。我精心叠制了一个信封，将信装好，用一点面糊封了口。信封上写：银措亲启。

本来可以不封，但我怕金嘎偷看。如果以后常常写信他就知道我们的所有事了。他的进步太快太恐怖，以至于现在我都感到害怕。现在他翻看一页书，认识的字更多了，有很多词他能读写，虽然还没有完全搞清楚意思，不过我想这种情况要不了多久就会改变。而且我也相信再过一两年他会毫无疑问地超越我。如果他有一本字典，他的成就将不可估量。因为他帮助了我，所以我答应回去后将我的一本字典送给他。他这两天一直念叨着。我对他的这种恐怖的天赋既羡慕又嫉妒，如果说以前是带着玩笑心态的话，那么现在我是认真的。我怀着强烈的好奇想知道他会走到哪一步，会不会创造一个奇迹？

吃过晚饭，金嘎带着我的期望和他的保证一头冲入夜色。

他走后，确罗唆使我说说信的内容。我不说，他便骂我小气。

金嘎走的时候是八点过一刻，回来时快到十一点了。我等得心急如焚，以为他被狗咬了。他对我的担心嗤之以鼻，喷着寒气说，我看见一只受伤的小狼，就追了去，没想到跑远了。

你有病吧？大半夜的你追什么狼，碰上狼群怎么办？

我才不怕。他犟嘴道，再说哪有什么狼群呢？

你怎么知道没有？

这里又没有羊群，它们会跟着羊群走，它们都在冬窝子上呢。

孤狼也不好对付，你可不要大意。兀斯吓唬他，有的狼会悄悄跟着你，找一个好机会把两只前爪搭到你肩上，这时候你可千万不要回头，你一回头它就轻松地把你脖子咬断……

老掉牙的故事当然吓不住金嘎。他根本就没好好听，又捧起书看。我的《白鹿原》被他霸占着。我给过他一个旧本子，现在他快写满了。从这个本子上就可以清晰地看出金嘎的进步有多快。刚开始写的时候每一个字都扭扭捏捏，东倒西歪，而且奇大无比，每个字都有他自己的大拇指那么大。写了几页，变化开始了，首先字变得小了，做到了在一条格子里勉强框住，再过几页，连字的整体形象也统一起来，也就是从那个时候开始，他的字再也没有出格过，到现在，猛一看，我们的字还真没多大区别。他很快就会超过我，我坚信这一点，因为他是天才，而我不是。

夜已经很深了，我叫金嘎快睡觉。

我要吹灯了。我说。

你睡你的，我马上就看完啦。他煞有其事地说。

你看个屁！确罗怒气冲冲地说，不灭灯我睡不着，快点……

金嘎不敢犟嘴，气呼呼地睡觉。煤油灯刚熄灭，他还是忍不住"哼"了一声。

你"哼"啥？确罗马上就问道，你想骂我？

金嘎翻来覆去地折腾，一会儿便轻轻发出叹息，一会儿又把牙咬得咯咯响。

他肯定是恨死确罗了，却又不敢反抗。确罗把他吃得死死的。

夜阑人静，我睡不着。我想她想得睡不着。她的容貌是那么清晰，以至于把原本有些模糊的样子轻轻松松补齐了，她的影像活生生留在脑海中，只要我愿意，我一天到晚都可以看着她。而且我也由此坚信我已爱她爱得深沉，我相信切身感受到的才是真实存在的，为此我不断地去触及我灵魂里那块柔软的地方，不断地接受我对她的爱所带给我的折磨和疼。

第八章

翌日一大早，我趴在枕头上，点了一支烟，静静地抽着，一边思考今天要写的信。想了半天也没有头绪，只觉得越想越乱，怎么写都不对。我又担心昨天的信，当时觉得挺好，但现在拿出草稿一看，心里就凉了，这都写的什么呀？看看这语气，这滔滔不绝的架势，她一定会觉得我是个自大狂。一个自以为是的家伙。

去放药之前我们照例检查了自己的装备：胶皮手套、有一股子干燥刺鼻的气味的口罩、轻便的钳子、汽油，都带上了。南什嘉照例问我们有谁觉得不舒服？于是我们就嘻嘻哈哈地都说不舒服，要求休息一天。南什嘉说在这里待着有什么意思，赶紧干完了回家休息去。但我们都知道不会那么容易让我们回去的。自上次村主任走了后，这里再没人来过。他说过如果有事会有人来通知，没人来就是没事。但南什嘉说并不是如此，鼠疫事件现在闹得沸沸扬扬风声鹤唳。

我们千万千万不能马虎大意，你们一有不对劲马上报告。南什嘉警告说。

他怎么没来通知我们？

所以我们要尽快干完，然后撤离。

尽快？怎么个尽快法？还有老大一片呢。确罗说，干脆我们马上回去，剩下的爱谁来谁来。凭什么是我们？

这能怪谁？你要是不贪图那点工资也就不会出现在这里，既然来了，那出了事就不能逃避。

南什嘉你这是什么意思？

要么别来，既然来了就得有始有终。这不仅是我的意思也是村主任他们的意思。

你觉得我会在意他们和你的意思吗？

那你想怎么着，想离开？

确罗沉默不语。眼下的处境他清楚得很，只是心里忿忿不平，觉得上当了，被抛弃了。

路上金嘎一口气背了五首诗，把他们惊得够呛，因为我教他这些诗的时候他们都不在场，现在金嘎突然来这么一手，他们就感到不可思议。确罗既嫉妒又愤怒地说，你光背有屁用？你知道意思吗？

金嘎得意地说，现在我当然不知道，但我以后绝对会知道。我的将来一片光明，简直是金光大道。他终于从确罗这里找到些许优越感，幸福得脸都红了。

兀斯对金嘎的表现相当满意，昨天下午还让他写一写他的名字，金嘎写对了后一个字，前面的兀字他没学过，以为是无或五，他把两个都写了，让兀斯挑一个。兀斯掏出身份证，原来是吴斯，连我都弄错了。但我觉得归根结底还是当初登记身份的人弄错了。兀斯说那时候根本就是随便写，才不会考究名字的字义，户口上添名字是要看运气的，要是那天填写之人的学识不咋地，他就随便弄一个字了事；有时候就算有学识也靠不住，他不想动脑筋，也随便填写，于是兀斯就成了吴斯，好像一个汉人的名字。

金嘎信誓旦旦地说他的名字绝对没弄错，他老子对这类事可是很认真的。

确罗说你有种再背五首。金嘎说行啊，我明天背给你听。说完他看着我。我点点头，金嘎就再次得意地朝确罗一扬眉毛。

确罗讽刺我说，你既然那么想当老师，就连我也教一教吧？不过我想你除了写字也没什么可教的，我是不会学字的。

孺子不可教也！

你啥意思？

说你无知还真没错，连骂你什么都不知道。要不我教你一些骂人不带脏字的话？

他哼哼唧唧地跑到前面和南什嘉走在一起。我趁机叫金嘎再把昨晚的经过好好地详细说一遍，好让我知道接下来的信怎么写。金嘎苦恼地抠着头，说也没啥呀，就是去了后把她叫醒，然后把信从帐篷的缝子里塞进去，然后说明晚来取回信，然后就走了。

我连连点头，不知是错觉还是真的，反正我觉得仿佛得到了点什么。

我说难道她连一句话也没问？

没有。她连一声都没出。

不行，今天晚上我也去，我要亲自感受一下才能写出好的情书来。

那你自己去吧。

我……还是我俩去吧，我们可以在路上学习。我没说我害怕走夜路。金嘎支支吾吾，显然不想去。但我不给他找理由的机会，说就这样定了，以后我们一起去送信。

金嘎说我还没同意呢。

我是你老师，你是不是应该帮助我？是不是应该尊重我？是不是应该听我的话？

可我给了你钱啊。金嘎反驳道，那就是学费。

哪有那么美的事，哪个老师会因为那点钱就教你那么多？你老实说，我这些天来教给你多少知识？你有没有想过，等我们回去的时候，你可能就是以一个知识分子的身份回去的，那些中学生在某些方面也不能和你比，你想想。

金嘎自豪地笑起来，说你说得对，我果然要以知识分子的身份回去。他兴高采烈地同意奉陪到底。他对天天夜里走路受冻这种小事不屑一提，因为这对他强壮的身体而言根本就没啥好说的，所以他一点也不在意。

放药的时候我心不在焉，一门心思想着信的事。真是书到用时方恨少！我自以为读书多，有见识，写几封情书理当不在话下，但只有真正写了才知道有多难，需要考虑的问题太多了。而一封糟糕的情书起到的作用是灾难性的。难道没有这种可能？不不不，这种可能性太大了，大到我不得不一次又一次地揣摩要怎么写。我越想，就越沮丧。眼看下午开始返回营地了，但我还是没有想出来。这让我意志消沉，和谁也不说话。兀斯和我走在一起，他说你觉得她怎么样？

我想了想，不知道该怎么形容她。她很霸道。但我不想这么说。

那你是怎么打算的？

我想了想，还是不知道。

你不知道，你没有好好想过，这就是问题。兀斯说。

我一直在想，我会好好想的。

你白天想的和晚上想的是不一样的，你也没有往长远里考虑。

回到营地，兀斯问我们晚饭吃什么。

金嘎说吃面片，确罗说吃拉条。兀斯说，那就吃面片吧。然后就开始做饭了。

我吃了两个馒头，喝了三碗茶，趴在铺盖上展开皱成一团的草稿，看了一遍，暗想也没那么糟糕，然后我在空白处写下了以下这些句子：

  亲爱的银措，我在想你会给我什么样的回信。我想了半个夜晚，今天又想了一天。此刻我在写第二封信，之前焦躁的情绪消失了，我的世界安静安详了，我的世界只剩下你了。由于没有更适合（我是说适合于我们之间彼此的称呼）的名称，我暂且这样称呼你，希望我们能够建立起一种相通相融的阅读方面的关系，以一种我们的"亲昵"的称呼来区别我们与别人的关系。我是说如果我们的阅读和现实的符号一致，那么是不是意味着我们归根结底都是在虚幻着？我觉得我们应该想办法建立实质的根基……

  另外，还是"鼠疫"的事。刚开始几天把我们吓坏了，连最不知天高地厚的确罗都吓得不知所措，却还装作一副无所谓的样子（他就是这副德行），但我们都看得明明白白，没有揭穿罢了。我们都担忧，担心外面的情况，这是最可怕的，我们不知道外面发生了什么，到底怎么样了。真觉得我们被抛弃了，自生自灭。你知道些什么，请告诉我。

我想我又写了一些幼稚的、不知所谓的东西。世上有这样欲盖弥彰、自以为是的情书吗？但我不想改。我觉得我正是用这种有毛病有缺陷的方式在和她构筑我们的关系，所以这封信的意义就不是单纯的情书，而是一个沟通我们之间的某种氛围的东西。我感到一丝满足。虽然我在她面前头破血流，没有一点用处，但在文字交流中我预感到我一定会占据主动，找回尊严。

兀斯在面片饭里放了好多肉，因为我们的肉多，菜少。我们有土豆、甘蓝、大葱、洋葱、红薯粉条、土豆粉条、菜瓜等，大部分菜已经吃完了，剩下的土豆和粉条最多。牛肉和羊肉还各有一条完整的大腿。这顿面片里的羊肉就是那条羊大腿的新鲜第一刀。兀斯把冻得跟铁一样的大腿放在案板上剁的时候我看了一眼，按照他的用量，这条腿吃不了几天，但他肯定不担心肉不够，因为除了两条大腿还有别的肉。

我和金嘎一起帮兀斯揪面片。金嘎来这里学到的第二个本事是揪面片，揪得很不赖。每做一次面片，兀斯就使劲夸他一次。这样一来，金嘎成了兀斯的助手，干了很多本应该兀斯干的活儿。有几次我还替金嘎打抱不平，但他自己说十分愿意，就像他现在愿意识字一样愿意，那我还能说什么呢？

我吃了两碗面片，想了想，又硬是多吃了半碗。金嘎已经吃第四大碗了，白瓷瓷的大碗里好像装的不是食物，而是空气。其实我们所有人都能吃，做饭用的是直径有四十厘米、深达五十厘米的大铝锅，兀斯要做满满一锅才能满足我们一顿吃喝。为此兀斯已经抱怨过无数次，但最让他感到吃不消的是蒸馒头。我们吃得太狠，他辛辛苦苦蒸出来三四锅馒头不够我们吃一星期，而且是馒头做得越好我们吃得越快，后来他耍心眼，做得差了，但也只是多吃了一天，他还是每过三四天就要花费大半天蒸一次馒头。我猜他想方设法把金嘎搞定，多半是为此考虑的。因为自从金嘎愿意帮助他以来，他就没再和过一次面，所有做馒头的面都被金嘎玩儿似的弄好了。所以他现在是越来越喜欢金嘎了。

饭后金嘎说要睡一会儿，他果然睡着了。我是无论如何也睡不着的，于是就坐在门口，眺望远方昏暗中的群山发呆。我意识到关于银措的一切对我层层叠叠（几乎是突然）的追加的影响，这是始料未及的。我有时从乱糟糟的脑海中努力提炼出一点意象，那些小火苗一样的念头似乎足以燃烧我，让我更能感受到爱。

九点钟我叫醒金嘎。我们穿戴好，走出毡包。遵照我们的协议，我得教他点什么。他说要背诗，明天给确罗背。我就勉强凑出五首教给他。

他仅仅听了一遍,就背会了,然后就不怀好意地把我抛下,眨眼间消失了。我喊了几声,又惊又惧地加快脚步。他等在上次我们窝过的凹地里,嘿嘿地朝我坏笑。我稍作歇息,怀着某种激荡而壮烈的情绪朝那边走去,信已经被紧紧捏在手里。我听见那两只可恶的狗叫起来,但没有冲过来。

我远远绕过大帐篷,从那门缝里仿佛有一双冷酷的眼睛在盯着我,我走一会儿,就觉得有人悄悄地出了那帐篷,悄无声息地跟过来了,一回头,却什么也没有。我走到帐篷门口,静默地看着帐篷外面厚厚的门帘,我似乎还记得当初我推开里面的木门时的那种沁人心脾的冰凉,那种令人感到镇定的错觉。如今,我又觉得人生奇怪的历程其实在很久以前就有迹可循,只是人们没有能力把它抓住。我们时常以麻痹自己来渡过劫难,而且还会找一些方式来弥补这个伤痕。我的伤痕,就需要情书来弥补。我低下身去,很顺利地在一块宝贵的红砖之下摸到了一片纸。是一个信封。我像幽会成功的少年一样愉悦起来,我甚至有一种探险完成后庄严的仪式感。我把信揣好,把给她的信连袋子压在红砖下,在红砖四下里摸了摸,确认没有暴露出来。我站起来,再一次屏住呼吸,努力延伸听觉,试图得到一星半点她的动静,但我失望了。我站立五分钟,一点声音也没有。

好像她的不出声更让我感到幸福。终于我带着满足的心情离开了。回去的路上我几次都忍不住想看信,但每到最后关头都硬生生忍住了。就在快要回到营地的时候,我突然想到要是进去了再看,他们也会来凑个热闹,我不知道她到底写了些什么,要是她把我绝情又狠辣地臭骂一顿……

我和金嘎找了个避风的地方,他掌着手电,我拿出信。信封还是我的那个信封,她没有封口。我哆哆嗦嗦地抽出一张折叠的纸,凑着一束白光盯住纸面:

卡尔诺,你还真有意思。我确实没有想到你会给我写信,所以当我被你的朋友叫醒,然后接到信的时候半天都没回过神来。首先我要说明一点的是,我并不是特意针对你的,我这几天心情不好,因为和一个算是朋友的人闹别扭,不过现在好了,今天我去把她揍了一顿,我把她打倒在地……算了,不说这个了。能收到你的信,这封平生第一次收到的信还是让我很开心的。你说的很多话我一时半会儿还没想明白,但有一件事你说得对,我爱读书,我的帐篷里有一些书,但不是很多。而且你不知道的是我还在写诗歌。我很早就知道自己有这方面的天赋,我的诗歌也得到过一些人的好评。虽然我写得并不是很好,但时间和阅历、感悟和沉淀会慢慢把我磨砺成一个优秀的诗人,这一点我相信就足够了,不需要别人的认同。

写信交流我乐见其成,觉得可以把很多话都写上去,可以写得肆无忌惮,可以写得天马行空。我们总是不能好好地随心所欲,越是长大了越受束缚,越是变得笨重木讷。所以一旦有机会就要抓住。写在纸上就是这样一种机会,所以当然要珍惜。

关于鼠疫……老实说我不在意,生死有命,真要是来了,我们这些和老鼠生活在一起的人,又能逃到哪里去?不过你放心,我们也有那些东西。而且好像有人死了(我真的没怎么在意),但不知道多少人,我会打听打听。我们家和外面的人不接触好一阵子,简直和你们差不多。我阿爸出去过,到乡里去了,回来说乡上忙得紧,啥事也办不了。好像已经到来了似的。我只知道这么多。

我五味杂陈地读完。然后又一字一字地读了一遍。一个性格开朗而果断的形象就套在心中那个女孩身上,直到这时,我才真真切切地感受到了她的气息,她在我心中彻底活过来了。我不由自主地呻吟一声,完了!看看她写的信,看看她字里行间的飞扬的霸气,看看她理所当然地掌握主动权的意识。我的脑门一个劲儿地突突跳。

金嘎陪我看完了信,咂着嘴夸张地嚷道,哇哇,你女朋友好厉害!居然在写诗?连你都不会写吧?

我猛然一惊,对呀,她在写诗,她是一个诗人!

你会写吗?金嘎用胳膊撞了我一下。

当然会写,但……但要写出好诗是很难的。

我知道不容易，所以我才觉得她好牛啊！

我无法反驳了，而且我为什么要反驳呢？他说我的女朋友好，我应该高兴，从她回信的那一刻就已经算是我的女朋友了。可让我感到难受的是她远比我想的要有才华。我之前自以为是地认为她虽然读书，但也只是限于读书……人总是在顾着埋怨而忘了防备的时候遭遇袭击，我就在毫无心理准备时被她刺了一下，我没有把这件事展开分析的勇气，急匆匆地遮盖掉了。

第九章

金嘎大嘴巴一张，就把银揩学问好还会写诗的事情说了出来。他们惊讶、兴奋、感到不可思议。他们以为她回复信是一首情诗，怂恿我念给他们听。我一拒绝，他们便强行把我摁倒，抢走了信。他们让南什嘉念。南什嘉看着我，我说你要是敢念你就走着瞧！他龇牙一笑，就开始念了。

他们听完了个个都张大嘴巴，和金嘎一样哑巴着嘴，一个劲儿地说厉害厉害，真他妈厉害。因为没有诗出现，所以他们也就没有深入探讨到底厉害在何处，只是觉得一个女孩子能写出有条有理的信，还能写更高级的诗，这就不是一般的厉害！他们对她打人的事情只字不提，仿佛没有这段叙述一般。不理会他们各种古怪的想法，我又要烦恼回信的事情了。这回又要说些什么呢？

思来想去，觉得还是得从她喜欢的诗歌上谈，可是怎么谈？我对诗歌了解多少？我想了想，我对诗歌几乎可以说是一无所知。那么又能跟她说些什么呢？她的水平一定是超过我的，我说得不好等于是在自找死路，不说又显得和她不是一路人……太纠结了。这天晚上我又失眠了，自从认识她以来，我没睡过一个好觉，我时时刻刻都被她折磨着，有时候我想，难道她是我前世的仇家，今世来复仇吗？

亲爱的银措：

以前，我从来没有想过缘分这回事，但现在这个东西活生生出现了，出现在你我之间，我用炽烈而明净的态度拥抱住缘分，不让其轻易离去。我有时候感到一阵阵惊悸后怕，我不知道要是我没有认识你会是一件多么可怕的事情，我浑浑噩噩地一天一天过活着是一件多么可怕的事情……可是，幸好，你出现了，你来了，你在我毫无准备的时候来了。幸福来得太突然，我猝不及防地接住，难免感到手足无措，并且愚蠢地伤害到了你，我真恨自己！

读了你的信，知道了你是一个诗人，这几乎再次打垮了我，我感觉和你的差距这回是明显地拉大了，但我很快也调整过来了。因为我觉得自己用不着去妄自菲薄，我也有自己的长处和优点，我也有优秀的一面，所以，我才这般从容地给你写这一封信。这是我写得最自在的一封信，也是最自信的一封信。可我不知道自在在哪里，又自信在哪里，不管你看了后是什么感受我都可以坦然地接受，期待你的回信。我喜欢读你的信，哦，不！事实上是我喜欢你的一切东西！

关于读书，想必我们因为读的书的不同而有着自己别样的观点，但你是诗人，读的文学书籍应该多一些吧？我也是。我尤其爱读小说。但要我在这里说出个一二三来我也不知从何开口。哎，这可就让我有点尴尬了，本来在写信之前是想写一写的，但现在，我的笔变得无比僵硬了，索性算了吧！

想了想，还是忍不住说，昨天晚上来送信的是我。

这封信会带给我什么样的"命运"？我觉得自己以一种隐蔽的方式挑战了命运。为此我既高兴又悲哀，不愿意考虑后果了。

晚饭前，兀斯又骂金嘎了。兀斯老是骂金嘎，但这种骂是父亲对儿子的骂，所以金嘎有时候一顶嘴兀斯就特别生气，这回他也是气呼呼地说，你以为你是谁？要知道我们都是孽障的人。你也是一个孽障的人，你想乱来，那能有啥好处？没有！

原来金嘎异想天开，想要努力学习知识，然后离开草原去城市生活，他还想找一份好工作。大伙儿一听这话就笑得很欢实，七嘴八舌嘲讽金嘎。兀斯认为金嘎学了几个字就不知道天高地厚，简直可笑至极。

金嘎很不服气，他认为只要他把所有的字都学会，只要他有学习的强大能力，就可以去试一试。他说，我才不信，凭什么我不行？你们又没有试过，你们也不识字。等我到了可以像卡尔诺一样看书的时候，我就会去的。他说得信誓旦旦，态度也十分严肃，和以往判若两人。

兀斯又气咻咻地骂了几句，无奈地看着我。意思很明显，就是让我去劝劝。可我觉得金嘎是好样的，我支持他这样想也去这样做，于是悄悄地给了他一个鼓励的眼神，他就高兴起来，把晚饭的面团揉得十分起劲儿，再也不管兀斯对他的横眉瞪眼。

兀斯没有从我这儿得到想要的，就对我也生气了，把锅瓢弄得噼啪作响。以前兀斯做饭，尤其是做面片的时候，还会把肉块啊葱啊先在锅里炒一下，等到肉变色了，烧焦的葱散发那种特有的香味，他再把水倒进去。但现在他不这样，他已经懒得那样做了。这段时间他常常说的一句话是上当受骗了，他说他没想到我们竟是如此能吃，而做饭又是如此辛苦，比起去放药简直不知道辛苦了多少倍……尤其是蒸馒头的时候，尽管有金嘎帮忙和好了面，但他还是累得够呛，而我们又没人愿意帮忙，每当这时，他的脾气就异常火爆，稍有怠慢就会哼哼唧唧地骂起来。他的辛苦我们看在眼里，所以倒也没谁去抬杠，只当是一阵带着噪音的风，吹一会儿也就过去了。就连和兀斯闹过矛盾的确罗也缄口不言，一点不给小心眼的兀斯找他麻烦的机会。

面片饭里没有了烧葱的味道，便降低了不止一个档次。结果就是原来吃四大碗饭的人，现在只吃三碗，或者两碗半。兀斯对此结果非常满意，做饭做得更加随意了。要是有谁抗议，他就会说，行啊，那你来做，我去放药。我又放药又做饭，你还弹嫌起来了？

好在他有分寸，而且极好地掌握着，一直都没有超出我们忍受的底线。现在大家都对兀斯敢恨不敢言，那滋味，难受极了！即便这样，兀斯还是时不时闹一些小情绪，他会让我们自己凑合着吃一顿午饭。因为每天放完药回来已经是两三点钟，有的时候都四点了，很快就会吃晚饭，所以大伙儿也能接受这个，但也不能天天的午饭都是茶和馒头啊，连吃几次，胃里直冒酸水。直到南什嘉用组长的身份提出抗议，兀斯才不情不愿地炒了两天土豆片，但到了第三天他又不做了。后来形成的默契是每隔两天，他会炒一大锅菜。由于没有什么蔬菜，所以不是牛肉土豆就是甘蓝粉条，这两种菜轮换上阵。不知道兀斯是不是故意的，自从这种规矩形成后他炒的菜不是没放调料就是咸了，要不就像一锅汤水。但我们只能乖乖地吃了，而且不能表示不满。如果再说他的不是，他就会指责我们得寸进尺，并理直气壮地拒绝再做饭。所以谁和他说话都要小心翼翼，也就金嘎能够顶撞几句。

因为心情不好，兀斯早早就睡下了。他这段时间情绪低落，不愿意说话。兀斯并不老，但年龄和身体像一条洪水一样把他分开了，时间越久他越害怕，现在他更害怕，因为鼠疫来了。事实上他已被恐惧牢牢套住，他一直在挣扎，这我们都看得出来，他活得艰难。

他提到的另外一次鼠疫他不愿说，我问了两遍才告诉我。原来那不是鼠疫，是另外一种瘟疫，发生在他的祖父祖母身上，那已经是差不多八十年前的事情了，那时候都是部落。那场瘟疫在信息、交通都落后的那个年代毫无征兆地降落到部落里，短时间内就有大量的牧民死去。直到死了很多人，部落才知道瘟疫又来了。部落与部落之间不再走动，需要交流他们就约定在一个地方，隔着山谷站在两个山头对话，若有更重要的事就写信，然后用抛石绳将绑着信件的石头打过去……来往的信件都要从两堆火之间穿过，然后用柏香熏，把一切不干净的东西除掉……

为了消毒，人身上、衣服上、毡包里、家具上、被褥上、马具上、马身上、牛羊身上、牛羊圈……所有看得见用得着的东西都熏烤，还在整个部落里撒上牛粪灰，因为牧民们相信，牛粪灰会把看不见的那些魔鬼淹死。

兀斯说，我们家一直以来都多灾多难，我的祖父祖母在那场瘟疫里死了，到了我阿爸这一辈，我的阿爸和妹子死了，现在是不是轮到我了？但我想不会，因为我这一辈已经死了人了，虽然不是瘟疫但反正是死了，而且我的下一辈也死了。我们家里，每一辈都要死几个人，其他的才能活着。

他在年富力强的时候，在一个无风无月的夜里杀死了三只同样年富力强的草原狼，那是他人生最辉煌的时刻。但这不久之后，他妻子就死了，莫名其妙地死了。顺便带走了腹中的儿子……他坚持认为他的家族背负着巨大的罪孽，所以他不会停止对自己的谴责，他手上的佛珠长久以来从未停止滚动，他嘴里若有若无的经文仿佛与生俱来，永远成了生命的重要部分……

我同情他，但每个人、每个家庭都有磨难。他身上发生的事情，同样会发生在别人身上。我不会太在意他的祖辈他的父辈和他的妻儿和那三只狼，不会在意那串佛珠磨平了他多少指纹，磨掉了他多少指甲，更不会在意他嘴里的经文是为了忏悔还是为了祈祷……但我和金嘎出门，我去追求爱情，他去追求知识的时候，我由衷希望兀斯能够拥有安稳安心的日子。

路上金嘎迫不及待地问我对他的想法有什么想法。我说挺好的。

挺好的？他提高嗓门质问，那是怎么个好法？你在耍我？

不要说耍，可以换成敷衍。

嗯，你在敷衍我？

没有，我得想一想，我刚才觉得你有魄力，既然有那个心，有那个决心就去干，你才二十多岁，有时间犯错和挥霍。但现在又觉得还是得慎重一些。

我就是想出去看看，我觉得出去走一走总比一辈子待在这里强一些。

当然强多了，所以我支持你。而且我觉得你一定会生活得很好，因为你有强大的学习能力，只要有了这个，你在哪里都会活得很好！

一说到他学习好，他就高兴。走路更轻快了。

> 黄河远上白云间，
> 一片孤城万仞山。

> 羌笛何须怨杨柳，
> 春风不度玉门关。

他特别喜欢唐朝诗人王之涣的这首《凉州词》，总爱用那半生不熟的普通话大声朗诵。他还喜欢王昌龄的《从军行》，就因为里面有"青海长云暗雪山，孤城遥望玉门关"。诗中有青海，所以他也常常挂在嘴边。

他最自信最豪迈就是在念诗的时候，那些诗仿佛根本不是我教给他的，而是他与生俱来的。他在读出来的时候自然而然气势十足，他才是真正的诗人。我对银措写诗这件事不再忐忑了，因为我突然明白不是只有写诗的人才叫作诗人，有一种诗人是不用写诗的，他会让诗用灵魂的声音诵唱天地间，永不消散。只有那些一遍一遍、一次又一次用灵魂写诗读诗的人才是真正的诗人。只有他们才能将诗歌永远流传下来……

我激动地说，金嘎，你才是真正的诗人你知道吗？你才是诗人！

他得意地哈哈大笑。

我径直朝帐房走去。我已经不再害怕她家的狗了，也不担心那个大帐篷了。而奇妙的是自从我不怕它们以来，它们就再也没有出现在我眼中。这个夜晚仍然静悄悄的，我借着月牙儿的微光摸到砖头，摸到了下面折叠的纸张，把怀里的信用砖压好。当我站起来准备离去的时候，我听见她在里面喊了我的名字。这声轻微的招呼是如此清晰，我根本就不怀疑是自己听错了。我的心又不争气地怦怦乱跳起来，我颤抖着轻轻地叫了一声她的名字。里面是一阵沉默，然后她说，你进来。

我脑后的筋脉仿佛要从皮肤里鼓胀出来，那鼓起的筋线一点点地延伸着，很快头皮就开始疼起来，我双手摁住头，惊恐得不知如何是好。我呆呆地站立着，我又听见她在说，快进来，你……

但我的耳朵也不听使唤了，嗡嗡地响着，后面她说了什么我听不清。我头昏脑胀地进去了……我的嗓子眼被一大团东西堵住，张了张嘴，喉咙里便一阵刺痛。我甚至有一种小腿要抽筋的感觉，我觉得会晕死过去，这样一想我就有了一个古怪的感觉，仿佛自己真的会晕过去，接着我居然真的晕过去了。

也许是我自己不愿意醒来，也许是我真的醒不过来，反正应该是过了很久，我看见了眼前的一片漆黑，我第一次看见黑暗中的黑色，像空气中的呼吸一样自然地出现在我眼前。我动了动，好一会儿才想起来在哪里。于是我发现自己躺在床上，我听见了旁边的呼吸声。我不知道自己该不该坐起来，我不是特别紧张了，仿佛一个昏晕把所有的紧张都带走了。我想咽一口唾沫，但嗓子太干了，一点水分也没有。我很自然地，连自己都没有意识到地说了一句，有水吗？我一怔，在打火机的光亮中接过水杯。我不敢看她，可这杯水真凉啊！凉得进入喉咙时仿佛一条流焰倒了进去，那是一种撕裂的融化的痛，旋绕着将我的咽喉摧毁，我吐出半口气，终于可以确定喝了这杯杀伤力十足的水，我是要受罪了，因为嗓子眼正在以一种飞快的速度肿胀起来。我再次咽一口水，嗓子眼里感冒严重时的那种熟悉的疼痛和艰难就出现了。我怀疑她是不是故意的……

她就躺在我身边，我看不见她。但我坐起来的时候，她也窸窸窣窣地起来了，她点燃了蜡烛。她披着她阿爸的大皮袄，面无表情地看着我。

我在想……我得有多可怕，才会把你吓晕过去？我有多可怕？她好像极为愤怒我的表现，所以声音冷得就跟那杯水一样。

我是因为紧张才晕过去的，可不是怕你。我沙哑着声音说。

那你紧张什么？怕我打你？

你再打我多少次我都不在意，我就是因为太喜欢你才……

她突然吹灭了蜡烛，你喜欢我喜欢得晕过去了？

我是因为太喜欢你，所以激动得晕过去的。我几乎是一字一句地说。

她扑哧笑了，说，你确定真是这样？她戏谑的语气让我感到不舒服，但转眼一想，她这是在以这种玩笑的方式缓解尴尬吧？不然我们怎么交流呢？

于是我就高兴起来，也嘿嘿地笑起来。去捉她的手却被她避开了。

我晕过去多久了？

十分钟吧？我没注意，反正有些久。

你可不要嘲笑我。

她咯咯地轻笑起来，我没嘲笑你呀！

那你笑什么？

我……我就是觉得好笑……

那不就是在嘲笑吗？

没有。我就是……今天很高兴见到你。她用这句话表明了她没有看不起我的意思。

我得意起来，多大的进步啊，写信果然是好办法，这回她可比上次好相处多了，而且还笑个不停，这是好兆头啊！

你快走吧，不然你同伴要冻死了。

明晚我再来看你，我担心的是这一天一夜叫我怎么熬。

她的脸一红，胡说什么，不要来。

我来给你送信。我说着，从帐篷探出身子，取了砖下的信递给她。我握住她的手，舍不得松开。我更舍不得离开。赖着和她又说了好多话。我不知道说了什么，反正我们都在说着笑着。不知过了多久，我恋恋不舍地在她的再三催促下轻飘飘地走出帐篷。我浑身滚烫滚烫，连嗓子也不怎么痛了。

金嘎冻得直哆嗦，但很兴奋，一个劲儿地追问是不是搞定了。

我说，嗯，搞定了。

你真的睡了她？金嘎一把拉住我的手，一双眼睛都快要冒出光了。

胡说什么呢，我们只是聊天。

少扯淡，你进去一个多小时了，快说说怎么样？你摸她了吗？

我都说了只是聊天，再说她是那种随便的人吗？

金嘎遗憾地叹息一声，仿佛我没有做一些事情，是他的损失似的。

我们在前一个晚上看信的地方停下看信。这回她的信比较长，我俩忍着冻挨着冷一连读了好几遍。

可爱的卡尔诺，你的第二封信在我看来只说了一件事：我们的发展。

你果然听话（感觉怪怪的），这封信写得云山雾罩，让我不明所以。我连猜带蒙，不知道对不对？但这样一来就更有趣了，至少不是一封干巴巴的信，显然我们以书信交往现阶段是成功的。哎呀，你可知道在寒冬深夜，哆哆嗦嗦地给你写信可不是一件容易的事儿，但有趣极了。我的过去平平淡淡，甚少发生有趣的事情，不知道为什么，我很少有朋友。女性的更少。上学的时候总有几个女的看我不顺眼（大概是我长得比她们好看的原因吧，哈哈），我对她们也是如此。因此倒是没少打架。你见过女人打架吗？可比男人凶恶多了去了，仿佛都是仇深似海。这点让我特别感慨，我甚至有一段时间因为自己是个女人而了无生趣，开始恨自己的身子了。但后来一想，他妈的，这是我懊恼就能解决的吗？于是也就想开了。

  前天——还是昨天，我忘记了——阿妈拐弯抹角地侦查了我，他们俩好像知道夜里的动静了，心里肯定担心死了，但嘴上不明说，还装作若无其事的样子，好笑死了。改天我想吓吓他们——就说我已经怀孕了哈哈……

  再过一个月就可以回到冬窝子去了，好怀念家里的火炕啊。真是冻死我了。每天夜里至少要被冻醒两三回，每次一醒来，鼻子和耳朵都要掉下来似的。我仿佛听见它们可怜兮兮的在哀求我好好照顾一下它们，不要没心没肺的不管。我现在在锻炼自己闷在被窝里睡觉的本事，但困难在于呼吸，闷一会儿就受不了了。而且一旦睡着，我的脑袋自己就钻出被窝去了。真烦恼啊！我问过阿妈该怎么办，她奇怪地看着我（仿佛不认识似的，又好像在怀疑我是不是她的孩子），估计在她看来一个在高原上土生土长的孩子，居然会害怕高原的夜晚，实在荒唐。

  说来你也许不信，我这会儿是脖子里夹着手电，跪在被窝里写信的。这样比刚才好多了，至少手指灵活了一些。写的字嘛是丑了一些，但和真实水平没关系，我写得忘乎所以的时候才不管那么多呢。

  行啦，我的脖子都发酸了，就先到这儿吧！

  至于"鼠疫"的事，抱歉啊，我没打听到什么有价值的消息，我阿爸知道的不比我多，应该没什么事吧。管它呢，先把眼前活好，我可没有那么多脑子想很多事情，我劝你也不要管，我特意调查了一下，我们草原人，就是几乎天天和老鼠打交道的人，从古至今好像都没有因为它们身上的什么东西而死了人。这一点实在奇怪死了，但又好像在情理之中。我阿爸说魔鬼只会找害怕它的人，所以啊别担心，还是多想想怎么给我写好玩的信吧。

我一连读了几遍，鼻子发酸，心头涌起强烈的怜爱，恨不能将她的寒冷统统都揽到我身上来。她写得真好！我炫耀似的问金嘎，怎么样，厉害吧？

金嘎满口佩服，她写的比你的多多了。以后你也写长一点。

我答应着，但觉得以后似乎不用再写信了。我每天晚上都要去见她。

而事实上我确实每天晚上都去和她幽会。我晚上七八点钟离开，早上五六点钟回来。我像一个上班和回家的人一样行走在一个垭口的两边。这点山路对我来说已经不算什么，我乐此不疲，不怕寒冷侵袭，不怕黑暗世界。我们每天晚上聊奇奇怪怪的话题，然后做爱，相拥着沉睡。早上她像一个温柔的妻子轻轻地摇醒我，说你该出发了，于是我就离开温暖的被窝，迎着寒风翻过垭口奔向工作。而她忙着家里的事，等着我晚上回来……

第十章

日子一天天过去，我们工作的范围越来越小。再困难的事情都有结束的一天。大家都挺高兴，离家都三个多月了，想家想老婆想孩子想坏了。想睡热乎乎的炕，想吃热乎乎的家里饭。再不用忍冻挨饿了，不用担惊受怕。但我们没有接到通知，南什嘉说没有接到通知就不能回家。但他又保证说工作全部结束后，顶多三五天我们一定可以回家。

可是我不想回家，我感到难过。我不想离开她。我们才刚刚开始。

我觉得漫长冬夜变得越来越短促了，几乎一眨眼，天就亮了。我说到我们的未来，她笑而不语。有几次我见她欲言又止，但最终这些话语在做爱中消耗了。

这天午后，南什嘉说他又分手了。可他还是一如既往地去约会。在我之后，确罗成了他的跟班，我不知道确罗跟了几次了，但我知道他心甘情愿并且乐此不疲。据说狗都被确罗包了打，并且越打越上瘾。南什嘉承诺回去之后从某处给他借一把枪。他之所以答应给南什嘉做保镖完全是看在那把枪的分上的。他常常用质疑的口气问南什嘉那把枪是不是八成新，会不会哑火之类的问题。南什嘉再三保证枪绝对不旧，而且也绝对不会发生哑火之类的问题。但他还是不放心，必须要每天问一次，仿佛一天不问那枪就会出现那种情况。

这几日南什嘉跑得格外勤快，他说时间所剩无多，机会一瞬即逝……

我听着心里慌，说我也是没多少机会了。

不一样，你和我不一样！他说，我再也没有机会了，但是你有机会，好好把握！

我说，你舍得吗？

我就这点好，从来不留恋任何女人，所以往往关键时刻毫不犹豫。

你真舍得？

又不会马上死掉。他说。

我办不到。

今晚我陪你去。

不用。

没事，就是想跟你聊聊，以后可就没时间了。

翻山的途中他跟我说他要去玉树了。他再也不想待在这里。

玉树？

我招女婿去了。

这是干吗？我感到很诧异，他突然这样说，好像一去就是永别似的。

我和他不对路，像仇人一样很没意思，与其这样不如远远分开。

我就不明白，这么多年你们兄弟就一点感情没有吗？

有什么感情，一直都是我在家放羊干活他上学。我很早就知道，我只不过是他们家的一个仆人，他把我领养的时候大概就是这么打算的吧。

南什嘉说得让人心酸，让人不由自主地去想象他遭受过的困苦。我实在不知道他对自己现在的家庭到底持有一种什么样的态度，是恨呢，还是无奈？

我觉得他当初领养你大概没有想那么多。

你不知道，你不了解。我的养父啊，别看平时里一副老实样子，主意多着呢。

你这是打算离开，还是要彻底断绝关系？但毕竟，他把你养大……

南什嘉苦笑着摇头。就因为他把我养大，我才为难，要不然你以为我会忍气吞声受这份窝囊气？

远走高飞，也好。我在想，我要是去她家招女婿的话会怎么样……我回头望了一眼亮堂堂明晃晃的月亮，那清光把我打了个激灵。我把皮袄往紧里拉了拉。我俩的影子就在眼前晃动着，清晰得难以置信。我的围巾松了，寒气扑到脸上，直透骨髓。远处灌木林里一只孤狼在长啸，那悲戚的声音把我的心绪搅成一团绵绵的伤愁。我紧跑几步追上他。

走完长长的下山路，他朝四处看看，挥挥手，转身离去。他远去的身影悲戚如那匹孤狼。我用衣袖擦了擦眼睛，转身走进帐篷。

我没有见到她。但奇怪的是我一点儿也没有惊讶，我一点儿也没有感到意外。我惊讶什么？我又意外什么呢？我早该料到这种结局了。我看到叠得整整齐齐的被子，上面是一封薄薄的却沉重如山的信。打量整个帐篷，一切如旧，只有她的消失留下了巨大的空间。我突然感到这个帐篷里的陌生和冰冷，把最后一丝暖意也吞噬了。我坐在熟悉的小床上，熟练地点上了蜡烛，抚摸着我们共同枕过的枕头。我拿下那封信。在打开信的时候，我双手沉稳，我知道如果一抖，我就会号啕大哭。而我，却不想在一个无情的夜晚，流淌没有用处的眼泪。

看见这封信……也许不用打开这封信，你就明白发生了什么，就已经有了预感。我们现在这样子，这真是讽刺又可笑。也许这就是命中注定，我不会为此去改变什么。请原谅，可能我当初就不应该去搭理你，不应该把你引来，可是，我也有不能控制自己的时候，我对你充满好奇和愧疚，还有一种说不出的感觉。正是这些东西害了我也害了你。让我们无端地受了一次爱的伤害。请不要怀疑我们拥有这一份美丽爱情的真诚。回想我们在一起的每一个夜晚，我们写的那些情书……我一生都不会忘记的……

我很快就会结婚了。不是我不在乎我们的感情。我就是想给你留下一个坦白的心。我知道这样做会使你伤心悲痛，但所有的爱情都会有伤心和悲痛的，不是吗？

我永远不忘记你。把我好好的放在心里。

你的女人，写于冷夜。

看完信，我把信揣在怀里走出帐篷。我揣着仿佛还有她的温度她的气息的诀别信踏上归途。

我的围巾又被风吹开了，在脖子后面迎风飘扬。天地间只有我一个人。雪，又开始飘下来。

第十一章

当我从一种浑浑噩噩的状态中冻醒的时候，大雪纷纷扬扬，天地一片朦胧。云层低沉沉地压在头顶，强风横扫每一寸雪地，轻盈的雪花有了箭一般的速度和力量。空气冷酷得令人窒息，呼出的每一口气被毫不留情地封杀在了围巾上，形成一层坚硬的冰布。我的眼睛和额头赤裸裸地见证着这一场恶劣的大风雪。

我发现一匹老狼威风凛凛地站立在不远处。它饶有兴趣地凝视着我。过了一会儿，它朝周围看看，仿佛在寻找几个同伴，以便一起来分享我这个大餐。可是当发现除了大雪和呼啸的大风之外什么也没有的时候，它无比留恋地望了我一眼，夹着尾巴摇摇摆摆地走了。而我身后的脚印，飞快地消失。自我离开小帐篷，山的那边，山的这边，所有我存在过的痕迹都被抹除了。

我悄悄回到营地，异常疲惫地躺进被窝，流了几串眼泪，然后昏昏沉沉地睡去。

我被乱哄哄的喧闹声吵醒。我听见麻将声，听见他们在争论着吃什么。有人说吃好一点，反正要快走了。有人反对说不行，大雪封山，这些剩余的东西可能都吃不了几天。大家都七嘴八舌地说着。

我拉开被子，见南什嘉也在被窝里。他看着我笑，事情怎么样了？

我下意识地摸了摸信，说，我们也结束了。

很好，这下你可以重新开始新的生活了。他毫不惊讶地说。

我也这么想。我强迫自己这么说。

今晚你陪我吧！你说得对，我们要做个了断。

我接过一支烟，默默地吸着。

下午，确罗说他发现了一个秘密。

金嘎这家伙，他在弄这个，你们说有意思不？他的手做了一个手淫的动作，夸张地嚷嚷道，这天气……他就不怕冻掉……哈……他一个劲儿地说着。

兀斯说，你这是吃饱了撑的，你管那些干啥？你没干过？

确罗理直气壮地说，我当然不会干，我需要就去找女人。我就想要问问他，冷天里的感觉怎么样？

谁信你的鬼话，我就不相信你从来没干过。南什嘉说。

我就是没有，你们爱信不信。

乌兰乐呵呵地说，确罗你做了也承认，在前些天你去"约会"的晚上有那么多时间，你做什么了我们也没看见，你的怎么没冻掉呢？

确罗说，乌兰，你是不是又想挨打了？

乌兰站起来说，你试试。

确罗沉着脸，突然一笑，开个玩笑，玩笑。你们看，金嘎来了。

金嘎一进来，确罗就笑嘻嘻地说，金嘎，你哪去了？

我去哪儿了？金嘎本能地感到不对劲。

对呀，你去了哪里？你不会连自己去了哪里都不知道吧？

我去上厕所了。金嘎结结巴巴地说。

你紧张什么？难道还有什么事？确罗不依不饶地追问。

确罗你想干什么？你什么意思？兀斯第一个阻止，你要是吃多了就滚出去。

就是，确罗你过分了。南什嘉接着说，他去哪里干什么跟你有什么关系？

我和乌兰也指责确罗多管闲事，破坏团结。

确罗成了众矢之的，气得哈哈大笑，态度更强硬了。

你们不让我说，我偏要说，金嘎你说，你干什么去了？你说不说？

金嘎摇着头，茫然地站着。

你不说是吧？好好好，你不说我替你说。确罗激愤地嚷嚷，我刚才看见一个人，在那里……有个人在那里干这个……

确罗夸张地挥动右手，皮笑肉不笑地冷冰冰地盯着金嘎，你说说，你在干什么？

金嘎痛苦地闭上眼睛，眼泪滑下脸颊。

你说啊，确罗没有开玩笑的意思，恶狠狠地说，你那家伙是不是已经被你训练出来，已经很抗冻了？

金嘎大叫一声，你是魔鬼神。他哭嚎着跑出去，一直跑到冰面上去了。

确罗撇着嘴，摇摇晃晃地躺到自己的毯子上。金嘎的表现让他很失望，他继续玩下去的兴致没了。

毡包里一阵沉默。气氛诡异。确罗越来越能搞事了，而且还不愿意改正，他铆足了劲儿找茬儿，谁也拿他没办法。南什嘉是个失职的队长，几乎什么都不管。但也不怪他，他有自己的事情，他连自己都管不好。我们都什么也不是。我突然感到难过，金嘎年轻，我也年轻。乌兰、确罗、南什嘉都年轻，但我们仿佛经过了一百次年轻的时候，仿佛现在厌倦了年轻。

我不明白。首先，我不明白发生这些事的原委，到底哪里错了？然后我不明白为什么时间一长，我们就开始仇视彼此，鼠疫来了不是我们任何一个人的错，可我们不着痕迹地提防别人。是个人就能感觉到那种不正常的交流。

我们竟然都变得凶巴巴的。

一个小时过去了，金嘎还不回来。我磨磨蹭蹭地走过去，和他站在一起。我不敢看他，摸了摸裤兜，掏出烟。在给他点烟的时候打火机几次被风吹灭。我偷偷地瞅了一眼，他已经不哭了，很平静。看不出任何表情。我不知道该怎么劝他，任何劝解都显得无力。

你说，我窝囊吗？风一来，他的话被吹散，像是从遥远的地方飘过来的。

什么？窝囊？这有什么窝囊的？我赶紧说。

其实我一点不窝囊，你相信不相信？他看着我。

我当然相信，这跟窝囊不窝囊没关系。我不由自主地躲避开他灼人的目光。

你也不相信吗？我该怎么办？

我真的相信。我怎么会不相信？我是了解你的。而且这也不是什么大事，你想那么多干吗？

他们都会知道的，所有人都会知道的。我家里人也会知道的……她们也会知道的，谁还会看上我？还有谁会瞧得起我？

金嘎终于崩溃了，蹲在冰上呜呜地哭。

我站着，一句安慰的话都说不出口。

他哭了一会儿停下来，冷冰冰地说，我不会就这么算了的，我会让确罗后悔死这么做。

他的确不像话。我说，说明他吃的亏太少。

他把我当小狗一样。老天怎么不把他劈死？

他就是那么个不长记性的人，不知道分寸的人。我顺着他的话说着。

他会有报应的。

迟早的事。我说。

我想一个人坐一会儿。他说。

我点点头，走开了。

金嘎傍晚回来了，回来后去提水。然后帮兀斯做饭，很正常了。我松口气，这件事这么过去是最好的结局。金嘎对这件事的反应是有些出乎意料，但也情有可原。女人是他的一道深渊一道坎，这谁也看得出来，但这是因为他年轻，我相信很快他自己会解决的，或许若干年后，他会怀念地把这段经历讲给别人听，因为时间会把一切改变掉。

金嘎总有一天会为今天的行为感到好笑，并顺便怀念青春的。

第十二章

我和南什嘉出发了。四野白茫茫一片，一如我们刚来的时候。坚硬如砂的雪粒子还在空中飞荡，时不时地打在脸上。南什嘉沉默而伤感，他再不能克制自己的情绪了。走着走着，我们身后那已然被悲伤晕染的圆月突然光芒大盛。月光清清爽爽地照耀雪原，大地就在那一瞬间燃烧了一样红亮了，夜色也在这一刻动了一动。

我们身后透迤的脚印，仿佛爱情的符号，断断续续。

我承认，我到现在一直放不下她。南什嘉喃喃自语，我承认我说的都是假的，可我没有其他的机会。

那天夜里有哭哭啼啼的声音锲而不舍地烦恼我，我在梦境与现实之间的地带茫然无措，不知该往何处去，只觉得面向何方，都是一条绝望的路。黎明之际，他来叫醒我，我们走出低矮的木头门，一起远眺黛青色的山峦。天地肃穆，没有因为一对恋人的分手而多出一丝变化。悄然出现在门口默默相送的她和大步流星离去的他都承受着难以释怀的悲伤，我见证了一段五味杂陈的爱情的终结，心里像被割了两刀。

天色刚刚亮起来，昼夜交替，正是一天中最冷的时候，呼出去的气还没消散便成了冰，冻结在围套上、眉毛上。雪地不再反光了，变得灰暗，即将到来的阳光让一切物体都做出了迎接的准备。

迎着第一缕阳光,我和南什嘉几乎同时看见毡包门口的热闹。我们隐隐约约听见哭喊。

他们在干什么?南什嘉停下,变换视线的角度,极力想从迎面而来的强烈光线中看清楚发生了什么。

好像有人在哭。我说,出事了。我有很不好的预感,是那种大难临头的预感。

南什嘉跑起来,一边跑一边说,肯定出事了,要不然他们不会这么早起来。

走近了,确罗呼天抢地的嚎哭清晰了。

再近一些,看见他们站着。乌兰、兀斯,木桩似的站着。在他们前面,是跪倒的确罗。确罗的前面是金嘎。

金嘎盘腿坐着,披一身霜雪。

金嘎一动不动。

金嘎结结实实冻住在雪地上。

不久前他还活蹦乱跳地读诗念字,如今已经从头到脚冻死了,嘴巴、眼睛、手,还有心灵都冻掉了,甚至连灵魂也冻死了。

确罗把头深深埋进雪里,哭声渐渐变得哽咽,最后只剩抽搐。他跪在金嘎面前,一遍又一遍地把头撞在地上。

我不敢靠近,浑身剧烈颤抖、恐惧。我试图让自己发声,可是我失语了,我只能看着。我觉得这一定是一场噩梦,我还在那间冰冷的小屋里睡着,等着南什嘉来叫醒我。

一只手来到我鼻子底下,南什嘉应该是想抓住我站起来,但没抓住,他的眼神错乱了,比我更不堪。他再次一抓,抓到我手臂上。我把他扶起来。

他冻死了。南什嘉喘着粗气。和我一样,他的目光不敢停留在金嘎身上。他冻死了。他自言自语地说。

他就是这么个人。我终于可以说话了。话一出口,泪水横流。

南什嘉也哭了。

他狠起来比谁都狠,他把狠用到自己身上了。是的,我早该想到他会有行动的，但他往日的懦弱麻痹了我。我忘记了老实人狠起来才是真的狠。他真的报仇了。他把有自己精液的碗放在了确罗的头顶，他让自己结束生命。他报仇了！确罗得到了一个一辈子也无法洗脱的报应。

金嘎，这世上只有你最有尊严。

第十三章

金嘎走了。

我们把他抬上车，南什嘉和乌兰送他回去。

我们剩下的人，躲在被窝里，谁也不说话。炉火灭了，没人点。

我感受着白天和黑夜的轮转，仿佛经历着什么。在这种经历中长了十岁，我从一次死亡长大成人了。我明白了生活就是这样。我身边的一个个人，就是一次次死亡。我明白了如果没有死亡，无论是现实还是精神，我们都将有一个完全不同的人生。我们从死亡的一边出发，走向死亡的另一边。

为什么感受到风吹和雪花？因为我们在死亡之间的人生里。

兀斯沉睡了两天，脸庞浮肿，眼睛充满血丝。他时而发出沉痛的呻吟，时而大声念出长长的、饱含情感的经文。

两天后，兀斯起来了，把确罗踹起来，将水桶踢给他。

确罗蓬头垢面地去提水了，这是以前金嘎的活。两天前南什嘉让确罗出山，他不敢。他的胆子被恐惧和愧疚包裹起来了。他成了一具行尸走肉，但这不是我们愿意看到的。逝者已逝，生者向前。我们原不原谅他无关紧要，他得自己走出来。兀斯是过来人，他知道仇恨是最没有用的，最会害人的，所以他才打确罗。

南什嘉和乌兰回来了，带来了消息。鼠疫终究没能得逞，这片草原保持了原有的平衡。该怎么样还怎么样。兀斯终于可以放心了。

金嘎走后第七天，我们可以回家了。这是一个世纪般漫长的七天。

来的时候满载而来，沉甸甸的，走的时候轻车简行，空荡荡的。

来的时候是六个人，朝气蓬勃；走的时候却成了五个人，死气沉沉。金嘎留在了草原上，他所向往的大世界……

我们绕道去了那卡诺登，登上了敖包山。在敖包跟前，我们跪倒磕头。确罗呜呜嘤嘤地哭泣着，强劲的东风吹散了他的哀声，吹得他像狗一样匍匐着向前爬。南什嘉也哭了，轻轻地、无声地流泪。这是我第一次，也是最后一次看见他流泪。

当我们再次坐上车，朝遥遥在望的家驶去时，我说我们念一首诗吧，金嘎经常念的那首。于是，我们一起大声地、歇斯底里地喊道：青海长云暗雪山，孤城遥望玉门关……青海长云暗雪山，孤城遥望玉门关……

（原刊于《收获》2020年第5期）

我们的娜塔莎

蒋　韵

一　城市童话

安同志带着他的妻子娜塔莎来到这个北方城市落户的时候，是一九五八年。那一年，杜若刚满四岁，是幼儿园小班的学童。杜若的生活，照说，和他们没有丝毫的瓜葛。

杜若家，住城南，安同志和娜塔莎家，确切住在哪里，地址不详。

安同志叫什么，他们都不知道。这个"他们"，指的是长大后的杜若和她的伙伴们，是这个城市里所有那些不安于小城生活的时尚青年。那时，人们把这样的青年称为：思想意识不健康。

安同志叫什么，一点不重要，重要的是他很勇敢和浪漫，在莫斯科或者列宁格勒学习的时候，爱上了一个叫娜塔莎的俄罗斯姑娘。这样的恋爱或者婚姻，在当时，据说有很多，但往往都在中国男生回国时宣告分手。安同志却没有松开他的手，他紧紧地拉着他的娜塔莎，坐了九天九夜火车，穿过俄罗斯广袤的土地、无边的白桦林，穿过秋色迷人的西伯利亚，把这个穿布拉吉、吃面包黄油酸黄瓜的姑娘，还有他们四岁的儿子和两岁的女儿，带回到了我们的土地上，带回到了大陆深处这个吃五谷杂粮的北方城市。

透过车窗，安同志指着蓝天之下两座并立高耸的古塔，说道："亲爱的，我们到家了。"

那是这城市的标志，双塔。它们一千多岁了。安同志搂住了娜塔莎的肩膀，说："你听到它说什么了吗？它说，好小子，你真有本事啊，带回一个这么美丽的好媳妇。"

这像是一个童话的结尾，"从此他们过上了幸福的生活"。而真实的生活才刚刚开始。

接下来，是一九六〇年，共和国历史上的饥馑之年来到了。

再接下来，就是安同志的祖国和娜塔莎的祖国交恶。后来，在一个叫珍宝岛的小岛上，两个国家终于刀兵相见。

那时，这个城市刚刚"复课闹革命"不久，那些自一九六六年之后，在"江湖上"浪荡了三年的小学毕业生们，一拥而入，走进了这城市各个中学的大门。教育革命了，也不需要考试，也不看成绩，只看你家庭住址，就近入学。杜若非常幸运，她的家，和这城市曾经最好的中学、华北地区重点学校，仅隔一条马路。一抬头，就能看到那学校晚自习时璀璨的灯光。母亲常对杜若说："杜若，你将来一定要考到那里去啊，那是你的学校。"杜若说："那杜仲呢？怎么就是我的学校，不是杜仲的？"母亲不说话了。

杜若家姐弟三人，她最大，老二是弟弟杜仲，最小的是妹妹叫杜茯苓。姐弟三人的名字，都是中草药。

三个孩子中，最聪明的，是杜若。母亲一直这样认为。

这下，聪明的杜若和不够聪明的杜仲，不费吹灰之力，都进了这所全省最好的中学。但母亲却高兴不起来。这个世道，不是读书的世道了。

再好的学校又能怎样？果然，开学没有多久，杜若就被选进了学校的宣传队，跳舞唱歌去了。接下来，竟是全体停课，备战备荒，挖防空洞，防止苏修的进犯。

整个城市，进入战时状态，各家各户，每一扇玻璃上都用裁开的纸条贴了米字，怕的是苏修的飞机轰炸。甚至做好了战争疏散的准备。一旦局势吃紧，有很多人将会离开城市，疏散、撤离到安全的后方去。

报纸、广播，都是战争的论调。

全市举行了战备汇演，杜若的学校排演了一个类似活报剧又类似音乐剧的节目，名字叫《珍宝岛的胜利凯歌》。里面有歌有舞，有说有唱，有解放军，有老渔民，有女民兵，有反坦克火箭弹，也有三八大盖和红缨枪，总之慷慨激昂、起伏跌宕，以破竹之势，一路披荆斩棘，杀进决赛圈直至获奖。另一边，挖战备防空洞的也不示弱，往昔的操场，如今沟壑纵横，像战壕像掩体。土方工程比预期提前完成，全校同学又马不停蹄去砖窑拉砖，去河边拉沙，烧石灰，不到半年，防空洞大功告成。别说，还真是漂亮。红砖碹顶，处处有巧思，俨然就是个地下王国。有许多人来参观，也同样获得了表彰。

不过，也付出了代价。那是在挖土方时，曾出过一次事故。有一天，一个男同学不知怎么失脚掉进了三米多深的壕沟底，受了重伤。有人说是他和人打架，推推搡搡，没站稳栽进去的。有人说他是遭人暗算，趁他不备被一把推下去的。奇怪的是现场居然没人看见发生了什么，人人似乎都有不在场证明，没人说得清楚真相。出事后，女同学们都为他难过，担心他是否会落下残疾。男生们则说，这就叫报应，为什么掉下去的偏偏是这个二毛子？谁让他们来侵略我们的？

这摔伤的同学，叫安向东。从前，他不叫这个名字，他叫安德烈。

是个中苏混血儿。高大、英俊，迷人。

摔伤后的安德烈再也没来过学校，他退学了。谁也不知道他去了哪里，只听说他的腿落下了残疾。一个美男子，有了残缺。那时学校采用军事化的管理，班级用军事术语"连、排"来命名。杜若和他不同排，不同连，没有过任何的交集。只有一次，某个黄昏，放学后，杜若有事耽搁了，出来时，昏暗的走廊上静悄悄，一个人迎面走来，杜若不禁停下了脚步，她以为自己产生了幻觉：这是什么？是从希腊神话中跑出来的男神吗？她错愕地闪过这念头。好美啊。她觉得呼吸不畅。第一次，她被美伤害。原来，"美"和帝国主义一样是霸道、不讲理、有侵略性的。

后来她知道了，这个美男子，叫安向东。

安向东或者安德烈出事后，杜若难过了许久。为一个陌生人难过，杜若自己也觉得匪夷所思。她不能想象看见一个瘸了腿的安向东从走廊里迎面走来，她觉得那是冒犯。对什么冒犯，对谁冒犯，她说不上来。多年之后，杜若似乎想明白了，那是对造物、对生命最神秘秩序的冒犯吧？一件如此完美的杰作毁了。

这个安向东，或者安德烈，是不是安同志和娜塔莎的儿子？应该是吧？这城市，莫非还有隐藏的娜塔莎或者玛莎、柳芭不成？不过杜若也不能确定。谁又能确定呢？安同志和娜塔莎一直像传说一样活在这个城市，杜若从不知道有谁真正认识他们。反正杜若身边没有这样的人。杜若的父母身边也没有一个这样的人。

姜友好是北京人，在山西这个内陆省份当兵。复员后分到了省人民医院，做了一名眼科护士。

姜友好是个喧哗的漂亮女人。她走到哪里，哪里就不会有安静。她来到这个内陆城市没有几年，就有两个男生为了争夺她打架斗殴伤人进了局子，还有一个自杀未遂。还没等那个切腕的人养好伤口，姜友好女士就又有了新的恋情。周而复始。后来，毫无征兆地，就突然结了婚。用今天的话说，她是闪婚。她丈夫是现役军人，在海军服役。姜友好回北京探亲时，偶遇了也是回京探亲的年轻的海军军官，看到他的第一眼，姜友好就叹气了，在心里对自己说："友好啊，你玩够了，疯够了，可以歇歇了。"

他们的新婚之家，就安在姜友好工作的城市。她供职的医院在集体宿舍的筒子楼里分给了她一间屋子，足有十六七平方米，向阳，通风，四壁洁白。从前，姜友好的好客是出名的，朋友、朋友的朋友、朋友的朋友的朋友，最终都成了姜友好的座上客。有很多四处招摇说是她朋友的人，其实，她连对方的名字都记不住。婚后，她一反常态。安静了下来。从前，那么喜欢热闹，其实，是心里空虚孤单。现在，有了海军军官，她觉得自己有力量可以对付这个沉闷的城市和生活了。

她开始认识一些新的人，新的朋友。和从前的那些朋友渐渐断了联系。杜若就是这时候认识了她。杜若从铁路建设兵团回来，分配到了一家集体所有制的小工厂上班，被飞进的铁屑伤了眼睛。她中学的同学带她去了省立医院的眼科，说："我认识那里的一个护士，她能想办法给你多开几天假条。"杜若就这样认识了姜友好。

杜若的同学叫夏莲。夏莲是列车员，跑北京。她常常会替姜友好从北京带东西回来。友好的家人把东西送到月台上，他们像地下工作者一样三下五除二完成交接。那些东西，几乎都是吃的，糕点、花生米、腊肉、炼好的猪板油、芝麻酱，有时干脆就是一大块冷冻的五花肉，或者一袋大米。这个城市，物资奇缺，供应的口粮以粗杂粮为主，肉、蛋、食油，则少得可怜，每人每月的份额以"两"为单位来计算。所以，像夏莲这样跑北京、郑州、上海的列车员，真是抢手啊。他们源源不绝往自己的城市输送着紧俏的物资，像曾经的"飞虎队"。

所以，姜友好怎么能驳夏莲的面子呢？她很痛快地帮了她们的忙。

真正让杜若和友好熟识起来，是因为后来的一件事。

有一天，杜若自己很冒失地跑去医院找友好了。那是一大早，医院还没上班，她挂了号，等在眼科门诊前。一看见姜友好，她就迎了上去。

"你好，你不记得我了吧？"她说，"我是夏莲的朋友。"

"我记得，"姜友好说，"有事吗？"

杜若脸红了："真不好意思，能帮我开个病假条吗？"她说，"单位在搞会战，赶活儿，一律不准请事假，我是真没办法了。夏莲跑车，不在，我只好厚着脸皮来找你，能帮忙吗？我急需要两天的时间。"

"什么事？"

"一个朋友借给我一本书，只给我两天时间，那书是大部头，太厚了，我要是白天上班，晚上看，就是一分钟不睡觉也看不完，"杜若回答，"可是我太想看那本书了，想了很久，好不容易才借到手……"

"我知道了，"姜友好打断了她，"没问题，我可以帮你忙。"

杜若没想到，她答应得如此爽快。假条到手，她骑着自行车飞奔而去，都不记得自己是否说了谢谢。可她心里真是感谢啊。她听夏莲说过，这个姜友好，有个不一般的出身，父亲是京城的高官，二十年代的老布尔什维克。如今虽然"靠边站"，但，《红楼梦》讲话，瘦死的骆驼比马大。原以为她会很骄傲，没想到，竟如此的不摆架子。

到下个星期天，杜若在家掌厨，顺势做了一些蛋饺。她把蛋饺装到饭盒里，去找夏莲，说："这个，你送给姜友好吧。你不是说她这个人就好吃吗？我家没什么稀罕东西，这蛋饺的肉馅里，我掺了点莲菜，味道还细致。"对自己的厨艺，杜若还是自信的。

又一个休息日，夏莲来找杜若，说："姜友好请咱们去她家吃饭。"杜若还没回答，夏莲又说："不过她请你来掌勺。"

这下，杜若自然没法推辞。

姜友好的家，明亮、清爽。白色亚麻补花床单，花朵也是白色的，同款的桌布、窗帘，遮盖住了公家分配的千人一面的家具。一色白亚麻中间，只有一只花瓶是猩红如血的。那是一只水晶花瓶，后来杜若知道，那花瓶是她父亲早年从捷克带回来的。

"我从来没有见过这么素净的婚房。"杜若深觉意外地这么说，心里其实还补了一句，"雪洞一般"。

"我也从来没有见过，因为一本书跑来找我开假条的。"姜友好这样回答。

杜若愣了一愣，脸红了。

"哎，是什么书？"姜友好笑着问，"那天没顾上问你是什么书你就跑了，弄得我心里直痒痒，痒到现在。我就想知道，到底是什么书值得你费那么大劲？"

杜若也笑了："《罪与罚》。"她回答。

"哦——"姜友好长长地哦了一声。

她听说过这本书。也知道作者。但这个人写的书她一本也没看过。从前,她的那些朋友,也几乎没有一个人看过这个人的书。他们顶多看《娜娜》、看《俊友》、看《小酒家》,或者看《德伯家的苔丝》,这个人的书,他们不碰。她也不碰。

"你有点儿特别,"她说,"喜欢看布道的书。"

"你是不是觉得,我特别乏味?"杜若笑着问。

"不啊,"姜友好笑了,"我觉得你这人特有趣,为了看一本布道的书而撒谎,你不觉得有罪呀?还有,你身上有两点正是我最喜欢的。"

"哪两点?"杜若好奇地问。

"一,爱脸红;二,会做菜。"姜友好回答,"真是完美的朋友。"

她们都笑了。杜若想,这个人,也有趣。

夏莲说:"杜若,今天给友好露一手,她这里有好东西,你猜我昨天给她捎回来什么?一块牛肉!"

那一天,杜若用这块珍贵的牛肉,做了好几道菜:一道酱牛肉,一道咖喱土豆牛肉,一道是经典的红烧牛肉。还炝炒了一道醋熘白菜,做了一个冬瓜火腿汤,焖了一小锅米饭。杜若对姜友好说:"酱牛肉我们不动了,留着,你自己吃方便。卤汤你明天可以用来下面条。"

姜友好笑着说:"不,汤我要留着,好好保存,留一百年,就是百年老汤。"

杜若笑了,知道姜友好这么说,是委婉地赞美她的厨艺。

那天,她们喝了酒,酒是竹叶青,本地的名酒。杜若把酒倒在了一只小瓷壶中,将小壶坐在了一只钢精盆里,里面蓄了热水,权当温酒器。杜若说:"天冷,酒要温了喝才好。"

姜友好说:"杜若,你好精致。"

杜若说:"这不是我说的,是薛宝钗说的。"

姜友好回答:"所以呀,你是活在书里。我们,是活在这个浊世上。"

杜若认真地望着姜友好,说:"正因为是浊世,才想逃进书里啊。"

窗外,下雪了。是这个冬天的第一场雪。三个人,围坐在一张折叠桌旁,喝着温过的竹叶青。外面的世界,渐渐白了,屋顶、马路、树、都被雪遮盖、包裹。听不到雪落的声音，可杜若知道，雪落在大地上是有声的。她有时会在落雪的夜晚一个人站在雪地中央，静静地，听雪落的声音。时间久了，那细微的、细碎的沙沙声会渐渐变得扎耳朵。这种时候，杜若会觉得世界在她心里醒了。

姜友好说："下雪真好，真适合这样吃吃喝喝啊。"

夏莲说："冬瓜汤要不要再热热？"

姜友好说："杜若，你的厨艺是跟谁学的？真厉害！你会做西餐不会？你知道红菜汤怎么做吗？"

杜若摇摇头，说："不知道。红菜汤我只听说过，在小说里看见过，可我不会做，"她笑了，"我没吃过西餐。"

姜友好说："真的？我有个朋友，做西餐很拿手，你没听说过她吗？她叫娜塔莎，是个苏联人。"

杜若一下子瞪大了眼睛。"娜塔莎？当然听说过！"她回答，"这个城市，谁没听说过娜塔莎？可我一直不确定，娜塔莎是个真实的人还是个传说。"

"怎么会不是真实的人？"这下轮到姜友好吃惊了，"她已经在这个城市生活了十多年了呀！"

"你认识她？她是你的朋友？"

"对呀。"

原来真有娜塔莎这样一个人啊。杜若终于、终于遇到了一个认识她，还是她朋友的人。她忽然觉得一阵心跳。

"那，安向东是娜塔莎的儿子吗？你认识安向东不认识？"她问。

"你是说安德烈吧？"姜友好沉默一下，回答，"当然认识了，你认识安德烈？"

"我认识安向东，他是我同学，"杜若说，"我们初中时一个学校，算不上认识。"是的，算不上认识。没有说过一句话，可是，这么多年过去了，提起这个人，还是脸热心跳。

姜友好望着杜若，望了一会儿，说："你又脸红了。"

杜若说："不是，是你家暖气太热了。"

姜友好笑了："好吧好吧，就算是我家暖气的问题。"这个过来人，什么没见过？她忽然问："哎，你既然都认识安德烈，怎么会不相信有娜塔莎这样一个人？没有娜塔莎，哪来的安德烈或者安向东？"

　　杜若不知道该怎么回答。娜塔莎也好，安德烈也好，对于杜若来说，他们遥若星辰。杜若在这个世界，而他们在星空，都不是她生活里的人。

　　"你听说过安德烈的事吗？后来？"姜友好关切地问。

　　她摇摇头。

　　"安德烈失踪了。"姜友好轻轻说。

　　"失踪？"杜若完全没听明白她在说什么，"谁失踪了？"

　　"安德烈呀！"姜友好回答，"安德烈失踪好几年了。"

　　失踪？这听来简直就更像是……小说。杜若愣愣地望着姜友好，姜友好说道：

　　"是真的。安德烈残疾了，这你知道吧？他瘸了一条腿，这件事对他的打击特大，他是个特别自恋的人，我们有朋友说他就像希腊神话里面的那个水仙花少年……"

　　纳喀索斯，也叫塞纳西斯。杜若知道这故事。这个美少年纳喀索斯有一天在水中看见了自己的影子，可他不知道那是他自己，他太爱那个水中的少年了，终于有一天，他纵身投入水中向那个自己的影子求爱，溺水而亡，死后，化身为水仙花。

　　那天，杜若听姜友好讲了另一个水仙花少年的故事。

二　安德烈或者安向东

　　姜友好是先认识安德烈，后来才认识娜塔莎的。安德烈比姜友好小许多岁，认识他是在北京一个朋友的家里。那时她还在部队，回京探亲，去这朋友家玩儿，一进门撞上了安德烈。她倒吸一口气，惊住了，想，这是哪里？不是北京吗？怎么会跑出这么一个古怪的小妖？

可是，真好看啊。

那时安德烈也就十三四岁，个子已经很高了。从外形上看，他几乎就是母亲的翻版，唯一不同的，是他头发和眼睛的颜色。母亲的金发碧眼，在他这里，变成了某种奇妙的棕色，说不出的一种灵动和神秘。朋友介绍说："这是我表弟安德烈。"

姜友好失声叫起来："你怎么配有这样的表弟？"

"嗨嗨怎么说话呢？"朋友说。

这朋友五大三粗，外号"李逵"。

安德烈应该是从小就习惯了这样的眼光，他知道在别人眼里自己是个异类。他平静地望着姜友好，说道："我叫安向东。我是哪儿哪儿人。"他说的是那个北方省城。

"巧了，我就在那儿当兵。"姜友好说，"你家住哪儿？"

安德烈说了。

"不过，姐姐，我说了你也不能到我家去，你是军人，你不能去我们家。"

姜友好说："现在不能去，复员转业就可以了呀。"她望着那个美少年笑了，"安德烈，就冲着你，我也得复员。"

安德烈有点慌了："你是在开玩笑吧？"

姜友好哈哈大笑："我当然是在开玩笑。"

可是她真的复员了，还没有服役期满。当然不是因为安德烈。是她实在不适合军人的生活，她天性太自由放浪。起初，当兵是父亲的意志，而复员，则是她自己的主张。父亲没有拗过她，暗地里还是帮了忙，尽管他还未"解放"，但总还是有人脉。结果，姜友好虽然没能回到北京，但毕竟分配到了那个城市最好的医院里。很快地，在这个城市，她就拥有了自己生活的圈子，有了一群朋友。

是她把安德烈拉进了这个圈子里。

当然，这城市不算大，这圈子里，原本也有认识安德烈的人。就像滚雪球一样，你认识我，我认识他，渐渐地，大家就滚成了一团。

安德烈家里没有电话，她写信约他见面，他来了，看见穿便服的她，安德烈说："姐姐你真的复员了？"

姜友好回答："当然是真的，"她指指身后医院的大门，"要不你进去问问？"安德烈笑了。这是他们认识后，她第一次看见这个美少年的笑容。她觉得突然像是被阳光晃了眼睛。

"喂，你猜我下一步计划干什么？"她笑着问他。

"干什么？"

"等你长大，嫁给你，"她说，"让你娶我。"

她以为安德烈会大惊失色，会惊慌不已。可是没有。安德烈听了，认真地看着她，摇摇头。"不行，姐姐，"他说，"我不会娶你的，你千万不要等我。"

姜友好哈哈哈大笑，推了他一把："逗你玩呢！"她说。不过她马上感到了好奇："哎，你为什么不娶我呀？我不算漂亮吗？拒绝我的人，你可是第一个呀！你是不是觉得自己特好看啊？"

安德烈笑了："我是好看啊。很多人想当我的女朋友。可我已经有女朋友了。"

"你才多大就有女朋友了？"姜友好板起了脸，"不能这么早谈恋爱知不知道？"

"你这么说话像我妈妈。"安德烈说。

姜友好笑了："你女朋友是谁啊？说给我听听？"

"不告诉你，"安德烈说，"但我可以告诉你的是，不管将来我女朋友是谁，我都不会娶。我不结婚。"

这下轮到姜友好吃惊了："为什么呀？安德烈？"

"我不说，"安德烈回答，"不想说。"过了一会儿他强调，"叫我安向东，这是我的名字。"

这美少年，他不快乐。姜友好想。她其实有点懂得他不快乐的原因。那就让他快乐起来吧。

当天她就带他去了一个聚会，是在一个住在省府大院的朋友家。那天的来人中还真有认识安德烈的，果然是个女孩儿。他们说起学校的事，挖防空洞什么的，那女孩儿的妹妹和安德烈在同一所学校。

"我妹说，你们班男生欺负你，是吗？"女孩儿忽然这么问。

"没有。"安德烈从容地否认。

这个朋友的父母都不在家，刚刚去了"中办学习班"，那学习班在外地。家里没有家长，完全由着他们这些孩子折腾。那天他们煮了一大锅西红柿挂面，开了几个午餐肉罐头，炒了一大盘醋熘土豆丝，戳了两瓶白酒在桌上。大家又吃又喝又吵又闹，但安德烈始终是安静的，滴酒不沾。有人硬把酒杯塞给他，姜友好拦住了，说：

"他还是学生，不能喝酒。"

"咱哪个不是当学生的时候就喝酒了？姜友好你敢说你不是？"

姜友好回答得斩钉截铁："他不一样。"

"他是不一样，"那人嘻嘻笑着回答，"哪个老毛子不喝酒？"

姜友好顺手把自己杯中的酒泼到了对方脸上。

"姑奶奶说不能喝就不能喝。"

回家的路上，安德烈对姜友好说："姐姐，其实你不用替我拦着我也不会喝，我答应过我妈妈，我妈说我外公就是一个酒精中毒的酒鬼，那是她的噩梦。我妈说她为什么嫁给我爸和他跑这么远来到这里，很大的一个原因就是，中国男人不像俄国男人那样酗酒，尤其是那些在苏联的留学生培训生什么的，他们有纪律管着，更是模范。我爸就是没有纪律管着也不喝，他不爱酒。"他停顿了一下，"我也不爱。"又停一下，"我不能爱。"

"安德烈……"

"我是安向东，"他打断了她，"我叫安向东，姐姐。"

姜友好的心里，真的涌起了怜惜。城市的夜晚，黑暗而荒凉，他们同骑一辆自行车，他带着她。她默默地从后面搂住了他的腰，把脸贴在了他完美到无懈可击的脊背上。那一刻，她真觉得自己有了一个弟弟，这个非亲非故的城市给了她一个混血的、身份难堪的弟弟。她会保护他，她想。安德烈，不，安向东，我会保护你。

可是他出事了。掉进了防空洞里。是被人推下去的。股骨粉碎性骨折。伤愈后，瘸了。

瘸了一条腿的安德烈，变了一个人。

起初，出事时，学校把他送进了附近的一家医院，做了手术，打了钢钉。那医院从前骨科很强大，但时逢乱世，一切都不正规，手术不成功。情急之下，姜友好帮他转到了自己供职的医院，重新做了第二次手术。

这仍然不算是一次完美的手术。

姜友好天天去病房看他。就是这时候她认识了娜塔莎，也认识了安德烈的妹妹安霞。安霞比安德烈小两岁，和安德烈截然相反的是，猛一看，就是一个肤色白皙的中国女孩儿，五官轮廓完全是父亲的轮廓，认真看，才能看出她眼睛的颜色是深棕色的，那种接近黑色的、本分的棕，让人踏实和安心。

没有见过安同志。安同志在"学习班"，不能自由行动。

安德烈的腿打了石膏，高高吊着，固定在病床上。他沉默，一天也说不了几句话。来探望他的，也都是女同学，姜友好想从她们中间找出那个"女朋友"，却一无所获：她看不出异常，他对她们一样的礼貌和漠然。没人的时候，姜友好忍不住八卦地问道："哎，哪个是你女朋友？告诉我呗。"

"姐姐你还真信啊？"安德烈冷冷地回答。

那神情和语气，让姜友好感到怪异和陌生。

窗外，麻雀喳喳叫着。树叶开始飘落，秋凉了。安德烈望着窗外的天空，忽然问道：

"姐姐，我会不会变成一个瘸子？"

姜友好回答说："想什么呢？你见过谁骨折了变瘸子的？现代医学治不了癌症还治不了骨折了？"

他嘴角轻蔑地翘翘。

"我有不好的预感，"过了一会儿他这么说，"要是我真瘸了，我宁愿死。"

姜友好一把捂住了他的嘴。

"安德烈你听好了，你要再敢说这些话，你要敢这么想，我……"她恶狠狠地瞪着他，"你信不信我现在就掐死你？"

他慢慢移开了她的手。

"听我讲个故事，"他说，"就是那年，去北京的时候，在一辆公共汽车上，我遇到一个女孩儿。那天车上人不多，我一上来，就看见了她，"他微微笑了，"没有人会看不见她，真美啊！我从来没见过这么美丽的姑娘，穿一件蓝印花布中式上衣，脑后梳一根独辫，神态就像仙女。以往，走到哪儿，我都是那个被注目的人，可是那天，她的一双黑眼睛就像盅术一样把一车人的魂儿都吸进去了。这是我第一次遇到了一个比我美丽的人，一个让我呼吸不畅的人……车到了一个站上，停了。她站起来，朝车门走。一车的人这时都倒吸一口气。她摇摇摆摆走着，腿有严重的残疾，一看，就是小儿麻痹后遗症，瘸得非常厉害。她在一车人的注视下走完了那几步路，一切都毁灭了，真残忍哪，也真羞耻。我就站在车门那里，因为惊愕，我都忘了给她让路，我永远忘不了她对我说，'请让让'时那种羞惭的神情……姐姐，你愿意让我变成那样？"他望着姜友好说。

姜友好拼命摇头："你怎么会那样？瞎说，你根本不会变成那样。"但姜友好知道自己是色厉内荏，因为，事情很可能"是那样"，他的状况，不乐观。可她仍然嘴硬："就算瘸了也不会那样……"

"那是什么样？"他笑了，"你告诉我。"

"你当然还是你……"

"安德烈吗？"他犀利地看着她，"你总是忘了我是安向东，我一直努力做一个安向东，可是我永远做不成。假如有一天我回到我母亲的故乡，在那里，恐怕也没有人把我当成一个纯正的安德烈。我只是个二毛子，对吧？好在我这个二毛子还算好看，漂亮，那是我仅有的一点东西，假如我连这个也没有了，变成一个残疾，那你让我靠什么活？"

姜友好眼睛渐渐湿了，她握住了安德烈的一只手，把它贴在自己脸上："我不知道，安德烈。"她轻轻说，"我从来不追问，我不思考这些，为什么要思考？为什么不尊重生活的神秘感非要破解它？你破解得了吗？傻孩子，你学学我，活得就容易了。"

半年后，八个月后，一年后，最后一次复查终结了，所有人终于放弃了幻想，承认了那个不好的结局。

股骨干严重受伤缺损，加上手术的失败，安德烈的一条腿无可挽回地变短了。比起小儿麻痹后遗症那一类残疾，他瘸得不能算厉害，可是，他不是别人，他是水仙花少年。

他把自己关到了房子里，不见人。

医院组织巡回医疗队，上山下乡。姜友好跟着医疗队去了南部的中条山。临行前，她去了一趟他家。可是，他不见她。任凭她怎样敲他家的门，他也不开，只是说："你走吧，姐姐。"声音平静而冷漠。

他母亲娜塔莎追出来，说："友好，怎么办？他要毁了。"娜塔莎突然迸出了哭声，"他开始问我要酒喝了。"

她们站在拥挤狭窄的楼道里，对望着，没有谁来救她们。门里，是那个绝望和无辜的、正在放弃自己的孩子，她们束手无策。她们都没有办法还给那孩子完美，神没有应许她们。楼梯旁一小扇肮脏的玻璃窗外，是彩霞满天的黄昏，流金溢彩，美如梦境，一束光涌进来，网住了轻轻哭泣的娜塔莎。姜友好默默地上前，拥抱了一下她，转身离去，她不想让那个母亲看见自己眼里的泪水。

一年后，等到姜友好从南部乡下回城，再见到安德烈时，她几乎没有认出他来。那是朋友们为她接风的聚会，他来了。姜友好一抬眼，看到眼前站了个陌生人：又高，又臃肿，皮肤粗糙，眼睛浑浊，满脸的粉刺红肿着，浓浓的、不洁的络腮胡须，满身的酒气。姜友好惊得半天合不上嘴，许久，她小心翼翼问：

"我该叫你什么？安德烈还是安向东？"

"随便，"他笑着回答，"哪有那么多事，爱叫啥叫啥。"

他用水杯喝酒，是那种玻璃水杯。满满一大杯白酒几口就光了。和人叫板时，咕嘟咕嘟一口闷，喝得凶猛而贪婪。他就这样无可救药地朝着那个酒鬼的宿命坠落。还没终席，人就像一摊烂泥一样瘫倒在了地上。

姜友好想把他拖起来，拽起来，朋友们就说：

"别管他了，每次都是这样，"他们若无其事地说，"开始大家还送他回家，时间长了，就烦了。哎，这次又是谁叫他来的？谁吃饱撑的把他叫来了？"大家你看我，我看你，都摇头。

没人叫他来，没人找麻烦。可是这不大的城市，他们这些人相聚的地方也就这几处，他总能循着酒味儿而来，来了，就赶不走他。一个酒鬼的自尊心算什么呢？早就让人踩成一堆烂泥了。姜友好听他们你一言我一语描述，低头望着地上的那个人，慢慢问道：

"不管他，就是说，就让他这么躺着？"

"对，就躺着呗。"

"那你们走了呢？你们都走了，他还一个人躺在那儿？躺在这脏地上？"

"那倒不会，这几个地方的服务员都认识他，他们有办法吧？大不了把他抬到门外躺着，风吹着酒醒得快。"

姜友好不说话了。她沉默一会儿，然后抬起胳膊指着大门，轻轻说道："滚！"

他们没听清："什么？"

"滚！"她大吼一声，"滚——"

"你疯了姜友好？"做东的主人，她父亲老部下的儿子，也喊起来，"为了这么一个二毛子，你六亲不认了？"

她随手抄起一只饭碗，朝地上狠狠一摔，碗茬飞迸："我以后要是再和你们这群王八蛋交往，我就和这碗一样不得好死！滚！"

"疯子！花痴！你也不看看，他还是以前那个小白脸吗？就这死狗眉竖，你也稀罕？"

"啪"一声，一只碗就飞到了他脸上，登时，那额头上就见红了。血顺着眉骨流下来，流到他眼睛里，虽说店堂里除了他们这桌没几个客人，却也引起一片尖叫、惊呼，乱成一团。姜友好跳到了凳子上，居高临下，指着他鼻子骂道："他妈的满嘴喷粪！你瞎眼了敢欺负我弟弟！告诉你们，谁他妈以后敢欺负我弟，姑奶奶我活剥了他……"

那天的结局，是她的眼睛也变得一团乌青。父亲老部下的儿子一拳砸到了她的眼睛上。人们拉开了他。他也知道对一个女人动粗胜之不武。他们一群人裹挟着那受伤的人走了，去医院包扎。她就坐在那一堆狼藉之中，等着安德烈醒来。

天黑了。就快打烊了。店堂里一片寂静。外面，偶尔有汽车驶过的寂寞的声音。这城市的夜晚，有种比自然更深邃的荒芜。

一个服务员壮着胆子走到了姜友好身边。

"同志，我们快下班了。"服务员说，"你试试能不能叫醒他？"

就在这时，一个人进来了。姜友好看见那人，"哎呀"一声，得救似的叫起来："安霞！是你呀，你怎么来了？"

安霞说："我来找我哥。"

"你怎么知道你哥在这儿？"

"我不知道，"安霞安静地回答，"我一家一家找。这个时间，他还不回来，我妈就让我们出来找他。他常去的那几家，我一家一家找，总能找到。"她望着睡在地板上的哥哥，"找到了，就是这个样子……"

姜友好一阵鼻酸。

"嗨，你进来吧！"安霞冲着外面喊了一嗓子。一个大男孩儿应声而入，是个像运动员似的健壮的孩子。"这是我朋友。"安霞对姜友好说，"他会骑三轮车。"

那天，他们几人合伙把他抬到了三轮车上。安霞抱着她哥坐在车斗里，对姜友好说："我们走了，谢谢你。"

一辆借来的、载货的三轮车，两个孩子，经常，在这城市的夜晚，载着一个沉醉不醒的酒鬼，一个酒精中毒者，穿街过巷。男孩儿在前边骑，女孩儿则把那酒鬼抱在怀里坐在后边的车斗。有月亮或者没有月亮，下雨或者天晴，情愿或者不情愿，没有选择。那是她哥哥。她不幸的亲人。她抱着他就像一个小母亲。

一周后，安德烈来了，来找姜友好。那天是星期天，姜友好在家，她开门看到门外站着的安德烈时，并没有吃惊。她默默地闪身让他进来，她知道他会来。

这天的安德烈，看上去，清爽了一些，至少，衣服是洁净的。他望着坐在对面的姜友好，说的第一句话是："我七天没碰酒了。"

姜友好没说话。

"可我不知道我能坚持多久。"他说。

姜友好还是没说话，因为她也不知道。

"他们说，你为我打架了。"他看着姜友好那只淤青还没退净的眼睛说道，"抱歉……"

姜友好摇摇头："安德烈，你该说抱歉的人，不是我，"她回答，"你最该说抱歉的，是安霞。"她这么说的时候，鼻子突然酸了。

"我知道。"安德烈闷闷地说，"每次去找我的，去把我弄回来的，都是安霞。我爸不在，我妈不敢去找，她说，她一个苏联女人，满城跑，让别人看见，会给我添更多的麻烦。所以，也就只剩下我妹了……"

"安德烈，"姜友好说，"你不知道那有多让人难过……为了她，戒了吧。"

安德烈沉默不语。

隐隐地，听见了鸽哨的声音，细碎，悠扬。这城市最美的季节到了，秋天到了。天变高了，有了一种别的季节没有的空净澄明。姜友好起身，泡了两杯绿茶，端了来，说：

"喝茶吧，我们家乡的茶。"

他笑了笑，说："不喝了，我就是来跟你道个歉，走了。"这一笑，隐约地，有了一点从前那个安德烈的影子，"不再打扰了。"

她没有挽留他，她真不知道该跟他说些什么，她仍然没有足够的准备来接受这样一个安德烈。他跛着腿，走到门前，那一跛一跛的姿态，让她心痛。他握住门把手，停了一停，回头说道：

"这些日子，我一直在想，不知道我妈妈的家乡是个什么样子，"他又一笑，说，"那茶的颜色真漂亮，再见……"

他走了。

姜友好后来想，那天，自始至终，他没有叫她姐姐。

那是姜友好最后一次见他。

"他是去跟你告别。"杜若说。

"是,"姜友好回答,"可我当时没意识到。不久,他跟他妈妈说,想出去散散心,想去爬华山。他妈妈答应了,给了他钱。这一走,从此就没了音信。"

菜凉了,酒也凉了。少年的故事告一段落。杜若起身,热菜,温酒。她端着热好了的冬瓜汤回到桌前坐下,姜友好举起了酒杯说:

"添酒回灯重开宴。"

杜若举起杯来,回了一句:"相逢何必曾相识。"

"杜若你这句不对,"夏莲也举起了杯子,"姜友好可不是天涯沦落人啊。"

杜若笑笑,望着姜友好,说:"骨子里是。"

姜友好把杯中的酒一饮而尽,重新斟满了,郑重地举到了杜若脸前:"杜若,从今天起,不管你愿不愿意,我是交定你这个朋友了。"

杜若没有回答,只是把杯中的酒,一口饮干了。酒使她的眼睛里波光粼粼:"姜友好,我能像安德烈一样,叫你姐姐吗?"

"当然可以。"姜友好说。

"姐姐。"杜若叫了一声。突然热泪满盈。

许久,姜友好轻轻说:"杜若,你喜欢安德烈吧?"

雪还在下。纷纷扬扬。天渐渐黑了。她们没去开灯。窗外别人屋顶上厚厚的积雪,闪着微光。杜若望向了窗外,说:"冰天雪地,他会在哪儿?"

"不知道。"

"我喜欢安德烈,姐姐,"杜若说,"是那种遥远的喜欢。就像我喜欢星星,喜欢流云,喜欢江河,喜欢黄山的云雾和古希腊雕像,一句话,我喜欢美。我并不想拥有它们,只是远远地喜欢着,就很满足。但那是今天之前,今天之后,一切都不同了,从今往后,这世界上,多了一个让我牵挂和心疼的人,我心疼他,姐姐……"

姜友好懂。

她们就这样成了朋友。

几乎每个星期天，杜若都要来姜友好家，来了，就一起做好吃的。夏莲如果不跑车，也会过来凑热闹。姜友好家是杜若最好的舞台。夏莲从北京输送来的那些肉、蛋之类的食材，正好让杜若大显身手。面对着一桌佳肴，常常让姜友好惊叹。

"杜若，你小小年纪，这厨艺是跟哪个大师学的？"

"赵佩兰大师，"杜若玩笑地回答，"在下的家母。"

"好羡慕啊！"姜友好说，"有个厨艺如此了得的妈妈，太幸福了。"

"是。"杜若说，"我妈热爱烹饪，而我爸又是个吃货，他的味蕾天生比别人丰富，他俩堪称珠联璧合。所以我妈就是炒一个白萝卜丝，也尽心尽意，比别人炒的好吃太多。就像现在，什么都缺，什么都没有，可我妈总会绞尽脑汁让每一顿饭都尽量可口，因为我爸的人生信条就是：吃饭无小事。"

"听你这么说，我都惭愧了，"姜友好说，"要不，也让我家人帮你家采买东西？让夏莲一块儿带回来？"

"那怎么可以？绝对不行！"杜若郑重地拒绝，"我爸的另一个信条就是：不给别人添麻烦。"

"那你就把我这里的东西带回去些，咱们分享。"

"更荒谬了。"杜若回答得斩钉截铁，"我爸还有个信条，就是：君子不吃嗟来之食。"

"你爸怎么有那么多信条？"姜友好笑了。

杜若也笑了。

"其实，我爸妈南方老家那边也有家人偶尔会接济我们，给我们寄些腊肉腊肠、梅干菜笋干之类，而且我们南方人，每人还多供应几斤大米，比起这城市的许多人，已经好太多了。"杜若说，"我妈常说，好日子谁都会过，能把匮乏的、困难的日子过得有尊严又有滋味，才是了不起。"

"你家的人简直都是哲学家，"夏莲笑着说，"简直太恐怖了！"

"你妈这话,我听另一个人也说过类似的。"姜友好若有所思地说。

"谁?"

"娜塔莎。"姜友好回答。

哦,安德烈的母亲。杜若想。那个传说中的女人。

下一个星期天,在姜友好家里,意外的事情发生了。杜若进门来,看见一个丰硕的、有些臃肿、远远谈不上美丽的异国女人,正端着一只碗,在搅拌着什么。姜友好说:

"杜若,这是娜塔莎。"

走了这么远的路,从一九五八年,到现在,她们遇见了。

几年前,安同志去世了。死于脑溢血。那时他还在"学习班",不能回家。据说他早晨就剧烈头疼,中午没吃饭,下午就昏迷了。夜里,传呼电话找她,是他们单位的人,通知她去某某医院。她去了,看见他躺在急救室的床上,人已经不行了。

火化时,送行的除了殡仪馆的工作人员,只有娜塔莎和安霞。安同志的问题,还没有"定性",为了避嫌,没人敢来吊唁。在火葬炉前,娜塔莎最后亲吻了安同志,没有哭。

之前,她曾不止一次对安同志说:"你要答应我,不能走到我前边,你要走我前边,我会恨你。"

安同志回答说:"我答应你。"

她又说:"你还要答应我,将来,我死了,你要送我回去。"

安同志说:"我答应你。"

这样的一问一答,信誓旦旦。可实际上,他们都知道,那是多么的不靠谱和渺茫。他们躺在床上,他搂着她,心里一阵一阵苍凉。安同志知道,在遥远的她的故土,妻子也早已没有亲人了。她的父亲和哥哥,都死于卫国战争。母亲则是在战后不久病逝。安同志认识她时,她就已经是一个孤儿,也因此,安同志当初才非常自信和意气风发地对她说:

"跟我回中国,我会给你一个最幸福的家。"

显然，他食言了。他没能使她感到"最幸福"。他也没能做到，走到她后面，送她魂归故里。

她把安同志的骨灰盒抱回家，安放在他们的卧室里。她说："我知道你不舍得走，你在等安德烈回家。"夜深人静，有时，她会听到房间里传出轻轻的叹息声，她问道："是你吗？"听不到回答，她就在黑暗中坐起来，一支接一支吸烟。

她想念他们，安同志，还有，亲爱的，亲爱的安德烈。

安霞也去插队了。安霞插队的地方，不算太远，属于这城市的远郊区，家里，就只剩下了娜塔莎一个人。现在，她想念的人里，又多了一个。

几乎没什么人和她来往。她曾经在这个城市的图书馆上班，工作就是翻译一些外文资料，但多年前她就因为身体的原因办了"病退"，吃劳保。她得了肺结核。那时中苏交恶，报纸连发"九评"，发《某公三哭》，她病退得也正是时候。多年来，她蜗居家中，做主妇，从前的同事早已断了往来，邻居们也都是点头的交情，谁愿意和一个苏联女人扯上关系呢？曾经，有一个女教师，是中俄混血儿，她们有过几年的友谊，后来，一九六六年之后，这友谊就戛然而止。

在这城市，她举目无亲。

后来就认识了姜友好。

当然是因为安德烈。是她的安德烈，让她认识了这个热情、冲动、有古道热肠的姑娘。她猜，那是上帝对她这个流落异乡的母亲的怜悯。

这城中，只有这一个人，敢来敲开她寂寞的房门。和她谈安德烈。听她讲安德烈种种的故事。起初，她来，会问娜塔莎："有消息吗？"渐渐地，时间长了，就不再追问。不是不想，是不敢。她们彼此都顽强地、坚韧地相信着一件事，就是：她们的安德烈，娜塔莎的儿子和姜友好的弟弟，一定还活在这个世界上。她们嘴里不说但其实心里都在猜测着一个最大的可能，那就是，他越过了国境线，回到了他母亲的故国。

这种猜测，让她们有一种罪恶的、隐秘的安心。

她来，常常会带一些吃的，有时是一块牛肉，有时则是一盒咖啡。总之都是雪中送炭。娜塔莎会留她吃饭，给她做她喜欢的俄式菜肴，她也会把自己的事讲给娜塔莎听，她一次次热闹的恋情，那些呼啸的、死去活来的追求者，等等。终于，她安静了，安静地走心地爱上了一个人，把自己嫁出去了。

　　娜塔莎送了她一块琥珀吊坠和一条银链做结婚贺礼。那是她从故国带出来的不多的几件纪念物。她对姜友好说：

　　"友好，结婚后，你就别再来了。"

　　"为什么？"

　　"你丈夫是现役军人，为了他，你要避嫌。"娜塔莎郑重地回答。

　　姜友好愣住了，显然，她没想到这个。她认真思索了片刻，说：

　　"娜塔莎，你早入了中国籍，早就是中国人了。我为什么不能和一个中国人做朋友啊？"

　　可是，话虽如此，姜友好自己也知道，娜塔莎的话，是有道理的。她不是真的不懂轻重利害。婚后，她不再去看娜塔莎，不再和她有任何联系。可她心里却有着愧疚，觉得自己和所有人一样，抛弃了娜塔莎。

　　那是对安德烈的背叛。

　　她永远记着那个孤独迷惘的少年，站在阳光下，叫她姐姐。仅此一声呼唤，就是一世的亲人。她甚至猜想，那最后一次见面，他其实是隐晦地、曲折地，把娜塔莎托付给自己了。记得临出门时，他说的最后一句话，是他的妈妈，以及妈妈的故乡……

　　她和她的海军军官郑渡江说起过娜塔莎，也说起过她的愧疚。郑渡江是某部的作训参谋，他安慰妻子说："友好，就先听娜塔莎的，等过两年我转业了，咱俩一块儿去看她。"

　　姜友好明白了。她不能给丈夫惹麻烦。

　　但是冥冥中一定有什么在帮忙，杜若来了。

　　婚后一年多来，姜友好第一次联系了娜塔莎，她给娜塔莎写了一封短信，说，一个朋友，特别想学做俄式菜肴，不知道娜塔莎能在这个星期天来家里教授一下吗？她在信的末尾写道："娜塔莎，这个小朋友，你一定会喜欢，因为我喜欢她，哦，对了，她是安德烈的同学。"

她知道，有了最后这句似乎是轻描淡写的话，娜塔莎一定会来。

姜友好说："杜若，这就是娜塔莎。娜塔莎，这是杜若。"

杜若一时手足无措。

星辰似的娜塔莎，月光似的娜塔莎，不应该是这样一个肉身的人，一个气味浓烈的人，有着结实的下巴和硕大无朋的胸部，系着围裙，站在她面前，手里捧着一只碗。她觉得有一种压迫感，如山的肉身对她的压迫。她感到自己呼吸都变得急促。

"杜若，"只听姜友好叫她，说，"娜塔莎来，是来教你做西餐的。"

"哦……"杜若慌乱地回答，"谢谢您。"又补一句，"太谢谢您了……"

娜塔莎看看她，没有寒暄，说道：

"来，洗手，我先教你做蛋黄酱。"

原来她正在搅拌蛋黄酱。那是做土豆沙拉必备的酱料。将新鲜鸡蛋磕进碗里，只取蛋黄，加一点花生油进去，用筷子不停地、朝着一个方向搅拌，等到蛋黄和油充分融和，再继续添加食油，接着搅拌，再加油，再搅拌，如此循环往复，直到蛋黄变成如奶油般浓稠缠绵，蛋黄酱就算是大功告成。做法简单，但要有耐心，也要有一些技巧。

杜若接过了娜塔莎递过来的瓷碗，渐渐地，她的心静了。一切，有了真实感。置身于厨房、食材、炊具，这些日常的场景中，杜若如鱼得水。搅拌这点小技巧，她一点就通。但她觉得奇妙，蛋黄、油，如此简单，却能催化出另一种物质，犹如新生命。这让她心生喜悦。

"人真是聪明。"她忍不住这样说。

"这算什么？"姜友好笑道，"人都登上月球了，一个蛋黄酱还值得感叹？"

杜若回答："那种聪明和我无关。太大了。我只能被小聪明、小收获感动。"她回头望着那个师父说："娜塔莎，谢谢你。"

她脱口叫出了她的名字，也没有再说那个敬语：您。她真心地喜欢这样有收获的一天。

娜塔莎说："今天教你土豆沙拉和红菜汤，你要是还想学别的，就到我那里去，我那里厨具齐全。"她望着她微微一笑，"当然，你要是不介意的话。"

杜若收敛了笑容。她想，这个苏联妇女，这个壮硕的俄罗斯母亲，这就是安德烈的妈妈啊。安德烈的妈妈在教她做菜，多么不可思议，简直有天方夜谭般的奇幻。她忽然觉得幸福来得太突然："介意？"她回答，"我当然不介意，我很荣幸。"

姜友好笑了。她知道事情成了。

那天的土豆沙拉和红菜汤，是杜若的西餐启蒙。正确地说，是不算纯粹的俄式西餐。娜塔莎的红菜汤，早已因为照顾安同志的口味，被不知不觉改造过了。就像几十年后遍布世界各地的宫保鸡丁、咕咾肉一样，早已不是原本的滋味。可杜若不知道，就是知道了，又有什么关系？她仍然会认为，这是世界上最好吃的红菜汤。

娜塔莎那天并没有留下吃饭，她执意要走。她说："友好，饭我就不吃了，我家里还有事。"姜友好知道她家里没事，却也知道她是不想逗留太久，一是避嫌，二是，逗留越久，越难以割舍。特别是几杯酒入肠，怕是会更加伤感。姜友好笑笑，说："行，你走吧娜塔莎，千里搭长棚，没有不散的筵席。"姜友好那天，特地，戴上了娜塔莎送她的琥珀项链，那是一块古老的波罗的海琥珀。娜塔莎伸手摸了摸那晶莹剔透的宝贝，说：

"它真适合你。亲爱的。"

姜友好一下把她抱住了，红了眼圈。她紧紧搂着她，说："对不起，对不起，对不起娜塔莎……"

许久，娜塔莎说道："友好，你是我见过的，最善良的人。你已经为我们做了太多太多，又不是生离死别，我们总还会见面的不是吗？"

姜友好松开了手，说："再见！"

娜塔莎努力地微笑，说："再见！"

那一刻，杜若有些明白了，她们其实是在"生离"。

还明白了一件事，姜友好，是把娜塔莎托付给自己了。

三　杜若与娜塔莎

杜若是普通人家的孩子。

杜家一家五口人，住在父亲单位的宿舍公房里，是两间青砖灰瓦的平房。生活谈不上富足，也绝不算清苦。父母的薪水，不高，不丰裕，却也不很低，再加上母亲善于持家，所以，他们的日子，过得衣食无忧，在那个年代，几乎算得上是小康了。

杜若父亲供职的这家研究所，叫"中医研究所"。但杜若的父亲并不是中医，他毕业于南方的某个医学院，一毕业则被分配到了这个严寒干旱物产不丰的北方城市。那时，这家研究所刚刚成立，设立了附属医院，是新中国的新事物，提倡中西医结合，病理、化验、影像这些现代医学手段一样也不能缺，于是，杜若父亲就被分配到了这家新医院的放射科，做了影像学医生。

命运真是奇怪，杜医生不信中医，却将要在一个中医院里度过未来的岁月。他不吃中药，却几乎是在第一时间就喜欢上了晾晒在太阳下的那些草药的气味。他也很喜欢看人将草药在碾槽里碾碎的那种劳作，喜欢那些中草药的名字，淡竹叶、六月雪、茵陈、钩吻，念起来，意境悠远，像一个个曲牌、词牌，有诗意。总之，杜医生是有些文艺气质的，他以审美的态度看待着这个他将要贡献一生的地方。

孩子们出生后，他给他们起名，都是草药：杜若、杜仲、茯苓。

杜若妈说："怕人家不知道你在哪上班啊？你是有多喜欢这里？"

杜若母亲赵佩兰女士，是内科大夫，也是杜医生的同学。但赵大夫真正热爱的不是医生这个职业，她不热爱任何职业，她热爱家庭生活。她的理想，是做一个有知识的家庭主妇。

杜医生说："你呀，当初该去读家政系。"

赵女士说："那我还怎么嫁给你？"

杜医生说："你本来就不该嫁给我，你应该嫁给一个大教授，住在清华园或者北大的什么园里，做太太。嫁给我，委屈你了。"

"下辈子吧。"赵女士宽宏大量地说，"这辈子就这么凑合吧。也就这么几十年，一眨眼就过完了。"

赵女士善烹饪，厨艺一流。杜医生则天生味蕾丰富敏感，是美食家的胚子。两人也算高山流水的知音。赵女士是钟子期，杜医生则是俞伯牙，一个会做，一个会吃。而他们寄居的这个北方内陆城市，在许多时候，是贫瘠的，样样都缺，俗语说，巧妇难为无米之炊啊。可不是还有另一句话嘛：沧海横流，方显英雄本色。说的就是赵女士了。

在艰难的日子里，赵女士绞尽脑汁，使他们家的餐桌，尽可能不显贫乏、粗陋。两毛钱的猪肉，也能变出花样，肥的切片，煸成金黄色，煸出油来，加酱油加糖，红烧小萝卜；瘦的切丝，炒蒜苗、炒青椒、炒芹菜或者炒榨菜，再烧一个冬瓜粉丝虾皮汤，或者西红柿土豆浓汤，就是一顿有荤有素、有菜有汤、色香味俱全的正餐。每月供应的猪肉，再少，也要将一部分肥膘炼一些猪油，存起来，没肉的时候，猪油就是救场的法宝：一碗素面，加小小一勺猪油进去，哦，天地变色，换了人间。

杜医生常常感慨："一箪食，一瓢饮，回也不改其乐。"

杜若就说："备注，这一箪食，一瓢饮，得是我妈加料的，否则，您也照样不堪其忧。"

杜医生就笑，说："是我运气好啊。"他看着大女儿，说："杜若，将来，谁娶到你，也是福分啊！我可不舍得让你像你妈一样，为一日三餐这样呕心沥血。你要跟那个浑小子说，你不会做饭。"

杜若夸张地叹口气，回答说："爸，可我和我妈一样，就喜欢做饭啊。"

是，耳濡目染，杜若得到了母亲的家传，在这城中，有她这样厨艺的年轻人，怕是鲜见，而像她这样热爱烹饪的，就更是凤毛麟角了。

下一个星期日，杜若就去了娜塔莎家。

看上去，也是一栋普通的三层楼房，红砖到顶，陈旧的楼梯，一门两户。娜塔莎家在三层，从前，安同志还是这家设计院总工的时候，这一层中的两户被打通了，住了他们一家，十分宽敞。如今，打通的房间早已被封闭，另外一边，搬进了别人，割让出去了一半。可尽管如此，在这个城市，也算是优渥的居住环境了。

两间房屋，向阳，背阴的一面是厨房和卫生间以及一间没有窗户的小杂物间。那两间向阳的房间，一间大，一间略小。大的那间，用一排书柜隔断，一边做了客厅和餐厅，一边则是娜塔莎的卧房。客厅里，有一只深枣红色丝绒双人沙发，有波斯铜盘做桌面的小茶几，有铺着亚麻台布的餐桌，有胡桃木雕花的玻璃餐具柜。柜子里，陈列着一些漂亮的瓷盘，而柜子上，则摆放着家人的照片。一眼，杜若就看到了安德烈。

那是一张单人照。背景是天空。天空下，站着一个忧郁的少年。他穿着最平常的白衬衫，风吹乱了他的头发，微眯着眼睛，像是眺望。呼之欲出的美啊。杜若望着他，想，原来你是生活在这样的地方，可你，偏说自己是安向东。

忽然就感到了一阵刺痛。

"你们是同学？"身边响起了娜塔莎的声音。

"是。"杜若点点头，"不一个班，他不认识我。"杜若微微一笑，"可我认识他。"

"他好认，"娜塔莎说，"特殊。"

"他美。"杜若说。

娜塔莎愣了一愣。有些惊讶她的直率，还有她的措辞。她不说好看，不说漂亮，她说美。

"是，"娜塔莎说，"我也曾经为这个骄傲。"她伸手抚摸一下照片上那张无懈可击的脸庞，"可是也太容易被摧毁。"

"不，那要看怎么说，至少我记住的，就是这样的安向东，照片上的安向东，"杜若回答，她还是不习惯叫他安德烈，"永远的大卫，永远的纳喀索斯，永远的……美少年，不会变。"

她在安慰一个母亲。娜塔莎知道。善良的姑娘，她想。在沙漠般广漠的敌意和冷酷之中，这一点善意，就是绿洲。阳光洒满房间，从厨房里飘出了一股浓郁的香气，娜塔莎说："哦，面包烤好了，跟我去看看。"

那是杜若第一次看到一只面包的诞生。从烤箱里取出，皮色油亮焦黄，热气腾腾，芳香四溢。她惊喜地问道："这就是俄罗斯大列巴吗？"

"是。"娜塔莎回答，"本来想烤一只黑面包，怕你吃不惯。其实，配牛肉或者鱼，黑面包才更正宗。"

就这样开始了。杜若和娜塔莎之间的故事。厨房里的故事。那厨房很宽敞，远非杜若家的小厨房可比。有稀罕的电烤箱。灶台阔大，房间中央安放一张大方桌，既是操作台，也是主妇休憩喝茶的地方。墙角处，整齐地码放着一堆劈好的果木柴和蜂窝煤，这个城市，还没有煤气和天然气，家家户户烧煤做饭。墙壁上挂着几只黄铜的煎锅，擦得光亮如镜。那煎锅，真是古朴漂亮。

那天，娜塔莎教杜若做了炸猪排，以及，酸黄瓜的腌制方法。她留杜若吃饭。说，一个好大厨，要亲自检验自己的劳动成果呀。杜若也就没有客气。娜塔莎一边在餐桌前摆放刀叉餐具，一边说："这餐桌，好久不用了，家里的男人们不在后，我和安霞，就不在这餐桌上吃饭了。"

她们俩，正式地，一个桌头，一个桌尾，对席而坐。镶金边的白瓷盘，沉甸甸的银餐具。菜式却是简单的，酸黄瓜配小小一块炸猪排。盘子硕大，越显得猪排瘦小伶仃。新烤的面包在筐子里，切了片，放在餐桌正中央。没有奶酪奶油，却配了一小碟中国的豆腐乳。鲜红的腐乳，白瓷碟，鲜明如画，却有一种挣扎在里面似的。

"安德烈的爸爸，喜欢吃腐乳。他喜欢用新烤的面包配酱腐乳吃。"娜塔莎这么说，"时间长了，我也喜欢上了。"

娜塔莎凝视着碟子又说："安德烈也喜欢。"

原来是这样，杜若想。她伸手取来一块面包，无师自通，用手边的黄油刀切下一小块腐乳，涂抹在面包上，咬了一口，微酸的面包和咸香的腐乳，以及酥脆的面包皮，搭配起来，果然，是好吃的。杜若笑了，说：

"我中有你，你中有我，妙。就像……"她想想，"友好的名字。"

娜塔莎也笑了，说："杜热，你真是个有趣的人。"她汉语很流利，不知为什么却总是发不好"若"这个音。"我天天吃，也想不出这样的形容。怪不得友好一定要让我们认识。其实原本我有顾虑，后来想，是友好的朋友，一定是和友好一样好的人，果然。"

"友好是女侠。"杜若认真地说，"江湖最后的侠客，我比不了。"

"快尝尝猪排，冷了，就不好吃了。"娜塔莎说。一边举起刀叉，向杜若示意："来，看我怎么切。"

猪排裹了蛋液和面包糠，外焦里嫩，颜色金黄，咬下去，一声脆响之后，肉香四溢。只可惜，没有几口，盘子就光了。她们几乎同时从盘子上抬起头。

"太好吃了。"杜若说。

"太少了。"娜塔莎说。

都笑了。

"前些天，安霞回来一趟，给她买肉做了些吃的带走了，肉票就剩这些了。"娜塔莎抱歉地说，"好怀念能够大大方方慷慨宴客的时光……"

"娜塔莎，酒海肉山就不珍贵了，"杜若说，"这块炸猪排，我想我会记一辈子。"

"谢谢你，杜热。"娜塔莎深深地看着她，"谢谢你这么说。"

那天，从娜塔莎家出来，杜若就去找夏莲了。

"夏莲，你北京那边，有关系吧？"她问。

"有啊，干什么？"

"能帮我买点牛肉、猪肉，或者排骨吗？"杜若说。

"这事啊，"夏莲回答，"你找姜友好不就行了？你让她家人帮你买，到时候和她的东西一块儿交接，多省事。"

"不，不找友好，"杜若说，"这事别告诉友好。你能找到别人吗？"

"行吧，"夏莲说，"可是，你干吗这么神秘？"

"可能的话，能买点黄油就更好了。"杜若避而不答。

"黄油？"夏莲更加地好奇，"你买黄油干什么？你发烧了？你怎么不买鱼子酱？"

"哦，你提醒我了。"杜若拍拍脑门，"要是有鱼子酱罐头，就买一盒。"

夏莲怀疑地打量着她，半晌说道："不对，杜若，你坦白吧，到底怎么回事，你不说，休想让我为你服务。"

夏莲和杜若，住同院。她们从幼儿园起，就是同学。夏莲家和杜若家，一个住前排，一个住后排。夏莲的父亲，是药剂师，而她母亲，则在煎药房煎汤药。那些年，中学没复课时，夏莲常带杜若去煎药房那里玩，拣药渣里的莲子和大枣吃。

"我在学做西餐，我得自己备料。"杜若只好回答。

"天哪！和谁学？这你哪儿学得起？"夏莲叫起来，"哎，我可告诉你杜若，到时候你可别让我垫钱，咱们亲姐妹明算账！"

杜若从口袋里，掏出几张十元的钞票，往桌子上"啪"一拍，说："五十块，我预存你这儿，行了吧？"

夏莲惊得眼珠子都要掉出来了。杜若出徒不久，一级工，月薪三十出头，这破釜沉舟的架势，是不活了吗？

"你疯了？"夏莲说，"还是失恋了？这是受了多大的刺激？"

杜若笑了，说："你不想让我成一个西餐大厨啊？等我学好了，你上我家来，你想吃啥我给你做啥。"

"我对西餐没兴趣。"夏莲回答，"不过我对教你西餐的人有兴趣。"夏莲笑了，头一歪，"坦白吧，是谁啊？在哪儿上班？比你大几岁？让我见见他，我就帮你买。"她猜想，许是杜若交男朋友了。

杜若一推她："想哪儿去了？"她说，"与风花雪月无关。一个女师父，和我妈差不多大，行了吧？你要不想帮忙，直说！我去找别人。"

杜若的忙，夏莲不帮谁帮？于是，这一周，牛肉、排骨，下一周，猪肉、黄油，一样样地，陆续地，买到了。杜若自备食材上门，学做菜，自然是不想给娜塔莎增添负担。听姜友好说，多年来，娜塔莎一直领着劳保工资，只有四五十元钱，从前，有安同志，自然不是问题，如今，安同志走了，这钱养活她和安霞两人，远谈不上富足。杜若自备食材，娜塔莎因材施教，带牛肉来，就做罐焖牛肉、土豆烧牛肉，罗宋汤也就是红菜汤；带猪肉来，就做炸猪排、肉饼、肉冻……

但是这让娜塔莎深深地不安。她知道这些东西来之不易。几周后，她对杜若说："杜热，你要再带这些东西来，我就不让你进门了。"她说得斩钉截铁，杜若想了想，回答说：

"那我们定君子之约，我不带东西来，你也不能准备，我还不算笨，咱们纸上谈兵，你讲，我用笔记录下来，怎么样？"

娜塔莎笑了，说："好，"然后她说了一句中国的成语，"君子一言，驷马难追。"

杜若准备了一个笔记本，红色的塑料皮，上面印着"备战备荒为人民"这样一行语录。里面，洁白的扉页上，杜若郑重地写下了题目：《娜塔莎菜谱》。写下这行字，杜若笑了，自己也觉得不很合适。想再换个本，找出来，一看，封面上印的是：要斗私批修。更不合适了。想想，算了，就用"备战备荒"吧。国家在敌对，人民在修好啊。杜若开玩笑想。笑了。

从此，娜塔莎口述，杜若记录。第一道菜式，就是：土豆沙拉。杜若在后面做了这样的备注："这是我认识娜塔莎的开始，她跟我说的第一句话是，来，我教你做蛋黄酱。在这之前，我以为，娜塔莎只是一个传说。蛋黄酱也就是美乃滋，不过我们的美乃滋是改良过的，因地制宜，用普通食油代替了橄榄油，里面，除了盐，不加任何香料。"

那些她们一起做过的菜，一样一样，杜若都详细记下了。没做过的，娜塔莎想起什么，就随口讲出来。常常，这些菜肴，都伴随着一个故事。或者，是在讲述一件旧事时，忽然想起一个菜品。她和安同志第一次约会，安同志点了一个什么菜啦，她怀安德烈时，特别想吃的一种甜品啦，诸如此类。现在，她们彼此都没有了负担，杜若说来就来，说去就去，来了，娜塔莎不过是一杯热红茶或者一杯咖啡款待。咖啡是速溶的，固体的一块，包着纸，叫"咖啡糖"。偶尔，她会做一些叫作"欧拉季益"的俄式松饼来做茶食。自然，这欧拉季益的烘焙方法，也被杜若原原本本记录了下来。

"我吃过的最好吃的欧拉季益，是我妈妈做的。"一次娜塔莎这样说，

"我妈妈年轻时非常美丽，安德烈长得就像我妈妈，她在一家餐厅做服务员，认识了我父亲。我父亲那时在大学里做助教，年轻，英俊，朝气蓬勃，他们是一见钟情，如烈火干柴，还没结婚就有了我哥。"娜塔莎笑笑。说，一个老故事而已。无非是，婚后，并不幸福。先是父亲在大清洗中被小小的牵连，出了问题，被迫离开了莫斯科。几年后回来就变成了一个毫无廉耻的酒鬼，"就像，后来的安德烈。"娜塔莎迟疑一下，这么说。

"我父亲几乎没有一天是清醒的，永远醉醺醺回家，身上沾满呕吐的污渍，臭烘烘一头栽倒在地板上、沙发上、床上，有时彻夜不归，我妈妈就彻夜不眠……她心疼他。可我，我记不住我母亲嘴里那个英俊的、帅气的父亲，他离开莫斯科时，我才五岁，所以，我以这个酒鬼父亲为耻，我恨他，我甚至诅咒他死。果然，战争来了，他死了，德国飞机轰炸莫斯科，一颗炸弹落在了我们家住的那幢楼上，而在炸弹爆炸的瞬间，我父亲扑上来护住了我，把我压在了他的身子下面。他死了，我活着，他的血流了我一脸……上帝听到了我的诅咒。"娜塔莎无声地笑笑。

"后来，我妈妈告诉我，我父亲也最喜欢吃她做的欧拉季益，她说，你知道吗？你和爸爸一样，你们都喜欢咸味的欧拉季益，特别是牛肝口味的。"娜塔莎说。

那天回到家里，杜若在这道菜谱的后面，记下了娜塔莎的这一番话。她很感慨，想，活到娜塔莎那么大，活到父母那么大，活到更老，这一日三餐中，该有多少的故事？

四　丽人行

那已经是春天了。这个城市的春天，总是来得很晚，又短。清明过后，谷雨过后，才姗姗来迟。飘柳絮了，飘杨絮了，杨花落了一地，几乎一眨眼，就是夏天。这个季节，杜若喜欢在休息日骑自行车去城外挖野菜。河滩、野地、田地旁，绿意盎然，到处生长着新生的蒲公英、荠菜、苦苣、马齿苋等等。杜若最爱的当然是荠菜。她一早踏着露水出发，中午之前，就会有满满的收获。这样，晚餐的餐桌上，就有新鲜的荠菜饺子吃了。

她约娜塔莎去郊外挖荠菜。

她骑车去和娜塔莎会合，意外的是，竟看见了姜友好。姜友好推着一辆红色的坤车，26的大链盒"凤凰"，和娜塔莎并排站在路边。

"友好，你怎么也来了？"杜若十分惊讶，"你怎么知道的？谁告诉你的？"

"我听夏莲说的。"友好笑笑，"她说你要和你的师父去挖野菜，我忍不住跑来了。"

有一年没见了，友好看上去清减了许多。"你瘦了友好，"杜若望着她脱口说，"你没事吧？"

"我能有什么事？"姜友好豪迈地反问。

也是，姜友好能有什么事呢？杜若笑了，说："太好了，三人行。"姜友好说："丽人行。"

天气晴好，天空湛蓝。树叶是初生的新绿，鲜嫩得让人心软。她们三人骑行，姜友好的"红凤凰"十分招摇，比它更招摇的，是金发白肤的娜塔莎。三人三骑，被人看了一路。杜若多少有点不习惯，姜友好却全然不在意，大声笑道："田汉先生塑造，三个摩登女性。说的就是我们呢！"那是被批判的毒草电影《丽人行》的题记。杜若心里咯噔一下，她觉得姜友好的举止有点夸张，这让她有些不安。好在城不大，朝西，过桥，再朝南，渐渐有了郊野的风景。她们来到一片野草滩，抬头就是烟蓝色的西山。支好自行车，杜若用手一指说："这是我的宝地，这里的荠菜，又多又好。"

娜塔莎和姜友好，都不认识荠菜，杜若教她们辨识。果然，这里的荠菜一丛丛一片片，四处可见，鲜绿水灵，三个人分头寻找，没用太久，她们的大网兜就装满了。杜若说："够了，足够我们吃饺子了。歇歇吧。"

她们席地而坐，手被野菜的汁液染绿了。各自都带了军用水壶，也不顾卫生，拧开就喝，仰着脖子，咕嘟咕嘟喝得十分欢畅。草滩上，有些不知名的小野花开了,这里一片,那里一片,静静地,开得又寂寞又热闹。阳光照在她们脸上、身上,天地静谧得如同没有人类。许久,姜友好说:

"真好。都不想回去了。"

"是啊。"娜塔莎说,"就像在梦里,不想醒来。"

"我爱田野。"杜若说,"来了,就不想走。"

"以前,安德烈还小的时候,夏天,我常常带他和安霞去采蘑菇。我知道一个地方,有松林,有榆树和槐树林,夏天,下过雨之后,树下到处都是新鲜的刚出生的松蘑、榆蘑。采回来,我给他们烧蘑菇汤,安德烈闻着蘑菇汤的香气,会说:真幸福啊……"娜塔莎望着烟蓝色的西山,这么说。

"那是什么地方?"姜友好神往地问,"我们也去好不好?"

飞来一只喜鹊,倏地落在了草地上,歪着头,冲着她们,喳喳喳激愤地叫着,对峙着,杜若笑了。"鸟听到我们的话了,这里是它们的天地,你看,它不满意了。"她这么说,"走吧,我想让你们尝到最新鲜的荠菜。"

这城中的习惯,休息日吃两顿饭,那天的正餐,是荠菜猪肉馅饺子。杜若原本计划包纯素馅的,但是姜友好说:"荠菜猪肉才是在论的呀。"她执意骑车跑回家拎来一块猪肉,说是夏莲昨天才给她捎回来的,刚好派上用场。"有肉大家吃!"她说得兴高采烈。杜若想,友好这是怎么了?有点不太对劲,不避嫌了吗?想问她,又没问出口,是真心不舍得破坏这难得的欢乐。于是三个人,择菜、剁肉馅、和面、包饺子,干得热火朝天。拌饺子馅负责调味的,自然是杜若,剁肉时,她仔细地剔除了所有的筋络血管,剁好后,用生姜水打馅,使肉变得鲜嫩无腥。荠菜则切得细碎均匀。菜和肉的比例也恰到好处。调味料却极简单,除了肉馅需要少许酱油煨起,就是一点盐、一点白糖和一勺的熟食油锁水,其余的,葱、香油、味精、五香粉之类一概不用。这样,杜若说,才不干扰和毁损荠菜的清鲜。

果真,太好吃了。

娜塔莎说："杜热，这是我这么多年吃的最好吃的饺子。"

姜友好说："杜若，你真是个宝藏，认识你这么久了，居然还能给人带来惊喜。"

杜若笑而不答。

娜塔莎又说："我要是早认识你就好了，安德烈的爸爸和安德烈都很喜欢吃饺子，可惜我的饺子总也做不好。"她盯着盘子里的饺子说，"现在我就是学会了，他们也吃不上了。"她笑笑，"我就不学了。"

"娜塔莎，不是还有安霞吗？"姜友好说。

"安霞不一样，安霞从不挑剔，我做的任何东西她都说好，真心赞美，我想，这大概是因为她刚懂事就遇到了三年困难时期吧？她知足。"娜塔莎回答。她大概也觉得这回答有点言不由衷，"好吧，友好，别这样看我，我承认，上帝也知道，我爱安德烈可能更多一点……吃到他喜欢吃的东西，做他喜欢做的事情，我就有罪恶感：我的儿子不知道在哪里流浪、受难，我却在享受……"

"又来了娜塔莎，"姜友好打断了她，"你没有做错任何事，亲爱的，不对的是他。不过今天我不想说安德烈，就今天一次，原谅我……今天我只想说快乐的、高兴的事。你这里有酒吗？哦，抱歉，我忘了，你家里怎么会有酒？这么美味的饺子，焉能无酒？此刻有杯竹叶青就好了。"

杜若起身，说："我去买。"娜塔莎叫住了她，说："我有威士忌，我去拿。"

杜若和娜塔莎对视一眼，愣住了。

片刻，娜塔莎捧着一个托盘过来了，上面有酒瓶和三个酒杯。酒瓶是打开的，里面的酒只有大半瓶。她一边倒酒一边说：

"安德烈的爸爸走后，我一个人太寂寞，偶尔会喝一杯。"她笑笑，"不过你们放心，我不是安德烈，不是我父亲，我还有安霞。来——"她举起了杯子，问："为什么干杯？"

杜若说："为春天，为田野，为慈悲的荠菜，为我们爱的人。"

姜友好说："还有，为自由，为无牵无挂。"她嫣然一笑，"为——为我重新变成一个自由的单身女人……"

什么？娜塔莎和杜若以为自己听错了。

"我离婚了。"姜友好笑着说。

杜若惊住了。

"为什么？"娜塔莎心慌意乱地问，"是因为我的缘故？"

"怎么会因为你？"姜友好回答，"当然不是。是因为我父亲，我父亲的问题至今没有结论，而我丈夫他遇到一个千载难逢的好机会，出使国外，做武官。这机会不是什么时候都能遇到……"

年轻的海军军官十分为难，也不能怪父母逼他，在锦绣前程和扯后腿的倒霉女人面前，有几人不势利？何况这二老原本就不喜欢那个名声不好的儿媳妇，不满意这门婚事，他父亲说，爱美人不爱江山，那得是皇帝，你哪有那个资格！海军军官痛苦不堪。姜友好出手了，说，不就离个婚吗？成全你！成全你们家！于是找了人托关系，很快办了离婚手续。临别时，姜友好对他说：

"记住，不是你做了陈世美，是我先休了你的。你走你的阳关大道吧，我回江湖了。"

此刻，姜友好举着酒杯说："我回江湖了，干！"

娜塔莎和杜若，谁都不举杯。

姜友好放下了酒杯："怎么了？不欢迎我回来啊？"

许久，杜若说道："姜友好，姐姐，你难过，伤心，就别撑着了，要朋友是做什么用的？"

姜友好哈哈笑了："小杜若啊，你太清纯了，太幼稚太罗曼蒂克了，我早跟你说过，我是浊世里的人，遵从的是浊世里的规则，有什么可伤心的？"她举杯一饮而尽，"娜塔莎，姐姐，你来，你陪我喝一杯。"

娜塔莎举杯，一饮而尽，说："友好，知道吗？我很想你，非常想。"

杜若眼圈红了，也举起来杯子："你说的，田汉先生塑造，三个摩登女性，"她咕咚咽下一大口，呛得直咳嗽，"我们三人，丽人行，不分开。"

娜塔莎说："二十年前，我还称得上是丽人，现在可不是了。现在是丽人的妈妈了！"

姜友好笑道："谁说的？丽人永远都是丽人，外表不是了，骨子里也是。美人在骨不在皮。"

三个"丽人"都笑了。

姜友好说："娜塔莎，你家里有照相机吧？来，我们拍张合影，留个纪念，题记就写：丽人行。"

果然有相机。"海鸥135"。果然就照了。咔嚓一响，留下了这个春天温情的瞬间。胶卷是相机里几年前没拍完的，也不知是否过期，也不知能否成像。她们不能确定。就像她们不能确定明天会发生什么一样。

那天，姜友好没有回家，几杯威士忌竟然使她醉倒了。她吐了酒，头晕，娜塔莎安顿她在安霞的床上躺下了，说："你歇会儿，醒醒酒。"她顷刻就睡着了，睡得很沉。现在，她没有什么可顾忌的了，她不再需要为了她的爱人她的丈夫忍痛和朋友疏远绝交。活了这么多年，她只做过这么一件违心的事，上天就惩罚了她。

半夜里，她忽然醒了。一盏床头小灯昏黄地亮着，许久，她才想起自己是置身何处。她爬起来，开门，穿过走廊，来到了娜塔莎的房间。也有一盏灯微微地亮着，但娜塔莎却和衣睡着了。她走过去，站在了娜塔莎的床前。娜塔莎睁开了眼睛，说："醒了你？"她没有回答，蹲下来，把脸埋进了娜塔莎的臂弯里："怎么办啊娜塔莎，我舍不得他……"说完，她无声地哭了。

当晚，杜若回到家里，发现夏莲在等她。她母亲说："你可回来了，夏莲等了你一晚上。"

她拉着夏莲进了里屋。

"你太不够意思了，"夏莲一进屋就喊，"说，你的师父，是不是娜塔莎？"

"你知道了？"杜若说，"姜友好告诉你的是吧？"

"你还好意思问？"夏莲很委屈，"杜若啊杜若，你居然瞒着我，欺骗我，害我还以为你有了男朋友！天天让我为你们服务，却不让我知道真相，你是不信任我还是有了新朋友就不要我这老朋友了？"

"不是的夏莲，是友好托付我的事，她没让我和别人讲，所以我还没敢告诉你……"

"姜友好更不够意思，"夏莲不容杜若分说，打断了她，"她认识我在先，认识你在后，结果她倒把你当朋友把我当她的交通员了，天天给她传递这传递那，有了好事，一点也想不起我来！"

杜若笑了："好事？夏莲，原来你觉得这是好事啊？友好可是因为顾忌她的丈夫……"杜若顿了一下，想，是前夫了，"因为那个现役军人海军军官，才不和娜塔莎来往了。你不怕别人说你和苏联人交往啊？"

"你怕不怕？"夏莲反问，"你不怕我怕什么？娜塔莎是克格勃吗？我一个列车员，你一个小集体工人，克格勃吃饱撑的找咱们啊？"

"不是啊，夏莲，"杜若说，"安德烈、安向东是克格勃吗？当然不是，可是你当初退学了，没看到那些人欺负他、孤立他，谁要是敢跟他来往，就骂他和苏修穿一条裤子，最后，还把他推到了防空洞底……就拿昨天说吧，我们骑车去郊外，一路上，路人看我们的眼光，千奇百怪。你不在乎？"

"不在乎，"夏莲回答，"我只在乎，你们拿不拿我当朋友。"

杜若觉得心里一热。

"娜塔莎说，等夏天到了，她带我们去树林里采蘑菇，她知道有个地方下了雨，蘑菇很多。到时候，我们一起去，浩浩荡荡的。"她笑了，"然后，我来负责，给你们做鲜蘑饺子或者蘑菇汤。那味道一定美极了！"

但是她们没有等到这一天。

先是夏莲，忍不住在饭桌上说起了采蘑菇的事。她妈说："蘑菇可不能瞎采，小心中毒。你问你爸是不是？"

她爸是药剂师。

夏技师说："可不是，年年都有人死于蘑菇中毒。"

夏莲说："没事，我们有专家，娜塔莎年年都去采。"

夏技师"嗯？"了一声，竖起了耳朵。夏技师这人，历史上，有点小污点，本来就胆小怕事，如今，有了这污点的阴影，活得就更加谨小慎微，战战兢兢："娜塔莎是谁？"他警惕地问道。

"就是我从前同学的妈妈，你们应该听说过吧？"夏莲回答，"那个中苏混血儿，安向东，娜塔莎就是他妈。"

夏技师差点被一口窝头噎住："你，你怎么会和一个苏联女人搞到一起？你怎么会认识她？"他说，紧张得脸都绿了。

"紧张什么呀，"夏莲回答，"是杜若，杜若在跟她学做西餐，她是杜若的师父。"

"杜若！"夏技师愤怒了，"我早就跟你说过，别总和杜若混在一起，她思想意识不健康，太复杂，和你不是一路人，他们家和我们家也不是一路人，看看看看，出事了吧？"

"出什么事了？"夏莲反问，"能出什么事？"

"和苏联人都混到一起去了，和头号敌人混到一起了，你还要出什么事？"夏技师声音像蝉鸣一样变得尖利。

"什么叫混到一起？我又不认识娜塔莎，我还没见过她呢！"

"谢天谢地！"夏技师双手合十拜了拜，说："你喊什么，你怕人听不见啊？告诉你夏莲，马上和杜若断绝来往，你听见没有？马上和她断绝一切关系！她爱惹什么祸是她的事，千万不要让她再来招惹咱们家，听懂没有？咱们这个家，能平平安安到今天，知道有多不容易吗？你让一家人过两天安生日子行不行啊？啊？"

他眼里几乎迸出泪光，夏莲忽然觉得不忍心。她只好说道："知道了，我不理杜若就是了……"这句话一出口，她心痛了。

可是夏技师还是不放心，思来想去，第二天傍晚，他去了杜家。两家大人，几乎从无往来，夏技师登门，这让杜医生和赵女士感到非同寻常。果然，是棘手的事。夏技师窃窃低语和杜医生交涉了十分钟后离开了杜家。出门，正好和下班回家的杜若打了个照面。杜若叫了一声"夏叔叔"，他没理，径直而去。

杜若感到奇怪。

杜医生说："杜若，你惹事了。"

"怎么了？"

"你知道夏技师来干什么？他来给我下最后通牒来了。"杜医生回答，语气平静，"他说，以后，不许你和夏莲往来，他要夏莲和你划清界限，他们家和我们家也要划清界限，假如，你执意不听的话，他会采取革命行动。"

"采取什么行动？"杜若很好奇。

"他会去革委会揭发我，罪名是，纵容你里通外国。还有，"杜医生顿了一下，"去公安局告发你。"

杜若倒吸一口冷气。

"他还算君子，明人不做暗事。"杜医生说。

"杜若，你在和一个苏联女人学做西餐？"杜若的母亲赵女士疑惑地问，"真的假的？夏技师胡说吧？"

"真的。"杜若回答，"他没胡说。她是我同学的妈妈，就是那个——小时候就听说的娜塔莎。"

"你？"赵女士愣了一愣，"你可真胆大包天啊……"

"杜若，"杜医生说，"刚才，夏莲爸爸有一句话说得不错，他说，他们一家能平平安安过到今天，不容易，咱们家又何尝不是？"他叹口气，"生逢乱世，多事之秋，杜若啊，别怪我们胆小怕事，未雨绸缪，就不要再去学做什么西餐了，这是多奢侈的事。"

父亲语气平静，但杜若还是听出了深深的悲凉。她心里一痛。

"也不要再去找夏莲了，"赵女士迟疑一下，歉疚地说，"就当你失忆了，不认识这个人了。我知道你们两个好，夏莲也是个好孩子……只是，她爸那个人，真要去告发你们，不是闹着玩的。"

这一晚杜家的餐桌上，气氛沉闷压抑。杜仲去乡下插队了，不在家。四口人，围着一张折叠桌，沉默不语地吃着简单的晚餐。杜若低头扒拉着碗里的饭粒，食不下咽，一双筷子伸了来，一块腊肠落进了她的碗里，她一抬头，是父亲。

杜若心里翻江倒海。

第二天早晨，杜若推车走出小区大门，就看见夏莲站在路边，她知道她在等她，但她没有理睬，刚要蹬车，夏莲过来挡住了她的去路。

"杜若。"夏莲喊。

杜若说："夏莲，你别来找我了，你再来，你爸就会去告发我里通外国了。"

"对不起，杜若，"夏莲咬了下嘴唇，"我爸太过分了……"

"不，我不怨夏叔叔，"杜若平静地回答，"他是为了保护他的家人，我父亲也一样。他也不让我和娜塔莎来往了。"

"都怨我。"夏莲说。

"我想了一夜，"杜若说，"我们没有权利任性，没有资格任性，没有权利让我们的亲人，为我们担惊受怕，受我们牵累……夏莲，"她冲朋友笑笑，"就此别过，从今往后，我就不认识你了！"

说完，她蹬车而去。

夏莲望着她的背影，看她沐浴在新鲜的朝阳里，渐行渐远。她们差不多从有记忆起就相识，做了这么多年的朋友，如今，将成为路人。夏莲哭了。她在心里喊，亲爱的，亲爱的，亲爱的，再见了。

杜若心里，也在告别。

和还没来得及抄录的菜谱，和那些菜式后面的故事，和互为知音的那种默契与欢喜，和期待的采蘑菇、野游，和一诺千金的承诺，和不畏惧人言，和不掺杂任何杂质的友谊、情义，和对被欺凌者的悲悯，和坦荡、骄傲、崇尚自由、特立独行的那个自己，一一告别。

仅仅是一点小风浪，她就现了原形。杜若含着眼泪微笑。现在，她是一个与她曾经鄙夷的那些人中的一个了。滚滚洪流中的一个了。怯弱、自私、猥琐、不敢承担、人云亦云。

再见了，她在心里说，那个昙花一现的美好的杜若。

再见了，美好的"丽人行"……

最后一次，夏莲去给姜友好送北京邮包。夏莲说："姜友好，以后，我不能再来了。不能再给你带东西了。"

"怎么了？"姜友好奇怪地问，"不跑北京了？"

"杜若也不能来了。"夏莲说。

姜友好愣了一下，问道："出什么事了？"

"能不问吗友好？"夏莲悲伤地笑笑，说，"友好，也许，我们本来就不该认识。抱歉。"

沉默许久，姜友好笑笑，说："懂了。"

杜若也做了一件必须做的事情。她跑了许多家文具店，终于买来一本她还满意的笔记本。牛皮纸质的封面，很干净，很空旷。内页没有格子，纯净而洁白，有一种深沉悲哀的寂静，如同被积雪覆盖的俄罗斯大地。杜若在这个本子上，工工整整地，重新抄录了一份她的《娜塔莎菜谱》，连同那些说明和备注。在最后一页上，她写了这样一些话：

亲爱的娜塔莎：

　　抱歉我食言了。我没有勇气看着你的眼睛，面对面与你道别，更没有勇气说出那个道别的理由。那让我羞耻。这本菜谱，我重新抄录、整理了一份，里面，记载着我们曾经拥有过的一段珍贵时光，点点滴滴，都是我的回忆，以及，你的……

　　原谅我不能像姜友好那样无畏和勇敢。我说过，她是一个仗剑独行的侠客，而我，只是万千庸众中怯懦、卑琐的一员。别了，娜塔莎！珍重！珍重！珍重！这样说的时候，我心里在落雪……

她最后一次，来到了那幢红楼里，站在了三层那扇门前。她把装着笔记本的一只网兜，挂在了门把手上。她依恋地摸摸门把手，站了一会儿。终于，敲敲门，然后，掉头噔噔噔跑下了楼梯。

几天后，杜若收到了一封本埠来信。寄信人是姜友好，里面有一张照片和一封短信，只有几句话：

"本来不想给你了，可还是没忍住。就算是临别纪念吧。不知道具体发生了什么，但还是大致可以猜到。照片拍得不错，你想留着，还是怕受牵连烧了撕了毁了，一切由你。"

没有署名。

是那张合影。三个人，坐在地毯上，漂亮的波斯地毯。姜友好搂着娜塔莎，娜塔莎则搂着杜若。三个人都在朝着镜头笑，可看得出来，只有杜若一人的笑，是春天般的微笑，少女的微笑，明朗、明净、毫无提防和心事，不知道生活的厉害。

照片上，印着白色的题记，真的写的是：丽人行。

杜若低头，亲了亲照片，亲了亲照片上的自己。多么明媚啊，她怜悯地想。哭了。

一年后，姜友好的父亲复出，姜友好也被调回了北京。

这城中，娜塔莎再没有一个朋友了。安霞在乡下一直没能回来，娜塔莎也无可挽回地染上了酒瘾。有一天，醉酒后，诱发了急性胰腺炎，剧痛使她站不起来，她挣扎着爬着打开了房门，却昏倒在了家门口。邻居发现她的时候，人已经不行了。送到医院，没能抢救过来。

终年四十二岁。

她跟随安同志来到这城市时，是二十五岁。清新如一棵小白桦树，眼睛像天空般蔚蓝。

古老的双塔，悲悯地俯瞰着罪孽的城市。

五　我们的娜塔莎

许多年后，这个城里，有了一家俄罗斯餐厅，餐厅的名字有点拗口，叫作：我们的娜塔莎。

不少人提议，干脆就叫"娜塔莎"算了，简单明了上口。但是老板不同意。

老板说："娜塔莎就是我们的。"

谁也不明白这话的意思。不明白就不明白吧。老板不解释。

菜肴是常见的俄罗斯菜式，没有花式噱头，但是品质无可比拟。鱼子酱和一些主要调味品都来自俄罗斯。主厨也是从俄罗斯聘请来的，但老板本人则兼副主厨。有几道菜，副主厨一定要亲自动手或者把关，一道是红菜汤，一道是咸味的欧拉季益，还有一道叫"丽人行"，这是所有菜品中的一个异类，不算传统也不算纯粹的俄式，发明者是老板本人。那是一道鲜菌菇汤，汤里煮有饺子。假如是春天，这饺子的馅料必定是荠菜主打。虽然，这道菜名不见经传，但是，味道极其鲜美，口感丰富，颇受顾客欢迎，几乎成为这家餐厅的代表作。

餐厅的装修，格调不俗，有俄罗斯乡村的风情。裸露的原木的梁架，石墙，烧果木的大壁炉，铁艺的风灯。迎门的主墙壁上，挂着一幅大大的照片。是一幅老照片，做了特殊的处理，看上去，颇有古典油画的效果。那是一张合影，三个女人，坐在一块波斯地毯上，望着镜头微笑。其中一人，是个丰满的异国女人。只不过，照片上的这三人，既不是明星、名士、名人，也不是首长官员，亦非摄影名家所摄，毫无出处，但，它挂在那里，却非常醒目，有一种岁月的惊心动魄和隐约的神秘感。

老板在等待能认出这张照片的人。

等待一个跛腿的男人。一个曾经的美少年。

等待一个叫姜友好的女人。

从上世纪九十年代开业，几十年过去了。餐馆从最初的火爆到后来的平淡甚至是萧条，老板依旧坚守着，她还在等。

杜若还在等。

或许，杜若并不等什么，并不等谁。她坚守着，只是让这个城市记住，曾经，有一个叫娜塔莎的女人，在这里活过，爱过，死过。

清新如白桦树的苏联姑娘。

二〇二〇年四月二十八日草成于

京郊如意小庐

（原刊于《收获》2020 年第 6 期）